ANDREA SCHACHT

Gebiete sanfte Herrin mir

Andrea Schacht

Gebiete sanfte Herrin mir

Roman

blanvalet

FSC
Mix
Produktgruppe aus vorbildlich
bewirtschafteten Wäldern und
anderen kontrollierten Herkünften

Zert.-Nr. SGS-COC-1940
www.fsc.org
© 1996 Forest Stewardship Council

Verlagsgruppe Random House FSC-DEU-0100
Das für dieses Buch verwendete FSC-zertifizierte Papier
Holmen Book Cream liefert Holmen Paper, Hallstavik, Schweden.

1. Auflage
Originalausgabe Juli 2009 bei Blanvalet Verlag, München,
einem Unternehmen der Verlagsgruppe Random House GmbH

Redaktion: Dr. Rainer Schöttle
Umschlaggestaltung: Hilden Design unter Verwendung von
Motiven der © Bridgeman Art Library und © akg images;
Mercatorplan und Kölner Stadtansicht
© Rheinisches Bildarchiv Köln
lf · Herstellung: rf
Satz: Uhl + Massopust, GmbH
Druck und Einband: GGP Media GmbH, Pößneck
Printed in Germany
ISBN: 978-3-442-37123-5

www.blanvalet.de

Sie gebietet und ist im Herzen mein
Herrin, und höher als ich selber bin.
Ach, wenn ich nur geböte ihr,
Dass sie mir könnte treulich sein,
ganzer Tage drei und etlich Nächte.

Heinrich von Morungen

Robert van Doorne – Arndts jüngerer Bruder, im Londonhandel

Dramatis Personae

Alyss – Tochter von Almut und Ivo vom Spiegel, Gattin des Weinhändlers Arndt van Doorne; sie führt nicht nur die Geschäfte ihres Mannes und ihre eigenen, sondern auch ihr quecksilbriges Hauswesen mit harter Hand.

Marian – Alyss' Zwillingsbruder. Sie unterscheiden sich in Temperament und Farben, nicht in der Form. Alyss' Haare schimmern wie Amselflügel, die seinen wie rötliches Holz. Ihre Augen funkeln grau, die seinen messen die Welt mit grünem Glas. Und doch hatte der Schöpfer denselben Model verwendet, in den er den Lehm strich.

Das Hauswesen

Arndt van Doorne – Alyss' Ehemann, dem Wein und krummen Geschäften mehr zugeneigt als seinem Weib und erfreulicherweise oft auf Reisen.

Merten van Doorne – Arndts Stiefsohn, sein derzeitiger Erbe. Er ist wenig am Geschäft, mehr am süßen Leben interessiert und zieht mit den jungen Gecken durch die Tavernen.

Robert van Doorne – Arndts jüngerer Bruder, im Londonhandel tätig. Zufälliges Opfer eines Raubüberfalls, wie es aussieht.

John of Lynne – Roberts englischer Geschäftspartner und Falkner, der ein Interesse daran hat, offene Rechnungen zu begleichen.

Hilda – die abergläubische Haushälterin.

Peer – ein alter, vertrauenswürdiger Handelsgeselle.

Leocadie – Azizas und Leons Tochter, schön und verträumt.

Frieder und Lauryn – Kinder des Pächters derer vom Spiegel, deren Kanten noch abgeschliffen werden müssen.

Tilo – Sohn von Mechtild und Reinaldus, der recht ordentlich mit der Feder umgehen kann.

Hedwigis – hochnäsige Tochter von Peter Bertholf und seiner patrizischen Ehefrau.

Magister Hermanus – Arndts Cousin, ein Kanoniker und Moralist, unser Hauspfaff.

Malefiz – ein schwarzer Kater von Charakter, Urenkel der Konventskatze Teufelchen.

Benefiz – ein schwanzloser Spitz, noch in der Ausbildung.

Jerkin – ein voll ausgebildeter weißer Jagdfalke.

Freunde, Bekannte, Verwandte

Catrin von Stave – Alyss' enge Freundin, eine Begine, die sich auf Geburtshilfe versteht und um Robert trauert.

Estella Stalen – Gattin des Venedighändlers Laurenz Stalen. Ihr Gatte wird bei dem Schiffbruch ermordet, sie geschändet.

Reinaldus Pauli – gutmütiger, aber etwas schwerfälliger Tuchhändler, der sich gerne gestrandeter junger Frauen annimmt.

Mechtild – Reinaldus' Frau, Alyss' Tante, die auch einiges von der Buchführung versteht.

Peter Bertolf – Baumeister, Mechtilds Bruder, Alyss' Onkel.

Julika – Reinaldus' Geliebte, die er mit Geld bezahlt, das nicht durch Mechtilds Bücher geht.

Trude de Lipa – Mertens Großmutter, die sich an vieles erinnert.

Harro Peddersen – ein redlicher Friese und Tuchhändler.

Hannes Böcklein – ein unredlicher Schneider.

Mats Schlyffers – Messerschleifer mit Wolfsrachen.

Gislindis – Tochter des Messerschleifers, die Dichtung und Wahrheit trennen kann.

Fygen – Tavernenwirtin, Freundin der Adlerwirtin Franziska.

Yskalt – friesischer Handelsknecht, der beim Adlerwirt den Hammer schwingt.

Folcko – ein Häuptling der Ostfriesen und Verbündeter der Vitalienbrüder.

Lodewig – Abt von Groß Sankt Martin, ein Genießer.

Leon de Lambrays – Weinhändler aus Burgund, Alyss' Onkel und Geschäftspartner.

Pitter, ehemals Päckelchesträger – jetzt Inhaber einer gut beleumundeten Badestube und noch immer ein Mann mit großem Magen und offenen Ohren.

Franziska – kratzbürstige Adlerwirtin, Mutter einer reichen Kinderschar.

Simon – Adlerwirt und Schmied.

Stina – ihre Tochter, die ihrem Glück ungeschickt nachzuhelfen versucht.

Arbo von Bachem – ritterlich-edler Herr, den der Blitzstrahl der Liebe trifft.

Und natürlich dürfen nicht fehlen

Almut und Ivo vom Spiegel – Alyss' und Marians liebende Eltern.

Vorwort

1402 – Köln hat eine turbulente Zeit hinter sich. Der seit Jahrzehnten schwelende Konflikt über die Vorherrschaft der Patrizier ist beendet, der Verbundbrief, Kölns ständische Verfassung, unterschrieben. Die Auseinandersetzungen bis dahin verliefen teils ernst, teils sogar blutig – aber, wie von den Kölnern nicht anders zu erwarten, auch mit einigen karnevalistischen Zügen.

Immerhin, zu Beginn des neuen Jahrhunderts – demjenigen, in dem das Mittelalter sein Ende fand – hatten die Zünfte der Handwerker und die Gaffeln der Kaufleute sich das Recht erstritten, ihre Stadt zu regieren.

Der Erzbischof hatte nichts mehr zu kamellen.

Oder nur noch wenig.

Der Handel regierte die Stadt am Rhein, und der Handel blühte. Mit dem gesamten bekannten Europa tauschte man Waren, im Norden bis Russland und Skandinavien, im Osten bis ans Schwarze Meer. Venedig war das Tor zum Orient, Spanien und Frankreich eng verbundene Partner, die Häfen Belgiens und der Niederlande die Basis für den Englandhandel. Die Hanse, der große Städteverbund, dem auch Köln angehörte, sicherte die Routen und die Handelsplätze; die Hanse war es auch, die den Umtrieben der Vitalienbrüder, der Seeräuber der Nord- und Ostsee, Einhalt gebot.

Diese gewaltige Ausdehnung der Geschäfte hatte natürlich Folgen. Zum einen entstanden die ersten Konzerne mit ihren Niederlassungen an den wichtigen Orten, zum anderen begannen sich die ersten »modernen« kaufmännischen Verfahren zu entwickeln.

Hatte man einst schon mal seine Ein- und Ausgaben, so man des Schreibens mächtig war, notiert, um den Überblick über Gewinn und Verlust zu behalten, so wurden diese Maßnahmen nun verfeinert. Man trennte beispielsweise die »Bücher« von Haushalt und Geschäft.

Die Buchführung begann.

Hatte man früher überwiegend Tauschhandel – Ware gegen Ware – betrieben, wurde mit der Vielfältigkeit der Produkte nun auch deren Bewertung durch Geld wichtiger. Es wurde nicht nur getauscht, sondern gekauft und verkauft. Was dazu führte, dass man mit prallen Münzbeuteln zu den Handelsplätzen und Messen ziehen musste. Der Kaufmann war ein gefundenes Fressen für alle Strauchdiebe und Straßenräuber.

Weshalb man flugs den bargeldlosen Zahlungsverkehr erfand. Der Wechsel, ein verbrieftes Zahlungsversprechen, trat seinen Triumphzug an.

Mitsamt dem Missbrauch, den man damit treiben konnte.

Meine Heldin Alyss geht mit der Zeit. Als Gattin eines Weinhändlers kennt sie sich mit den geschäftlichen Abwicklungen aus, denn ihr Mann bereist die Anbaugebiete, um Ware aufzukaufen, sie wiederum verkauft sie weiter. Sie führt, wie bei vielen Kölnerinnen üblich, ihr eigenes Siegel, ist somit geschäftsfähig. Daneben hat sie aber auch ihr Hauswesen zu leiten, ein eigenwilliges Geschöpf, das mit Strenge und Nachsicht gezähmt werden will.

Man gab damals seine Töchter und Söhne im Alter von etwa vierzehn Jahren in die Obhut verwandter oder befreundeter Familien, damit die jungen Leute dort gesellschaftlich Schliff erhielten und erste Grundlagen des Geschäfts oder der Haushaltsführung erlernten. Insgesamt fünf Jungfern und Jünglinge hat sie anzuleiten, was eine rechtschaffene Aufgabe für eine Vierundzwanzigjährige ist.

Doch ganz Tochter ihrer Eltern, ist sie dem gewachsen, wäre da nicht das lästige Schicksal, das ihr allerlei Knüppel zwischen die Beine wirft.

Einer davon hat die Form eines weißen Gerfalken.

Wenn's allzu dicke für sie kommt, sucht sie Zuflucht bei dem Dichter Freigedank, der ihr mit seiner weisen Mahnung manche Last leichter macht:

»Ohne Sorgen niemand mag
leben einen ganzen Tag.«

1. Kapitel

Die rettenden Feuer in der sturmschwarzen Nacht erwiesen sich als bösartige Falle. Mit einem durchdringenden Knirschen lief die Kogge auf Sand. Menschen, Fässer, Tauwerk und zerberstendes Holz wurden durcheinandergeworfen, Schreie übertönten das Tosen des eisigen Windes.

Nicht nur Schreie des Entsetzens, sondern auch das Gebrüll des Triumphes.

Mit lodernden Fackeln kamen sie von Land, raue, hochgewachsene Gestalten, in deren Händen das Eisen der Äxte blutrot aufblitzte.

Die Besatzung ergab sich nicht kampflos. Ein Gemetzel begann, und mit bebenden Gliedern drückte die junge Frau sich an ihren Gatten, der versuchte, sie mit seinem eigenen Leib zu schützen. Schon war der Lagerraum im Schiffsbauch erobert, Ballen Tuch, Fässchen, Säcke und Packen warfen sich die Strandräuber zu, stapelten die Ware des Kauffahrers auf dem feuchten Watt. Andere aber setzten ihr Werk der Vernichtung fort. Schon war das Segel gefallen, krachten die Rahen auf Deck, brach der Mast. Verwundete stöhnten, blutüberströmte Leichen hingen über der zersplitterten Reling.

Sie wollte schreien vor Entsetzen, aber ihre Stimme versagte ihr den Dienst. Angstvoll klammerte sie sich an die seewassergetränkte Heuke ihres Mannes, der sie die Stiege zum Kastell hinaufdrängte.

In der Hand hielt er einen langen Dolch.

Eine jämmerliche Waffe angesichts der Übermacht, die das Schiff erstürmt hatte.

Wie Höllendämonen wüteten die Wilden im flackerndroten Schein der Kienspäne. Es war eine Frage von wenigen Augenblicken, bis sie entdeckt würden.

Kein Ausgang blieb; mit dem Rücken zur Wand, oben auf den hohen Aufbauten konnten sie nicht entkommen. Der Sprung in die Tiefe wäre ihr Tod – so oder so.

Aus dem rauchigen Dunkel kam eine Gestalt auf sie zu, groß, barbarisch, drohend.

»Laurenz«, wisperte sie. »Laurenz.«

Ein Schluchzen nur.

Ihr Gatte hob den Dolch, bereit ihr Leben zu verteidigen, doch in dem Augenblick schwang der Riese seinen Hammer. Er traf auf den Schädel des Kaufmanns und zertrümmerte ihn. Sein Körper sackte vor ihren Füßen zusammen. Doch bevor sie sich regen konnte, hatte der Wilde sie schon an der Hand gefasst und zu sich gezerrt. Sie wurde auf die blutigen Bohlen geworfen, ihre Kleider zerrissen. Mit einem Grunzen nahm sich der Strandräuber seine Beute.

2. Kapitel

Alyss hob die linke Augenbraue, die sich wie ein schwarzes, samtiges Räupchen anmutig über die helle Stirn schwang.

»Nicht das Handelsgeschäft?«

»Nein, nicht das Handelsgeschäft«, erwiderte ihr Zwillingsbruder energisch.

Verständnisvoll betrachtete Alyss die magere, blasse Gestalt Marians, dessen Stimme derzeit das einzig Energische an ihm war. Er saß zwischen Polstern und Kissen in einem breiten Scherenstuhl, eine Pelzdecke über seinen Knien, obwohl der Mai schon recht warm geworden war. Im Kamin brannte zusätzlich ein Feuer, warmer Würzwein stand in Marians Griffnähe. Und zwei Krücken lehnten in Reichweite seiner Arme an einem Tisch.

Seit zwei Monaten war er wieder daheim – im Haus ihres Vaters, dem Stammsitz derer vom Spiegel am Alter Markt. Zwei lange Monate hatten sie alle um sein Leben gebangt, doch nun ging es ihm zumindest wieder so gut, dass er sich Gedanken um seine Zukunft gemacht hatte. Alyss verbarg ihre Erleichterung darüber hinter der strengen Frage: »Und was willst du stattdessen mit deinem Leben anfangen? Durch die Tavernen bummeln? Hasen auf den Gütern jagen? Den Mägden nachsteigen? Hat dich der Müßiggang der letzten Wochen zum Weichling werden lassen?«

»War ich nicht schon immer ein Schwächling?«

Unvermutet bitter kam das aus dem Mund des jungen Mannes, und Alyss schnaubte.

»Natürlich. Jeder Schwächling reist mit gebrochenen Gliedern und Wundfieber von Spanien nach Köln. Du bemitleidest dich selbst, seit wir es nicht mehr in gebührender Form tun.«

»Ich will kein Mitleid!«

»Kriegst du von mir auch nicht«, beschied ihn seine Schwester und zog die Pelzdecke, die bei Marians heftiger Geste nach unten gerutscht war, sanft wieder hoch. Dann lächelte sie ihn an, und ihr ernstes Gesicht erblühte in strahlendem Liebreiz.

Alyss lächelte selten.

Marian lächelte prompt zurück.

»Hast recht, Schwester mein. Ich bemitleide mich selbst, denn eigentlich habe ich Angst.«

»Weil du glaubst, dass unser Vater deinen Entschluss nicht gutheißen wird?«

Er nickte.

Die Samträupchen zogen sich über der Nasenwurzel zusammen und glitten dann rasch wieder an ihre angestammte Position zurück.

»Er hat dich als seinen Erben erzogen, Marian. Und du hast getan, was er wünschte. Du hast den Handel mit Spezereien gelernt, dich mehrmals auf lange Reisen begeben. Ich hatte den Eindruck, es gefiele dir. Täuschte ich mich so arg?«

»Nein, es gefiel mir. Bis …«

Sacht strich Alyss ihrem Bruder die rotbraunen Locken aus der Stirn, und er hob wieder seinen Kopf. Sie sah ihm in die Augen.

»Was willst du werden, Marian?«

»Ein Heiler!«, flüsterte er.

»Ich verstehe. Ja, ich glaube, ich verstehe dich. Hast du mit Mutter darüber schon gesprochen?«

»Nein, du bist die Erste. Alyss, ich muss es tun, auch wenn er mich dafür verachtet.«

»Wenn er das tut, bekommt er es mit mir zu tun!«

Marian lachte leise auf.

»Du bist ihm schon immer viel mutiger entgegengetreten als ich.«

»Ich bin ja auch nur ein Weib, Marian. In mich hat er lediglich seine Hoffnung auf Enkel gesetzt.«

Nun war es Alyss' Miene, die sich verdunkelte.

»Nein, Schwester mein, das darfst du dir nicht zum Vorwurf machen. Und ich glaube auch nicht, dass er es tut.«

»Gleichwie, ich will an deiner Seite stehen, wenn du ihm von deinen Plänen berichtest. Aber tu es bald, Marian.«

»Heute. Ich habe um deinen Besuch gebeten, weil ich es ihm heute sagen will. Du weißt, er kommt vor dem Vesperläuten immer auf eine Weile zu mir.«

»Dann wollen wir uns wappnen, denn schon beginnt die Sonne hinter die Dächer zu sinken.«

Alyss erhob sich, strich ihren Surkot aus feinstem blauem Tuch glatt und warf einen Blick in den gewölbten Silberspiegel, um ihren gekräuselten Schleier zurechtzuzupfen. Er bedeckte ihre schwarzen Zöpfe zwar, wie es sich für eine verheiratete Frau geziemte, doch ihr Haaransatz und die sich daraus kringelnden Löckchen verhüllte er nicht. Ein kleiner Anflug von Eitelkeit, sicher, aber entschuldbar, fand sie.

»Du wappnest dich mit deiner Schönheit, Schwesterlieb, und womit soll ich es tun?«

»Mit deinem scharfen Geist, mein Bruder. Der hat trotz aller Fährnisse nicht gelitten.«

Marians Augen funkelten.

»Dann wollen wir gemeinsam in die Schranken treten. Ich höre Fußtritte vor der Tür.«

Schon öffnete sich diese, und in den weitläufigen Saal, den besten Raum des Patrizierhauses, trat der Herr ein und füllte ihn mit seiner Präsenz.

Ivo vom Spiegel trug seine neunundsechzig Jahre mit Würde; die Aura von Macht und Autorität umgab ihn wie die Falten seines silbergrauen Gewandes. Sein Haupthaar war weiß geworden, doch die Brauen hatten noch ihre Schwärze erhalten, wie auch die zwei Strähnen in seinem kurz geschnittenen Bart, die sich an den Mundwinkeln entlangzogen.

»Herr Vater, ich grüße Euch!«, sagte Alyss und deutete eine Reverenz an.

»Du lässt dein Hauswesen im Stich, um deinen Bruder mit müßigem Geschwätz zu unterhalten, Tochter?«

»Mein Hauswesen hat die Eigenart, für sich selbst zu sorgen, wenn ich es für eine Weile verlasse, um der Nächstenliebe zu frönen.«

»Nächstenliebe nennst du es, wenn du deinem Bruder den närrischen Klatsch aus den Gassen vorbeibringst?«

Alyss reckte ihr Kinn. »›Würden keine Narren leben, würd' es keine Weisen geben‹, sagt Freigedank, der bescheidene Dichter.«

Der Blick unter den schwarzen Brauen, der Alyss durchbohrte, hätte manch schwächeres Weib zum Zittern und Zagen gebracht. Doch sie erwiderte ihres Vaters Blick, und mit großer Genugtuung bemerkte sie das feine Gekräusel in seinen Augenwinkeln.

»Du hast dich meiner Bibliothek bedient!«

»Ja, Herr Vater. Mit großem Nutzen für meine unsterbliche Seele.«

»Und du, Sohn? Hat sie auch deine Seele mit frommen Sinnsprüchen erquickt?«

»So weit lasse ich es nicht kommen, Herr Vater. Aber sie war mir alle Tage ein Halt.«

»So ernst, Junge?«

Alyss bemerkte, dass ihr Vater sehr genau zwischen den Zeilen lesen konnte. Er zog einen Stuhl heran und setzte sich zu Marian.

»Ein wenig, Herr Vater. Ich möchte etwas mit Euch besprechen.«

»Wie es scheint, ein Thema von Wichtigkeit.«

Alyss schob einen Schemel näher an Marian und ließ sich darauf nieder.

»Ah, von großer Wichtigkeit«, kommentierte ihr Vater diese Geste. »Und eines, was mich nicht besonders erfreuen wird.«

»Ja, Herr Vater.«

»Sprich!«

»Es ist... Ich enttäusche Euch wieder einmal... Verzeiht, Herr Vater. Aber ich kann nicht anders.«

Marian rang die blassen Hände im Schoß und suchte nach Worten, stammelte und konnte nicht formulieren, was ihm am Herzen lag. Alyss räusperte sich leise, und er sah hilfesuchend zu ihr hin.

»Herr Vater, mein Bruder möchte nicht weiter als Kaufmann tätig sein, sondern als Heiler wirken.«

»Und das traust du dich nicht, mir ins Gesicht zu sagen, Sohn?«, grollte Ivo vom Spiegel.

Marian senkte die Lider.

»Ich weiß, dass es Euer größter Wunsch ist, dass ich das Geschäft übernehme. Ich bin Euer Erbe.«

»Und euer Vater ist ein Gelehrter, der selbst die großen Universitäten besucht hat«, sagte eine klare Stimme von der Tür her. Almut vom Spiegel trat ein und betrachtete die kleine Gruppe, die ihre Familie darstellte.

»Ivo, Ihr seht aus wie das personifizierte Gewitter. Entladet Donner und Blitz, aber dann wollen wir über diesen bemerkenswerten Sinneswandel unseres Sohnes in Ruhe sprechen.«

»Ich donnere und blitze nicht, Weib!«, donnerte Ivo vom Spiegel und sah seine Tochter mit blitzenden Augen an. »Oder?«

»Allmächtiger Vater. Nein, nie!«

Alyss fiel auf, dass ihre Mutter sich auf die Unterlippe biss, aber sehr schnell wieder Würde annahm. Ihr Vater hingegen nickte wohlwollend ob dieser Antwort. Dann stand er auf und wanderte zum Fenster, betrachtete eine Weile das Treiben auf dem Alter Markt und kehrte dann zu seinem Sohn zurück.

»Die medizinische Fakultät unserer Universität lässt noch ein wenig zu wünschen übrig«, grummelte er. »Ich denke, Salerno oder Paris sind geeignetere Orte, die ärztliche Kunst zu studieren.«

Marian zupfte an der Pelzdecke. Dann aber faltete er seine unruhigen Hände und erklärte mit fester Stimme: »Danke, Herr Vater. Aber ich möchte die Heilkunst nicht an den Universitäten studieren, sondern in der Praxis. Und dann, vielleicht später, will ich die Lektionen hören.«

»Wie stellst du dir diese Praxis vor?«

»Der Mann, der mir ... geholfen hat, der meine Knochen wieder gerichtet und eingerenkt hat, er wusste mehr als all die Doctores, die nachher spitzfindig über mein Befinden philosophiert haben.«

»Ich habe ihnen gutes Geld für diese Spitzfindigkeiten gezahlt.«

»›Dem Kranken tut es selten wohl, wenn ihn der Doctor erben soll‹«, flötete Alyss.

»Tochter!«

»Was erwartet Ihr, Ivo? Sie ist mein Kind.«

Almut war zu Alyss getreten und hatte ihr die Hand auf die Schulter gelegt.

»Wie wahr. Nun, du willst also bei den Barbieren und Knocheneinrenkern lernen?«

»Bei den Wundärzten, Zahnbrechern und Kräuterweiblein, oder auch bei einem Infirmarius oder Alchimisten. Sie waren es, die mir wirklich geholfen haben.«

»Und wer wird mein Geschäft weiterführen?«

Marian verzog qualvoll sein mageres Gesicht.

»Alyss könnte es, Herr Vater. Weit besser als ich!«

»Meine Tochter ist verheiratet und führt das Geschäft ihres Gatten und ihr eigenes.«

»Darf ich, mein Herr Gemahl, daran erinnern, dass eine ganze Schar von Vettern, Neffen und Schwägern in Eurem Handelshaus tätig sind, die recht ordentliche Fähigkeiten als Kaufleute besitzen.«

»Sind aber nicht meine Söhne«, murmelte der Herr vom Spiegel. »Also werde ich mir den Kopf zerbrechen müssen, wie ich mein Heim bestelle. Wenn du deinem Ruf folgen musst, Marian, dann bemühe dich, das so gut zu machen wie möglich. Wenn du Unterstützung brauchst, sag es mir. Ich kenne den einen oder anderen, der dir helfen könnte.«

Ivo vom Spiegel erhob sich. Hoch überragte er seinen Sohn, dessen zierliche Gestalt durch die lange Krankheit noch schmächtiger wirkte. In den strengen Zügen ihres Vaters gewahrte Alyss tiefe Sorge und – unendliche Zärtlichkeit.

Der Herr des Hauses verließ den Raum, und die Herrin nahm seinen Platz im Sessel ein.

»Er versteht es manchmal prächtig, einem ein schlechtes Gewissen zu bereiten. Aber Marian, er ist so glücklich, dass es dir wieder besser geht. Ich glaube, er hat gar nicht erwartet, dass du noch einmal im Fernhandel tätig wirst.«

»Ich bin eben nicht gerade sein Wunschbild von Sohn.«

»Womit, Marian, du mir die Schuld zuschiebst, denn schließlich hätte ich mir mit dir ja wohl etwas mehr Mühe geben sollen. Oder wenigstens noch fünf weiteren strammen Söhnen das Leben schenken müssen.«

»Aber Frau Mutter…«

»Richtig.«

Alyss mischte sich wieder ein.

»Im Augenblick, Marian, kannst du noch nicht mit deiner praktischen Ausbildung anfangen. Dafür bist du noch zu schwach. Aber was wäre, wenn wir die Bibliothek nach einigen Werken über die Medizin durchsuchten. Ich meine, ich hätte ein Werk über die Anatomia gesehen.«

»Ein guter Vorschlag!«

Marian stieß die Pelzdecke zur Seite und griff nach den Krücken. Seine Mutter wollte ihm helfen, aber Alyss hielt sie zurück.

»Er schafft es alleine.«

»Richtig, Schwester mein. Manches schaffe sogar ich alleine.« Sprach's und schwang sich an den Stöcken aus dem Raum.

»Er ist es leid, hilflos zu sein.«

»Ich weiß. Ich bemühe mich, es zu übersehen. Darum erzähle mir nun: Wie laufen deine Geschäfte, Alyss?«

»Die meinen entwickeln sich befriedigend. Tilo ist mit dem alten Peer zu den Winzern in der Pfalz aufgebrochen. Er platzte fast vor Stolz, dass er seine erste Reise machen durfte.«

»Meine Schwester Mechtild hat es mir berichtet. Sie klagte natürlich ein wenig, weil sie um seine Sicherheit fürchtete. Aber dein Handelsknecht wird schon auf ihn aufpassen.«

»Peer ist ein knorriger alter Baum, den wenig erschüttert, und Tilo ist ein ungewöhnlich besonnener Junge. Weit ist die Reise nicht, und die Winzer kennen uns.«

»So argumentierte ich auch. Sie beruhigte sich darob.«

»Und wie steht es um deinen Gatten?«

»Von Arndt habe ich bislang noch nichts gehört. Er ist auf dem Weg nach Deventer, um Fisch zu kaufen. Wie jedes Jahr.«

Ihre Mutter nickte, und Alyss beließ es dabei, auch wenn sie wusste, dass einige Fragen damit wieder einmal unbeantwortet geblieben waren. Über ihre Ehe mochte sie nicht einmal mit ihrer Mutter sprechen.

Dafür aber gab sie ihr eine lebhafte Schilderung ihres Hauswesens in der Witschgasse, das neben dem Gesinde auch fünf junge Leute beherbergte, die bei ihr erzogen wurden. Und dass ihr Schwager Robert, der sein Kontor ebenfalls im Haus hatte, in Kürze aus London zurückerwartet wurde. Natürlich berichtete sie auch von Malefiz, dem schwarzen Kater, der sich unablässig darin vervollkommnete, seinem Namen gerecht zu werden. Er war der Sprössling einer langen ehrenvollen Ahnenreihe, deren Ursprung ihre Mutter noch gekannte hatte. Teufelchen war einst die Katze gewesen, die in dem Beginenkonvent ihr Heim fand, dem Almut in jungen Jahren angehört hatte. Luci, ihre Tochter, gebar Lilith, Herrin der Güter derer vom Spiegel, und ihr Sohn Malefiz schließlich – einer ihrer zahlreichen teuflischen Abkömmlinge, hatte sich bereit erklärt, Wohnung in der Witschgasse zu nehmen und dort sein Unwesen zu treiben.

Almut hörte mit freundlicher Anteilnahme diesen Berichten ihrer Tochter zu, gab, wo sie gefragt wurde, Rat, vermied es aber, weitere Fragen zu stellen.

Dennoch hatte Alyss das Gefühl, die eine oder andere beantwortet zu haben.

Ihre Mutter hatte einen untrüglichen Sinn für die Probleme ihrer beiden Kinder.

Was ihr ein gelegentliches Unbehagen bereitete. Aber Alyss war entschlossen, ihre Angelegenheiten selbst mit fester Hand zu regeln.

3. Kapitel

Das Haus des Weinhändlers Arndt van Doorne war lange nicht so prachtvoll wie das Patrizierhaus derer vom Spiegel. Doch es war ein ansehnliches Anwesen, das gleichzeitig als Wohn- und Geschäftshaus diente. In den kühlen Kellern lagerten die Weinfässer, neben der Hofdurchfahrt befand sich, mit Blick auf die Witschgasse, die vom Rhein hochführte, das geräumige Kontor, dahinter lag das Reich der Haushälterin – die Küche und die Vorratsräume. Auf der anderen Seite der Hofdurchfahrt schlossen sich weitere Lagerräume an, die vom Bruder des Hausherrn, Robert van Doorne, genutzt wurden. Hier stapelten sich die Ballen feinster englischer Tuche, die er an die zünftigen Schneider mit gutem Gewinn verkaufte.

Im Stockwerk darüber empfing man wichtige Gäste im Saal, dem mit aufwändig geschnitzten Schänken und Truhen eingerichteten Prunkraum. Silber und Messing schimmerten auf den Borden, der Kamin war mit Delfter Kacheln verkleidet, den Tisch deckte ein orientalischer Teppich, und das Licht, das durch die runden Gläser der Fenster fiel, zeichnete bunte Kreise auf dem glänzend gewachsten Holzboden. Auf der anderen Seite des Mittelgangs lagen die Gemächer des Hausherrn und seines Bruders. Unter dem Dach, durch die Kammer der Haushälterin und der Magd schicklich getrennt, befanden sich die Schlafräume der jungen Hausgäste. Der sechzehnjährige Tilo war der Sohn des Tuchhändlers Reinaldus Pauli, die ein Jahr jüngere Hedwigis die Tochter des Baumeisters Peter Bertolf. Leocadie mit ihren achtzehn Lenzen die Älteste, war die Tochter Leon de Lambrays, eines burgundischen Weinhändlers, und Frieder und

Lauryn, vierzehn und fünfzehn, die Kinder eines Pächters auf den Gütern derer vom Spiegel.

Neben diesen Hausbewohnern belebten noch ständige Tischgäste das Heim derer van Doorne, allen voran Merten, der Stiefsohn des Hausherrn, und Magister Hermanus, Arndts Vetter, ein Kanoniker, der als Messner von Lyskirchen sein karges Leben fristete.

Alyss herrschte trotz ihrer jugendlichen vierundzwanzig Jahre mit eiserner Hand über diesen kleinen Staat – was auch dringend vonnöten war. Ihr Gatte befand sich überwiegend auf Reisen. Die Wintermonate verbrachte er im milden Burgund, um dort die roten Weine aufzukaufen, im Frühjahr beförderte er sie an die Nordseeküste, wo sie nach England verschifft wurden. Im Gegenzug brachte er von dort den begehrten gesalzenen Fisch nach Köln zurück. Im Spätsommer suchte er die Pfalz und ihre Messen auf, und nur die Herbstmonate verbrachte er in seinem Heim.

Fünf Jahre waren er und Alyss nun verheiratet, und sie hatte sich nach und nach angewöhnt, neben der Verantwortung für den Haushalt auch alle in Köln anfallenden Geschäfte zu übernehmen. Sie führte, wie auch ihre Mutter, ihr eigenes Siegel, das es ihr erlaubte, rechtsgültige Abwicklungen vorzunehmen und auf eigene Rechnung Handel zu treiben. Arndt van Doorne kam das entgegen. Meistens zumindest.

Fünf Wochen waren seit dem Tag vergangen, an dem Marian seinen Entschluss kundgetan hatte, sich der Heilkunst zu widmen. Wie jeden Morgen saß Alyss auch an diesem Junitag im Kontor. Das Fenster zur Witschgasse hatte sie weit geöffnet, und die Sonne ergoss ihr Licht über die Seiten des großen Haushaltsbuches. In ihm nahm sie sorgfältig ihre Eintragungen vor.

Jede Einnahme und Ausgabe wurde darin penibel mit Datum, Betrag und einigen erklärenden Worten verzeichnet, sei es Wachs für Kerzen, Mehl oder Graupen, eingehende Weinlieferungen und Zahlungen an verschiedene Handwerker. Nadeln für fleißige Näherinnen, Werkzeuge für den Rebschnitt und die Kelter, neue Stiefel für Magister Hermanus, ein Traktat über Heilkräuter für ihren Bruder oder die bunten Bänder, die Leocadie sich erschmeichelt hatte, wurden in gleicher Form darin aufgeführt wie die eingehenden oder noch ausstehenden Zahlungen, die die Abnehmer der Weinfässer in ihrem Keller zu leisten hatten. Und natürlich auch die Summen, die Merten immer wieder einforderte.

Auf diese Weise wusste Alyss stets auf die kleinste Münze genau, wie viel Geld in den Lederbeuteln in der schweren Eichentruhe lagerten, und konnte, wenn größere Ausgaben anstanden, frühzeitig ihre säumigen Schuldner auffordern, ihren Verpflichtungen nachzukommen. Alles in allem stand das Haus recht gut da.

Nach den Eintragungen in das große Buch öffnete Alyss den Deckel der schweren Eichentruhe, um einige Münzen in eine kleine Börse abzuzählen. Hilda benötigte Geld, um die Einkäufe auf dem Markt zu tätigen, der Fleischhauer wollte bezahlt werden, ebenso der Wagner, der das Rad des Frachtkarrens repariert hatte, und der Böttcher, der neue Weinfässer anfertigen sollte.

Damit waren ihre Tätigkeiten im Kontor für diesen Tag beendet, und sie wollte sich den Haushaltspflichten zuwenden. Doch sie hatte noch nicht den Geldbeutel aufgemacht, da erschien Hilda an der Tür und kündete einen Besucher an.

»Ein fremdländischer Mensch, Herrin. Sagt, er kennt den Herrn Robert.«

»Ein Geschäftsfreund, demnach.«

»Kann ich nicht sagen. Er spricht seltsam und ist nicht von hier. Und ich würde ihn nicht einlassen.«

»Warum nicht?«

»Sein Blick ist böse.«

Da Hilda von allerlei abergläubischen Ängsten heimgesucht wurde, maß Alyss dieser Beobachtung nicht allzu viel Bedeutung bei und verlangte wagemutig, den Mann ins Kontor zu führen.

»Dass es Euch nur nicht später gereut«, murmelte Hilda vielsagend, polterte dann aber zur Haustür zurück. Alyss legte die Börse in die Truhe und klappte den Deckel zu. Nicht jeder unangekündigte Fremde musste direkt sehen, wie viel Geld sie im Haus hatte. Gleich darauf trat der Besucher ein, und sie betrachtete ihn abwartend. Groß war er, wettergegerbt seine Züge, derb seine Kleidung, wenn auch von ordentlicher Qualität. Ein weitgereister Mann, konnte man seinen zerschrammten Stiefeln Glauben schenken. Seine Augen – von hier mochte Hilda ihren Verdacht auf den bösen Blick herleiten – wirkten unter den verhangenen Lidern sehr hell in dem von der Sonne gebräunten Gesicht. Doch Alyss entdeckte keine Gefahr in ihnen, allenfalls Neugier.

»Mistress Alyss? Ich bringe Euch einen Gruß von Robert. Mein Name ist John of Lynne.«

Sein Deutsch war fließend, doch die Melodie seiner Rede klang ungewohnt, und manche Laute mochten seiner Zunge wohl unbekömmlich sein. Dennoch war er deutlich zu verstehen. Alyss nickte ihm grüßend zu.

»Ah, Master John of Lynne. Mein Schwager sprach von Euch. Doch nicht davon, dass Ihr uns aufsuchen wolltet.«

»Die Umstände, Mistress Alyss. Sie zwingen mich. Meines

Königs Tochter Blanca wird in sechs Tagen heiraten. Hier in Köln, den Ludwig von der Pfalz.«

»Und das kann sie nur mit Eurer Hilfe, nehme ich an?«

John of Lynne grinste Alyss frech an.

»Ich hoffe, Ludwig wird genug Mann für sie sein. Ich bringe nur das Geschenk für den Grafen und den Erzbischof.«

»Ihr macht dem Grafen und dem Erzbischof also Geschenke. Großmütig von Euch.«

»Geschenke meines Königs, Mistress. Weiße Gerfalken. Und ich habe auch einen für Euch mitgebracht.«

»Einen Falken?« Alyss' schwarze Augenbraue zuckte in die Höhe.

»Einen Falken, Mistress Alyss.«

»Aus England. Wie einfallsreich. Wenn Ihr einmal Euren Blick aus diesem Fenster schweifen lassen würdet, Master John of Lynne, was werdet Ihr dort wohl erkennen?«

»Einen Kirchturm, Mistress.«

»Was glaubt Ihr wohl, wer auf diesem Kirchturm haust?«

»Der Läuter von den Glocken?«

Alyss schnaubte verächtlich.

»Schaut genau hin mit Euren Falkenaugen.«

»Ah, ich verstehe. Ein Pärchen Falken.«

»Weshalb Ihr mein Befremden vermutlich versteht. Falken, Master John, haben wir auch hier in Köln. Auf jedem Kirchturm.«

»Nun, aber meine Falken sind besonders, Mistress. Nicht wild.«

»Nein? Können sie sprechen?«

Jetzt erlaubte sich John of Lynne ein leises Auflachen.

»So weit haben wir sie nicht … erzogen? Ausgebildet. Sie jagen. Mit Menschen.«

Er beugte mit einer sprechenden Bewegung den Arm, zog einem imaginären Falken das Häubchen vom Kopf und warf ihn in die Luft.

Trotz dieser kleinen Vorführung war Alyss' Miene noch immer streng.

»Falkenjagd, Master John, ist ein Vergnügen des Adels. Und die Patrizier unserer Stadt haben derzeit andere Sorgen.«

»Aber Euch würde es gut anstehen, Mistress. Nehmt ihn an, als mein Geschenk. Ein weißer Gerfalke ist würdig für eine Königin.«

»Ich bin Sieglerin, nicht Königin.«

»Ich verstehe. Ich bringe das nächste Mal den Adler für die Kaiserin mit, ja?«

Der Blick aus Alyss' grauen Augen sprach Bände.

»Nicht? Nein? Soll ich Euch wohl ein Ei vom Vogel Roch bringen oder die Asche vom Phoenix oder …?

»Oder ein paar Schwanzfedern der Harpyien. John of Lynne, wirklich nützlich wären ein paar Hühner, die regelmäßig Eier legen.«

»Mistress, Ihr seid so bewundernswert vernünftig.«

»So vernünftig, dass ich Euch jetzt ohne Umschweife nach Eurem Begehr frage, denn ich habe heute Morgen noch Aufgaben zu erledigen.

»Natürlich. Robert, er lud mich ein, für die Tage, die ich hier verbringe, in seinem Haus zu wohnen. Er ist noch unterwegs. Er wird wohl am Ende der Woche eintreffen.«

Nun gehörte das Haus tatsächlich den Brüdern van Doorne, und es war nicht unüblich, dass ihre Gäste ein Bett einforderten. Alyss nickte.

»Ihr könnt Roberts Gemach beziehen. Folgt mir, ich zeige Euch den Weg.«

Während sie voranging, wies sie ihn noch auf die Küche hin, wo die Mahlzeiten eingenommen wurden, und fragte nach seinem Gepäck.

»Ein Bündel nur, Mistress, und natürlich Euer Falke. Habt Ihr ein Obdach für ihn?«

»Reicht ihm der freie Himmel nicht?«

»Stellt Ihr Euren Geldbeutel unter freiem Himmel ab?«

»Mhm. Was, im Namen der heiligen Jungfrau, soll ich nur mit einem wertvollen Falken beginnen? – Frieder!«

»Frieder ist im Stall«, kam die Antwort einer Mädchenstimme aus der Küche, und Lauryn trat an die Tür.

»Hol ihn, Lauryn, er soll sich um den Falken kümmern. Master John wird ihm zeigen, was dazu notwendig ist.«

»Ja, Frau Alyss. Wirklich ein Falke?«

»Ein weißer Gerfalke«, ergänzte John und lächelte die vierzehnjährige Jungfer an. Lauryn, gewöhnlich unempfindlich den Aufmerksamkeiten des männlichen Geschlechts gegenüber, bekam rosa Wangen.

Alyss seufzte.

Nicht nur der Falke bereitete ihr Sorgen.

Nachdem der Gast versorgt war, kehrte sie in das Kontor zurück, um sich wieder der Börse zu widmen. Diesmal konnte sie ihre Tätigkeit zwar beenden, doch das Kontor zu verlassen, war ihr wiederum verwehrt. Reinaldus Pauli klopfte mit einem freundlichen Gruß an die Tür.

Sie nickte dem Tuchhändler gemessen zu.

»Ihr seht wohl aus, Frau Alyss. Hörtet Ihr jüngst von Eurem Gatten?«

»Nein, Meister Pauli, doch das besorgt mich nicht. Er wird zu gegebener Zeit eintreffen. Es wird Euch aber freuen zu erfahren, dass mein Schwager Robert Ende der Woche zurückkehrt.«

»Mit englischen Tuchen, hoffe ich. Das trifft sich außerordentlich, denn dann wird er gewiss an unserem Gaffelessen am Sonntag teilnehmen.«

»Ich werde es ihm ausrichten.«

»Seid so gut, Frau Alyss. Es findet anlässlich der englischen Hochzeit statt.«

»Die Eheschließung scheint für nicht unbeträchtliche Aufregung zu sorgen, Meister Pauli. Ein Geschäftsfreund von Robert ist soeben bei uns eingetroffen. Ein John of Lynne, der mit – mhm – Falken handelt.«

Reinaldus Pauli lachte auf.

»Wohl nicht ausschließlich. Aber wie man hört, ist es ein diffiziles Geschäft, diese Vögel gesund zu transportieren. Richtet dem englischen Händler auch die Einladung zum Essen aus. Er ist uns herzlich willkommen.«

»Lasst Euch nur nicht auch noch einen Falken andrehen.«

»Auch? Hat er Euch etwa einen mitgebracht?«

»Ja, und ich weiß noch nicht mal ein Rezept, wie man ihn genießbar zubereiten kann.«

»Frau Alyss, das Tier ist mit Gold aufzuwiegen.«

»Und wer, Meister Pauli, gibt mir das Gold für den lästigen Vogel? Wer, Meister Pauli, geht in unseren Kreisen zur Falkenjagd?«

»Je nun, eine berechtigte Frage. Aber es wird sich eine Antwort finden. Doch nun zum Geschäft, Frau Alyss. Wie steht es mit Euren Vorräten an Rheinwein?«

»Derzeit bescheiden, doch ich erwarte eine Lieferung aus der Pfalz. Der alte Peer und Euer Sohn Tilo müssten dieser Tage eintreffen.«

»Das freut mich zu hören. Dann nehmt meine Bestellung für das Gaffelessen entgegen.«

Alyss und der Tuchhändler einigten sich recht schnell über Menge, Qualität und Preis des Weins, und Alyss setzte ihr Siegel unter den Vertrag. Dieser Teil des Weinhandels lag gänzlich in ihrer Hand.

»Wie geht es Frau Mechtild?«, wollte sie dann wissen, als sie die geschäftlichen Abwicklungen beendet hatten. Die Gattin des Tuchhändlers war ihre Tante – zumindest im weitesten Sinne. Sie war die jüngere Halbschwester ihrer Mutter aus der zweiten Ehe ihres Großvaters, des Baumeisters Conrad Bertholf.

»Sie klagt über das Beschwernis ihres Leibes, wie üblich.«

»Die Geburt sollte kurz bevorstehen.«

»Das steht zu hoffen an. Aber auch wenn sie klagt, ist sie doch guter Stimmung. Besucht sie, wenn ihr ein wenig Zeit erübrigen könnt. Es ist ihr zu anstrengend, das Haus zu verlassen.«

»In den nächsten Tagen, Meister Pauli. Sowie die Lieferung eingetroffen ist.«

Er nickte und schob dann auf dem Schreibpult etwas verlegen das Tintenfass hin und her.

»Ich weiß, ihr seid eine rege Frau und kümmert Euch um viele Dinge. Darf ich Euch dennoch um einen weiteren Rat bitten?«

»Einen Rat oder einen Gefallen?«

Reinaldus Paulis breitflächiges Gesicht verzog sich entschuldigend.

»Welchen Gefallen?«, hakte Alyss nach.

»Ein Händler aus Friesland traf vorgestern bei uns ein. In seiner Begleitung hatte er ein junges Weib. Nicht das seine, um das klarzustellen. Ein verstörtes Geschöpfchen, hochschwanger und schreckhaft. Sie ist eines Nachts in ihrem Lager aufgetaucht und hat um Hilfe gebeten. Viel haben die Kaufleute nicht aus ihr herausbekommen. Nur dass sie mit Laurenz Stalen verheiratet war, der mit Venedig Handel trieb und bei einem Schiffbruch umkam. Stalen kannte ich flüchtig, wir sind uns in unserer Jugend dann und wann begegnet. Ich würde gerne etwas für seine Frau tun, aber derzeit kann ich Mechtild nicht zumuten, sich auch noch um eine Kranke zu kümmern.«

»Krank?«

»Eher an der Seele als am Körper. Sie schreit nachts in den Träumen, liegt zitternd und zähneklappernd in den Decken. Sie braucht weiblichen Trost, denke ich. Männer schrecken sie.«

»Ich will nicht ungefällig erscheinen, aber in diesem Haus wimmelt es mehr von Männern als von Frauen, vor allem, wenn Tilo, Robert und auch Arndt zurückkommen. Aber …« Alyss tupfte mit ihrem Zeigefinger an ihre Nase. »Ich wüsste eine Möglichkeit, Meister Pauli. Was haltet Ihr davon, die junge Witwe zu den Beginen am Eigelstein zu bringen? Sendet Catrin von Stave meine Grüße; sie wird sich um sie kümmern, bis sich eine bessere Lösung für sie findet.«

»Aber natürlich, Frau Alyss. Das ist eine gute Idee. Ich werde die frommen Frauen sogleich aufsuchen.«

»Wendet Euch an die Meisterin Clara, sollte Catrin nicht anwesend sein. Sie wird murren und stöhnen, aber sie ist eine herzensgute Frau, die keinem Leidenden die Hilfe versagt.«

Nach einigen weiteren, in Alyss' Augen reichlich überflüssigen Plaudereien verabschiedete der Tuchhändler sich endlich, und sie konnte die Küche aufsuchen. Hilda wartete darauf, die Börse zu erhalten, damit sie die Einkäufe tätigen konnte.

Die Haushälterin war ungnädig gestimmt. Weniger wegen

der Verzögerungen, die sich im Tagesablauf ergeben hatten, als über den neuen Logiergast.

»Es macht mir ja nichts aus, noch ein gefräßiges Maul mehr zu stopfen, Herrin, aber der Mann hat einen seltsamen Blick. Und er ist ein Verführer der Jugend.«

»Wen hat er in dieser kurzen Zeit bereits zu unsittlichem Tun verleitet?«

»Dazu nicht, aber der Frieder ist ganz aus dem Häuschen. Wegen des Vogels. Der Mann hat ihn fliegen lassen. Und dieses böse Tier hat den Storch vom Dach verscheucht. Und Ihr wisst doch, was das bedeutet.«

»Für Kindersegen braucht's mehr als einen Storch auf dem Dach«, knurrte Alyss.

»Ja, einen Mann im Haus und einen Gatten im Bett!«, schnaubte Hilda. »Und deswegen ist es ein schlimmes Omen. Denkt an meine Worte, Herrin. Ein ganz schlimmes Omen.«

»Ach, pah!«

4. Kapitel

Es war wirklich ein geschäftiger Tag für die Herrin des Hauses van Doorne. Denn schon am Nachmittag traf ein weiterer junger Mann ein, der freudestrahlend verkündete, das Schiff mit der erwarteten Weinladung habe im Hafen festgemacht, und man benötige den Frachtkarren.

»Hervorragende Ware, Frau Alyss. Ganz hervorragende Ware haben wir eingekauft!«

»Du wirst es wissen, Tilo. Vermutlich hast du sie in ausreichender Menge verkostet.«

Alyss betrachtete den Sechzehnjährigen von oben bis unten. Konnte es sein, dass ein Junge in sechs Wochen einen Zoll gewachsen war? Doch sicher nicht. Es musste der Stolz auf die erste Handelsreise sein, die ihm eine so aufrechte Haltung verlieh. Nun gut, sie gönnte es ihm. Er war von den fünf Schützlingen in ihrem Heim der besonnenste.

»Natürlich haben wir uns Kostproben von den Weinen geben lassen. Wer weiß, was für einen Sauerampfer sie uns sonst angedreht hätten!«

»Von jedem Fass einzeln?«

»Ähm ... nein.«

»Dann wollen wir hoffen, dass jene, von denen du keine Probe genommen hast, nicht doch gepantschte Lauge enthalten. Und nun lass dir vom Knecht den Karren anschirren. Nur gut, dass das Rad gerade gestern gerichtet wurde.«

Tilo verbeugte sich leicht vor Alyss und begab sich Richtung Hof. Dort kam Leocadie soeben aus dem Kräutergarten, machte offensichtlich eine freundliche Bemerkung über seine Heimkehr, und mit einem weiteren Seufzer beobachtete Alyss, wie Tilo ihr mit verklärtem Blick hinterhersah.

Als das Vesperläuten über der Stadt verklungen war, versammelte man sich in der geräumigen Küche zum gemeinsamen Abendessen. Merten hatte sich eingefunden, prunkte mit einer neuen Schecke aus grünem Tuch und setzte sich auffällig nahe zu der schweigsamen Leocadie, die ihm zwar einen seelenvollen Augenaufschlag gönnte, sich aber dann schüchtern in sich selbst zurückzog. Magister Hermanus sprach ein langes und salbungsvolles Tischgebet, währenddessen Alyss sich bemühte, ihr Gähnen zu unterdrücken, und dann Frieder einen strafenden Blick zusenden musste, weil der mit Tilo unter dem Tisch eine Rangelei angefangen hatte. John of Lynne saß regungslos neben ihr, doch zu ihrer Überraschung bemerkte sie, dass er unter halb gesenkten Lidern sehr aufmerksam die Gemeinschaft musterte. Den Tag über hatte sie keine Zeit gehabt, sich auch nur den kleinsten Gedanken zu dem unerwarteten Besucher zu machen, dazu würde sie, falls die Müdigkeit sie nicht vorher übermannte, aber noch diesen Abend kommen.

Hilda tischte eine große Schüssel mit gekochten Würsten auf, die mit ihrem Duft von Thymian, Majoran und Zwiebeln den Raum füllten. Frisches Brot, Bohnenmus, Krüge mit Apfelwein und Bier machten die Runde, nachdem Magister Hermanus endlich sein erlösendes Amen gesprochen hatte.

In der ersten Zeit herrschte die sprichwörtliche gefräßige Stille. Das Tagewerk hatte hungrig gemacht, alle langten herzhaft zu. Nur Lauryn zischte ihren Bruder Frieder einmal an, der ihr die halbe Wurst aus der Schüssel rauben wollte. Auf leisen Sohlen schlich sich auch Malefiz, der schwarze Kater, in den Raum, und Alyss war sich vollkommen sicher, dass er sich den einen oder anderen Wurstzipfel erschmeichelte. Tatsächlich reichte sie selbst ihm heimlich ein Häppchen zu, das er mit einem leisen Schnurren aus ihrer Hand nahm.

Auch das entging ihrem Gast augenscheinlich nicht, denn er hielt ebenfalls unauffällig ein Stückchen Wurst unter den Tisch. Dann aber, als der Korb mit den mit süßen Mandeln und Rosinen gefüllten Pasteten auf den Tisch gestellt wurde, erhob sich das Geplapper. Insbesondere Tilo wurde nach seinen Erlebnissen auf der Reise ausgefragt, und mit sichtlichem Vergnügen schilderte er die Fahrt auf dem Frachtkahn, die ihn an den gefährlichen Felsen der Loreley – nein, nein, leider hatte sie sich nicht die goldenen Locken gekämmt – und durch das brodelnde Binger Loch geführt hatte. Auch der Besuch bei den Winzern und die geschickten Verhandlungen, die er – na gut, vor allem Peer, der Handelsgeselle – geführt hatte, waren Stoff für ausführliche Schilderungen.

Zufrieden registrierte Alyss, dass ihre Schutzbefohlenen zwar Tilo lebhaft ausfragten, sich aber höflich zurückhielten und den Fremden am Tisch nicht sofort mit ihrer Neugier behelligten. Erst Merten zog den schweigsamen Engländer ins Gespräch.

»Eure Reise über die Nordsee verlief ruhig, Master John? Ich hörte, dass Kauffahrer der Hanse sich oft über das verbrecherische Treiben der Seeräuber beklagen.«

Schlagartig war es still in der Runde. Alle Augen richteten sich auf den Gast, und der spülte seinen letzten Bissen mit einem großen Schluck Apfelwein hinunter.

»Diese Überfahrt war friedlich. Aber Ihr habt sicher auch gehört, dass man die Vitalienbrüder in einer großen Schlacht besiegt hat.«

»Nein! Berichtet, Master John.«

»Oh ja, Master John. Wart Ihr dabei? Habt Ihr mit ihnen gekämpft?

»Wann geschah das?«

»Sind sie nun alle vernichtet?«

Wie Alyss feststellen konnte, ergötzte sich ihr Tischnachbar an den eifrigen Fragen, und als er sie zu beantworten ansetzte, konnte sie nicht umhin, seine Erzählkunst zu bewundern. Er beherrschte ihre Sprache zwar nicht vollendet, konnte sich aber sehr gut verständlich machen. Die jungen Leute hingen an seinen Lippen, als er von der wilden Seeschlacht bei Helgoland berichtete, bei der die hansische Flotte das berüchtigte Oberhaupt der Likedeeler, Klaus Störtebeker, gefangen nahm. Nein, er selbst sei nicht dabei gewesen, hatte aber Leute getroffen, die auf der »Bunten Kuh« gefahren waren. Auch die unglaubliche Geschichte der Hinrichtung des Seeräubers nahm die Zuhörer gefangen. Alyss hegte jedoch gewisse Zweifel daran, dass der enthauptete Störtebeker noch an elf seiner Kumpanen vorbeigelaufen sein sollte, um deren Begnadigung zu erwirken, und erst zu Boden gestürzt sei, als der Henker ihm ein Bein stellte. Sie hatte selbst – mit Schaudern erinnerte sie sich daran – vor Jahren einer öffentlichen Hinrichtung beigewohnt, und der Delinquent war, nachdem das Richtschwert gefallen war, absolut nicht mehr in der Lage gewesen, auch nur noch einen Schritt zu tun. John of Lynne schien eine Neigung zu blumigen Ausschmückungen zu pflegen und es mit der Wahrheit nicht ganz so genau zu nehmen. Sein Publikum aber dankte es ihm mit atemloser Aufmerksamkeit. Ja, das Treiben der Seeräuber sei eingedämmt, seit die dreiundsiebzig Männer bestraft worden waren, doch ausgerottet waren sie noch lange nicht. Die friesischen Häuptlinge boten ihnen von jeher Schutz und Obdach, versteckten Schiffe und Ladungen, sorgten dafür, dass die gekaperte Ware gewinnbringend weiterverkauft wurde, und manch unredlicher Kaufmann machte dadurch doppeltes Geschäft.

Das war neu für Alyss, und nun lauschte auch sie fasziniert. Die Seeräuber, die sich mit den Friesen auf den Inseln zusammengetan hatten, lernte sie, lockten Kauffahrteischiffe mit falschen Leuchtfeuern auf die Sandbänke, plünderten sie, meuchelten die sich wehrenden Besatzungen und Passagiere oder nahmen sie als Geiseln und verlangten von deren Verwandten hohe Auslösesummen.

Die junge Witwe, die Reinaldus Pauli an diesem Vormittag erwähnt hatte, fiel ihr ein. Doch er hatte von Schiffbruch gesprochen, nicht von Überfall. Wie dem auch gewesen sein mochte, ihre Freundin Catrin würde ihre Neugier sicher befriedigen, wenn der Tuchhändler die Frau wirklich bei den Beginen untergebracht hatte.

Inzwischen hatte die Tischgesellschaft jegliche Hemmungen verloren, und man überbot sich gegenseitig mit Fragen an den Erzähler. Gutmütig beantwortete John sie und ließ auch grausigste Einzelheiten nicht aus. Die wilden Friesen, die zwar getauft, aber nicht eben zu den wirklich frommen Christen zählten, sondern den alten, streit- und trunksüchtigen Heidengöttern zugetan waren, bannten besonders ihre Aufmerksamkeit.

Bis Magister Hermanus einschritt.

»Hört, Master John of Lynne, Eure Geschichte mag wahr sein oder nicht, doch sie dient nicht der Erbauung junger Seelen. Bedenkt, dass zarte Jungfern am Tisch sitzen und auch die Herrin des Hauses.«

Alyss sah sich zu ihrem Bedauern gezwungen, dem Gast zur Mäßigung zu raten, nicht weil sie um den Seelenfrieden ihrer Schützlinge gebangt hätte – die christlichen Märtyrerlegenden waren in ihrer Blutrünstigkeit den Geschichten von Heiden und Seeräubern durchaus ebenbürtig –, aber der arme Geistliche hatte einen schweren Stand in ihrem Heim, weshalb sie seine Autorität ein wenig stützen musste. Den Hauspfaff nannten sie ihn hinter seinem Rücken und spöttelten über seinen unersättlichen Appetit. Er war auch kein ganz und gar angenehmer Mensch, aber ein Verwandter ihres Mannes, der über keinerlei eigenes Geld verfügte. Seine Tätigkeit als Messner von Lyskirchen brachte ihm nur einen Hungerlohn und eine zugige Kammer auf dem Dachboden des Pfarrhauses ein. Dafür musste er die Pfarrschule leiten, die Kirche in Ordnung halten, die Glocken läuten und dem Pfarrer mit allerlei Dienstleistungen zur Seite stehen.

Alyss' Einschreiten brachte der Gesellschaft überdies zu Bewusstsein, dass es Schlafenszeit war. Hedwigis und Lauryn übernahmen auf Alyss' Weisung den Tischdienst, die anderen verließen mit höflichen Verbeugungen vor ihr die Küche. So tat es auch John of Lynne, doch er hatte noch ein paar Worte an sie zu richten.

»Ich hoffe, Mistress Alyss, meine Geschichte hat Euch nicht aufgeregt und wird Euch nicht den Schlaf rauben.«

»Nein, Master John. Ich habe schon schrecklichere gehört. Den Schlaf wird mir eher die Sorge um den Falken rauben.«

Er lachte auf.

»Er ist gut versorgt in Eurem Stall.«

»Ja, bis ich einen Weg gefunden habe, wie ich ihn auf dem Grillspieß zu einem genießbaren Geflügel verarbeiten kann«, knurrte sie.

»Wir lassen ihn morgen fliegen, Mistress Alyss. Und dann werdet Ihr ihn lieben lernen.«

Er verneigte sich ebenfalls anmutig und schien durch das schroffe Wesen der Hausherrin nicht im Mindesten beeindruckt zu sein.

Mit einem winzigen Lächeln in ihren Augenwinkeln sah Alyss ihm hinterher. Dann scheuchte sie auch die Mädchen zu Bett, strich Malefiz, der sich vor dem warmen Herd zusammengerollt hatte, über den Kopf und begab sich selbst in ihre stille Kammer.

Das Gemach, das Hausherr und -herrin bewohnten, war neben dem Saal das größte im Haus. Seine beiden Fenster führten zum Hof hinaus, die dunklen Deckenbalken waren mit Schnitzereien verziert, genau wie auch die Schiebetüren, die den breiten Alkoven vor Zugluft schützten. Ihre Gewänder, Laken und Decken waren in einem mächtigen Eichenschrank und zwei Truhen untergebracht, ein Holzzuber, ein Schaff und eine große Zinnkanne mit Wasser standen für die Toilette bereit, und in der Ecke lud auf einem niederen Podest der kleine Hausaltar zur Andacht ein.

Alyss legte die Tageskleider ab und schlüpfte in ein einfaches Hemd. Mit einem müden Blick streifte sie das schlichte Kreuz und zündete dann das Nachtlicht an. Liebevoll betrachtete sie die beiden Holzfiguren, die Maria und Joseph darstellten. Ihre Mutter hatte ihr dieses kleine Kunstwerk mitgegeben, als sie aus ihrem Heim ausgezogen war, um an der Seite ihres Gatten zu leben. Aus silbrigem Holz war der Heilige geschnitzt, der seinen Arm fürsorglich um die aus goldfarbenem Holz gearbeitete Gottesmutter legte. Sie aber schaute fast ein wenig herausfordernd zu ihm auf. Diese köstliche Schnitzerei aus der Hand des begnadeten Bruders Bertram, eines Benediktiners, erschien ihr als ein Sinnbild vollkommener ehelicher Gemeinschaft. Als solches hatte sie es schon als Kind gesehen.

Und eine solche hatte sie sich auch von ihrer Heirat erhofft, und anfangs war es ihr so vorgekommen, als ob ihr Wunsch auch in Erfüllung gegangen wäre. Das erste Jahr war Arndt überwiegend zu Hause geblieben. Sie hatte ein Kind von ihm empfangen und geboren, was ihn glücklich zu machen schien. Doch dann hatte er seine Reisen wieder aufgenommen. Erst nur kurze, dann immer längere, und nach dem Unfall hielt er sich nur noch dann und wann für wenige Wochen zu Hause auf.

Er hatte ihre Trauer nicht ertragen, vermutete Alyss.

Er hatte sich eine junge, willige Gattin gewünscht, doch nach dem Tod ihres Sohnes hatte Alyss wochenlang kaum ein Wort gesprochen und war ihren ehelichen Pflichten nicht eben mit Freude nachgekommen.

Vielleicht war er ebenso untröstlich wie sie, aber nie fand sie die richtigen Worte, um mit ihm darüber zu sprechen, und darum flüchtete sie sich in die Arbeit, führte seine und ihre Geschäfte, besorgte das Haus und bewirtete seine und seines Bruders Gäste.

Man hatte sie zwar gelehrt, ein Nachtgebet zu sprechen, doch das tat sie selten. Sie hatte sich vielmehr angewöhnt, vor dem Schlafengehen die Ereignisse des Tages noch einmal zu durchdenken. Und das tat sie gerne vor dem Hausaltar, denn das geschnitzte Paar, Maria und Joseph, hatte eine verblüffende Ähnlichkeit mit ihren Eltern.

Und die liebte sie sehr. So empfand sie denn ihr stilles Gespräch auch beinahe so, als ob sie bei ihnen wäre und ihnen, wie sie es als Kind so oft getan hatte, ihre kleinen und großen Erlebnisse schildern konnte. Almut und Ivo vom Spiegel hatten ihr immer geduldig zugehört, und das taten Maria und Joseph nun auch.

Neben vielen Kleinigkeiten war es vor allem John of Lynne, über den sie sich Klarheit verschaffen wollte. Ihr Schwager Robert hatte ihn immer mal wieder erwähnt, wenn er über seine Tätigkeit und seine Reisen sprach. John war sein Partner in England, wo er von den dortigen Tuchwebern Ware aufkaufte und sie nach London zum Stalhof, der Niederlassung der Hanse, brachte. Wie genau die beiden Männer zusammengefunden hatten, wusste sie nicht, nur dass ihr Schwager immer mit Anerkennung über Johns Vorgehen beim Einkauf hochwertiger Tuche sprach. Er schien kaufmännisches Geschick zu beweisen, hatte ein Auge für Qualität und ganz offensichtlich auch ein einnehmendes Wesen, wenn man an seine Art des erzählerischen Garnspinnens dachte. Auf eigene Rechnung, daran erinnerte sie sich jetzt, bildete er Falken aus. Das hatte Robert irgendwann einmal berichtet. Jagdfalken waren wertvoll; trotz ihrer knurrigen Bemerkungen über den Grillspieß wusste Alyss das recht gut. Und weiße Gerfalken waren sogar ein hohes Luxusgut. Allmächtiger Vater, was sollte sie nur mit dem Tier anfangen? Sie würde es zumindest so lange behalten und sorgsam pflegen müssen, wie John of Lynne in Köln weilte. Dann würde man sehen. Merten, fiel ihr ein, pflegte Umgang mit ein paar adligen Müßiggängern, deren Eltern vor der Stadt Grund besaßen. Unter Umständen reizte jemanden von denen die Vorstellung, mit einem edlen Gerfalken auf die Jagd zu gehen.

Und dann musste sie sich in den nächsten Tagen unbedingt die Zeit nehmen, nicht nur Frau Mechtild zu besuchen, sondern sich auch nach der schwangeren, verstörten Witwe zu erkundigen. Die Berichte von den rauen Friesen ließen Alyss nicht ganz los. Möglicherweise entpuppte sich Master John da als Helfer, der etwas mehr Licht in die Angelegenheit bringen würde.

Ja, und dann musste sie ein strenges Auge auf die Rasselbande in ihrem Haus haben. Tilos schafsgesichtiger Blick, wann immer er Leocadies ansichtig wurde, versprach Ärger. Desgleichen Lauryns sehnsüchtiges Starren, wenn sie Tilo beobachtete.

Alyss seufzte.

»›Die Liebe – wer sich nicht hüten kann – sie blendet wohl den weisen Mann‹«, murmelte sie die Worte ihres Lieblingsdichters.

Und dann ging sie zu Bett.

5. Kapitel

Sorgfältig notierte Alyss die eingetroffenen Fässer mit Pfälzer Wein in ihrem großen Haushaltsbuch, rechnete die bisherigen Bestellungen dagegen und markierte die Forderungen an ihre Kunden mit einem Kringel. Das war ihr eigenes System, um den Überblick darüber zu behalten, wer ihr noch Geld schuldete und bei wem sie noch offene Rechnungen zu begleichen hatte.

Der Morgen war frisch, und Vogelgesang tönte laut vor dem Fenster. Das Rollen der Frachtkarren, die ihre Ladungen vom Rheinhafen durch die Witschgasse zu den Märkten brachten, das Schnauben der starken Zugpferde und das Gebrüll der Fuhrleute, die sich über Hindernisse aufregten, störte sie bei ihren konzentrierten Arbeiten nicht. Mit flinken Fingern schob sie die klappernden Kugeln ihres Abakus hin und her, eine Fertigkeit, um die sie mancher Kaufmann beneidete. Sie hatte allerlei Währungen im Kopf und konnte Dukaten und Gulden, englische Nobel und welsche Ecu umrechnen, wusste um die Verhältnisse von Pfennigen zu Hellern, Groschen zu Kreuzern, den kleinen Münzen des täglichen Bedarfs, und war sogar in der Zinsrechnung bewandert. Diese Kenntnisse hatte sie sich in der Zeit erworben, die sie bei ihrer Tante Aziza in Burgund verbracht hatte. Damals, zwischen ihrem dreizehnten und neunzehnten Lebensjahr, hatten sie und ihr Bruder Marian im Haushalt des Weinhändlers Leon de Lambrays ihre Ausbildung erhalten, so wie sie jetzt selbst die Kinder ihrer Verwandten betreute. Aziza, die früher in Köln als Geldwechslerin tätig gewesen war, hatte ihr Interesse an den Zahlen geweckt und dabei ihr Talent für die Rechenkunst entdeckt. Marian hatte ebenfalls Freude an mathematischen Spielereien, aber die abstrakten Gedankenübungen fesselten ihn nicht so sehr wie seine Schwester. Er war praktischer veranlagt, wollte, wenn er zählte oder teilte, die Dinge in der Hand halten oder vor sich sehen.

Ihre Ausbildung in dem Haushalt des Winzers und Weinhändlers Leon de Lambrays hatte etwas länger als üblich gedauert, weil in jenen Jahren in Köln die erbitterten Kämpfe der Zünfte gegen die Patrizierherrschaft tobten und es für die Eltern eine große Beruhigung war, ihre Kinder in sicherer Entfernung zu wissen. Nichtsdestotrotz war es für Alyss und Marian eine glückliche Zeit gewesen.

Glockenschläge kündeten die Terz, und mit ihnen kündigte auch Hilda wieder einmal einen Besucher an.

»Ein Haufen Fremder kreuzt hier auf, Herrin. Schon wieder einer aus dem Norden. Er will den Herrn sprechen. Hab ihm gesagt, dass Ihr seine Geschäfte führt. Er wollt's nicht glauben«, brummelte sie düster.

»Er wird es lernen, wenn er etwas von dem Herrn will. Führ ihn zu mir; ich will mir sein Anliegen anhören.«

Ein vierschrötiger Mann in pelzbesetztem Lederwams wies sich tatsächlich als Nordmann aus. Harro Peddersen, wenn auch ein gestandener Kaufmann aus dem Wik, der Handelsniederlassung der Friesen in Köln, fühlte sich erkennbar unwohl in dem Kontor, in dem eine Frau hinter dem Schreibpult saß und ihn mit kühlen Augen musterte.

»Was ist Euer Begehr, Harro Peddersen?«, fragte Alyss ihn ohne weitere höfliche Floskeln.

»Ich muss mit Arndt van Doorne sprechen.«

»Mein Gemahl befindet sich auf Reisen. Wenn es sich um eine geschäftliche Angelegenheit handelt, will ich Euch gerne behilflich sein. Solltet Ihr ein privates Anliegen haben, werdet Ihr Euch gedulden müssen, bis er heimgekehrt ist. Wir nehmen an, dass er in den nächsten Wochen eintreffen wird, doch genaue Kenntnis, wann das sein könnte, haben wir nicht.«

Der Kaufmann trat verlegen von einem Bein aufs andere.

»Muss ihn sprechen!«, murmelte er. »Wegen Geld.«

»Wenn es um Geld geht, könnt Ihr auch mit mir sprechen, Kaufmann.« Alyss war von den meisten Kaufleuten, mit denen sie Handel trieb, selbstverständlich anerkannt, bei Fremden aber verspürte sie jedes Mal Ungläubigkeit und Misstrauen. »Ich bin Sieglerin und damit berechtigt, Geschäfte abzuwickeln.«

Zur Demonstration holte sie das Siegel aus dem Kasten und reichte es ihm. Er begutachtete das kleine Petschaft aufmerksam. Alyss' Siegel zeigte eine elegante Frau, die das Wappen derer vom Spiegel hielt und dessen Umschrift lautete: S' Alyss vom Spiegel Civise Col.

Harro Peddersen schien das Lesen nicht sehr geläufig zu sein, seine Lippen formten mühsam die Laute der Buchstaben nach. Alyss half ihm zuvorkommend aus: »Sigillum der Alyss vom Spiegel, Bürgerin von Köln. Das Wappen, Kaufmann, ist das meines Vater. Er führt drei Spiegel im Schild.«

»Nicht das Eures Ehemanns?«

»Mein Vater ist Patrizier dieser Stadt.«

Peddersen zuckte ob des Tones merklich zusammen.

»Gewiss, nur …«

»Sind die Geschäfte, die Ihr mit Arndt van Doorne tätigt, so heimlicher Natur, dass Ihr sie mir gegenüber nicht erwähnen könnt?«

Noch einmal zuckte der Mann bei der scharfen Frage zusammen. Dann langte er in seinen Beutel und holte ein speckiges

Stück Pergament hervor. Unschlüssig drehte er es in der Hand, dann stieß er sie vor und knallte es auf das Pult.

»Bekomme Geld von ihm.«

»Das war zu erwarten. Wofür?«

»Dafür!«

Alyss nahm das gefaltete Schreiben, klappte es auf und las: »Arndt van Doorne zahlt gegen diesen Brief am ersten Tag des Julius im Jahre des Herrn 1402 an Harro Peddersen insgesamt 15 Gulden. Damit sind meine Schulden an ihn beglichen. Folcko von Marienhafe, im März des selben Jahres.« Daneben standen Arndts Schriftzug und sein Siegel.

Ein Wechsel auf einen unerfreulich hohen Betrag und ein Geschäft, das sich, wieder einmal, ihrer Kenntnis entzog. Wenn Alyss auch verärgert darüber war, so gebot es doch die Ehrenhaftigkeit, die fällige Wechselschuld umgehend zu begleichen. Wortlos ging sie zur Truhe, holte den schweren Geldbeutel hervor und zählte dem verdutzten Kaufmann die Goldstücke vor.

»Unterschreibt auf der Rückseite des Wechsels, dass Ihr das Geld von mir erhalten habt, Harro Peddersen«, forderte sie, als der Mann die Münzen in seinem Beutel verstaut hatte. Unbeholfen krakelte der seinen Namen auf das Pergament und setzte sogar sein Siegel neben das von Alyss. Sie verabschiedete ihn darauf kalt, beinahe unhöflich, was aber vor allem mit ihrer überschäumenden Wut zu tun hatte, nicht mit seiner berechtigten Forderung.

Was für Geschäfte hatte Arndt mit einem Folcko betrieben? Vor allem über einen derart hohen Betrag? Er hatte fast die gesamte Barschaft aufgezehrt. Noch drei Gulden waren übrig. Es war ein gewaltiger Schlag ins Kontor.

Dennoch trug sie gewissenhaft die Ausgabe in ihr Buch ein.

Und dann kam ihr glücklicherweise das Komische der Situation in den Sinn. Der arme Peddersen hatte ganz offensichtlich nicht geglaubt, dass er für den schmierigen Fetzen Pergament tatsächlich einen Haufen Gold bekommen würde, und war wohl auf eine lange Auseinandersetzung mit Arndt vorbereitet gewesen. Und dann war er auf sie, die Herrin des Hauses, getroffen, von der er noch weniger vermuten konnte, dass sie den Sinn des Wechsels verstand.

Aber neben den Rechenkünsten hatte Alyss auch das eine oder andere über das bargeldlose Bezahlen von Waren gelernt. Nicht von Aziza, sondern von Marian, der sich in dem Jahr, das er im venezianischen Kontor verbrachte, dieses erfreuliche Wissen angeeignet hatte. Das Zahlungsversprechen auf einem Dokument ersparte den Kaufleuten das aufwändige Transportieren von Münzen, die nicht nur schwer und unhandlich, sondern auch leichte Beute von Straßenräubern waren. Wechsel erfreuten sich zunehmender Beliebtheit, vor allem bei den Fernhändlern aus den südlichen Landen. Üblicherweise wurden sie bei den Messen eingelöst, aber auch solche mit anderen Terminen hatten ihre Gültigkeit. Dass ein Nordmann mit einem Wechsel auftauchte, war noch etwas ungewöhnlich, und sofort verflog Alyss' gute Laune wieder. Arndt, so nahm sie ernsthaft an, durchschaute das Wesen des Wechsels nicht vollkommen. Er neigte dazu, Schulden zu ignorieren. Darüber hatten sie sich, seit sie die Bücher genauestens führte, schon mehrfach gestritten. Es war ihm einfach nicht einsichtig zu machen, dass bei Geschäften mit Geld oder Waren, für die man nicht augenblicklich einen Gegenwert zahlte, irgendwann jemand mit einer Forderung auftauchen würde. Andererseits kam er aber auch immer wieder mit Beuteln voll Gold an, über deren Herkunft er ihr keine Auskunft zu geben bereit war. Wenn sie insistierte, wurde er wütend und brüllte, sie solle sich um die Kerzenstummel im Haushalt kümmern und froh sein, dass er Brot und Wurst bezahlte. Bisher hatte sie immer nachgegeben. Denn soweit sie es beurteilen konnte, verfügte er trotz allem über einen guten Riecher für seinen Handel. Er hatte blendende Beziehungen zu den Winzern, sowohl in Burgund als auch im Rheinland, er hatte den kleinen regionalen Weinhandel seiner Eltern erweitert und gehörte inzwischen zu den anerkannten Exporteuren, die ihre Ware bis ins ewig durstige England lieferten. Er war von Beginn an großzügig zu ihr gewesen; über Geiz hatte sie nie zu klagen gehabt. Auch wenn er ihre pedantische Art der Buchführung lästig fand und sich zweifellos über ihre Federfuchserei genauso ärgerte wie sie sich über seinen lässigen Umgang mit dem Geld, so hatte er ihre Tätigkeit immer gutgeheißen. Ja, er hatte sie sogar ermuntert, ihren eigenen kleinen Handel zu betreiben, hatte ihr Adressen von pfälzischen Winzern genannt, sie bei seinen Bekannten empfohlen, sie vor manchem faulen Kunden gewarnt und ihr den einen oder anderen Trick beim Feilschen verraten.

Was sie nie ganz verstanden hatte, war sein Verhältnis zu Robert, seinen um sieben Jahre jüngeren Bruder. Robert war unverheiratet und, anders als Arndt, nicht im elterlichen Weinhandel tätig, sondern hatte sich, was ungewöhnlich war, irgendwann dem Tuchhandel zugewandt. Zwischen den Brüdern herrschte, wann immer sie sich trafen, eine eigenartige Spannung. Doch zu solchen Begegnungen kam es nur selten. Robert war ebenfalls sehr viel unterwegs, und wie es sich fügte, lagen seine Aufenthaltszeiten in Köln immer in den Monaten, in denen sich Arndt außer Landes aufhielt. Robert verbrachte die Wintermonate im Haus und wickelte seine Geschäfte mit den Kölner Gewandschneidern ab, besuchte im Frühjahr die Messen, um sich anschließend nach England zu begeben und dort die neue Ware zu übernehmen, die er in den Sommermonaten verschiffte.

Wichtig für ihn waren dann Herbstmessen, vor allem die in Frankfurt. Der Juni oder Juli war also der einzige Zeitraum, in dem sich Arndt und Robert in Köln begegneten.

Dieses Ereignis stand nun wieder bevor, und Alyss hoffte, dass es ein friedliches Zusammentreffen sein würde. Eigentlich freute sie sich sogar darauf, denn auch wenn ihr Gatte sie inzwischen über lange Zeiten alleine ließ, war sie ihm doch immer noch zugetan und hoffte auf seine Zuneigung. Und darauf, dass diese möglicherweise so weit gehen mochte, dass sie wieder empfangen würde.

Aber auch Roberts Eintreffen sah sie mit Freude entgegen. Er war ein umgänglicher Mann, der ihr gerne bei allerlei häuslichen Fragen zur Seite stand und ihr während der Wintermonate einiges an Pflichten abnahm.

Resolut schlug sie das Haushaltsbuch zu und verließ das Kontor.

6. Kapitel

In der Küche herrschte geschwätzige Betriebsamkeit, als Alyss eintrat. Da das Geplauder aber sofort verstummte, vermutete sie, dass Master John wieder sein Garn gesponnen hatte. Hilda rührte beflissen in dem Kessel, der am Haken über dem Feuer hing, Lauryn und Hedwigis polierten eifrig die Messingpfannen, Leocadie ihre Fingernägel. Tilo stapelte Feuerholz, und Frieder ärgerte Malefiz. John of Lynne schnitzte einen Löffel und grinste die Hausherrin an.

Sie blieb streng und zählte nüchtern die Pflichten auf, die ein jeder zu übernehmen hatte.

»Leocadie, deine Fingernägel sind nun glatt genug, dass du die Wäsche einsortieren kannst. Achte dabei darauf, ob es etwas zu flicken gibt.«

Still erhob sich das schlanke Mädchen, deutete einen Knicks an und verließ den Raum. »Hedwigis, der Korb mit den Hemden wartet auf dich. Du kannst dich ans Säumen machen.«

»Ja, Frau Alyss. Aber ich habe ein paar Borten gekauft, die ich erst an mein Sonntagsgewand nähen muss.«

»Nicht müssen, sondern wollen, Hedwigis. Zuerst *müssen* die Hemden fertig gemacht werden.«

»Aber ich will nicht schon wieder mit dem langweiligen Kleid zur Kirche gehen«, begehrte das Mädchen auf.

»Dem Herrgott wird es auch ohne bunte Borten gefallen. An die Arbeit und keine Widerrede.«

Alyss ignorierte den schmollenden Abgang der Vierzehnjährigen. Ihre Mutter stammte aus vornehmster Familie und hatte ihr die betrübliche Neigung zu Putz und Hochnäsigkeit mitgegeben. Ihr Vater, Baumeister Peter Bertolf, hatte die Hoffnung geäußert, dass sie unter Alyss' Aufsicht wertvollere Tugenden erlernte. In den sieben Monaten, die sie bisher unter ihrem Dach weilte, hatte diese Erziehung aber noch keine Früchte getragen.

»Tilo und Frieder, ihr kommt mit mir in den Weingarten. Wir binden die Reben auf.«

»Ja, Frau Alyss!«

Nun, diese beiden Helfer waren zumindest willig.

»Und du, Lauryn, kümmerst dich bitte um den Gemüsegarten, das Unkraut sprießt schneller als die Erbsen. Wenn Hilda etwas braucht, wird sie es dir sagen.«

»Ein paar Möhren und Petersilie kannst du mir mitbringen«, sagte die Haushälterin. Lauryn nickte und sagte kurz: »Mach ich.«

Auch sie war eine willige Arbeiterin, die gerne zwischen Kräutern und Gemüse herumwurzelte. Ihre Talente lagen im Handwerklichen, sie hatte eine praktische Ader und wenig Sinn für Firlefanz, weshalb Alyss die anhimmelnden Blicke auf Tilo lange nicht so viel Sorgen machten wie dessen schwärmerisches Schafsgesicht, wenn er Leocadie auch nur aus der Ferne sah. Aber darum würde sie sich nicht in der Öffentlichkeit kümmern, sondern beizeiten das vertrauliche Gespräch mit den Delinquenten suchen. Jetzt wandte sie sich an John of Lynne, der den Holzlöffel mit einem feinen Bimsstein glättete.

»Und welche Aufgabe, Master John, wäret Ihr in der Lage zu übernehmen?«

»Die Jagd vielleicht, Mistress Alyss?«

»Benötigen wir Wildbret, Hilda?«

»Selten, und schon gar nicht das von Wilderern.«

»Wie Ihr hört, Master John.«

»Wilderei ist ein böses Verbrechen und kann auch hierzulande den Mann eine Hand kosten, richtig?«

»Sehr richtig. Dieses Risiko wolltet Ihr eingehen?«

»Nicht für mich, Mistress Alyss, sondern für den Falken. Er braucht frisches Fleisch.«

»Er kann seine Mäuse, oder was immer er frisst, selbst fangen.«

»Natürlich, Mistress Alyss. Aber dazu müssen wir jagen.«

»In Gottes Namen, dann jagt mit dem Federvieh. Ich bin in den Weingärten, wenn jemand nach mir fragt. – Tilo! Frieder!«

Einige Wolkenschiffe segelten gemächlich über das Himmelsblau, und eine lustige Brise ließ die jungen Blätter der Weinstöcke flattern. Der Garten lag hinter dem Anwesen und gehörte einst zu einem mehr als doppelt so großen Feld. Doch das hatte Robert, soweit sie wusste, nach dem Tod seiner Eltern verkauft, da weder er noch Arndt Weinanbau betreiben wollten. Die Nachbarn hatten das Land gerne übernommen, die Reben herausgerissen und einen Kohlacker angelegt. Als Alyss in das Haus einzog, war auch dieser Weingarten seit Jahren heruntergekommen und verwildert gewesen. Das hatte ihren Ehrgeiz geweckt. Als Kind hatte sie viele Monate auf den Gütern ihres Vaters verbracht, und der arbeitete, wann immer ihn seine zahllosen Pflichten im Rat der Stadt und als Herr eines großen Handelshauses Zeit ließen, in den dortigen Weingärten. Sie und Marian hatten ihn begleitet, und er hatte ihre Fingerchen schon früh gelehrt, die biegsamen Triebe zu erziehen, sie aufzubinden, das Laub auszudünnen, damit das Licht der Sonne den Trauben Kraft verlieh, hatte ihnen kleine Hacken anfertigen lassen, mit denen sie den Boden lockerten und das Unkraut entfernen konnten. Sie hatten die Reife der Früchte einschätzen gelernt und sie mit scharfen Messern von den Reben geschnitten. Der Most, den der Pächter daraus kelterte, war süß und süffig, der Wein ein fruchtiger Weißer, den ihre Mutter mit einigen Kräutern und Honig zu einem köstlichen Claret ansetze. Das schwebte Alyss auch vor, und darum hatte sie sich darangemacht, zunächst zur Belustigung ihres Gatten, dann zu seinem milden Erstaunen, die alten Reben wieder zu pflegen. Ergiebig waren die Ernten bisher noch nicht gewesen, und das meiste hatten sie sogleich als Most getrunken oder zu Rosinen getrocknet. In diesem Jahr aber hoffte sie, wirklich etwas Wein herstellen zu können.

Frieder brauchte sie nicht viel zu erklären: Er kam vom Villiper Gut und wusste mit dem Gewächs umzugehen. Tilo musste sie ein paarmal die Hand führen, bis er es heraushatte, wie die zähen Ranken mit Bast aufzubinden waren. Aber dann arbeitete er sich langsam, aber stetig die Reihen neben ihr entlang.

Es war eine friedliche Arbeit, die unter dem Trillern der Feldlerchen, dem schwatzhaftem Zwitschern der Spatzen und den rauen Rufen der Elstern vonstattenging.

Ein Schatten fiel auf Alyss' Hände, und der Baststrang wurde fachgerecht verknotet. Sie drehte sich um, und Freude ließ ihr Gesicht aufleuchten.

»Marian!«

»Schwester mein, so fleißig?«

Wie selbstverständlich übernahm er die nächste Rebe.

»Du siehst gut aus, gar nicht mehr so blass.«

»Mutter hat mich zu Sklavenarbeiten in ihrem Kräutergarten abgestellt. Ich briet in der Sonne, trotzte den Urgewalten des Wetters, wurde durchweicht und durchpustet, bekam schwarze Ränder unter den Nägeln – kurzum, sie hielt mich für gesund genug, harte Fron zu verrichten, damit die Spinnweben aus meinem Kopf kämen.«

»Hatten sich solche darin angesammelt?«

»Staubige Folianten hinterlassen derartige Spuren im Gehirn. Ich war es, um ehrlich zu sein, erbärmlich leid, mir den Kopf mit trockenem Wissen vollzustopfen, und das Kräuterbuch, das du mir gesandt hast, brachte mich auf die Idee, wenigstens dieses Gebiet schon mal *in praxi* zu beackern.«

»Mutters Kräutergarten mag sich als ergiebig erweisen.«

»Tut er, und auch ihr Wissen ist recht umfangreich. Aber mehr noch, so sagte sie mir, könnte ich von den Beginen lernen, bei denen sie einst gelebt hat.«

»Damit wird sie recht haben. Catrin spricht mit großer Achtung von der alten Apothekerin Elsa. Aber ob sie gewillt ist, dich in ihre Geheimnisse einzuweihen …? Sie hat ihre Schrullen entwickelt und kann ziemlich derb werden.«

»Überlass das mir, Schwester mein.«

Alyss lachte trocken auf.

»Ja, ja, lieb Brüderlein, du wirst sie schon um den Finger wickeln.«

»So wie du dein Mannsvolk.«

»Ich wickle nicht, ich fordere.«

»Mit deinem dir eigenen Zauber. Er wirkt. Oder nicht?« Sein Blick schweifte über die fleißig arbeitenden Jungen.

»Manchmal, ja.«

»Aha, nicht immer. Wo versagte er?«

Alyss schwieg, doch ihr Bruder kannte sie gut genug, um daraus seine Schlüsse zu ziehen.

»Ärger mit dem Herrn Gatten?«

»Er hat einen Wechsel akzeptiert.«

»Ei wei, wie unsere Mutter zu sagen pflegt.«

»Richtig.« Und seltsam erleichtert erzählte sie ihm den Vorgang.

»Mir will das nicht gefallen, Alyss. Er mag ein guter Kaufmann sein, was die Güte der Ware und ihren pünktlichen Transport anbelangt, aber das Wesen des Geldes ist ihm fremd. Es kann leicht sein, dass er sich ruiniert.«

»Das fürchte ich auch. Aber was soll ich tun? Er lässt mich das Buch führen, aber seine Entscheidungen trifft er selbst und verbittet sich meine Einmischung.«

»Du führst ein Buch über alle Ausgaben und Einnahmen des Hauses?«

»Das weißt du doch.«

»Natürlich. Aber – als ich in dem Kontor in Venedig weilte, habe ich gesehen, dass sie dort unterschiedliche Bücher führten, und das schien mir sehr einleuchtend.«

»Unterschiedliche Bücher? Ja, warum denn das?«

»Für unterschiedliche Geschäfte.«

»Das scheint mir aber sehr aufwändig zu sein. Wir sind nur ein kleiner Haushalt mit einem Weinhandel, nicht zu vergleichen mit den venezianischen Kaufleuten.«

»Falsch, Schwester mein. Du führst dein Geschäft, Arndt das seine, und das dritte ist der Haushalt. Trenn die Bücher, und du wirst sehen, wer von euch den größeren Gewinn macht.«

Alyss ließ die Ranke sinken, die sie gerade aufbinden wollte, und starrte einen Moment blicklos in die Sonne. Sie wurde erleuchtet.

»Allmächtiger Vater!«

»Ich sehe, du hast das Prinzip verstanden.«

»Ja. Und es wird mir einiges an Klarheit verschaffen. Beispielsweise, wie viel von meinen Geschäften ich dem Hauswesen in den Rachen stopfe.«

»Auch ein Aspekt, den du beachten solltest. Aber bevor wir dieses Thema weiter vertiefen, solltest du mir jenen Herrn vorstellen, der so stracks auf uns zumarschiert kommt. Er trägt, wenn mich meine Augen nicht trügen, einen weißen Falken auf dem Arm.«

»Uh!«, sagte Alyss und drehte sich um.

In dem Augenblick zog John of Lynne dem Vogel das Käppchen vom Kopf, warf den behandschuhten Arm hoch und ließ den Falken aufsteigen. Als der Vogel oben im Blau kreiste, näherte John sich mit schwungvollen Schritten den Geschwistern. Seine wirren blonden Locken leuchteten im Sonnenschein, seine hellen Augen blitzten fröhlich auf.

»Dies, Marian, ist Roberts Geschäftspartner, John of Lynne. Master John, lernt meinen Bruder Marian vom Spiegel kennen.«

Eine höfliche Verbeugung, eine raue Hand wurde ausgestreckt, die Marian mutig ergriff.

»Master Marian, ich grüße Euch. Ich hörte von Robert, Ihr reistet als Händler nach Süden?«

»Nicht mehr, Master John. Und schenkt Euch den Master.«

»Dann schenke ich Euch den meinen.«

Alyss beobachtete mit Erstaunen, wie die beiden Männer sich auf Anhieb verstanden. Johns scharfen Augen entging offensichtlich sehr wenig, sie flogen zwischen ihr und ihrem Bruder hin und her, und dann sagte er: »Ihr seid Zwillinge, will mir scheinen. Stimmt das?«

»Tatsächlich, obwohl es nur wenige für möglich halten, dass wir aus demselben Ei geschlüpft sind.«

»Sie sehen nur die Oberfläche. Ihr unterscheidet Euch in den Farben, nicht in der Form. Eure Schwester hat Haare wie Amselflügel, Ihr solche wie von edlem, rötlichem Holz. Mistress Alyss funkelt mich aus grauen Augen an, die Euren messen mich mit grünem Glas. Und doch hat der Schöpfer denselben Model verwendet, in den er den Lehm strich.«

Der Falke lenkte Alyss ab, sodass sie die Antwort schuldig blieb. Er war niedergestoßen und wollte sich seiner Beute widmen. John aber stieß einen Pfiff aus, und der Vogel schwang sich wieder auf und kam auf den Handschuh zurück. Das Stück Fleisch in Johns Faust verschlang er mit einem Bissen.

Sie wanderten alle dorthin, wo der Falke gelandet war. Ein Feldhase war sein Opfer, stellten Tilo, Frieder, Marian und Alyss fest.

»Und nun?«

»Nun wäre es meine Beute, aber Jerkin, der Falke, ist hungrig, und er darf den Hasen verschlingen.«

Da ihm das gewährt wurde, tat er es auch.

Unglücklicherweise bot John dann den beiden Jungen an, den Falken auf den Arm zu nehmen, und warf auffordernd den schweren Lederhandschuh in die Luft. Es ging viel schneller, als Alyss es gewahr wurde. Frieder und Tilo griffen gleichzeitig zu, Tilo erwischte ihn, Frieder versuchte, ihm den Handschuh abzunehmen, Tilo rannte los. Bei der wilden Jagd achteten sie nicht auf die am Boden liegende Hacke. Frieder trat darauf, sie schnellte hoch und schlug mit großer Kraft gegen Tilos Schienbein. Er stolperte, fiel und schrie auf.

»Oh my god!«, stieß John aus, lief auf die beiden zu und beugte sich zu dem Jungen hinunter.

»Zur Seite, John. Lasst mich sehen, was zu tun ist.«

Marian kniete neben Tilo, der vollkommen blass geworden war und mit weit aufgerissenen Augen das blutende Bein anstarrte.

»Helft mir, ihn umzudrehen, John. Alyss, geh ins Haus und hole Binden, Frieder, begleite sie, um einen Eimer Wasser und ein paar Stecken mitzubringen. John, fangt Euren Falken ein.«

Alyss gehorchte umgehend der verblüffend autoritären Anweisung ihres Bruders und war ganz froh, seiner Operation nicht zusehen zu müssen, denn ein gellender Schrei bewies ihr, dass er den gebrochenen Knochen gerichtet hatte. Sie beeilte sich, Binden und Salben zusammenzusuchen, und mit Frieder, der versuchte, im Laufschritt einen überschwappenden Eimer Wasser zu tragen, eilte sie zurück. Tilo war blass und hatte die Augen geschlossen, einer seiner Beinlinge war blutgetränkt. Frieder drehte sich um und würgte.

»Kann ich dir helfen, ihn ins Bett zu bringen, Marian?«

»John hilft mir. Tilo wird es lieber sehen, wenn ein Mann ihn entkleidet«, sagte er mit einem kleinen Schmunzeln.

»Ah, später vermutlich ja. Könnt Ihr ihn zurücktragen, oder soll ich eine Planke bringen lassen?«

»Planke wäre gut. Und Tilo, gräm dich nicht, ich habe zu Hause zwei schöne, starke Krücken, an denen wirst du dich in ein paar Tagen schon wieder bewegen können.«

Tilo war bald versorgt und ins Bett gesteckt, der Falke wieder auf seiner Stange im Stall untergebracht, und Frieder, ein Häuflein Elend, erwartete im Kontor das Jüngste Gericht.

Es brach über ihn herein.

Allerdings fiel die Strafe nicht ganz so heftig aus, wie er befürchtet hatte. Marian hatte Alyss nämlich einen überraschenden Vorschlag gemacht. Darum sagte sie nur streng: »Die nächste Kauffahrt wirst du selbstverständlich nicht mitmachen. Du hast bewiesen, dass du noch nicht reif genug für derart verantwortungsvolle Tätigkeiten bist.«

»Ja, Herrin.«

»Du wirst in den nächsten Wochen Stalldienst machen.«

»Ja, Herrin.«

»Und du wirst dir von Master John zeigen lassen, wie man den Falken pflegt.«

»Oh ja, Herrin!«

Tilo aber, der in den nächsten Wochen nur eingeschränkt würde laufen können, sollte, so hatte Alyss beschlossen, die ehrenwerte Aufgabe übernehmen, die Eintragungen des Haushaltsbuchs der letzten fünf Jahre in drei getrennte Bücher zu übertragen.

Die Hölle war nichts dagegen.

7. Kapitel

Zwei Tage später sprach der Frachtschiffer, der den Wein transportiert hatte, vor und wollte umgehend bezahlt werden. Da auch andere Ausgaben anstanden und der Geldbeutel durch das Begleichen der Wechselschuld bedenklich leer geworden war, machte Alyss sich am Donnerstagvormittag auf den Weg, ihre beste Kundin aufzusuchen, um sie zu bitten, die offenen Posten zu begleichen. Fygen war jederzeit dazu in der Lage, denn ihre Taverne war eine der bestbesuchten am Hafen. Selbst in den Vormittagsstunden saßen im Schankraum schon eine Reihe von Arbeitern, die sich an großen Portionen Suppe und Schmalzbroten gütlich taten und das selbstgebraute Bier tranken. Fygen, die dralle Wirtin, herrschte über die Küche, wo ihre vier Kinder Gemüse putzten und Teig kneteten. Ihr Ehemann war Fährmann und überließ es ihr, die Wirtschaft zu führen.

»Klar zahl ich Euch den Wein. Gutes Gesöff übrigens. Kann noch drei Fässer davon brauchen.«

»Sollt Ihr bekommen, Fygen.«

Alyss mochte die gelegentlich ruppige, ein wenig ordinäre Frau, die mit ihren derben Sprüchen die rauen Gesellen, die ihre Taverne besuchten, ganz gut im Zaum hielt. Hinter ihrer Schwatzhaftigkeit verbarg sich eine Menge Weltverstand. Heute waren die Tuche, die sie von der Adlerwirtin am Eigelstein erhalten hatte, ihr Thema, und Alyss hörte ihr bereitwillig zu.

»Schaut, da könnt Ihr Wasser drübergießen, sie werden nicht nass!«, erklärte sie und demonstrierte diesen Umstand auch gleich.

Tatsächlich perlte die Flüssigkeit an dem dünnen, engverfilzten Stoff einfach ab.

»Daraus mach ich meinem Mann einen Umhang. Wird praktisch sein bei Wind und Regen auf'm Fluss.«

Alyss strich über das naturfarbene Tuch und knautschte es zwischen den Fingern. Es fühlte sich irgendwie fettig an. Ein wenig verstand sie vom Tuchgeschäft, von Robert hatte sie das eine oder andere aufgeschnappt.

»Das scheint aus nicht entfetteter Schafswolle hergestellt zu sein.«

»Fragt mich nicht. Die Adlerwirtin hat ein paar Ballen von den Nordmännern erhalten, als Bezahlung. Ich hab einen anständigen Preis dafür entrichtet. Wenn Ihr auch was davon haben wollt, sagt, ich hätte Euch den Rat gegeben.«

»Ist eine Überlegung wert. Aber erst muss ich meine Rechnungen begleichen. Wie geht es der Frau Franziska?«

Die Adlerwirtin war eine alte Bekannte ihrer Mutter, und als Kinder hatten sie und Marian oft in der Schmiede ihrem Mann Simon zugesehen, wie der aus rotglühendem Metall Hufeisen und Nägel formte.

»Sie kratzbürstet ihre Blagen genauso wie den Schmied. Jetzt faucht sie über den treulosen Knecht, der mit einem Reisenden abgezogen ist. Wird ihm wohl besseren Lohn versprochen haben als die kleine Geizhenne. Aber der Schmied hat einen neuen Helfer aufgetrieben. Nur bekommt der kein gerades Wort aus dem Schlund.«

»Kurzum, es geht ihr blendend«, konstatierte Alyss, und Fygen lachte bellend auf.

»Sieht so aus.«

Sie tauschten noch ein paar Neuigkeiten aus, dann kehrte Alyss mit einem ordentlichen Betrag im Beutel heim und widmete sich wieder ihrem Haushalt. Tilo lag noch im Bett, wie Marian es angeordnet hatte, aber die beiden Krücken lehnten schon an der Wand. John war unterwegs, um den hohen Herrschaften seine Gerfalken zu überbringen, und hatte gesagt, man solle am Abend nicht auf ihn warten. Alle anderen gingen ihren Pflichten erstaunlich willig nach.

Die Überraschung kam am späten Nachmittag.

Arndt van Doorne betrat sein Heim.

Die Aufregung war beträchtlich. Hilda drehte sofort einigen Hühnern den Hals um, Frieder führte das kräftige Pferd in die Ställe, die Mädchen wurden zum Markt geschickt, um allerlei Leckerbissen einzukaufen, die Magd beauftragt, das Badewasser zu erhitzen, und Alyss begrüßte mit gemessenen Worten, aber innerlicher Freude ihren Gatten. Sie war ihm in ihre Schlafkammer gefolgt und half ihm, die staubigen Stiefel auszuziehen.

»Geht doch nichts über das eigene Bett«, meinte er und sah sich anerkennend in dem gemütlichen Zimmer um.

»Hattet Ihr eine gute Reise, Arndt?«

»Erfolgreich, ohne große Plagen, aber anstrengend.«

Er schälte sich aus seinem Wams und dem Hemd, und Alyss ließ verstohlen ihren Blick über seine breite, dunkel behaarte Brust schweifen. Er war fülliger geworden in den fünf Ehejahren, aber nicht fett. Vierundvierzig Jahre war er alt, ein Mann im Vollbesitz seiner Kräfte. Ein leises, warmes Gefühl machte sich in ihrem Bauch breit.

Dann aber rumpelte die Magd mit den Krügen heißen Wassers herein und erstickte jegliche aufkeimende Traulichkeit. Alyss legte frische Kleider für ihn heraus, während Arndt sich in dem Zuber wusch, und kehrte dann, da er sie nicht zum Bleiben aufforderte, zu ihren Pflichten zurück.

Auch er hatte Ware mitgebracht; Frachtpapiere über etliche Fässer gesalzenen Fischs lagen bereits im Kontor. Die würden auf dem Stapel angeboten und geprüft werden, und was nicht von den Kölnern gekauft wurde, konnte umgepackt und, mit dem begehrten Kölner Siegel versehen, weiter nach Süden verschickt werden. Das war ein einträgliches Geschäft und würde wieder Geld ins Haus bringen.

Ein Lederbeutel mit Goldstücken in unterschiedlichen Währungen lag ebenfalls auf ihrem Pult, was sie zufrieden stimmte. Ihre Geldsorgen waren damit für die nächste Zeit wahrscheinlich behoben. Sie machte sich daran, die Münzen zu sortieren und ihren Wert umzurechnen.

Damit schlich sich aber das erste Stirnrunzeln ein. Die Differenz zwischen dem Ertrag, den der Wein eingebracht hatte, den er im März mitgenommen hatte, um ihn nach England zu verschiffen, und den Kosten für den Salzfisch ergaben eine weit kleinere Summe als das, was sich in dem Beutel befand.

Oder hatte er wieder einmal Wechsel akzeptiert, um Ware zu kaufen?

Oder schuldete er den Fuhrleuten den Lohn?

Oder hatte er gar noch ganz andere Geschäfte abgewickelt?

Als Arndt, erfrischt und eine noch warme Pastete aus Hildas Ofen kauend, ins Kontor trat, bat sie ihn unumwunden um eine Erklärung. Es war nicht ihre Art, solche Fragen lange ungeklärt im Raum stehen zu lassen.

»Was schert's Euch, Weib? Seid froh über den Gewinn und malt die Zahlen in Euer Buch.«

»Das habe ich bereits getan, Arndt, doch ich würde auch gerne vormerken, wann wieder ein Kaufmann mit einem Wechsel vorstellig wird und ich unser ganzes Gold hergeben muss.«

»Wer hat sich erdreistet, Gold von Euch zu fordern?«

»Harro Peddersen. Ihr habt einem Folcko versprochen, ihm fünfzehn Gulden zu zahlen! Harro Peddersen kam, um das Geld einzufordern.«

Ungläubig starrte Arndt sie an.

»Und Ihr habt sie ihm ausbezahlt? Einfach so?«

»Selbstverständlich. Jener Folcko hatte sie auf einem Dokument verbrieft, das von Euch gegengezeichnet war. Woher Peddersen den Wechsel hatte, weiß ich nicht. Er wird wohl mit diesem Folcko ebenfalls Geschäfte machen.«

»Unverschämtheit! Einfach hier aufzutauchen, und das Geld einzufordern. Ihr hättet ihn rauswerfen müssen!«

Alyss legte ihrem Gatten den Wechsel vor und wies auf das Datum.

»Herrgott, verflucht noch mal, Ihr seid töricht und leichtgläubig, Weib. Jeder, der des Buchstabierens mächtig ist, kann so seinen Schmier ausstellen.«

»Ihr habt es akzeptiert. Oder hat man Euch das Siegel entwendet?«

Alyss wusste, dass sie weit besser mit ihrem aufbrausenden Gatten ausgekommen wäre, wenn sie ein wenig mehr Geduld an den Tag gelegt hätte, gewartet hätte, bis er sich wieder heimisch fühlte, ihre Fürsorge genossen hätte. Doch bedauerlicherweise war ihr die Ordnung ihrer Zahlen und Aufzeichnungen wichtiger als das Wohlbefinden ihres Eheherrn. Er hingegen hasste nichts mehr, als ihr Rechtfertigungen zu seinen Handlungen abzugeben, und die Unterredung endete mit Gebrüll und einer laut zugeschlagenen Tür.

Trübsinnig starrte Alyss auf Feder und Tintenfass.

Warum konnte sie nur ihren Mund nicht halten? Warum musste sie immer so rechthaberisch auf Begründungen beharren? Warum hatte sie so ein erbsenzählendes Gemüt? Er war noch keinen halben Tag im Haus, und schon musste sie ihn mit derartigen Fragen und Vorwürfen überfallen.

Warum konnte sie nicht sein wie andere Frauen? Ihre Mutter hatte auch eine ungebärdige Zunge, aber sie besaß auch ein feines Gefühl für Takt, und liebevolle Gesten milderten ihre scharfzüngigen Bemerkungen. Sie hätte Arndt freundlich umsorgen sollen, bei Tisch die besten Happen auflegen, ihm den süffigsten Wein einschenken und ihn mit sanften Gesten und Worten auf das eheliche Lager locken.

Dort, so sagte man, würden schließlich alle Männer gesprächig.

Aber dieser dazu notwendigen weiblichen Tugend ermangelte es ihr augenscheinlich. Ein Grund mehr vermutlich, warum Arndt sich häufiger auf Reisen als in seinem Heim aufhielt. Unterwegs, dessen war sie sich ziemlich sicher, wärmten willigere Bettschätzchen als sie seine Decken.

Alyss seufzte.

Es galt zu retten, was zu retten war. Resolut klappte sie das Buch zu und beschloss, die Angelegenheit wirklich auf sich beruhen zu lassen.

8. Kapitel

Alyss' Bemühungen, ihren Gatten zu besänftigen, hatten nur wenig Erfolg gezeitigt. Zwar hatte er am gemeinsamen Mahl am Abend teilgenommen und auch die Hühnchen vom Spieß mit großem Appetit verzehrt, sich von Leocadie wieder und wieder den Pokal füllen lassen und den Wein gelobt, den Tilo erstanden hatte, aber dann war er so trunken gewesen, dass Alyss und Frieder Mühe hatten, ihn ins Schlafgemach zu bugsieren. An nächtliche Tändeleien war nicht zu denken. Unbeweglich in seinem Weindunst hatte er wie ein schnarchender Sack Kleie neben ihr gelegen, während sie den verklingenden Glockenschlägen nachlauschte und sich Vorwürfe machte. Erst in den Morgenstunden war sie eingedämmert und dann wieder erwacht, als er sich verkatert aus dem hohen Bett wälzte.

Sie gab sich den Anschein, als schliefe sie weiter, denn aus Erfahrung wusste sie, dass seine Stimmung höllisch sein würde. Erst als er das Haus verlassen hatte, betrat sie die Küche, um die fälligen Aufgaben zu verteilen. Dabei erfuhr sie von Hilda, dass der Herr zum Gaffelhaus der Weinhändler aufgebrochen sei. John, der den vergangenen Abend bei englischen Freunden verbracht hatte, kam ebenfalls übernächtigt und zerknittert in die Küche, doch die Nachwirkungen eines ausschweifenden Gelages waren ihm nicht anzumerken. Er ließ sich willig zum Holzhacken einteilen, da Tilo dieser Tätigkeit nicht nachkommen konnte.

»Ich suche die Beginen auf«, kündigte Alyss an. »Die Apothekerin weiß Salben zu bereiten, die die Heilung von Tilos Bein beschleunigen werden. Zur Sext bin ich zurück.«

Der forsche Gang durch die Stadt würde ihren unterschwelligen Groll besänftigen, und ein Gespräch mit ihrer Freundin Catrin sie auf andere Gedanken bringen. Außerdem wollte sie sich sowieso nach der schwangeren Witwe erkundigen.

Das Häusergeviert am Eigelstein war von einem Tor verschlossen, doch auf ihr Klopfen öffnete ihr die junge, rotwangige Frau, die sie bereits früher als Pförtnerin kennengelernt hatte.

»Frau Alyss, ich grüße Euch. Ja, Catrin ist hier, sie kümmert sich um eine Kranke. Geht nur zu ihrem Haus.«

Der Hof lag im Sonnenschein, aus dem Backofen zog der Duft frischen Brotes, und aus den geöffneten Fenstern des Haupthauses hörte man das leise Klappern der Webstühle. Eine mäkelige Ziege graste auf einem Stück Wiese, das gut genährte Schwein streckte seine Schnauze aus seinem Stall, und im Kräuter- und Gemüsegarten arbeiteten die beiden Klagefrauen, die Schwestern Henna und Della. Alyss grüßte sie freundlich und erkundigte sich nach ihrem Befinden.

»Nichts zu klagen«, antwortete Della trübsinnig, und Alyss nickte verständnisvoll. Gartenarbeit war nicht die liebste Beschäftigung der beiden. Sie waren bekannt dafür, alle Sermone und Litaneien mit großer Inbrunst vortragen zu können und wurden von den Bürgern der Stadt oft beauftragt, bei Beerdigungen und Jahrestagen der Verstorbenen an den Gräbern zu heulen und zu wehklagen. Außerdem wurden ihre Dienste als Totenwäscherinnen gerne in Anspruch genommen. Sie trugen damit nicht unwesentlich zum Einkommen des Beginenkonvents bei, ebenso wie die vier Seidweberinnen und die Apothekerin mit ihrer Helferin. Auch Catrin erhielt häufig genug reichen Lohn für den Beistand, den sie Schwangeren bei der Geburt leistete.

Alyss betrat das Häuschen, das einst ihre Mutter Almut bewohnt hatte, und erklomm die Stiege. Die Türen zu den oberen Kammern standen offen, ein leichter Windhauch durchzog die Räume, und der feine Duft von Blumen und frischen Kräutern wirbelte um ihre Nase.

»Catrin?«, fragte sie leise.

Ebenso leise wurde ihr geantwortete: »Hier!«

Alyss trat in das kleine Zimmer und fand ihre Freundin am

Bett einer blassen, schlafenden Frau sitzen. Ein prüfender Blick, dann stand sie auf und winkte Alyss nach nebenan.

»Sie ist jetzt endlich eingeschlafen, das arme Wurm. Wir wollen sie nicht wecken. Gut siehst du aus, Alyss, aber eine kleine Sorgenfalte nistet zwischen deinen Brauen.«

Alyss strich sich mit dem Finger über die Stirn.

»Arndt ist gestern zurückgekommen, und ich habe mich gleich mit ihm gezankt. Ich ärgere mich über mich selber.«

»Lass ein paar Tage ins Land gehen. Ich nehme an, es ist immer schwierig, wenn man lange getrennt war, gleich den rechten Ton zu finden. Kommt Robert auch zurück?«

»Das möchtest du wohl gerne wissen?«

Alyss bemerkte, wie Catrins feingeschnittenes Gesicht einen Anflug von Röte erhielt. Es war ihr in den letzten Jahren nicht entgangen, dass ihre Freundin eine gewisse Zuneigung zu ihrem Schwager entwickelt hatte. Eines ihrer seltenen Lächeln huschte über ihre Züge.

»Sein Handelspartner aus London ist vor drei Tagen bei uns eingetroffen. Er meinte, Robert würde noch diese Woche heimkehren.«

»Oh. Aha.«

»John of Lynne ist ein beredter Mann, der unsere Hausgäste mit schaurigen Geschichten über Seeräuber unterhielt. Ein Grund, Catrin, warum ich hier bin.«

»Ich verstehe. Estella Stalen, nicht wahr?«

»Heißt sie so, die junge Frau nebenan?«

»So hat Meister Pauli gesagt. Sie selbst spricht kaum, außer im Schlaf. Es muss ihr Grauenvolles widerfahren sein, Alyss. Wunden hat sie keine, aber ein paar Narben und Schrunden, ja, und schwanger ist sie. Wohl im achten Monat. Wenn ich es richtig verstanden habe, ist sie der Gefangenschaft eines friesischen Stammes entkommen und hat sich ein paar Kaufleuten angeschlossen, die sie hergeleitet haben. Ich gebe mir große Mühe, das zu verstehen, was sie vor sich hin murmelt, aber die Worte stammen aus einer Sprache, die ich nicht kenne. Sie hat Ähnlichkeit mit Latein, aber das ist es nicht.«

»Estella… sie könnte aus Spanien oder Italien stammen. Marian beherrscht die südlichen Zungen. Ich werde ihn bitten, vorbeizukommen. Er möchte sowieso mit Elsa sprechen.«

»Was will Marian bei unserer Apothekerin?«

»Du weißt doch, er möchte die Heilkunst erlernen.«

»Na, wenn er Elsa überreden kann. Sie ist ziemlich kauzig geworden auf ihre alten Tage.«

»Das darf man mit fünfundsiebzig auch. Aber du kennst doch Marians Art.«

»Ja, wenn einer sie erweichen kann, dann er. Doch ob er bei Estella Glück hat, wage ich zu bezweifeln. Sie hat panische Angst vor Männern. Als Pater Henricus gestern hier war, um ihr geistlichen Trost zu spenden, hat sie angefangen zu zittern und zu würgen.«

»Aber sie ist mit den Kaufleuten mitgezogen.«

»Es waren zwei Händlerinnen in der Gruppe, die sich um sie gekümmert haben. Die haben hier aber keinen Platz und auch keine Zeit mehr für sie gehabt. Die Arme dauert mich, Alyss. Wer weiß, was ihr da im Norden noch angetan worden ist. Sie spricht ja nicht mit uns. Aber nun erzähl mir erst einmal, wie es in deinem Haus zugeht. Du warst fast einen Monat nicht mehr hier.«

Alyss lehnte sich zurück. Ja, es war so viel zu tun gewesen. Für einen Moment genoss sie es, bei einer verständnisvollen Freundin zu weilen, der sie ihre Sorgen anvertrauen konnte. Die meisten jedenfalls.

Catrin war im Haushalt ihrer Eltern aufgewachsen. Als Alyss und Marian zur Welt kamen, war sie neun Jahre alt gewesen, und sie hatte sich von Anfang an um sie gekümmert. Darum war sie für Alyss mehr als nur eine Freundin, sie betrachtete sie beinahe als ihre große Schwester. Dann, vor nunmehr fast zehn Jahren, war Catrin in den Beginenkonvent eingetreten und hatte sich unter den frommen Frauen einen bemerkenswert guten Ruf als Wehfrau geschaffen. Da die Beginen zwar ein arbeitsames, keusches Leben führten, aber keinerlei bindende Gelübde ablegten wie die Nonnen, hegte Alyss eine leise Hoffnung, dass ihre zarten Gefühle Robert van Doorne gegenüber ihr eines Tages die Möglichkeit eröffnen würde, doch noch eine Familie zu gründen. Wenn er wieder in Lande war, so nahm sie sich vor, würde sie auf ihre Weise darauf hinarbeiten.

Sie hatten in gedämpftem Tonfall ihre Neuigkeiten ausgetauscht, als die Pförtnerin leise an den Türrahmen klopfte.

»Da ist der Herr Marian an der Pforte, Catrin. Möchtet Ihr ihn sprechen?«

»Na, das wird ja das reinste Familientreffen hier!«, murmelte Alyss.

»Schick ihn hoch, er kennt den Weg!«

Marian lächelte die beiden Frauen an und nickte, als er eintrat und beider Finger auf den Lippen als Schweigegeste erkannte.

»Eine Kranke im Nebenzimmer«, erklärte Alyss ihm leise. »Was führt dich her?«

»Nicht Klatsch und Tratsch wie dich, Schwester mein. Sondern die blanke Wissbegier. Und selbstredend ein Auftrag von unserer Frau Mutter an dich, Catrin.«

»Frau Almut hat einen Auftrag für mich?«

»Die Küchenmagd, ihre lüsterne kleine Seele sei verdammt,

hat sich mit dem Fischmenger vergnügt und badet nun die Folgen aus.«

»Das wird sie bis zur bitteren Neige tun müssen, Marian. Ich bin keine Engelmacherin.«

»Die bittere Neige steht kurz bevor, und das Engelchen wünscht das Licht der Welt zu erblicken. Unser Vater hat den Fischmenger im Übrigen das Fürchten gelehrt. Der wird bebenden Fußes zum Altar schreiten, sobald die Magd ihr Jawort stammeln kann.«

»Haben die Wehen schon eingesetzt?«

»Es sieht so aus, doch Mutter meint, es könne sich noch bis zum Abend hinziehen.«

»Gut, ich werde sie aufsuchen, sowie ich jemanden gefunden habe, der die Wache bei Estella übernimmt.«

»Such jemanden, der längere Zeit bei ihr verweilen kann, denn auch unsere Tante Mechtild benötigt deine Dienste in Kürze.«

Catrin hob resigniert die Schultern. »Der Oktober letzten Jahres war ein fruchtbarer Monat. Es drängt derzeit gar viele Kinder auf die Welt.«

»Hättest du etwas dagegen, wenn ich dich begleite und dir zur Hand gehe, Catrin?«

Die Begine sah ihn entsetzt an.

»Das kommt überhaupt nicht in Frage, Marian. Geburten sind Frauensache.«

Marian wollte zu argumentieren beginnen, als aus dem Nachbarzimmer plötzlich ein Stöhnen und dann laute, sich immer weiter steigernde Schreie erklangen.

Catrin sprang auf und eilte über den Gang, und Alyss sah, wie ihr Bruder weiß im Gesicht wurde. Seine Augen weiteten sich, und seine Hände begannen zu zittern.

»Marian, was ist dir?«

»Ist sie … die Frau, was ist mit ihr …?«

»Sie hat Furchtbares erlebt und träumt davon.«

Er erhob sich ebenfalls und wollte hinübergehen, doch Alyss erwischte ihn am Ärmel.

»Nicht, Marian. Sie fürchtet sich vor Männern. Und auch sie ist hochschwanger.«

»Ich muss ihr helfen. Ich muss ihr beistehen. Lass mich! Ich muss bei ihr sein!«

»Marian!«

Alyss stellte sich ihm in den Weg, während die Schreie langsam heiser wurden. Nur ein Wort war zu verstehen.

»Laurenz! Laurenz!«, stieß die Kranke immer wieder hervor, dabei das besänftigende Gemurmel Catrins übertönend.

»Lass mich zu ihr!«

»Nein, Marian, du machst es nur schlimmer!«

»Schlimmer – ja, schlimmer.«

Er schien sich mit einem Mal zu besinnen und setzte sich auf einen Schemel, schlug die Hände vor das Gesicht und stöhnte.

Die Schreie nebenan verstummten.

Alyss kniete nieder und schloss die Arme um ihren Bruder.

»Bruderlieb, was schmerzt dich so sehr? Was ist auf deiner Reise geschehen?«

Sein ganzer Körper zuckte von unterdrückten Schluchzern.

Man hatte ihn im Dezember des vergangenen Jahres nach Hause gebracht, mit gebrochenen Gliedern, fiebernd, stumm. Die Knochen waren zwar sauber eingerenkt worden, die tiefen Schnittwunden verbunden, das Fieber nach einer Weile gesunken. Er hatte sich willig wie ein Lamm füttern und waschen lassen, hatte den leisen Gebeten gelauscht, die ihre Mutter an seinem Siechelager murmelte, ihren eigenen aufmunternden

Berichten aus dem Stadtgeschehen und den dunkel grollenden Bemerkungen seines Vaters ebenso, doch es hatte Wochen gedauert, bis er selbst mit rauer Stimme einsilbige Antworten gab. Die Händler, mit denen er von Spanien gekommen war, hatten ihnen von einem Überfall berichtet. Straßenräuber hatten den Transport überfallen, als sie die Waren von der Rhone über den Landweg zum Rhein brachten. Es gab Tote, die Verwundeten hatte man zurücklassen müssen. Marian hatte Glück im Unglück gehabt: Ein Heilkundiger hatte ihn so weit zusammengeflickt, dass er mit der nächsten Händlergruppe weiterreisen konnte. In einem holpernden Wagen zunächst, dann zu Schiff. Viel hatte er nicht über diese Zeit gesagt, und Alyss mutmaßte, dass das hohe Fieber und die Schmerzen sein Wahrnehmungsvermögen die meiste Zeit über getrübt hatten. Als die Genesung fortschritt, gewann er sein altes Selbst allmählich wieder zurück, interessierte sich für das, was um ihn herum geschah, nahm am täglichen Leben teil. Doch über das Geschehen während der Reise schwieg er beharrlich.

Jetzt, als er zitternd und um Fassung ringend in ihren Armen lag, begann Alyss zu ahnen, dass mehr als nur der Schrecken des brutalen Überfalls seine Seele erschüttert hatte. Ähnlich wie Estella hatte er etwas erlebt, für das er keine Worte fand.

Und leise meldete sich ein Stimmchen, das ihr riet, ihm eine Möglichkeit zu verschaffen, mit der verstörten Witwe zu sprechen. Mochte gemeinsames Leid ein Band sein, das ihnen half, das Vergangene zu bewältigen. Sanft wiegte sie ihn derweil hin und her, und das krampfhafte Schluchzen ging in einen kleinen Schluckauf über. Sie streichelte seine schönen, rotbraunen Locken, die sie ihm gelegentlich neidete. Um die ihn sicher jede Frau beneidete. Ihre Fülle fiel ihm bis über die Schultern, und einer kleinen Eitelkeit folgend, bürstete er sie jeden Morgen, bis sie glänzten. Manchmal grummelte er launig, dass alle Kraft in sein Haupthaar geschossen sei; sein Bartwuchs nämlich widerstand allen Versuchen, ein mannhaftes Gestrüpp zu erzeugen, und als er einmal den spärlichen rötlichen Flaum zu einem Schnurrbart zwingen wollte, hatte Alyss das Ergebnis schlichtweg als fusselig bezeichnet. Seither blieb sein Kinn glatt.

»Alyss«, flüsterte er nun und legte seinen Kopf an ihre Brust. »Alyss, wenn ich nur ein bisschen, ein ganz kleines bisschen mehr von gebärenden Frauen gewusst hätte, könnte sie noch leben.«

»Ach, Marian …«

Eine schreckliche Befürchtung flog sie an. Er bestätigte sie in stockenden Worten.

»Sie war die Frau eines Spezereienhändlers. Es war falsch, Alyss, aber wir liebten uns. Sie war schwanger. Von ihrem Gatten. Und in der Nacht kam das Kind. Zu früh. Ihre Schreie lockten die Räuber an. Sie war die einzige Frau im Lager. Hätte ich ihr nur helfen können.«

Wieder zitterte er, und Alyss hielt ihn fester.

»Ich verstehe, Bruderlieb. Ich verstehe jetzt auch, warum du die Heilkunst lernen willst. Und die Hebammenkunst. Ich werde dir helfen. Irgendwie. Mir wird schon etwas einfallen.«

Nebenan war es völlig still geworden, und Catrin kam leisen Schrittes zurück.

»Ich habe ihr Elsas Mohnsaft gegeben. Manchmal ist es das Einzige, was hilft. Marian?«

»Es hat ihn an seinen schrecklichen Überfall erinnert.«

Marian befreite sich aus ihrer Umarmung und richtete sich einigermaßen gefasst auf.

»Ich muss euch jämmerlich vorkommen. Verzeiht.«

»Jämmerlich? Du? Nein, Marian. Du bist zäh, mutig und

standhaft. So habe ich dich immer gekannt«, meinte Catrin. »Aber die Geister der Vergangenheit können einen Menschen in den Wahnsinn hetzen. Du wirst sie schon noch besiegen. Ich hoffe nur, der armen Estella wird das auch in absehbarer Zeit gelingen. Wenn ich nur eine Frau wüsste, die ihre Sprache spricht.«

In diesem Moment sah Alyss diese Frau ganz deutlich vor sich.

»In Kürze, Catrin, wird sie dich aufsuchen.«

»Was? Ist dir jemand eingefallen?«

»Ja, natürlich. Aber sie wird von dir erbeten, in die Geburtshilfe eingewiesen zu werden. Eine Helferin, die die welsche, die spanische und die italienische Sprache beherrscht.«

Catrin sah sie ungläubig an.

»Ich will sie gerne ausbilden, aber woher kennst du ein solches Weib?«

»Oh, du kennst sie auch. Warte ab, bis sie bei dir vorspricht. Und nun will ich bei Elsa die Salben holen, die ich für Tilo benötige, und mein Bruder wird sicher die Güte haben, mich nach Hause zu begleiten. Auf dich wartet ebenfalls Arbeit.«

»Das stimmt natürlich. Nun, dann schicke sie vorbei, wann immer sie bereit ist. Wie heißt sie?«

»Marianne.«

Alyss gab Marian einen Schubs Richtung Tür, und beide ließen Catrin mit offenem Mund zurück.

Es dauerte eine Weile, und erst, als sie schon fast in der Witschgasse angelangt waren, begann Marian schließlich zu kichern.

»Weißt du noch, wie wir die Kleider getauscht haben und du rittlings auf diesem störrischen Esel über die Felder geprescht bist?«

»Ich wäre im Sattel geblieben, wenn ihm nicht so ein geziertes Weibsstück kreischend in den Weg gelaufen wäre.«

»Das hat dich aber anschließend aus der Jauche geangelt, Schwester mein.«

Das kleine Lächeln der Erinnerung zuckte noch in Alyss' Mundwinkel, als sie in die Küche trat. Hier saß Merten, Arndts Stiefsohn, am Tisch und tat sich an einem großen Becher Wein gütlich.

»Frau Alyss, schön Euch zu sehen. Und so selten heiter gestimmt.«

»Eine ungewohnte Zeit, dich bei uns anzutreffen, Merten. Ist dein Vater inzwischen hier gewesen?«

»Nein, bisher nicht. Wird Geschäfte machen. Ich habe auch welche getätigt. Dort in der Ecke, Euer Anteil, Frau Stiefmutter!«

Marian, den Merten mit keinem Blick beachtet und der seinerseits ihn nicht gegrüßt hatte, machte den Sack auf und schüttelte den Inhalt auf den Boden. Ein gutes Dutzend rotgoldener Fuchsschwänze rutschten heraus.

»Lasst Euch ein Gewand damit verbrämen«, meinte Merten. »Wir hatte eine erfolgreiche Jagd, meine Freunde und ich.«

Alyss war hin- und hergerissen. Einerseits waren es wirklich prachtvolle Pelze, andererseits vermochte sie an den Jagdvergnügen von Mertens adligen Kumpanen keinen großen Gefallen zu finden. Jagd um der Fleischbeschaffung willen, schön und gut, aber sie hatte den Verdacht, dass diese jungen Männer nur aus der Lust am Töten die Tiere erschlugen. Aber schon war Merten aufgestanden, hatte zwei der Schwänze gepackt und drapierte sie ihr um den Hals. Alyss versuchte sich dagegen zu wehren, stolperte gegen ihn und landete in seinen Armen.

In diesem Augenblick trat Arndt durch die Tür.

Er schwankte ein wenig, seine Augen wirkten verschwollen und sein Blick unstet, aber dann erfasste sein bezechter Verstand die scheinbar verfängliche Situation.

»Weib, Ihr tändelt mit meinem Sohn? In meinem eigenen Haus?«, röhrte er und machte einen Schritt auf sie zu. Merten wich geschmeidig aus und schaffte es, sich an seinem Vater vorbei Richtung Ausgang zu drücken.

»Aber nein, Arndt. Er wollte mir nur die Fuchsschwänze zeigen …«

»Mach mir nichts vor, du schlampiges Stück Dreck. Ist dir wohl nicht recht, dass ich wieder im Haus bin? Jedem Hergelaufenen gibst du Obdach, jedem Schwindler mein sauer verdientes Geld, fütterst das Gesindel deiner Familie durch und hältst Buhlschaft mit den jungen Männern.«

»Arndt, Ihr seid trunken.«

»Ach ja? Und wenn schon. Willst mir das auch noch versauern?«

»Nein, sauft nur bis zur Bewusstlosigkeit.« Alyss trat die lästigen Fuchsschwänze in die Ecke und stemmte die Hände in die Hüften. »Sauft nur, ich kümmere mich schon um *Euer* Haus. Ich wickle *Eure* Geschäfte ab. Ich füttere *Eure* hungerleidende Verwandtschaft durch. Ich bezahle *Eure* Schuldner.«

»Alyss!«, mahnte Marians leise Stimme. Sie beachtete sie nicht.

»Wer glaubst du wohl, das du bist, Frau? Nur weil dein Vater ein abgetakelter Patrizier ist, kannst du dir solche Töne erlauben?«

»Mein Vater ist ein edler Herr, Arndt. Weit mehr, als Ihr es derzeit seid. Geht und schlaft Euren Rausch aus.«

»Ich bin nicht trunken! Nicht so, dass ich nicht erkenne, wenn ich in meinem eigenen Haus betrogen werde!«

»Ihr seht Gespenster. Und nun gebt Ruhe, auf mich warten Pflichten.«

»Du wagst es, mir den Mund zu verbieten?«

Arndt schoss vor und schlug Alyss mit der Hand ins Gesicht. Sie taumelte rückwärts, er holte zum zweiten Mal aus, aber da kippte die Kanne mit dem Wein über sein Wams, und mit bedauernder Stimme entschuldigte John of Lynne sich für seine Ungeschicklichkeit.

Arndt fuhr herum und stierte den Händler an.

»Wer seid Ihr? Auch ein Buhle meines Weibes?«

»John of Lynne, wohledler Master van Doorne. Ich bin Geschäftspartner Eures Bruders Robert, wohledler Master. Nie, wohledler Master van Doorne, würde ich es wagen, gegen eine so ehrbare, hochstehende Frau wie Mistress Alyss ungebührlich zu handeln."

Mit vollendeter Höflichkeit verbeugte er sich vor dem tropfenden Hausherren.

Der gab ein unwilliges Grunzen von sich und stakste aus der Küche.

Alyss raffte ihren Rest Würde zusammen, winkte Marian, ihr zu folgen, und verließ ebenfalls den Raum.

9. Kapitel

In der Nachmittagssonne bewegten sich die Weinblätter leicht im warmen Wind. Er raschelte auch in dem Laub der Apfel- und Birnbäume, deren Äste sorgsam am Spalier entlang der verwitterten Feldsteinwand gezogen waren. Vor allem aber fächelte er den süßen Duft der rankenden Rosen durch die hohe, luftige Laube. Hier, in der vom Haus am weitesten entfernten Ecke des Weingartens befand sich ein kleines Refugium, das Alyss sich bei ihrem Einzug in ihr eheliches Heim hatte herrichten lassen. Arndt hatte damals nachsichtig gelächelt und sie seine Madonna im Rosenhag genannt. Doch er war schon lange nicht mehr in diese stille Zuflucht gekommen. Alyss war das nurmehr recht.

Sie war durch die Reihen der Rebpfähle gewandert, hatte hier und da eine gelöste Ranke befestigt, ein paar Blätter entfernt, aber viel gab es derzeit nicht im Weingarten zu tun. Es war die Aufgabe des Himmels, sich um den weiteren Verlauf des Wachstums zu kümmern. Buchstäblich. Der Regen würde die Trauben mit Saft füllen, die Sonne diesen Saft mit Süße. Im Herbst erst begann die aufwändige Arbeit der Lese und des Kelterns.

Und so erreichte sie die hölzerne Bank, die in der schattigen Laube zur Muße einlud, setzte sich und faltete die Hände im Schoß.

Selten gönnte sie sich eine Zeit der Besinnung, aber an diesem Sonntag war das Bedürfnis nach Einsamkeit übermächtig geworden. Zu sehr hatte der Aufruhr der Gefühle in den vergangenen Tagen an ihr gezerrt. Sie hatte sich davongeschlichen, als der Rest des Haushalts sich zur Messe begab. Sollten sie doch von ihr halten, was sie wollten.

Am Freitagabend war Robert eingetroffen, nicht unerwartet, aber seine Ankunft hatte weitere Unruhe mit sich gebracht. Wenigstens hatte Arndt bis zu diesem Zeitpunkt wirklich seinen Rausch ausgeschlafen und war sogar einigermaßen zerknirscht zu ihr gekommen, um so etwas wie eine Entschuldigung zu murmeln. Er verhielt sich auch Robert gegenüber freundlich, ebenso wie er auch John mit ausgesuchter Höflichkeit begegnete. Und doch vermeinte Alyss immer wieder eine untergründige Spannung zwischen den drei Männern zu verspüren. Nichts was gesagt wurde, keine Geste und keine Andeutung ließen auf Feindschaft schließen, aber es schwebte der Hauch von Misstrauen durch das Haus, seit sie zusammen waren.

Hier, in dieser ruhigen, sonnenwarmen, rosenduftenden Ecke schalt sie sich überdreht. Sie fing schon an, Gespenster und böses Hexenwerk an allen Ecken zu sehen, ganz genau so wie Hilda, die immer etwas zu unken hatte. An diesem Morgen hatte die Haushälterin ihr weismachen wollen, dass jemand einen Nestelzauber unter ihre Kissen im Bett gesteckt hätte, und ihr die Blüten von Akelei als Gegenmittel empfohlen. Etwas erstaunt hatte Alyss die rote Seidenschnur betrachtet, die auf kunstvolle Weise verknotet war. Von der Schnürung ihrer Kleider stammte die Nestel nicht. Aber Alyss maß dem Vorfall keine große Bedeutung bei. Sie warf das kleine Knotengewirk einfach in das Herdfeuer, ohne auf die Proteste der Haushälterin zu achten. Die Empfängnis würde ein noch so kunstvoll verknotetes Stückchen Band nicht verhindern – das wäre ein viel zu einfaches Mittel, um unerwünschten Kindersegen fernzuhalten. Catrin amüsierte sich immer wieder über diesen Aberglauben.

Bliebe jedoch die Frage, wer daran glaubte und ihr diese kleine Gabe zwischen die ehelichen Decken geschoben hatte. Eines der Mädchen vermutlich. Lauryn sicher nicht, die war viel zu pragmatisch in solchen Dingen. Leocadie wahrscheinlich ebenfalls nicht, ihr verträumtes Gemüt schloss Bösartigkeit einfach aus. Blieben Hedwigis und die Magd. Die Magd war beinahe noch abergläubischer als Hilda und wäre sehr wohl in der Lage gewesen, das Zauberbändchen unter die Polster zu schieben. Sie war für das Aufräumen der Kammern zuständig. Auch von Hedwigis konnte Alyss sich sehr gut vorstellen, dass sie zu einem solchen Streich in der Lage war. Ihr Dünkel verleitete sie oft dazu, auf andere hinabzusehen und ihre Missgunst mit allerlei kleinen Hässlichkeiten zum Ausdruck zu bringen. Aber warum sollte auch nur eine von beiden ihr Unfruchtbarkeit wünschen?

Sie schob den Gedanken beiseite. Nicht hingegen den an die eheliche Gemeinschaft. Nicht nur, dass ihr Gatte sich entschuldigt hatte, er war auch den Abend über nüchtern geblieben und hatte in der Nacht mit unerwarteter Zärtlichkeit seine Rechte eingefordert. Und ihr am nächsten Morgen eine mit Goldflitter besetzte Haube geschenkt.

Ein weiterer Grund, an diesem Sonntag die Kirche nicht aufzusuchen. Natürlich war sie gerührt, als er ihr verlegen und ein wenig drucksend die Gabe überreicht hatte, aber aufsetzen – nein, aufsetzen würde sie diese auffällige Kopfbedeckung nicht. Sowie er wieder außer Haus war, würde sie die Flinderlein abtrennen. Mochten die Mädchen damit ihren Sonntagsstaat aufputzen.

Und verlassen würde Arndt sie schon übermorgen. Ein wenig überrascht war Alyss schon über diese eilige Abreise. Vorgeblich wollte sich ihr Gatte so früh wie möglich den besten Pfälzer Wein sichern, aber es mochte auch noch etwas anderes dahinterstecken. Was immer die beiden Brüder für einander empfanden, es war nicht lauter Liebe.

Dabei war Robert von ausgeglichenem Charakter, ein schlanker Mann mit einem unscheinbaren Allerweltsgesicht, das Kinn ein wenig fliehend, die Stirn schon etwas licht. Freundlich war er, manchmal trieb ihn ein versteckter Humor zu hintergründigen Bemerkungen. Unter Geschäftsleuten galt er als ausgesprochen zuverlässig und ehrbar, und seine einzige Eitelkeit lebte er in seinen Gewändern aus. Die Beschäftigung mit edlen Tuchen hatte ihn zum Kenner dieser Ware gemacht, und seine Kleider waren stets von den besten Schneidern auf das Sorgsamste gefertigt. Für das heutige Gaffelessen würde er eine mit grauem Eichhörnchenfell besetzte Houppelande aus anschmiegsamem, hellblauem Kammgarntuch tragen. Dieses Kleidungsstück hatte er ihr gestern bereits stolz vorgezeigt, als er ihr einen Packen Leinen für das Hauswesen überreichte. Der blendend weiße Stoff war ein willkommenes Geschenk, das den weiblichen Angehörigen zu feinsten Cotten und den männlichen zu neuen Hemden verhelfen würde. Auch einen Beutel Gulden hatte er ihr übergeben, um das Hauswesen zu füttern. Danach hatte er sich aber stundenlang mit John ins Kontor zurückgezogen, um die Abrechnungen der letzten Fahrt durchzugehen. Erst beim Abendessen waren beide Männer wieder aufgetaucht, und die Unterhaltung wurde dadurch ausgesprochen lebhaft. Nicht nur John wusste spannende Reisegeschichten zu erzählen, auch Robert hatte einen aufgeweckten Geist. Seinem Bruder Arndt war diese Gabe nicht gegeben, aber er hatte sich auch nicht weiter eingemischt. Merten war die vergangenen zwei Tage dem Haus ferngeblieben, Alyss mutmaßte, dass er bei seiner Großmutter weilte oder mit seinen Kumpanen die Tavernen unsicher machte. Dafür war Marian erschienen und hatte sie zur Seite genommen, um sich zu erkundigen, ob ihr Gatte sich wieder besonnen habe. Er wirkte erleichtert, als sie dies bestätigte, und nahm ihre Einladung zum Essen gerne an. Auch er war weit gereist, und wenn auch manche Erinnerungen zu schmerzlich waren, als dass er darüber hätte reden wollen, konnte er doch auch einiges zum Gespräch beisteuern. Besondere Aufmerksamkeit erregte bei den Zuhörern das Drachenei, das Robert aus seiner Gürteltasche holte. Wildeste Spekulationen schwirrten durch den Raum, als es um den Tisch herumgereicht wurde. Alyss hatte es sorgsam begutachtet, als es in ihre Hand gelangt war – ein glattes, eigroßes Stück Stein, fast hellgrau, wie poliert, und auf der Oberfläche zeigte sich ein zierlicher, fünfstrahliger Stern.

»Wo hatte der Drachen sein Nest, aus dem ihr es geklaubt habt, Robert?«

»Auf einem Acker in England. Ihr werdet es nicht glauben.«

»Wir finden oft solche Eier, wenn die Bauern pflügen«, bestätigte auch John diesen Fundort.

»So scheint dann Euer ganzes Land von jungen Drachen nur so zu wimmeln, Master John?«

»Oh nein, es gibt derer nur ganz wenige. Es braucht lange, bis ein solch hartes Ei ausgebrütet ist.«

Marian, der neben Alyss saß, lachte leise über die Fragen, die die jungen Leute stellten.

»Es sieht aus wie ein steinerner Seeigel. Ich habe diese Tiere an der Meeresküste oft gesehen. Mag also wohl eher sein, dass ein Seeigel draus schlüpft als ein Drache«, murmelte er ihr zu.

»Nimm den Kindern nicht ihre Träume. Frieder will so gerne gegen Drachen kämpfen.«

»Und Tilo die schöne Leocadie vor eben diesen Ungeheuern retten, was?«

Alyss musste seufzen. Tilo humpelte schon an den Krücken herum, und die erzwungene Untätigkeit hatte seine verliebte Phantasie offensichtlich in wilde Gefilde getrieben.

Leocadie indessen polierte ihre Fingernägel.

Das goldgefasste Ursulaknöchelchen, das aus Roberts Beutel gefallen war, als er das Drachenei herausgeholt hatte, faszinierte Alyss weitaus mehr. Auch dazu wurde die immer wieder beliebte Mär der Stadtheiligen erzählt, die Marian besonders launig auszuschmücken wusste. Alyss kannte sie ebenfalls, die erschröckliche Geschichte von dem Büstenschnitzer, der sich als Jungfernmörder entpuppt hatte. Ihre Eltern hatten ihm das Handwerk gelegt.

Die goldgefasste Reliquie aber hatte Catrin Robert vor seiner letzten Reise geschenkt. Das aber wusste nur Alyss, und sie freute sich, dass er sie in Ehren hielt.

Das Geläut der zahllosen Kirchen Kölns schwängerte die Sonntagsluft mit ihrem Bronzeklang und entließ die Gläubigen aus ihrer Andacht. Eigentlich hätte Alyss aufstehen und zum Haus zurückkehren müssen, um an dem gemeinsamen Mittagmahl teilzunehmen. Aber eine unsägliche Trägheit hielt sie in ihrem Refugium gefangen. Eine Lerche oben im Blau schmetterte ihr Lied tapfer gegen die Glocken an, Bienen summten geschäftig um die Rosenblüten, Hummeln brummten schaukelnd an den Rispen des blühenden Lavendels. Von fern hörte sie das Schwatzen der Passanten, die von der Messe nach Hause eilten, und ein Hauch von Bratenfett und Brot mischte sich mit Blumenduft und erdigem Brodem. Warm ergoss die Sonne ihr Licht über die Welt, und wie von selbst kamen ihr die Worte des Franziskus von Assisi in den Sinn. Leise betete Alyss:

»Altissimu onnipotente bon signore,
tue so le laude la gloria e l'honore et onne benedictione.
Ad te solo, altissimo, se konfano,
et nullu homo ene dignu te mentovare …

Höchster, allmächtiger, guter Herr, dein sind der Lobpreis, die Herrlichkeit und Ehre und jeglicher Segen.
Dir allein, Höchster, gebühren sie und kein Mensch ist würdig, dich zu nennen.
Gelobt seist du, mein Herr, mit allen deinen Geschöpfen, zumal dem Herrn Bruder Sonne; er ist der Tag, und du spendest uns das Licht durch ihn.
Und schön ist er und strahlend in großem Glanz, dein Sinnbild, o Höchster.«

Der hehre Sonnengesang des Heiligen war eines ihrer liebsten Gebete. Sie verdankte es dem Hauslehrer, den ihre Eltern für sie und Marian schon sehr früh für sie bestellt hatten, dem Pater Henricus, einem stillen gelehrten Franziskaner. Neben den Buchstaben und Zahlen, den Zehn Geboten und den Geschichten der Bibel hatte er ihnen vor allem die Augen für Gottes Schöpfung geöffnet. Nie wurde er müde, sie auf die kleinen und großen Wunder des Lebens aufmerksam zu machen, ob das zielgerichtete Gewimmel in einem Ameisenhaufen, den suchenden Flug der Biene zu einem Blütenkelch, die unbeschreibliche Schönheit in der Geometrie eines Farmblattes, die Geburt eines Fohlens oder die tapsigen Spiele junger Kätzchen. Er war in der Lage, Vogelstimmen nachzumachen, und konnte Amseln, Zeisige und Tauben herbeilocken. Ja er hatte sie sogar gelehrt, die Gesänge der Vögel zu deuten, und so musste sie immer lächeln, wenn die Tauben gurrten.

»Ich galaub's ja nicht! Ich galaub's ja nicht!«, gluckste sie empört von ihren Nischen in der Mauer. Ja, die Lehre von Pater Henricus' Ordensgründer Franziskus hatten sie und Marian begeistert angenommen. Seine aufrichtige Nächstenliebe, seine Barmherzigkeit und seine Freude an jeglicher Kreatur waren sicher mit ein Grund dafür, dass ihr Bruder sich dem Heilberuf zuwenden wollte.

Wie immer erfüllte Alyss tiefe Zufriedenheit, wenn sie das Preislied gesprochen hatte, inmitten der blühenden Natur an einem sonnigen Tag. Für einen kurzen Moment fühlte sie sich eins mit der Schöpfung, fühlte die Gegenwart eines gütigen, ordnenden Geistes darin, der nichts dem Zufall überlassen hatte.

Doch dann erinnerte sie der ferne Geruch von Braten und Gewürzen wieder daran, dass sie besser ihren Platz an der Tafel hätte einnehmen sollen. Magister Hermanus, von gänzlich anderem christlichen Geist beseelt als der feinsinnige Franziskaner, hatte schon tags zuvor mit seinem Gebet für Unwillen gesorgt. Manchmal fragte sie sich, was den Dummkopf wohl dazu trieb, in die Hand zu beißen, die ihn so großzügig fütterte. Er hatte doch tatsächlich beim Tischgebet gegen die Gewinnsucht der Kaufleute gewettert, die gnadenlos die hart arbeitenden Armen ausbeuteten, die Pfeffersäcke, die mit kostbaren Gewürzen und schweren Weinen ihr heilverderbendes Geschäft machten, und er hätte noch weitere vernichtende Floskeln in seinen Sermon eingebaut, wäre sie ihm nicht rigoros ins Wort gefallen und hätte mit lauter Stimme dem Allmächtigen für den Schweinebraten gedankt, der alle in ihrem Haushalt sättigen würde, auch jene, die darin nur Almosen empfingen. Damit war der Hauspfaff mit knapper Not einer Maulschelle durch ihren Gatten entgangen. Na gut, vielleicht war ihm das eine Lehre und er hielt sich heute zurück, oder er würde wirklich eine Abreibung vom Hausherrn bekommen.

Ein Schatten fiel über sie, und sie hob die Lider.

»Robert!«

»Ich habe es mir doch gedacht, dass ich Euch hier finde. Ihr habt die Messe geschwänzt.«

»Ich hielt meine Andacht unter Rosen.«

»Der Herr wird es verstehen, auch sie sind seine Schöpfung, und die schönste allemal. Ich habe Hilda heimlich ein paar Brote und eine Flasche Wein entwendet. Zum gemeinsamen Mahl mit all dem Geschnatter hatte ich ebenfalls keine Lust. Wollt Ihr die Beute mit mir teilen?«

»Wie großzügig von Euch, Robert. Auch ich wägte nämlich Hunger gegen Magengrimmen ab. Ich gerate nicht gerne zwischen die Mühlsteine.«

Robert setzte sich neben sie und holte aus dem Korb, den er vor ihre Füße stellte, ein Leinenpäckchen heraus, schlug es auf und bot Alyss die mit frischem Schmalz bestrichenen Brote an. Thymian, Speck und Äpfel machten diesen Schmaus zu einem unwiderstehlichen Genuss. Das Brot war knusprig, der Wein kühl und fruchtig.

Schweigend kaute sie, nippte an ihrem Becher und lehnte sich dann an die raue Steinwand in ihrem Rücken.

»Wie lange werdet Ihr noch bleiben, Robert?«

»Jetzt, da Arndt beschlossen hat, schon morgen zu reisen, werde ich bis zur Messe in Frankfurt hierbleiben.«

»Bis Anfang August also«, stellte Alyss mit Genugtuung fest. Eine ausreichende Zeit, in der sie dann und wann Catrin zu sich einladen würde. »Laufen Eure Geschäfte gut? Habt Ihr Euren Verlust vom Herbst wieder ausgleichen können?«

»So herb war er nicht. Es dauert mich zwar, diese Ladung wirklich schöner Tuche verloren zu haben, aber durch den Bodmereivertrag habe ich zumindest die Hälfte des Einkaufswertes gerettet.«

»Was ist ein Bodmereivertrag? Davon habe ich noch nichts gehört.«

»Achtbare Kapitäne setzen ihre Ehre darein, die Ladung ohne

Verluste zu verschiffen, und sind bereit, den Kaufleuten einen Anteil des Warenwertes vor Reiseantritt zu zahlen. Verläuft der Transport ohne Probleme, zahlt der Kaufmann die Summe verzinst an den Kapitän zurück. Geht die Ware jedoch verloren, hat er wenigstens den vorgestreckten Betrag gerettet.«

»Erstaunlich. Aber sehr sinnvoll.«

»Muss ich auch sagen, doch es war Johns Idee, diese Versicherung abzuschließen. Er hört sich immer wieder sorgfältig unter den Schiffsführern um und hat ein gutes Gespür für deren Verlässlichkeit.«

Alyss nickte und ließ ihren Blick zum Himmel schweifen. Dort, unter einigen weißen Wolkenbäuschen, schwebte der Falke.

»Euer Freund versäumt auch das Essen. Schaut.«

»Der Vogel braucht seine Beute.«

»Dieser John, Robert – Ihr habt ihn zuvor einige Male erwähnt. Er ist ein geselliger Mann, der viel zu berichten weiß, aber er hat auch ein großes Talent, nicht ein einziges Wort über sich selbst zu verlieren. Wer ist er?«

»Wie Ihr genau erkannt habt – er spricht sehr viel und schweigt beharrlich über seine Vergangenheit. Ich lernte ihn kennen anno dreizehnfünfundneunzig. Er gehörte zu den Hafenarbeitern, die das Schiff mit meinen Tuchballen beluden. Er war geschickter als die üblichen Trottel, das bemerkte ich recht bald und sprach ihn an. Ich fand heraus, dass er von der Tuchherstellung einiges wusste. Er ist in einer Gegend aufgewachsen, in der Schafe gezüchtet werden, die eine hervorragende Wolle liefern. Das Problem ist dort in England, dass die Tuchmacher ihre Ware nur an ganz bestimmte einheimische Händler verkaufen, die ihrerseits Geschäfte mit den Angehörigen der Hanse machen. Er hat mir angeboten, während der Zeit, in der ich die Tuche bei uns weiterverkaufe, direkt mit den Herstellern über die nächste Lieferung zu verhandeln, und so kamen wir ins Geschäft.«

»Er ist kein einfacher Mann aus dem Volk.«

»Nein, ist er nicht. Aber er möchte ganz offensichtlich über seine Herkunft nichts verlauten lassen.«

»Ein schwarzes Schaf.«

»Möchte man annehmen.«

»Ein Verbrecher?«

»Möchte ich eigentlich nicht annehmen. Ich kenne ihn sieben Jahre, und mir gegenüber war er bisher immer ehrlich. Auch wenn er dann und wann zum Abenteuer neigt.«

»Was hat es mit den Falken auf sich?«

»Er sagt, er habe einige Zeit als Junge bei einem Falkner verbracht. Daher kann er gut mit den Vögeln umgehen. Er hat ein einsam gelegenes Haus, in dem er immer einige Monate verbringt, um die Falken auszubilden. Das ist sein eigenes Geschäft, ich mische mich da nicht ein.«

Alyss streckte sich und nahm noch einen Schluck Wein aus ihrem Becher.

»Solange Ihr gut miteinander auskommt, will ich ihn gerne zu Gast haben. Nehmt Ihr ihn zum Gaffelessen heute Abend mit? Meister Pauli hat ihn eingeladen.«

»Aber natürlich. Es wird ihm gefallen, die ehrwürdigen Tuchhändler dieser Stadt kennenzulernen und seine Vergleiche mit den Kollegen in England anzustellen. Austausch von Nachrichten und Gepflogenheiten ist immer wichtig.«

»Er beobachtet scharf, das ist mir bereits aufgefallen.«

»Das tut er. Und vielleicht fällt ihm, während er hier weilt, auch der eine oder andere Hinweis darauf auf, wer von der Gaffel nicht registrierte Tuche direkt an die Schneider verkauft.«

»Oh, passiert das derzeit?«

»Hat es schon immer gegeben, aber in der letzten Zeit in größerem Umfang, sagen die Gerüchte.«

Die Gewandschneider waren die Tuch-Großhändler, die die Stoffballen zuschnitten und den Schneidern verkauften. Dabei kontrollierten sie die Qualität und die Maße der Bahnen, was sie sich natürlich auch bezahlen ließen.

»Die Schneider sollte man doch leicht herausfinden, die ungeprüfte Tuche verarbeiten.«

Robert hob die Schultern.

»Es gibt eine ganze Reihe unzünftiger Schneiderlein draußen vor den Stadtmauern, die dankbar solche Angebote annehmen. Na, aber das soll Eure Sorge nicht sein, Alyss.«

»Nein, das sollte es nicht.«

»Mehr Sorgen solltet Ihr Euch über Merten machen. Der kleine Schmarotzer hat schon wieder Geld aus Eurer Truhe genommen. Ganz dreist in meinem Beisein.«

»Ich weiß, er hat es mir gesagt. Ich habe es im Haushaltsbuch notiert, und er hat seinen Namen dahintergesetzt.«

»Warum erlaubt Ihr ihm das? Er hat genug Unterstützung von seiner Großmutter.«

»Er sagt, ihm stünde das Erbe seines leiblichen Vaters zu. In gewisser Weise hat er recht.«

»Er verschleudert es mit den jungen Taugenichtsen.«

»Die wiederum gerne meinen Wein und Eure Tuche kaufen. Solange er die Münzen nicht heimlich an sich nimmt oder mich in Zahlungsschwierigkeiten bringt, mag er sich seinen Anteil nehmen.«

»Ihr seid großzügig zu ihm.«

»Vielleicht. Aber er ist jung und hat früh seinen Vater verloren und dann auch noch seine Mutter. Seine Großmutter ist alt und zänkisch, Arndt ist ihm ein überwiegend abwesender Stiefvater. Bevor er es noch schlimmer treibt, ist es besser, wenn er so etwas wie eine Familie in unserem Haus findet.«

»Er ist lediglich zwei Jahre älter als Ihr, Alyss. Es stünde ihm gut an, mindestens genauso viel Verantwortung zu übernehmen wie Ihr.«

»Oh, ich sehe ihn schon Laken stopfen und Kräuter rebeln.«

»Was gewiss Eure vornehmsten Arbeiten sind.«

»Na, die Buchführung werde ich ihm bestimmt nicht überlassen.«

Alyss stand auf und schüttelte sich die Brotkrümel vom Gewand.

»Stellen wir uns wieder dem Hauswesen, Robert. Sonst beginnt es zu gären und an den falschen Stellen Blasen zu schlagen.«

»Ein äußerst lebendiges Tier, Euer Hauswesen.«

»Wohl wahr. Ich muss es gelegentlich mit sanfter Hand zähmen – wie John seinen Falken.«

10. Kapitel

Am nächsten Morgen fehlten John und Robert, als man sich in der Küche zum Frühmahl versammelte. Alyss registrierte es, machte sich aber keine besonderen Sorgen um die beiden. Das Gelage hatte sich sicherlich bis in die späten Nachtstunden hingezogen, und die Männer würden gut daran tun, die Nachwirkungen auszuschlafen.

Arndt kannte weniger Rücksicht. Er polterte nach dem Essen die Stiege hoch und klopfte an Roberts Zimmertür. Kurz darauf kam er mit der Meldung zurück, dass sein Bruder und sein Kumpan offensichtlich die Nacht außer Haus verbracht hatten.

»Na, hoffentlich sind sie nicht in einer finsteren Gasse gelandet.«

»Ach was, die sind viel eher in den Armen liederlicher Frauenzimmer gelandet. Macht Euch keine Sorgen um sie. Die werden mit einem mächtigen Brummschädel bald wieder angekrochen kommen. Geht Ihr Euren Verrichtungen nach, ich kümmere mich um das Verladen der Weinfässer an den Friesen.«

Alyss horchte auf.

»Ihr habt eine weitere Sendung nach Norden vorgesehen? Ich dachte, Ihr wolltet zu den Pfälzern?«

»Morgen, Alyss, morgen. Der Sverting nimmt eine Ladung für Peddersen mit, hat noch Platz auf seinem Kahn.«

»Hat er den Wein bezahlt?«

»Wird er, wenn ich wieder nach Deventer komme.«

Alyss schluckte die Bemerkung hinunter, dass gerade der Harro Peddersen eine Menge Gulden von ihr auf den Wechsel gezahlt bekommen hatte und durchaus in der Lage gewesen wäre, die Lieferung sofort zu begleichen. Aber da sich Arndt in den vergangenen Tagen umgänglich, ja fast liebevoll gezeigt hatte, mochte sie nicht noch einmal das Gespräch darauf bringen. So kurz vor seiner Abreise wollte sie keinen Streit vom Zaun brechen. Sie bat ihn lediglich, ihr die Anzahl der Fässer zu nennen, die er aus dem Keller entnehmen wollte.

»Nachher, kleine Erbsenzählerin, nachher.«

Er strich ihr über die Wange und begab sich in den Hof, wo der Karren schon bereitstand.

Alyss kämpfte mit sich. Am liebsten hätte sie das Verladen selbst beaufsichtigt, die Fässer gezählt und einen ungefähren Wert errechnet. Aber dann kam Hilda in die Küche. Ihre Miene drückte Kümmernis aus.

»Herrin, es ist schon wieder passiert!«

»Was, Hilda?«

»Ein Unfruchtbarkeitszauber in Eurem Bett!«

Sie hielt ihr die ausgestreckte Hand hin, und Alyss betrachtete den verschrumpelten Gegenstand. Es sah aus wie ein vertrockneter, ledriger Finger, aber als sie es prüfend befühlte, schien es knochenlos zu sein.

»Was mag das sein. Und warum sollte es Unfruchtbarkeit verursachen?«

»Das ist das getrocknete Dings von einem Hund!«, murmelte die Haushälterin düster.

»Ach herrje. Soll das etwa Auswirkungen auf das Dings des Herrn haben? Dann wirkt es nicht. So verschrumpelt ist er noch nicht.«

»Kann aber passieren. Kann ganz schnell passieren, Herrin, wenn so etwas im Bett liegt.«

»Nun ist es ja nicht mehr in unserem Bett, und wenn es wirkt, während er auf Reisen ist, dann will ich es ihm gerne in seinen Beutel stecken.«

»Aber Herrin!«

Die Haushälterin verwandelte sich in die fleischgewordene Empörung. Alyss schnaubte leise.

»Ja, was glaubst du denn, was er in den langen Nächten unterwegs macht? Auf den Knien liegen und um Keuschheit beten?«

»Ihr versteht das nicht. Er wird Eure Kinder nicht mehr zeugen können. Ihr müsst dem entgegenwirken!«

»Wie denn? Soll ich mit ihm reisen? Gefallen würde mir das schon, aber ich werde hier gebraucht.«

»Genau. Es steht einem Weib nicht an, in die Fremde zu ziehen. Ich will Euch ein Gegenmittel zubereiten.«

»Wieder Akelei ins Zimmer stellen? Das sieht hübsch aus.«

»Das war gegen die Nesteln. Nein, ich habe einen geweihten Bibelspruch. Den müsst Ihr essen.«

»Gesotten, gebraten oder in Wein aufgelöst?«

»Herrin, treibt mit solchen Sachen keinen Scherz!«

»Nein, Hilda, das tue ich nur mit dir. Ich werde mich bemühen herauszufinden, wer mir diesen Schabernack spielt. Das scheint mir wichtiger, als Bibelsprüche zu verzehren.«

Eine inquisitorische Befragung ihrer ersten Verdächtigen führte aber zu keinem Geständnis. Die Magd leugnete händeringend, Hedwigis reagierte verstockt auf die Anschuldigung, schien aber keine Ahnung zu haben, was Unfruchtbarkeitszauber waren. Frieder, der zweite Verdächtige, wusste zwar gerüchteweise um die Wirkung eines getrockneten Hundepenis, beteuerte aber mit großer Aufrichtigkeit, nie in der Schlafkammer des Hausherrn gewesen zu sein. Alyss neigte dazu, ihm zu glauben. Frieder war ein wilder Junge, ständig zu Unfug aufgelegt, aber ohne Arg. Er war ehrlich entrüstet bei der Vorstellung, ihr könne durch sein Verhalten Schaden zugefügt werden.

Da Alyss weit wichtigere Dinge zu tun hatte – die Wäscherinnen waren gekommen und warteten auf ihre Anweisungen, in der Vorratskammer war eine kräftige Aufstockung vonnöten, und die Brombeeren waren reif und mussten gepflückt werden – ließ sie die Angelegenheit auf sich beruhen.

Als sie die beiden Wäscherinnen mit den schweren Körben zum Rhein abziehen sah, kam Tilo an seinen Krücken zu ihr gehumpelt.

»Frau Alyss, ist das richtig, dass Ihr unseren Pfälzer Wein an die Friesen verkauft? Ich dachte, der wäre für die Kölner Kunden.«

»Dachte ich auch. Wie kommst du darauf?«

»Weil der Herr die Fässer auf den Karren verladen lässt.«

»Ach ja?«

Mit wehenden Röcken stob Alyss auf den Hof, trat dem Knecht in den Weg, der eben eines ihrer Weinwässer zum Fuhrwerk rollte, und herrschte ihn an: »Zurück damit in den Keller!«

»Aber Herrin, der Herr hat's befohlen.«

»Und ich befehle es anders. Zurück damit! Auf der Stelle!«

Dann drehte sie sich um und musterte die Ladung. Vier der sechzehn Fässer stammten aus ihrer letzten Lieferung; der Rest waren die Burgunderweine, die Arndt im Frühjahr mitgebracht hatte. Sie rief laut nach Peer, dem alten Handelsgehilfen. Er kam aus den Ställen und verneigte sich ehrerbietig.

»Herrin?«

»Du erkennst die Fässer, die ihr vergangene Woche mitgebracht habt?«

»Natürlich.«

»Dann nimm sie vom Wagen.«

Der Knecht stand immer noch mit offenem Mund daneben, ohne ihrem Befehl Folge zu leisten.

»Der Tropf hier wird dir helfen.«

»Aber der Herr ...«

»Wird gleich selbst den Befehl erteilen, wenn mein Wort in diesem Haus nicht mehr befolgt wird!«

Sie hatte die Stimme nicht erhoben, aber Peer gab dem Knecht einen Wink, mit anzufassen. Alyss hingegen wandte sich mit streng beherrschtem Schritt zum Kontor, wo sie erwartungsgemäß ihren Gatten antraf, der seinen Geldbeutel aus der Truhe füllte.

Der Streit verlief diesmal in eisigem Ton.

Er endete mit Arndts Niederlage. Aber die eheliche Beziehung hatte einen neuerlichen Tiefpunkt erreicht. Während Alyss mit kaltem Blick ihrem Gatten in die Augen sah, beschlich sie der Gedanke, dass dem verschrumpelten Hundedings möglicherweise doch ein vernichtender Zauber anhing.

Er verließ das Haus mittags ohne Gruß, nachdem er die Münzentnahme gegengezeichnet hatte und die fraglichen Fässer wieder an ihrem Platz im Lager standen.

Arndt kam an diesem Abend nicht nach Hause, und auch von John und Robert fehlte jedes Lebenszeichen. Um sie machte Alyss sich dann um die Vesperzeit doch einige Sorgen und schickte Frieder los, bei dem Tuchhändler Reinaldus Pauli nachzufragen, ob er etwas über den Verbleib der Männer wüsste.

Der Junge kam mit der Nachricht zurück, im Hause Pauli herrsche größte Aufregung, da die Herrin soeben niederkam. Immerhin aber hatte er ganz kurz den Herrn gesprochen, der angab, dass beide zusammen noch vor Mitternacht das Gaffelhaus am Alter Markt verlassen hätten. Welchen Weg sie aber eingeschlagen hätten, entzog sich seiner Kenntnis.

»Zum Berlich«, knurrte Alyss leise, aber Frieder hatte spitze Ohren und nickte dazu.

»Denk ich auch.«

»Du denkst an so etwas gar nicht, junger Herr!«

»Ist aber angenehm – wenigstens dran zu denken.«

»Hast du dich heute um den Falken gekümmert?«

Frieder wurde rot bis über beide Ohren und schoss über den Hof zu den Ställen.

Kurz darauf flatterte der weiße Vogel unter den dichter werdenden Wolken.

Nachdenklich sah Alyss zu ihm auf. Roberts Art war es nicht, sich mit den Berlichschwalben zu vergnügen, aber bei John konnte sie es sich vorstellen. Mochte sein, dass er ihren Schwager überredet hatte, dererlei sündige Stätten aufzusuchen. Sie würde nicht die Sittenrichterin spielen.

Genauso wenig, wie sie es bei ihrem Mann tat. Früher hatte sie einmal geglaubt, dass eheliche Treue und Sittsamkeit eine fleißig geübte Tugend war, aber die Jahre hatten sie eines anderen belehrt. Eine Frau wie Catrin, die als Hebamme zu den Schwangeren gerufen wurde, konnte von allerlei menschlichen Verhaltensweisen berichten. Damit hatte sich auch ihr Blick geschärft, und sie hatte eine Unschuld verloren, die ihr das Verhalten ihrer Eltern einst mit auf den Weg gegeben hatten. Eine Ehe, wie sie Almut und Ivo vom Spiegel führten, war eine Ausnahme – und für sie das erstrebenswerte Ideal gewesen. Arndt van Doorne war ihr, als sie junge achtzehn Jahre zählte, beinahe als Ebenbild ihres Vaters erschienen. Ein Fels in der Brandung, eine Eiche im Wald, an die man sich lehnen konnte, die Halt und Schutz bot, Beständigkeit und Güte versprach, ein Mann, dem man allezeit vertrauen konnte, rau vielleicht nach außen, aber voll Verständnis und Zärtlichkeit.

Es war zerbröckelt, dieses Bild, nicht sofort, aber über Jahr und Tag. Hier eine Kante gesplittert, dort eine Ecke abgebrochen, da ein Riss und hier eine Schramme.

Hatte er sich geändert oder ihre Wahrnehmung?

Oder beides?

Der Falke schlug seine Beute – das Leben war erbarmungslos.

Mit Anstrengung schob Alyss ihre Grübeleien beiseite.

Es mochte erbarmungslos ein, aber es ging weiter.

Man wartete bei Tisch auf sie.

Den zähen Fetzen Pergament in ihrer Pastete spuckte sie unauffällig aus. Was geschehen war, war geschehen, mit oder ohne Zauber.

Arndt kam in der Dunkelheit zurück, leicht angetrunken, wortkarg.

Schweigend teilten sie das Bett, und obwohl es draußen sommerlich warm war, hatte sich in der Schlafkammer Nachtfrost breitgemacht. Am Morgen erfolgte ein kühler Abschied. Alyss fragte nicht, wann ihr Eheherr wohl zurückkommen würde, und er fühlte sich ganz augenscheinlich nicht bemüßigt, ihr eine Auskunft darüber zu erteilen.

11. Kapitel

Dass Robert noch immer nicht zurückgekehrt war, beunruhigte Alyss nach Arndts Aufbruch weiterhin, und so machte sie sich selbst auf den Weg zu Meister Pauli. Mit diesem Besuch in seinem Haus in der Bolzengasse konnte sie sich auch gleich nach dem Wohlergehen von Mutter und Kind erkundigen.

Sie fand ihre Tante Mechtild aufgeräumt und rosig in ihrem Bett vor, das Neugeborene in weiche Tücher gewickelt an ihrer Seite.

»Catrin ist eine hervorragende Hebamme«, lobte sie und

schilderte dann die Geburt in allen Einzelheiten. Es war ihre fünfte gewesen, und daher ohne große Aufregung verlaufen. Das Kind, ein Mädchen, war gesund und bewies bereits eine kräftige Lunge, als es Hunger verspürte. Alyss bewunderte es gebührend, doch nicht ohne einen leisen Stich von Trauer. Aber sie ließ sich den Schmerz über den Verlust ihres Sohnes nicht anmerken, sondern gratulierte ihrer Tante aufrichtig.

»Euer Sohn Tilo sendet Euch ebenfalls seine Grüße. Er hätte mich gerne begleitet, doch mit den Krücken wäre ihm der Weg recht lang geworden.«

»Ach ja, der Arme. Heilt sein Bein denn ohne Schwierigkeiten?«

»Marian hat es gerichtet. Ich glaube, er hat es wirklich gut gemacht, denn Tilo klagt nicht über Schmerzen. Aber wenn Ihr wollt, ziehen wir noch einen Medicus hinzu.«

»Catrin sagt, dass dein Bruder Heiler werden will. Er wird schon wissen, was er tut. Lasst Tilo entscheiden.«

»So dachte ich auch. Und Euer Gatte? Ist er zufrieden mit seinem neuen Sprössling?«

»Reinaldus – nun, er wirkt erleichtert. Ich habe in den vergangenen Wochen ein wenig wehleidig herumgejammert und meine Pflichten vernachlässigt. Aber er hat es mit Fassung ertragen. Ich hoffe nur, dass er in den letzten Tagen nicht zu viel Durcheinander im Kontor angerichtet hat.«

Auch Mechtild führte, wie es in fast allen Kaufmannsfamilien üblich war, die Registerbände. Das hatte sie bereits von ihrer Mutter gelernt, der Umgang mit den Zahlen war ihr nicht fremd. Allerdings fand sie lange nicht die Befriedigung darin wie Alyss, sondern sah es lediglich als notwendige Aufgabe an.

»Ich habe Tilo damit beauftragt, die Aufzeichnungen in meinem Haushaltsbuch neu zu ordnen. Er mag dabei Sorgfalt und den Umgang mit den Zahlen lernen. Marian hat nämlich vorgeschlagen, die Haushaltsausgaben von den geschäftlichen zu trennen.«

»Hast du das zuvor nicht getan? Ich habe von Anfang an doppeltes Buch geführt. Es ist recht hilfreich, diese Unterscheidung zu treffen.« Mechtild grinste. »Reinaldus muss mich immer fragen, wenn er Geld zu seinem Vergnügen entnehmen möchte.«

»Darin sehen gewisse Ehegatten eine böse Bevormundung«, murmelte Alyss dumpf.

»Oh, du hast dich mit Arndt um Geld gestritten?«

Alyss wollte dieses matrimoniale Zerwürfnis nicht in aller Breite darlegen, darum gab sie nur einen undefinierbaren Laut von sich und erkundigte sich nach dem Gaffelfest. Davon aber hatte Mechtild verständlicherweise nicht viel mitbekommen und verwies ihre Besucherin an ihren Gatten, den sie im Tuchlager antreffen würde. Dorthin begab sich Alyss auch nach wortreicher Verabschiedung und war alsbald von durchdringendem Schafsgeruch umgeben. Reinaldus Pauli kam seiner Aufgabe als Gewandschneider nach und prüfte mit seinem Lehrjungen die Länge und Breite der Wollstoffe. Einige große, sehr scharfe Scheren hingen an den Wandhaken, Bandmaße ringelten sich auf dem langen Schneidetisch, und hölzerne Ellen trafen auch schon mal die ungeschickten Finger des Lehrbuben.

»Ich grüße Euch, Frau Alyss. Ihr habt die stolze Mutter besucht?«

»Sie und Euer hübsches Töchterlein. Es geht ihnen ja prächtig.«

»Das tut es, und wir werden übernächsten Sonntag die Tauffeier halten. Ihr und die Euren seid herzlich eingeladen.«

»Dann werden wir natürlich kommen.«

»Haben sich Robert und sein Freund Lynne inzwischen wieder eingefunden, Frau Alyss?«

»Leider nein, darum wollte ich Euch ja sprechen. Sagt, ist etwas Ungewöhnliches während der Feier vorgefallen? Hat es irgendein Zerwürfnis oder eine Missstimmung gegeben?«

»Aber nein, es ging sogar sehr gesittet zu. Dieser Lynne hat uns prächtig unterhalten mit seinen Seeräubergeschichten.«

»Ich kann es mir vorstellen. Mein Hauswesen liegt ihm zu Füßen.«

»Tilo und Frieder insbesondere, nehme ich an.«

»Merten desgleichen, nur unser Hauspfaff mahnte die fehlende Moral an. Aber sagt, wohin könnten sich Robert und John gewandt haben? Haben andere mit ihnen das Zunfthaus verlassen?«

»Nein, sie gingen alleine, noch bevor es die Mitternacht schlug.«

»Waren sie bezecht?«

»Nicht mehr als wir anderen auch. Euer Wein war leicht und mundete uns allen. Doch sie schienen noch fest auf den Beinen zu stehen, wenn Ihr das als Beispiel wollt.«

»Sie haben mit niemandem gesprochen, wohin sie wollten?«

Reinaldus errötete ein wenig, schüttelte dann aber den Kopf.

»Meister Pauli, ich weiß, dass es Hurenhäuser gibt.«

»Ähm… ja… aber ob sie… Ich weiß nicht, kann sein. Sie sind doch beide unbeweibt…«

»Sie haben aber nicht gesagt, in welches, oder welche Dirne sie besuchen wollten?«

»Nein, das haben sie nicht.«

Alyss strich geistesabwesend über den glatten Stoff. Erstklassige Ware, Kammgarn aus den langen Wollfasern englischer Schafe.

Ihr kam eine Idee.

»Hat Robert oder John vielleicht über die Gerüchte gesprochen, dass Schneider Tuche aus unlauteren Quellen beziehen?«

Reinaldus ließ das Maßband fallen und starrte sie an.

»Wer sagt denn so etwas?«

»Robert deutete es an.«

»Tatsächlich? Dann müsste ich aber auch davon gehört haben.«

»Es ist ein Gerücht – mag sein, ein böswilliges.«

Fassungslos schüttelte Reinaldus den Kopf und rollte das Maßband sorgsam auf.

»Es tut mir leid, dass ich Euch nicht weiterhelfen kann, Frau Alyss. Aber ich verspreche Euch, sollte ich etwas über den Verbleib von Robert und Lynne hören, werde ich Euch benachrichtigen, auch wenn es noch so delikate Umstände betrifft.«

»Habt Dank dafür, Meister Pauli.«

Gedankenverloren wanderte Alyss durch die belebten Straßen der Stadt zurück in die Witschgasse. Was hatte die beiden Männer nur umgetrieben? Hatten sie womöglich die Stadt verlassen? Und wenn, warum? Und warum ohne Abschied?

Sie würde Roberts Zimmer aufsuchen und nachsehen, ob sich dort ein Hinweis finden ließ.

Doch als sie das Haus betrat, schrillte aus dem Hof das nervenzerfetzende Geräusch eines Schleifsteins. Neben dem Brunnen stand der Karren von Mats Schlyffers, der hochsah, als Alyss zu ihm trat. Sein deformierter Mund verzog sich zu dem, was sie an ihm als Lächeln erkannt hatte, und seine gutturalen Laute deutete sie richtig als herzlichen Gruß.

»Ich sehe, Hilda hat Euch reichlich Arbeit verschafft!«

Er nickte und wedelte mit einer blinkenden Schere.

»Gislindis ist sicher in der Küche?«

Er nickte, und Alyss wandte sich zum Haus. Die Tochter des Scheren- und Messerschleifers sprach für ihren Vater, dessen Wolfsrachen ihm das Artikulieren von Worten schwierig machte. Sie redete auch für sich, und insgesamt redete sie sehr viel und gerne. Und das brachte es mit sich, dass sie auch sehr viel hörte und davon einiges, bei Weitem aber nicht alles, weiterverbreitete. Sie war ein hübsches junges Weib, dessen Ringellocken unter dem schneeweißen Kopftuch hervorquollen und dessen von der Sonne gebräunte Arme und Beine nicht immer sittsam von ihrem Kittel bedeckt waren.

Hilda war ihr eine hingebungsvolle Zuhörerin, denn neben Klatsch und Tratsch beherrschte Gislindis auch die Kunst des Handlesens. Die Haushälterin, die zwar die zauberischen Mächte fürchtete, konnte auf der anderen Seite nicht widerstehen, einen Blick auf das Walten des Schicksals zu werfen. Ihre schwielige Hand hielt Gislindis eben in der ihren und murmelte etwas von dräuendem Unglück, das nur ein standhaftes Gemüt wie das der Besitzerin dieser Hand fest im Griff halten könne. Dann aber schaute sie auf und lächelte Alyss zu.

»Wohledle Frau, Ihr seht sorgenvoll aus. Gehen die Geschäfte schlecht, oder hängt der Haussegen schief?«

»Das zu erörtern habe ich weder das Bedürfnis noch die Lust. Sagt mir, was Euer Vater an Lohn erhält, und verlasst dann den Hof.«

»Haussegen wackelt, aha. Reicht mir Eure zarte Hand, wohledle Frau, dann will ich Euch raten.«

»Meine Hände sind zum Zupacken gedacht, nicht dazu, aus ihnen die Zukunft zu deuten.«

»Die Zukunft findet man auch nicht darin, aber die Kräfte, die in Euch wirken. Seid Ihr denn so gar nicht neugierig, wie Ihr dem Verrat entgehen könnt, der an Euch geübt wird?«

Alyss, die sich schon fast zum Gehen gewandt hatte, blieb in der Bewegung stehen.

»Was sprichst du von Verrat?«

Malefiz, der schwarze Verräter, schwänzelte um Gislindis bloße Beine und schnurrte. Sie beugte sich zu ihm und kraulte seinen Nacken, was er ihr mit einem aufmunternden Kopfstoß ans Schienbein dankte. Gislindis lachte und bat: »Reicht mir Euer Händchen, wohledle Frau. Es stören mich die schwarzen Tintenkleckse nicht, wenn Ihr die zu verbergen trachtet. Und Ihr, Hilda, seid so gut und bringt meinem Vater einen Krug von Eurem Hausgebräu. Das Schleifen macht eine staubige Kehle.«

Hilda verstand den Wink augenscheinlich sofort und verschwand mit dem Bierkrug.

Zögernd streckte Alyss die Hände aus – sauber selbstverständlich –, und Gislindis ergriff ihre Linke. Mit spitzen Fingern fuhr sie die Linien in der Innenfläche nach und sah ihr dann gerade in die Augen.

»Euer Gatte schert sich zum Teufel, und Euch schert es nicht sehr. Andere kommen nicht so ungeschoren davon.«

»Dummes Zeug.«

»Scharfe Scheren schneiden gut, wohledle Frau. Mats Schlyffers schleift viele Scheren. Ein Silberpfennig für meine Worte.«

»Die nichts sagen und nichts bedeuten.«

»Nun, dann gehabt Euch wohl, und zahlt mich, wenn Ihr mehr wissen wollt.«

Gislindis ließ Alyss' Hand los und lächelte sie keck an.

»Was weißt du von Robert van Doorne?«, fauchte Alyss.

»Nichts, wohledle Herrin. Sollte ich? Ist er Euch ebenfalls abhandengekommen?«

Alyss bereute ihren giftigen Ton. Es stand nicht dafür, die lustige Scherenschleiferin zu rügen. Und möglicherweise konnte sie sogar nützlich sein, die kleine Schwatzbase. Darum besann sie sich und sagte in milderem Ton: »So könnte man sagen. Er und John of Lynne kamen vom Gaffelessen der Gewandschneider am Sonntag noch nicht zurück.«

»Es gibt jede Menge lockerer Dirnen. Sollte eine ihre Scherchen und Messerchen geschärft haben wollen, werde ich horchen.«

Alyss zog aus ihrer Gürteltasche den Geldbeutel hervor und legte eine kleine Silbermünze vor Gislindis auf den Tisch.

Sie nahm das Scherflein, aber ihre Augen waren plötzlich sehr ernst.

»Es war nicht nur so dahingesagt, vorhin, wohledle Frau.«

Mit fliegenden Röcken drehte sie sich um und verließ die Küche.

Hilda kehrte zurück, sah sie neugierig an, aber Alyss drückte ihr nur den Lohn für den Scherenschleifer in die Hand – und ein Trinkgeld obendrauf. Dann verkündete sie, sie wolle sich um die Mädchen kümmern.

Bevor sie nach oben in die Mädchenkammer stieg, machte sie Halt vor Roberts Kammer. Die Haushälterin hatte das Bett gemacht und gelüftet, aber die Unordnung, die zwei Männer hinterließen, war nicht zu übersehen. Zwei derbe Stiefel standen in der Ecke, dazwischen das kurze Schwert in der Scheide, das John bei seiner Ankunft an der Hüfte getragen hatte. An den Haken an der Wand hingen Hemden, Gürtel und die Umhänge der beiden Männer. Eine Ledertasche lehnte gegen die Wand. Als sie die Lasche anhob, fand sie ein schmales Brevier, ein Büchlein, in dem in einer ihr fremden Sprache Aufzeichnungen geschrieben waren, ein schmutziges Tuch, Brotkrumen, einen Beutel mit einigen Silbermünzen. Es musste Johns Reisetasche sein. Roberts Kleider schienen auch noch alle vorhanden zu sein. Abgereist waren sie also nicht. Oder wenn, dann sehr überstürzt. Vielleicht sollte sie dennoch den Turmvogt fragen…

Später; erst galt es, nach ihren Schützlingen zu schauen.

Spinnen war die heutige Aufgabe, und das leise Surren der beiden Spinnräder untermalte die helle Stimme Lauryns, die die Aufgabe der Vorleserin übernommen hatte. Es bot sich Alyss ein friedliches Bild, als sie in den Raum trat. Sie lobte also die fleißigen Handwerkerinnen, insbesondere aber Leocadie, deren Fäden sich sehr fein und ebenmäßig um die Spindel wickelten. Hedwigis, wie üblich mürrisch, produzierte ein knotiges, ungleichmäßiges Garn.

»Bedenkt, Mädchen, aus diesen Fäden wird der Stoff für eure nächsten Sonntagskleider gewebt«, mahnte Alyss, und erntete einen bösen Blick von Hedwigis dafür.

Danach suchte sie Tilo auf, der mit wirklich tintenschwarzen Fingern eifrig Eintragungen vom Hauptbuch in die drei Registerbände übertrug, die sie am Tag zuvor beim Buchbinder erstanden hatte. Sie bestanden aus italienischem Papier, waren in Pergament eingebunden und an der Längsseite geheftet.

»Du scheinst gut voranzukommen.«

»Die ersten zehn Seiten habe ich abgeschrieben. Ihr müsstet wieder neu kennzeichnen, was wohin übertragen werden soll, Frau Alyss.«

»Nun, dann gib her. Wie hatte ich es gemacht?«

»Kreuz für Haushalt, Kringel für Herrn Arndts Handel und Punkt für Euer Geschäft.«

Gemeinsam arbeiteten sie sich durch die nächsten zehn Seiten, dann schaute Alyss noch nach Frieder, der ein Stück Garten umgrub, und am späten Nachmittag machte sie sich mit ihm schließlich auf den Weg, um beim Severinstor vorzusprechen. Köln hatte mehrere Tore, durch die Reisende in die Stadt kamen oder sie verließen, und mit einem musste sie schließlich anfangen. Der Vogt konnte sich an die beschriebenen Personen nicht erinnern, sagte ihr aber zu, die Torwächter zu befragen und Ausschau nach den Vermissten zu halten. Anschließend folgte sie der Stadtmauer bis zum Eigelstein – wurde jedoch immer mit derselben Aussage beschieden. Robert und John schienen vom Erdboden verschluckt worden zu sein.

Unbefriedigt trottete Alyss vom Eigelsteintor zurück. Als sie am Beginenkonvent vorbeikam, erwog sie kurz, Catrin ihr Herz auszuschütten, aber dann entschied sie sich dagegen. Es gab keinen Grund, dass ihre Freundin sich auch noch Sorgen um Robert machte, vor allem, wenn er wirklich eine ausgiebige Runde durch die Hurenhäuser drehte.

12. Kapitel

Obwohl Alyss am Dienstag keine zufriedenstellende Auskunft von den Toren bekommen hatte, war ihre Meldung im Eigelstein nicht unbeachtet geblieben. Der Vogt hatte sich an ihre Frage erinnert und deshalb am nächsten Morgen einen Boten zu ihr geschickt, um sie zu einem abgelegenen Winzerhäuschen in einem Weingarten in der Nähe der Stadtmauer zu bringen. Frieder begleitete sie wieder als einziger männlicher

Schutz. Der Büttel war maulfaul und unfreundlich. Aus ihm war nicht herauszubringen, worum es ging, aber Alyss fürchtete bereits das Schlimmste.

Es kam sogar noch schlimmer.

Der Vogt erwartete sie und wies auf eine Gestalt in einem hellblauen Gewand. Was davon noch hellblau war…

Frieder drehte sich um und erbrach sich ins Gebüsch. Sie aber fasste all ihren Mut zusammen und näherte sich dem Toten.

Es war Roberts Gewand, jenes, das er ihr so stolz vorgewiesen hatte. Es waren auch seine Stiefel, doch der Gürtel fehlte, ebenso seine Kopfbedeckung. Was ihm ebenfalls fehlte, war sein Gesicht. Jemand hatte mit einem wuchtigen Schlag seinen Kopf vollkommen zertrümmert.

»Kennt Ihr ihn, Frau Alyss?«, fragte der Vogt.

»Die Kleider gehören Robert van Doorne. Er hatte wenig Grund, sie einem anderen Mann anzuziehen.«

Tiefe Traurigkeit senkte sich über ihr Herz. Sie hatte ihren Schwager sehr geschätzt. Vor allem seine ruhige Art, seine Freundlichkeit, seine Verlässlichkeit und sein feiner Humor hatten es ihr angetan.

»Ein Überfall? Straßenräuber?«, fragte sie heiser.

»Sieht aus, als ob er beraubt wurde. Zu diesem Gewand gehörte doch sicher ein Gürtel.«

»Ja, ein sehr kostbarer sogar, mit Kupfer beschlagen. Eine Tasche aus gepunztem Leder war daran befestigt. Die hat man nicht in der Gegend hier gefunden?«

»Nichts dergleichen.«

»Habt Ihr die Umgebung gründlich abgesucht? Sie waren zu zweit. Zumindest hat John of Lynne zusammen mit ihm das Zunfthaus der Gaffel Windeck verlassen.«

»Vielleicht hat der ihn aber erschlagen«, meinte der Vogt

grob, und Alyss zuckte zusammen. Daran hatte sie noch gar nicht gedacht.

»Was sollen wir mit der Leiche machen? Sie kann hier nicht liegen bleiben. Nehmt Ihr ihn mit?«

Wieder hörte sie Frieder würgen, und sie selbst fühlte ebenfalls ihren Magen flau werden. Der missmutige Büttel war es aber, der einen hilfreichen Vorschlag zu machen hatte.

»Bringt ihn zu den Bejinge. Die ham den Ohm aufjebahrt, der im Winter jejange is.«

»Allmächtiger!«, entfuhr es Alyss. Catrin!

Aber der Mann hatte recht.

»Frieder, lauf zum Konvent und frag, ob Henna und Della kommen können. Aber wenn du die Frau Catrin triffst, sag ihr nicht, um wen es geht.«

»Ja, Frau Alyss. Bin schon weg.«

Sichtlich erleichtert nahm Frieder die Beine in die Hand.

»Wer hat ihn gefunden?«, fragte Alyss.

»Ein Knecht, der für den Winzer eine Besorgung machen sollte. Wir haben ihn in den Turm geworfen.«

»Ich will mit ihm sprechen.«

»Dann kommt mit.«

»Sowie die Beginen hier sind.«

Gelangweilt zuckte der Vogt mit den Schultern, doch Henna und Della waren recht bald zur Stelle.

»Herrjott, wat ene Schweinskram!«, murmelte Henna leise, aber Alyss hörte es trotzdem und sengte ihr mit ihrem Blick ein Loch in den Kittel.

»Ist ja schon gut, Frau Alyss.«

»Behandelt ihn mit Respekt, Henna, er ist mein Schwager. Und passt auf, dass Frau Catrin ihn nicht sieht. Sie kannte ihn auch. Ich komme gleich nach und rede mit ihr.«

Della nickte vielsagend, aber mit kräftigen Armen wuchteten die Beginen den Leichnam auf die mitgebrachte Planke. Keiner der Männer half ihnen.

»Stoffel!«, murmelte Alyss erbost und drehte sich zu Frieder um, der demonstrativ die Weinreben begutachtete. Mit ihm hatte sie Mitleid, mit den Bütteln nicht. Die hatten schon häufiger Opfer von Gewalttätigkeiten und Folter gesehen.

»Frieder«, sagte sie daher sanft. »Lauf nach Hause zurück. In Roberts Kammer findest du in seiner Truhe ein dunkelrotes, langes Gewand. Pack es zusammen und bring es zu den Beginen, damit sie ihn darin einkleiden. Er soll nicht in blutbefleckten Kleidern vor seinen Schöpfer treten.«

»Ja, Frau Alyss«, antwortete der junge Mann erstickt und trabte los.

Sie hingegen strebte mit energischen Schritten dem Eigelsteinturm zu.

Das Gespräch mit dem Winzerknecht verlief ergebnislos. Der Mann hatte am Morgen einige Werkzeuge aus dem Häuschen holen sollen und dabei den Toten gefunden. In heller Panik war er davongerannt und von einem Torwächter als verdächtiges Objekt aufgehalten worden. Der Tölpel hatte wirres Zeug gestammelt, aus lauter Furcht, als Mörder zu gelten. Aber die Androhung einer Befragung mittels Daumenschrauben hatte ihn gesprächiger gemacht. Alyss glaubte nicht, dass er der Mörder war. Robert vermissten sie nun schon seit drei Tagen, und selbst ihre ungeübten Augen hatten erkennen können, dass er den Tod nicht erst in den Morgenstunden gefunden hatte.

Ihr Magen krampfte sich noch einmal zusammen. Mit Mühe bedankte sie sich bei dem Vogt, dass er sie gerufen hatte, und wandte sich zum Beginenkonvent.

Eine weitere, sehr schwere Aufgabe stand ihr bevor.

Sie traf ihre Freundin Catrin, die damit beschäftigt war, einer hübschen jungen Frau in braunem Gewand und strengem Gebende die Funktion einiger medizinischer Instrumente zu erklären, die bei schwierigen Geburten zum Einsatz kamen.

Ein Blick aus lächelnden grünen Augen begrüßte Alyss, als sie in die Kammer trat. Für einen Moment war sogar sie verwirrt, doch dann erkannte sie Marian in seiner Rolle als Marianne. Sein Lächeln erlosch, als er ihres Gesichtsausdrucks gewahr wurde.

»Was ist passiert, Schwester mein?«

Alyss wandte sich an Catrin und nahm ihre Hände.

»Was ist geschehen, Alyss?«

»Schlimmes, Catrin. Schreckliches. Robert kam am Sonntag nicht vom Gaffelessen zurück.« Sie schluckte hart. Es half nichts, viele Worte darum zu machen. »Der Vogt hat mich vorhin gerufen. Man hat ihn … gefunden. Erschlagen und beraubt.«

»Robert? Ganz sicher Robert?«

»Ja, Catrin. Henna und Della kümmern sich um ihn.«

Catrin wollte sich losreißen, aber Alyss hielt ihre Hände fest, und Marian blockierte die Tür.

»Nicht, Catrin. Er war ein guter Mann, und du hast ihn lieb gehabt. Darum behalte ihn im Gedächtnis, wie er im Leben war.«

»Was … was hat man ihm angetan?«

»Ein Schlag auf den Kopf.«

Catrin begann zu zittern, und Alyss schlang die Arme um ihren dünnen Leib.

»W… warum h… h… hat m… man das ge… getan?«

»Warum schlagen Straßenräuber einen Mann in einem kostbaren Gewand nieder? Sein Gürtel und seine Tasche fehlen.«

»I… ich w… w… w…«

»Schsch, Catrin.« Alyss warf ihrem Bruder einen hilfesuchenden Blick zu. Als Kind hatte Catrin erbarmungswürdig gestottert, aber der Aufenthalt in ihrer Familie hatte ihr geholfen, ihre Zunge zu zähmen. Nur in Augenblicken größter Erregung verlor sie wieder die Kontrolle darüber. Alyss drückte sie fest an sich und streichelte ihren Rücken.

»Ich gehe und hole unsere Mutter«, murmelte Marian. »Du musst zurück in dein Haus und die Beerdigung vorbereiten.«

Schon hatte er das Gebende gelöst, zupfte die Nesteln seitlich an seinem Gewand auf und warf Surkot und Cotte auf das Bett. Nur mit der Bruche und den Beinlingen bekleidet suchte er sein Hemd und Wams zusammen, und für eine kurze Weile konnte Alyss den schlanken, sehnigen Körper ihres Bruders betrachten. Einige frische Narben zogen sich über Brust und Rücken; seine Schultern waren breit, seine Hüften schmal, und nur die weiten Frauengewänder konnten seine männliche Figur verstecken. Er hatte sich gut erholt, die Schwäche der langen Siechezeit hatte er vollends überwunden. In Windeseile war aber nun aus der sanften Marianne wieder der energische Marian geworden, der sein Barett auf die Locken stülpte und Catrin über die Wange streichelte.

»Bleib hier in deiner Kammer, Liebes. Alyss kümmert sich um Estella, bis Mutter kommt.«

»E… Estella…«

Alyss murmelte: »Schon gut. Ich schau nach ihr. Du bist viel zu aufgewühlt, Catrin. Du würdest sie nur ängstigen.«

Catrin nickte und straffte sich etwas. Sie rang um Fassung, blieb aber schweigend am Fenster stehen. Alyss verließ sie, um nebenan nach der jungen Witwe zu sehen. Sie lag nicht mehr im Bett, sondern saß auf der Bank in der Ecke und hielt beide

Hände neben sich. Ihr Leib wölbte sich hoch unter dem einfachen grauen Kittel, und ihre Augen leuchteten kurz auf, als sie ihrer ansichtig wurde. Dann drückte ihre Miene Verwunderung aus.

»Ich bin Mariannes Schwester, Estella.«

Sie nickte. Offensichtlich verstand sie doch einige Worte und war auch schon wieder bereit, ihre Umwelt wahrzunehmen. Doch ihre Unterhaltung verlief höchst einseitig, denn zu sprechen traute sich Estella wohl doch noch nicht.

Alyss war froh, als nach erstaunlich kurzer Zeit ihre Mutter Almut eintraf und das Heft in die Hand nahm.

Marian begleitete Alyss aus dem Konvent, und als das Tor hinter ihnen zugefallen war, fragte er: »Wo ist es geschehen?«

»Nicht weit von hier.«

»Zeig es mir. Wir wollen uns dort ein wenig umsehen.«

»Ich müsste nach Hause …«

»Sie werden es noch früh genug erfahren. Komm mit, Alyss, du hast scharfe Augen.«

»Wonach suchst du?«

»Nach dem Mörder, denke ich. Du kannst nur Anklage erheben, wenn du einen Hinweis hast. Der Vogt von sich aus wird nichts unternehmen.«

»Gut, gehen wir.«

Sie schritten kräftig nebeneinander aus, und plötzlich fragte Marian: »Wo ist John?«

»Ebenfalls verschwunden.«

»Soso.«

»Richtig.«

Das Winzerhäuschen lag nun wieder einsam und verlassen in seinem grünenden Weingarten. Aufmerksam sahen die Geschwister sich um. Marian nahm eine schwere Hacke, die an der Wand lehnte, und untersuchte sie gründlich. Doch es klebte nur lehmige Erde daran, weder Blut noch Haare. Auch der Holzhammer, die Säge und die Messer waren frei von verdächtigen Spuren.

Nicht so der Boden. Alyss hatte es zunächst für Nachlässigkeit gehalten, dass der Boden mit altem Laub bedeckt war, aber ihr langer Rock fegte den losen Belag beiseite und legte den gestampften Lehm frei.

Einige dunkle Flecken befanden sich darauf. Marian beugte sich darüber.

»Könnte Blut sein. Nur – wenn er hier erschlagen worden wäre, hätten ganze Lachen entstehen müssen.«

Er packte einen Reisigbesen und fegte das restliche Laub fort. Die Tropfenspur verlief bis zum Eingang. Aufmerksam prüften sie das niedergetretene Gras davor und fanden noch einige Flecken, die Richtung Straße wiesen. An einem Busch am Straßenrand endete die Spur in einer dunklen Stelle.

»So ist er am Straßenrand erschlagen worden und nicht in der Hütte«, stellte Marian fest.

Alyss kniete nieder und untersuchte das Gras und den Kies.

»Wonach hältst du Ausschau?«

»Ich weiß es nicht genau. Marian, Robert war kein ausgebildeter Kämpfer, aber er war ein weitgereister Mann, und völlig hilflos ganz gewiss nicht. Er wird sich gewehrt haben. Vielleicht hat er seinem Angreifer irgendetwas abgerissen, Stofffetzen, Lederriemen, Haare …«

»Wenn er hinterrücks überfallen wurde, blieb ihm wenig Zeit, sich zu wehren.«

»Er wurde von vorne erschlagen.« Alyss Stimme klang sehr trocken, und Marian zuckte zusammen.

»Ei wei.«

»Darum wollte ich Catrin nicht zu ihm lassen.«

»Verstehe. Und darum hast du John of Lynne im Verdacht?«

»Weil er seinen Mörder möglicherweise kannte und ihm in die Augen sah. Ja, darum. Und deswegen.«

Alyss hob das kleine, blinkende Ding auf und zeigte es ihrem Bruder.

»Eine Münze englischer Prägung. Eine kleine nur, wie man sie im Geldbeutel mit sich führt. Verdammt, Alyss, das gefällt mir nicht. John machte mir nicht den Eindruck eines Mörders.«

»Der Eindruck, den man von einem Menschen gewinnt, kann trügerisch sein. Wir wissen nichts von seiner Herkunft, außer dass er offensichtlich das schwarze Schaf einer guten Familie ist. Er ist ein Raufer und Abenteurer. Und er ist verschwunden.«

»Ja, das spricht gegen ihn. Aber er ist auch ein reicher Kaufmann, der es nicht nötig hat, einen Mann wie Robert nur um des Inhalts seiner Börse willen zu erschlagen.«

»Das kann Täuschung sein, damit es wie ein Raubüberfall aussieht.«

»Dann hätten sie einen Streit miteinander haben müssen. Einen, der bis aufs Blut ging. Und dann gäbe es Kampfspuren. Robert wird sich nicht einfach von John Auge in Auge erschlagen lassen haben.«

»Der Punkt geht an dich, Marian. Also gut, John könnte ebenfalls überfallen worden oder geflohen sein.«

»Ah pah, Schwester mein. Wer gegen Seeräuber kämpft, läuft nicht vor einem Straßenstrolch fort, der seinen Freund angreift.«

»Er hat *erzählt*, dass er gegen die Piraten gekämpft hat…«

»Schwesterlieb, ich erkenne einen Kämpen, wenn ich ihn

sehe. Und du auch. John of Lynne ist ein harter Mann, auch wenn er lächelt und den Frauen schöntut.«

»Dann ist er auch in der Lage, kaltblütig seinen Geschäftspartner umzubringen.«

»Gut, dieser Punkt geht an dich. Bleiben die Fragen offen, warum, und vor allem, was hatten sie hier auf der Straße zu suchen, die aus der Stadt hinausführt? Und das um die Mitternacht nach dem Gaffelessen. Waren sie sehr bezecht?«

»Laut Meister Pauli nicht.«

»Mhm.«

»Du hast recht, Marian – was wollte Robert hier auf der Straße nach Norden? Mit oder ohne John?«

»Wir werden darüber nachdenken müssen, Schwester mein, und dann Fragen stellen. Ich begleite dich heim. Durchsuch du dort noch einmal beider Sachen. Vielleicht findest du unter den neuen Gegebenheiten weitere Anhaltspunkte. Und sieh dir auch Roberts Geschäftsbuch durch.«

»Das werde ich tun. Vor allem aber werde ich den Pfarrer von Lyskirchen bitten müssen, das Begräbnis vorzubereiten. Und eigentlich müsste ich Arndt einen Boten nachschicken, der ihm vom Tod seines Bruders berichtet.«

»Wenn alles erledigt ist. Er kann sowieso nichts mehr ausrichten, Alyss.«

»Nein. Und sehr um ihn trauern wird er auch nicht.«

Gedankenversunken wanderten sie den restlichen Weg zur Witschgasse bis zum Hoftor.

»Brauchst du mich?«

»Nein, Bruderlieb. Das schaffe ich alleine. Geh zu den Beginen zurück und sprich mit den beiden Totenwäscherinnen. Unter Umständen ist denen noch etwas aufgefallen.«

»Ah, daran habe ich gar nicht gedacht.«

Sie verabschiedeten sich voneinander, und Alyss machte sich an die schwere Aufgabe, dem Hauswesen den Verlust eines Mitglieds zu verkünden.

13. Kapitel

Sie trugen Robert van Doorne am Freitag zu Grabe, und auf dem Lichhof von Lyskirchen hatten sich unzählige Bürger von Rang und Namen eingefunden. Die Gaffel Windeck war fast vollzählig vertreten, aber auch die Weinhändler, etliche aus der Schneiderzunft und natürlich die Freunde und Verwandten der Familie. Anschließend versammelte man sich im Haus des Verstorbenen zum Reuessen, bei dem man sich an Hildas süßem Gebäck und Alyss' würzigem Wein erfrischte und des Verblichenen gedachte. Die drei Mädchen halfen der Haushälterin, die Gäste zu bedienen, Frieder und Merten übernahmen die Rolle der Mundschenke. Neben den üblichen Lobreden gab es aber auch viel Getuschel über die Ursache des Ablebens, und auch einiges Gerede darüber, dass der leibliche Bruder, Arndt, nicht zugegen war.

Auch Almut und Ivo vom Spiegel hatten sich eingefunden, und als Alyss sich zum Weinkeller aufmachte, um die leeren Krüge aufzufüllen, begleitete ihre Mutter sie. Unten, in den kühlen, säuerlich riechenden Gewölben half sie ihr zunächst wortlos, den Wein abzuzapfen, dann aber stellte sie den Zinnkrug nieder und fragte: »Was stimmt nicht zwischen dir und deinem Gatten, Alyss?«

»Er ist auf Reisen, sonst nichts, Frau Mutter.«

»Er weilte nur wenige Tage in Köln, kürzer als sonst.«

»Geschäfte. Ihr wisst doch, manche zwingen einen manchmal dazu, schnell Gelegenheiten zu ergreifen.«

Die Fackel in der Halterung an der Wand tauchte ihre Gesichter in unstetes Licht. Aber Alyss fühlte die Blicke ihrer Mutter, die wie in einem offenen Buch in ihrem Gesicht zu lesen verstanden. Sie wandte sich ab.

»Gibt es Probleme mit dem Geld, Alyss?«

»Nein.«

»Alyss?«

»Ihr habt mit Frau Mechtild geschwatzt, stimmt's? Sie deutet die Dinge, wie sie will.«

»›Der Herr hat's gegeben, der Herr hat's genommen, der Name des Herrn sei gelobt!‹, wie es bei Hiob heißt? Eine wahrlich demütige Haltung.«

Alyss knurrte: »Ist doch meine Sache, Frau Mutter.«

»Kind, ich bin nicht blind, und ich bin nicht taub. Du steckst in allerlei Schwierigkeiten, Roberts Tod ist nur eine davon.«

»Wer behauptet das? Marian?«

Almut lachte auf.

»Marian beherrscht es meisterlich, über viele anregende Gegenstände zu disputieren, aber er ist verschlossen wie die Truhe eines Geldwechslers, wenn es um dich geht. Aber gut, ich will nicht weiter in dich dringen. Doch wenn du Hilfe brauchst, komm zu uns.«

»Frau Mutter, glaubt Ihr nicht, dass ich mit meinen Sorgen und Aufgaben alleine fertig werden kann?«

»Doch, das kannst du gewiss. Aber …«

»Gut, dann lasst es mich auch tun.«

Almut nahm den Krug in die eine Hand und löste die Fackel

aus ihrer Halterung. Sie stiegen die Treppe zum Hof hoch, und hier sah sie ihre Tochter noch einmal kopfschüttelnd an.

»Ich habe diese Ehe nie gutgeheißen. Das weißt du, Alyss.«

»Hilft's mir?«

Alyss trug die beiden vollen Krüge in die Küche, und ihre Mutter folgte ihr nachdenklich.

Es war Abend geworden, bis endlich alle Gäste gegangen waren. Alyss legte selbst Hand mit an, die Unordnung zu beseitigen, und war auf dem Weg zum Brunnen, um einen neuen Eimer Wasser hochzuhaspeln, als sie der gellende Schrei aus der Scheune aufschreckte. Sie stellte den Eimer ab und eilte über den Hof. Die Tür innerhalb des großen Tors stand einen Spalt breit offen. Alyss drückte dagegen und trat ein. Wieder ertönte der Schrei, und ein heftiges Flattern verriet ihr die Ursache. Niemand wurde gemeuchelt, aber Malefiz war kurz davor, dem Falken einige Schwanzfedern auszurupfen.

Mit einem kräftigen Fauchen verscheuchte Alyss den Kater und betrachtete dann erstmals das wertvolle Tier, das ihr Eigentum war.

Aufgeregt kletterte der Vogel auf seinem Sprenkel hin und her, konnte sich aber nicht losmachen, denn seine Füße waren mit festen Lederbändern daran gebunden. Sie versuchte, ihn mit leiser Stimme zu beruhigen, aber das zeitigte keine Wirkung. Den Falken anzufassen traute sie sich nicht, denn sein Schnabel weckte nicht eben ihr Vertrauen.

»Armes Viech, den ganzen Tag hier eingesperrt zu sein, und zur Ablenkung nur den verflixten Malefiz.«

Wieder flatterte der Vogel aufgeregt und hüpfte auf der Holzstange hin und her.

Alyss sah sich um. Ein starker Lederhandschuh, das Häubchen und eine Schale mit Fleischstücken lagen in Reichweite.

»Futter!«, sagte sie. »Mit Futter macht man alle gefügig. Menschen wie Katzen, warum nicht auch Falken? Also komm her!«

Sie streifte den Handschuh über und legte ein Stück Fleisch, nicht mehr wirklich ganz frisch, auf ihre Faust, um es ihm zu reichen.

Misstrauisch beäugte der Falke es zunächst, beruhigte sich aber und schnappte dann danach. Auch ein zweites Stück nahm er auf diese Weise. Danach blieb er ruhig auf seiner Stange sitzen.

»Zufrieden?«

Die Schwanzfedern zuckten leicht.

»Ich weiß nicht viel von Vögeln, Falke. Und von Jägern wie dir so gut wie gar nichts. Es war nicht recht von deinem Herrn, dich mir zu überlassen, und noch weniger recht war es, einfach so zu verschwinden.«

Die schwarzen Augen starrten sie an, und Alyss deutete das als Frage.

»Du hast es doch sicher bemerkt, Falke. Seit sechs Tagen hat er sich nicht mehr um dich gekümmert. Nun ja, es mag dir nicht ungewöhnlich erscheinen, denn er hat dich ja in unsere Obhut gegeben. Ein weniger herzloses Tier hätte ihn wohl vermisst.«

Leicht breiteten sich die Flügel aus und schlossen sich dann wieder um seinen Leib.

»Na gut, du hast ein Herz, das dein Blut durch die Adern pumpt, wie es wohl allen Lebewesen gemein ist. Und irgendwie hat es Master John auch geschafft, dass du seinem Wunsch gehorchst und wieder auf seine Hand zurückkehrst. Warum,

Falke, nimmst du dir nicht die Freiheit, wenn er dich fliegen lässt?«

»Weil, Frau Alyss, er gelernt hat, dass er mit Futter belohnt wird, wenn er auf die Faust zurückkommt.«

»Frieder?«

»Ich wollte ihn jetzt fliegen lassen, Frau Alyss. Den ganzen Tag gab es keine Gelegenheit dazu.«

»Dann tu es.«

Sie zerrte an dem Handschuh, doch der Junge schüttelte den Kopf.

»Nehmt Ihr ihn, Frau Alyss. Ihr seid seine Herrin.«

Einen Augenblick lang wollte sie ablehnen, aber dann erlag sie der Versuchung, das Recht der Königin in Anspruch zu nehmen.

Gekonnt stülpte Frieder dem Vogel das lederne Häubchen über und löste die Fangleinen. Dann wies er Alyss an, ihn auf ihren behandschuhten Arm treten zu lassen. Ein wenig unsicher betrachtete sie den nun ganz ruhigen, erstaunlich leichten Vogel, der sich in das Leder krallte.

»Geht in den Weingarten mit ihm.«

Frieder öffnete die Tür, und vorsichtig schritt Alyss in den lichtblauen Abend hinaus. Fest drückten sich die starken Fänge in ihre Finger, aber der Vogel blieb friedlich sitzen.

»Nehmt ihm das Häubchen ab.«

Sie griff beherzt den silbernen Knopf oben auf der Haube und befreite die Sicht des Vogels.

»Und nun werft ihn mit einer solchen Bewegung. Dann weiß er, dass er frei fliegen darf.«

Sie ahmte es nach, und der Falke stieß sich von ihrem Arm ab.

»Du hast viel von Master John gelernt, will mir scheinen.«

»Er ist ein guter Lehrer, Frau Alyss, und mich interessiert die Falknerei.«

Sie verfolgten das Aufsteigen des Falken in die Höhe, bis er mit ausgebreiteten Flügeln im Aufwind zu kreisen begann. Dann wandte sich Alyss Frieder zu.

»Du bist derjenige, der Master John wohl am besten von uns kennengelernt hat. Was hältst du von ihm?«

Frieder, gewöhnlich nicht auf den Mund gefallen, blieb eine Weile stumm. Alyss, müde und traurig, wartete geduldig auf seine Antwort.

»Er hat schon als Junge bei einem Falkner gearbeitet, hat er erzählt. Er hat auch bei den Pferden geholfen und so. Er versteht sich gut auf Tiere, Frau Alyss. Nicht nur mit dem Falken ...«

»Auch mit jungen Frauen.«

»Mhm, ja. Mhm, die Mädchen kriegen rote Backen, wenn er mit ihnen scherzt.«

»So beobachtete ich es auch. Und wie steht es mit dir?«

»Ich ... ich mag ihn. Weil ... er hat mich nicht wie einen dummen Jungen behandelt!«, platzte er heraus.

»Wie ich beispielsweise?«

»Na ja, Ihr seid manchmal sehr streng«, sagte Frieder und starrte auf seine großen Füße.

»Hat so seine Gründe, oder?«

Die großen Füße scharrten ein wenig in der lockeren Erde. Ein kleines Lächeln stahl sich auf Alyss' Gesicht, und verwundert schaute Frieder sie an.

»Mhm.« Dann druckste er noch etwas herum. »So richtig fromm ist er nicht.«

»Nein?«

»Er hat mal erzählt, dass in seiner Heimat ein Mann namens Wyclif gepredigt hätte, dass der Papst nichts zu sagen hat. Und der hätte die Bibel in ihre Sprache übersetzt und gesagt, das Zölibat ist blöd. Und ich glaube, Master John findet das auch.«

»Aha.«

Derart ketzerisches Gedankengut war Alyss nicht fremd. Sie kannte es von ihrem Vater sehr gut. Allerdings kannte sie auch die Folgen, die daraus erwachsen konnten. Und die reichten von der Exkommunikation bis hin zum Scheiterhaufen.

»Er ist aber trotzdem zur Messe gegangen«, fügte Frieder besorgt hinzu.

»Daran tat er gut. Hat er seine Meinung gegenüber Geistlichen vertreten?«

»Nicht in der Kirche. Aber der Hauspfaff, Entschuldigung, Magister Hermanus, der hat's auch mitgekriegt.«

»Misslich. Haben sie disputiert?«

»Nein, Frau Alyss.«

Das war trotzdem eine Angelegenheit, der sie demnächst nachgehen sollte. Jetzt aber lenkte sie Frieders Gedanken in eine neue Richtung.

»Ihr habt euch doch sicher gefragt, wo Master John geblieben ist«, wollte sie wissen.

»Erst eigentlich nicht, Frau Alyss. Er ist ein fremder Kaufmann, er hat sicher Geschäfte zu führen. Dachten wir. Aber seit wir… seit wir Herrn Robert gefunden haben, hab ich Angst, dass vielleicht auch er umgebracht wurde.«

»Dass er Herrn Robert erschlagen haben könnte, ist dir nicht in den Sinn gekommen?«

»Aber nein, Frau Alyss. Sie waren doch Freunde.«

Das wurde in einem solchen Brustton der Überzeugung hervorgebracht, dass Alyss nur nicken konnte.

Der Falke legte plötzlich die Flügel an und stürzte sich auf eine Taube, die auf dem Weg zu ihrem Schlag war. Gemeinsam mit seiner Beute kam er zu Boden.

»Ihr müsst ihn zurückrufen, Frau Alyss.«

»Wie?«

»Hier, mit dem Pfeifchen. Und dann ein Stück Fleisch geben.«

»Aha.«

Sie setzte das Holzpfeifchen an die Lippen, das Frieder ihr gereicht hatte, und streckte den Arm aus. Der Falke kam gehorsam zurück, und der Junge rannte los, um die Taube zu holen. Aus der Tasche, die der Junge mitgenommen hatte, nahm sie die Belohnung, die ihr gierig aus der Hand gerissen wurde.

»Deine Bedürfnisse sind einfach, was, Falke?«

Sie warf ihn noch einmal in die Luft, und er stieg auf. Frieder kehrte mit der blutigen Taube zurück und fing an, sie unbeholfen zu rupfen.

»Ich fülle die Schale mit ihrem Fleisch, so hat's Master John gemacht. Damit er die Haushaltskasse nicht belastet.«

»Ah, ich verstehe.«

Alyss stand auf und wanderte durch die Pfähle, um die sich die Reben wanden. Sie hatte bisher wenig Zeit gehabt, sich um Roberts und Johns Unterlagen zu kümmern, aber das würde sie gleich morgen in Angriff nehmen. Es musste ein Testament geben; Robert hatte einen erfolgreichen Handel geführt. Entweder fände sie ein entsprechendes Dokument in seinen Truhen, oder er hatte es bei der Gaffel hinterlegt. Vermutlich würde Arndt sein Erbe sein.

Wieder sah sie den aufgebahrten Leichnam vor sich. Henna und Della hatten gute Arbeit geleistet. Das rote Gewand gab ihm seine Würde zurück, den Kopf hatten sie mit Leinenbinden umwickelt, die Arme auf der Brust verschränkt, und Catrin hatte ihr kleines, silbernes Kreuz in seine Hände gelegt.

Seine Hände – sie sahen so fremd aus. Aber der Tod trieb seine Spiele mit dem Fleisch, und der Mord war bereits vor sechs Tagen geschehen. Seine Hände – in diesem Augenblick fiel es ihr ein. Der Ring war fort. Robert hatte einen goldenen Siegelring mit einem blutroten Stein am linken Ringfinger getragen. Er war ein Erbstück der Familie, wusste sie, Arndt hatte das zugehörige Petschaft erhalten. Das Siegel, das die van Doornes führten, zeigte den heiligen Maternus mit seinen drei Kirchturmspitzen. Maternus von Köln aber galt als der Patron der Rebstöcke, und aus diesem Grund nutzte Robert, der Tuchhändler, dieses Siegel nicht, sondern trug den Ring nur als Erinnerung an seinen Vater.

Alyss' Müdigkeit lichtete sich ein wenig. Das war ein erster Anhaltspunkt – nach dem Ring würde man suchen können.

Hoch oben im dunkler werdenden Blau ertönte der Schrei des Falken, und sie setzte das Pfeifchen wieder an die Lippen. Zeit, ins Haus zurückzukehren.

Gehorsam kam der Vogel herbei, nahm noch ein Fetzchen frisches Taubenfleisch entgegen, und Frieder setzte ihm die Haube auf.

»Werdet Ihr Euch nun um ihn kümmern, Frau Alyss?«

»Dann und wann könnte ich das. Aber ich habe so wenig Zeit, Frieder.«

14. Kapitel

Die Sichtung der Unterlagen brachte Alyss einige Erkenntnisse über Roberts Tätigkeit. Er hatte sehr ordentlich sein Register geführt, und dem entnahm sie, dass er wirklich reiche Gewinne gemacht hatte. Der Verlust der Tuchlieferung im Herbst war aufgefangen worden, die Überschüsse – und hier staunte sie tatsächlich – hatte er dazu verwendet, sich ein Haus in Deventer zu kaufen. Offensichtlich beabsichtigte er, seine Geschäfte mehr und mehr in die Hafenstadt zu verlegen, und leise fragte sie sich, ob es dort möglicherweise auch eine Frau gab, mit der er dieses Haus hatte teilen wollen. Doch Ausgaben, die auf eine minnigliche Beziehung hindeuteten – Schmuck oder kostbare Geschenke –, gab es nicht.

Was sie ebenfalls nirgendwo fand, war ein Testament.

Am Montag würde sie den Aldermann der Gaffel Windeck aufsuchen und befragen. Außerdem mussten die restliche Ware verkauft und bestimmt auch noch offene Rechnungen beglichen werden. Auch dabei konnte er ihr sicher behilflich sein.

Sie betrat das Tuchlager und sah auch hier nach dem Rechten, zählte Ballen und Bündel, prüfte Aufzeichnungen und Qualitätsangaben. Danach widmete sie sich Johns spärlichem Hab und Gut. Er war mit wenig Gepäck gereist, aber das war nicht weiter verwunderlich. Wenn er neue Kleider brauchte, würde er sie sich kaufen. Im Kontor hatte sie einen Kreditbrief gefunden, für den er bei jedem Wechsler eine ansehnliche Summe Geld bekommen hätte. Sein Schwert rührte sie nicht an; das Brevier blätterte sie durch, um zu prüfen, ob er irgendwelche Eintragungen darin gemacht hatte oder ob es einen Hinweis auf seine Familie gab, fand aber nichts. Sie hatte sich inzwischen zu der Annahme durchgerungen, dass er ebenso Opfer des Verbrechens geworden war, nur dass man seine Leiche besser versteckt hatte. Damit gab sie sich selbst die Rechtfertigung, auch seinen Registerband durchzusehen.

Die Zahlen verstand sie, auch sie wiesen auf erfolgreiche Geschäfte hin, doch die Eintragungen, die er in seiner Muttersprache verfasst hatte, blieben ihr rätselhaft.

Ein weiterer Fall für den Aldermann. Unter den Tuchhändlern waren einige, die Geschäfte mit dem Londoner Stalhof abwickelten und der englischen Zunge mächtig waren.

Nach all diesen Arbeiten im Kontor war sie ausgesprochen froh über Marians Besuch. Er traf am frühen Nachmittag ein, und da seit dem Morgen ein kräftiger Landregen fiel, lud sie ihn in ihre Schlafkammer ein, um sich seine Mitteilungen anzuhören.

»Die Ohren der Küche sind zu groß, und das Hauswesen brütet sowieso schon wildeste Geschichten aus«, erklärte sie brummig.

»Neue Nahrung willst du ihm also verweigern. Klug gedacht. Hast du etwas Hilfreiches entdeckt?«

Alyss schilderte ihm ihre Erkenntnisse, und ihr Bruder hörte aufmerksam zu.

»Robert wollte also fortziehen. Eine verständliche Entscheidung.«

»Ja, wenn man bedenkt, dass dies hier Arndts Haus ist.«

»War Robert in dich verliebt, Schwester mein?«

»Allmächtiger, nein. Was gibt dir diesen Gedanken ein?«

»Du bist hübsch, wenn auch ein Sauertopf.«

»Nicht alle können so verlockende Honigtöpfchen sein wie du, mein Bruderlieb.«

»Und dennoch mag dein Schwager Gefallen an deinem Witz und deinen roten Lippen gefunden haben.«

»Wenn du meinst – mir hat er seine Gefühle nicht offengelegt. Warum nimmst du es an?«

»Mord geschieht aus Habgier, Rachsucht und Liebe.«

Einen Wimpernschlag lang stutzte Alyss, dann hatte sie verstanden.

»Du verdächtigst Arndt des Brudermords?«

»Ich war Zeuge seiner Eifersucht, erinnerst du dich?«

Alyss verschränkte die Hände im Schoß. Gewiss, die Stimmung zwischen den Brüdern war von jeher angespannt gewesen, aber vor dieser Vermutung war sie bisher zurückgescheut.

»Arndt verbrachte die Sonntagnacht in diesem Bett?«

»Natürlich.«

»Du glaubst mir nicht?«

»Doch. Es war nur so ein Gedanke. Er passt auch nicht ganz zu dem, was ich am Tor erfahren habe.«

»Hat die hübsche Marianne die Torwächter zum Plaudern gebracht?«

»Ich versuchte es zunächst, sie mit meiner herben Männlichkeit und einigen Münzen zu Vertraulichkeiten zu verleiten. Die Münzen nahmen sie, doch die Erinnerung heraufzubeschwören half das nicht. Sie haben pflichtgetreu ihren Dienst getan, wie es der Vogt befohlen hatte. Nie würden ehrbare Torwächter wie sie jemanden nach dem Abendläuten aus der Stadt hinaus-, geschweige denn in die Stadt hineinlassen. Wir können alle sicher in unseren Betten schlafen.«

»So sicher wie Robert.«

»Sicher.«

»Aber deine Münzen nahmen sie.«

»Weshalb ich ihren Beteuerungen nicht den rechten Glauben

schenkte. Doch dann zog einer der Wächter das Missfallen einer drallen Magd auf sich, deren Körbe mit allerlei Spezereien er zu gründlich untersuchte. Sie sprach mich an, als ich das Tor verließ.«

»Um deiner herben Männlichkeit zu huldigen?«

»Um mich zu schmähen.«

»Alle Männer sind Schweine.«

»Insbesondere jene, die die Wächter mit Münzen schmieren.«

»Du stimmtest in ihr Lamento ein?«

Marian zeigte ein spitzbübisches Grinsen, und Alyss verstand die Magd.

»Sie wurde gesprächig?«

»Nach kurzer Weile. An jenem Sonntagabend tändelte sie mit ihrem Liebsten an der Stadtmauer. Sie wurden bei zärtlichem Tun unterbrochen, als die Wachen das Tor für zwei schwarz gewandete Gesellen öffneten, die auf gar unheimliche Weise mit den dräuenden Schatten verschmolzen.«

»Boten der Hölle.«

»Oder zwei Männer mit heimlichem Tun vor den Mauern.«

»Oder zwei Strolche auf der Suche nach leichter Beute.«

»Ja, Schwester mein, am Tor tat sich etwas in jener Nacht. Mag sein, dass es Zeugen gibt, mag sein, dass Meuchler eindrangen, mag auch sein, dass es Robert und John waren.«

»Sie trugen Festtagskleider, nicht schwarze Höllentracht.«

»Nicht alles ist, wie es scheint.«

»Nein, allerlei Gewirke liegen im Dunkeln. Wir brauchen lichte Spuren. Eine davon ist mir gestern Abend eingefallen.«

»Dann hast du mehr gefunden als ich. Erhelle mein Gemüt.«

»Der Ring, Marian, den Robert trug – er war wertvoll. Als wir ihn begruben, trug er ihn nicht mehr. Ein Dieb wird ihn zu versetzen suchen.«

»Bei Goldhändlern und Hehlern. Es gibt zahllose von ihnen.«

»Und sicher auch andere Käufer. Aber er trug das Maternus-Wappen derer van Doorne.«

»Darüber wird man ihn erkennen, und wenn der Dieb klug ist, verhökert er ihn außerhalb der Stadt.«

»Wir können nichts anderes tun, als die Augen offen zu halten.«

»Ja, verzeih, Alyss, ich bin rat- und mutlos.«

»Wir sind es alle. Darum erzähle mir, wie es der niedlichen Maid Marianne geht.«

Marians Miene hellte sich auf.

»Ein keckes Weibchen, wenn du mich fragst. Aber gelehrig. Catrin habe ich einen kleinen Moment lang täuschen können, dann erkannte sie mich und ging belustigt auf das Spielchen ein. Die anderen Beginen bemerkten nichts, obwohl ich glaube, dass die Meisterin Clara einen Verdacht hegt.«

»Sie kennt unsere Mutter gut und wird die Ähnlichkeit mit ihr entdeckt haben.«

»Mag sein. Aber sie sagte nichts, also duldet sie es wohl. Die kleine Witwe schreckt nicht vor mir zurück, was auch ein gutes Zeichen ist. Ich spreche zu ihr in italienischer Zunge, was sie am besten zu verstehen scheint. Selbst bringt sie zwar keine Silbe über die Lippen, aber ihre Miene, ihre Augen künden davon, dass meine Worte sie erreichen.«

»Wie steht es um ihre Gesundheit?«

»Ein paar Narben, dort wo Gerten ihren Rücken trafen, sonst ist sie geheilt. Auch die Schwangerschaft scheint normal zu verlaufen, das Kind bewegt sich in ihrem Leib, schwächlich zwar, aber es lebt. Nur eines erscheint mir ungewöhnlich. Nie legt sie ihre Hände auf den Bauch. Du hast es damals ständig getan, und an anderen Frauen habe ich das auch beobachtet.«

»Stimmt. Als ich neulich nach ihr schaute, hatte sie die Hände auf die Bank gestützt. Viel natürlicher wäre es, sie über dem Leib zu halten.«

»Sie hat Angst. Es ist ihre erste Geburt, meint Catrin.«

»Sie hat alles verloren, ist fremd und weiß nicht, was auf sie zukommt. Das stimmt. Wann wird sie niederkommen?«

»Es wird wohl noch eine Woche oder auch zehn Tage dauern.«

»Ich spreche am Montag bei dem Aldermann der Windeck vor, Marian. Ich werde ihn bitten, sich nach ihrer Familie zu erkundigen. Laurenz Stalen war bekannt, man wird über seine Verbindungen Bescheid wissen. Und die Italienfahrer könnten herausfinden, wo ihre Leute leben, und sie benachrichtigen.«

»Gute Idee, Schwester mein. Laurenz Stalen wird Aufzeichnungen, gegebenenfalls sogar sein Testament bei ihnen hinterlegt haben. Man wird ihr helfen, nach Hause zurückzukehren, wenn sie kräftig genug ist.«

Sie plauderten noch eine Weile; danach fühlte Alyss sich ein wenig leichter und war bereit, ihren Schützlingen neue Pflichten aufzubürden.

Dies bestanden darin, aus dem feinen Leinen, das Robert ihr geschenkt hatte, Cotten zu nähen, jene langen Hemden, die als Unterkleider dienten. Kein Haushalt würde dafür einen Schneider bezahlen: Der Schnitt war einfach, mit Nadel und Faden konnte jedes Mädchen umgehen, kaum dass seine Nase die Tischkante erreichte. Auf dem großen Küchentisch breitete Alyss also den Stoff aus und schnitt die entsprechenden Längen für Vorder- und Rückenteil, Ärmel und Geren ab, verteilte Nadeln und Garn und wies Leocadie, Lauryn und Hedwigis darin ein, wie die Stücke zusammengenäht werden mussten.

»Dürfen wir uns Borten an den Halsausschnitt nähen?«, wollte Lauryn wissen.

»An eure dürft ihr das, aber nicht an die für Magister Hermanus. Und er bekommt die erste Cotte, die fertig wird.«

»Uh, warum denn der Hauspfaff, Frau Alyss?«

»Weil die zwei, die er besitzt, verschlissen sind.«

Die Mädchen murrten, aber Alyss blieb hart und fand Unterstützung in der Haushälterin, die ihnen eine Predigt über Nächstenliebe hielt.

»Was mich daran erinnert, Hilda, dass Merten davon sprach, seine Großmutter läge mit Gliederreißen danieder. Es wäre eine gute Tat, wenn wir ihr morgen einen Korb mit Pasteten und Wein schicken würden.«

»Ich bereite ihn vor, aber Zeit, ihn zur Huhnsgass zu bringen, habe ich nicht«, erklärte Hilda.

»Es wird ein schöner Sonntagsspaziergang für euch drei Jungfern sein. Die Huhnsgass liegt hinter Mauritius, Hedwigis, du kennst dich aus. Wenn Merten heute Abend kommt, soll er dir erklären, welches Haus es ist.«

»Er kann den Korb doch selbst mitnehmen.«

»Könnte er, aber wir sprachen von christlicher Nächstenliebe, und ich bin sicher, die alte Trude de Lipa wird sich über euren Besuch freuen.«

Alyss schnitt eine weitere Länge Leinen ab und stellte dabei mit Genugtuung fest, dass Mats Schlyffers ausgezeichnete Arbeit geleistet hatte. Die Schere war scharf und fuhr durch den Stoff wie durch Butter.

Was ihre Gedanken in Richtung Gislindis lenkte.

Ob sie tatsächlich das Schicksal aus den Handlinien zu deuten wusste, wollte sie nicht hinterfragen. Hilda glaubte fest daran, und so hatte Gislindis ihr sicher gesagt, was sie hören wollte. Alyss' eigene Hand hatte sie eigentlich gar nicht genau betrachtet. Und dennoch hatte sie eine Warnung ausgesprochen. Was hatte sie gleich gesagt – es schere sie nicht, dass ihr Gatte sich zum Teufel geschert hatte? Und das nur wenige Stunden nach Arndts Abreise? Die Schwätzereien verbreiteten sich auf den Gassen und Märkten natürlich in Windeseile. Das verstand sie ja noch, aber wer war es, der nicht ungeschoren davonkommen sollte?

Was für Gerüchte machten die Runde, von denen sie nichts wusste?

Mats Schlyffers schärfte viele Scheren.

Auch die der Gewandschneider und der Schneider.

Ein unsäglicher Verdacht beschlich sie.

Hatten Robert und John auf dem Gaffelfest etwas über die unrechtlichen Tuchverkäufe herausgefunden? Hatten sie sich damit einen Feind geschaffen, der ihr Schweigen nur mit dem Tod gewährleistet sah?

»Frau Alyss, kann ich den Ärmel jetzt haben?«

Lauryn zupfte an dem Stück Leinen, das sie gedankenverloren in der Hand gehalten hatte.

»Oh, ja. Natürlich.«

Und mit weit mehr Aufmerksamkeit widmete sie sich dann ihren Aufgaben.

15. Kapitel

Die Aufregungen der ganzen Woche hatten dann schließlich am Sonntag ein Ende gefunden. Diesmal begleitete Alyss ihre kleine Herde zur Messe; nach dem reichlichen Mittagsmahl schickte sie die Mädchen zu Trude de Lipa, beauftragte Frieder mit der Begleitung Tilos zu dessen Mutter und machte sich dann selbst auf den Weg zum Beginenkonvent. Hilda hatte sie zwar gemahnt, nicht alleine durch die Straßen zu gehen, das stünde einer vornehmen Frau nicht an, aber Alyss gab ihr nur unwillig zu verstehen, eine Sänfte stünde einer gesunden jungen Frau genauso wenig an, und nahm die Füße in die Hand.

Der Regen hatte den Staub zu Boden gedrückt und den Unrat aus den Gossen fortgespült, die Luft war rein, etwas zu kühl für Juli, aber die Feuchte mochte den Pflanzen wohl bekommen.

Alyss fand ihre Freundin vor, wie sie gemeinsam mit Estella im Refektorium ein Altartuch säumte. Auch die anderen Beginen gingen stillen Tätigkeiten nach, die meisten von ihnen fertigten die kunstvollen Stickereien an, mit denen die Chorgewänder der Priester verziert wurden. Clara, die Meisterin, las zur sonntäglichen Erbauung eine Heiligenlegende vor, unterbrach sich aber, als Alyss eintrat, um ihr freundlich zuzulächeln.

»Darf ich eine Weile mit Catrin Eure Kapelle aufsuchen, Meisterin?«

»Aber natürlich. Geht und betet für die Seele des Verstorbenen.«

Catrin erhob sich und fragte an Alyss gewandt: »Kann Estella uns begleiten? Sie fühlt sich hier immer noch fremd unter den Frauen. Ich lasse sie nicht gerne alleine.«

Alyss nickte, und zusammen gingen sie in die kleine, wohlgepflegte Kapelle, die ihre Mutter vor fünfundzwanzig Jahren mit eigenen Händen errichtet hatte. Nicht nur außen war sie weiß gekalkt, auch die Innenwände strahlten, durch eine kleine Maßwerk-Rosette fiel buntes Licht, der Holzboden schimmerte seidig, und auf dem Altar aus hellem, poliertem Stein stand eine Holzschnitzerei – die heilige Anne, Mutter Mariens, die ihre Tochter das Lesen in einem aufgeschlagenen Buch lehrte. Mehr aber als diese schlichte, anrührende Darstellung faszinierte Alyss immer wieder die in einer seitlichen Nische platzierte Gestalt aus knorrigem Wurzelholz – eine ausgezehrte Frau, aus deren Lumpen allerlei Ratten lugten. Mahnmal der Vergänglichkeit, der Sterblichkeit des Menschen, und, was sie auch ahnte, die versteckte Weisung, dass Mensch und Tier vom selben Schöpfer stammten.

Catrin kniete vor dem Altar, Alyss neben ihr, und schwerfällig ließ sich auch die Schwangere nieder. Sie beteten stumm, was Alyss begrüßte, denn die Worte, die sie zu Roberts Gedächtnis fand, drückten eher ihr Missfallen mit den höheren Mächten aus, als dass sie um gütige Aufnahme im Himmel baten.

Als Catrin sich bekreuzigt hatte, erhob sie sich erleichtert von den Knien und setzte sich auf die Stufe, die zum Altar führte. Die beiden anderen Frauen taten es ihr gleich.

»Ich brauche deine Hilfe, Catrin.«

»Wobei?«

»Ich will wissen, warum Robert ermordet wurde.«

»Ich auch. Glaub mir, ich auch. Aber was können wir tun? Der Vogt sagt, es war ein Straßenräuber. Sie werden ihn nie finden. Er wird über alle Berge sein.«

»Es könnte ein Straßenräuber gewesen sein, aber es gibt auch andere Möglichkeiten.« Alyss erzählte von den schwarz Gekleideten, von dem Ring, den unrechtmäßigen Tuchverkäufen und dem Haus, das Robert gekauft hatte.

»Das ist alles noch ein durcheinandergekochter Brei in meinem Kopf, aber vielleicht steckt mehr dahinter. Catrin, du hast Robert geliebt. Ihr wart vertraut miteinander, mehr als wir anderen ahnten, nicht wahr?«

Catrins blasses Gesicht rötete sich.

»Nicht, wie du denkst.«

»Ich denke nicht an Unkeuschheit. Ich denke an Vertraulichkeiten. Er hat dir von sich erzählt.«

»Ja, manches hat er mir anvertraut. Aber …«

»Zier dich nicht, Catrin. Wir müssen alles versuchen, um herauszufinden, wer ihm den Tod gewünscht hat. Erzähl mir, was du über ihn und Arndt weißt. Warum war ihr Verhältnis zueinander so angespannt?«

»Ich weiß nicht … Hat dein Gatte dir nichts dazu gesagt?«

»Nein, hat er nicht. Ich weiß nur, dass er nach dem Tod seiner Eltern die Witwe von de Lipa geheiratet hat und den Weinhandel übernahm. Robert hat zu der Zeit schon mit Tuchen gehandelt und seinen Teil des Weingartens verkauft. Hat es wegen der Erbschaft Streit gegeben?«

»Nein, es begann wohl schon früher. Aber so genau weiß ich es nicht. Robert – verzeih, Alyss – er hat nicht viel von seinem Bruder gehalten. Er hat ihn einmal einen großmäuligen Verschwender genannt.«

»Arndt hat wenig Geldverstand, Catrin. Das habe ich inzwischen auch bemerkt. Und große Worte führt er ebenfalls gerne.«

»Mhm, ja. Das war auch immer mein Eindruck.«

»Aber gesagt hast du es nie.«

»Er ist eben dein Gatte, Alyss. Und du warst so stolz darauf, sein Weib zu sein.«

»Mhm.« Das war ein Kapitel, über das sie lieber nicht weiter sprechen wollte, also kam sie zu ihrer ersten Frage zurück. »Was war mit der Erbschaft?«

Catrin nickte verständnisvoll und besann sich ebenfalls.

»Arndt und Robert haben je die Hälfte des Anwesens geerbt.

Beide versuchten zunächst, gemeinsam mit dem Weinhandel weiterzumachen, aber Arndt hat … Verluste gemacht?«

»So nennt man das, wenn man bei einem Geschäft Geld verliert.«

»Die alten van Doornes hatten früher ihren eigenen Wein nur in Köln verkauft, aber Arndt wollte mehr Gewinn machen. Ich weiß mit den Begriffen nicht viel anzufangen, aber Robert hat gemeint, weil es hieß, der Englandhandel sei sehr einträglich, hätte sein Bruder Wein auf Borg gekauft, um ihn dort weiterzuverkaufen.«

»Der Handel mit England ist einträglich, aber man muss wissen, an wen man verkauft. Und man muss den Transport berücksichtigen. Ich kann mir vorstellen, was passiert ist«, knurrte Alyss leise.

»Ja, und darum hat Robert sich aus Arndts Geschäft zurückgezogen, hat sich dem alten Pauli angeschlossen und eine Zeitlang im Stalhof als dessen Gehilfe gearbeitet. Da war er erst achtzehn. Als er von London zurückkam, hat er den Weingarten verkauft, mit dem Erlös Arndts Schulden beglichen und seinen eigenen Tuchhandel aufgezogen.«

»Den er sehr erfolgreich führte. Während Arndt die einfachere Lösung gewählt und eine reiche Witwe geheiratet hat.«

So musste sie es im Licht ihrer neuen Erkenntnisse über den Charakter ihres Gatten wohl deuten. Aber glücklich machte Alyss diese Schlussfolgerung nicht.

Catrin schien in ihrer Miene zu lesen und meinte ebenfalls nachdenklich: »Ich glaube, da war viel Neid zwischen ihnen und irgendwie immer der Ehrgeiz, besser zu sein als der jeweils andere. Das machte wohl die Spannungen aus.«

Alyss fuhr mit der Fußspitze die roten Kreise nach, die ein vorwitziger Sonnenstrahl durch die Rosette auf den Boden malte.

»Ich habe Glück mit meinem Bruder, Catrin. Unter Geschwistern kann es viel Rivalität geben. Aber auch wenn Arndt ein schlechter Kaufmann sein mag, Catrin – damals, als der Streit zwischen den Gaffeln und den Patriziern tobte, hat er unseren Eltern geholfen.«

»Er hat bestimmt auch seine guten Seiten. Sonst hätte dein Vater der Ehe gewiss nicht zugestimmt.«

»Meine Mutter war nicht einverstanden.«

»Nicht?« Catrin fuhr überrascht auf. »Warum das?«

»Sie sagte damals, er sei zu alt für mich. Aber wahrscheinlich hat sie früher als ich erkannt, dass er mehr redet als er versteht. Wie dem auch sei, das ist meine Angelegenheit. Immerhin sehe ich jetzt etwas klarer, Catrin. Neid unter Brüdern ist hässlich, aber er führt nicht selbstverständlich dazu, dass der eine dem anderen den Schädel einschlägt.«

»Heilige Mutter Maria, hast du so etwas gedacht?«

»Ich sagte doch, alles, was ich habe, ist ein großer Topf Brei. Ich versuche, das rauszufischen, was nicht dazugehört.«

»Hat er. Hat er getan. Hat Laurenz erschlagen!«, wimmerte Estella plötzlich und wiegte sich vor und zurück. Sofort war Catrin bei ihr und legte den Arm um ihre Schultern.

»Was ist passiert, Liebes? Sprich mit uns.«

Aber alle Versuche, die Verstörte dazu zu bringen, über das abgrundtiefe Grauen zu reden, das sie erlebt hatte, schlugen fehl. Als sie Estella, die hilflos zitterte, in ihre Kammer gebracht und mit etwas Mohnsaft beruhigt hatten, verabschiedete Alyss sich. Dabei bestätigte sich ihr Verdacht, dass die Meisterin Clara sich durch Marians Verkleidung nicht hatte täuschen lassen. Sie bat nämlich in ihrer stillen Art, nicht nur ihren Vater und ihre Mutter zu grüßen, sondern auch ihre hübsche Schwester Marianne.

Doch das Geheimnis war bei Frau Clara sicher, und ihre Billigung des Maskenspiels erleichterte Alyss.

Kurz darauf trat sie in ihr verwaistes Heim. Die jungen Leute waren noch unterwegs, Hilda bei ihrer Base zum sonntäglichen Klatsch, Magister Hermanus ging seinen Aufgaben in der Kirche nach, und das Gesinde hatte frei.

Es war eine der wenigen Mußestunden, die Alyss vergönnt waren, und sie beschloss, sie mit ihrer liebsten Beschäftigung auszufüllen.

Sie hob den Deckel ihrer Aussteuertruhe, die ihr heute als Hort ihrer Hauben und ihres Schmuckes diente, und holte aus den Tiefen einen ihrer großen Schätze hervor. Sie besaß ein Dutzend Bücher. Ein Brevier natürlich, wunderschön illuminiert, die anderen Werke aber waren Sammlungen von Liedern, Gedichten und Geschichten sowie einige andere Texte. Viele, in denen wortgewaltig die Minne besungen wurde, nannte sie ihr Eigen. Nur ihre Mutter und Marian wussten, dass sich hinter ihrem trockenen Geschäftsverstand und ihrem weltlichen Pragmatismus ein sehnsuchtsvolles Herz verbarg. Ein sorgfältig gehütetes, nie preisgegebenes und in den vergangenen Jahren immer tiefer verstecktes Herz, dessen Verlangen nach ritterlicher Liebe sie beinahe abgetötet hatte.

Darum griff sie auch um die zärtlichen Lieder herum und holte den Band des Dichters Freigedank hervor, dessen nützliche Weltbetrachtungen sie mehr aufbauten als alle Psalter und Bibelverse. Sie dankte es ihrem Vater, dass er ihr vor einigen Wochen dieses Büchlein anvertraut hatte. Die nüchternen Weisheiten, die der Dichter niedergelegt hatte, lenkten ihren quirligen Geist in gesittete Bahnen und halfen ihr, über das Leben im Allgemeinen und das ihre im Besonderen Klarheit zu gewinnen.

Sie setzte sich damit auf die Bank am Fenster und studierte langsam die in zierlich geschwungener Handschrift verfassten Sinnsprüche, las sie laut und dachte über einen jeden nach, der dort über die Erkenntnis geschrieben war. Manches war bitter, manches tat weh, aber ganz besonders nachdenklich stimmte sie die Aussage: »Was geschah und was geschicht, ohne Ursach ist es nicht.«

Was war die Ursache, der eigentliche Grund dafür, dass Robert erschlagen worden war?

Reiner Zufall war es nicht, dessen war sie sicher.

Es musste einen Grund geben. Jemand hatte es getan, der wusste, dass er dem Gaffelessen beigewohnt hatte. Jemand, den er vermutlich kannte. Jemand, dem er gefährlich geworden war, über den er etwas wusste, was nicht ans Licht der Öffentlichkeit kommen sollte. Oder jemand begehrte etwas, was Robert besaß – nicht den Inhalt seines Beutels, sondern möglicherweise etwas anderes? Das Haus in Deventer?

Wo war dieser vermaledeite John of Lynne?

16. Kapitel

Die guten Taten des Sonntags waren getan, die besinnlichen Stunden vorüber, die neue Woche brachte neue Arbeit.

Und eine weitere Erkenntnis.

Nachdem Alyss die alltäglichen Aufgaben verteilt und zwei Lieferungen Wein zusammengestellt hatte, eine an Fygen, die andere an den Abt von Groß Sankt Martin, wandte sie sich Tilo zu, der stolz seine Buchhaltung vorwies. Drei Registerbände, alle sehr ordentlich und leserlich beschriftet, lagen im Kontor ausgebreitet.

Sie lobte ihn ausdrücklich, dann aber schlug sie das Haushaltsbuch auf.

Ihre Mitgift hatte sie eingebracht, ein stattlicher Betrag stand mit dem Datum ihrer Hochzeit vor nunmehr fünf Jahren auf der ersten Seite. Davon wurden die täglichen Ausgaben für den Haushalt abgezogen, und als sie weiter und weiter blätterte, schmolz der Betrag immer mehr zusammen. Das war natürlich zu erwarten gewesen, Geld wuchs, anders als Gerste und Mäuse, nun mal nicht nach. So, wie es sich darstellte, war die Summe bereits vor einem Jahr aufgebraucht gewesen, obwohl Roberts Zuschüsse zum Hauswesen sorgsam vermerkt waren. Das stimmte sie weiter nicht bedenklich, denn die Einnahmen aus dem Weinhandel sollten natürlich auch den täglichen Bedarf decken. Einen entsprechenden Übertrag würde sie aus Arndts Gewinnen vornehmen. Denn auch er lebte in diesem Haushalt, genau wie Robert, und die Mitgift war ihr eigenes Gut, über das ihr Gatte nicht zu verfügen hatte.

Als Nächstes nahm sie sich die Aufstellung ihres kleinen Weinhandels vor. Mit einem Schuldbetrag für die erste Lieferung begann es, dann wuchsen aber die Gewinne, wenn auch nicht eben großartig, Monat für Monat an. Das erheiterte ihr erbsenzählendes Gemüt. Sie beglich ihre Schulden pünktlich und trieb ihre Forderungen regelmäßig ein.

Dann aber begutachtete sie die Geschäfte ihres Gatten und wollte zunächst nicht ihren Augen trauen.

»Tilo, bist du sicher, dass du richtig gerechnet hast?«

»Ja, ganz sicher. Ich habe sogar alles bestimmt ein Dutzend Mal addiert.«

»Und du hast auch genau darauf geachtet, was Schulden und was Forderungen sind?«

»Wie Ihr es mir gezeigt habt, Frau Alyss. Auch wenn das manchmal ein bisschen kraus war. Aber manchmal hat der Herr einfach Geld rausgenommen, ohne dazuzuschreiben, welche Lieferung er damit bezahlen wollte. Und manchmal habt Ihr Einnahmen eingetragen, bei denen nicht steht, wer sie wofür bezahlt hat.«

Das wusste Alyss nur zu gut. Das Ergebnis, so hatte sie immer gedacht, wäre wohl doch ausgeglichen, denn es war eigentlich immer genügend Geld im Haus gewesen.

Noch einmal blätterte sie zur ersten Seite zurück. Als sie die Buchführung übernommen hatte, hatte sie die Münzen gezählt, die sich in der Truhe befanden. Eine Woche nach ihrer Hochzeit war das gewesen. Es ergab eine ganz ordentliche Summe, wenn auch nicht zu vergleichen mit ihrer Mitgift. Sie hatte den Gesamtwert der Münzen als Anfangsbetrag eingesetzt. Und jetzt, am Ende der Auflistung aller Ein- und Ausgaben, blieb nichts mehr übrig.

Entsetzt ging sie noch einmal die vielen Seiten durch. Natürlich hatte Merten sich großzügig aus der Kasse bedient, aber das war deutlich gekennzeichnet. Manchmal waren große Beträge zugeflossen, immer zu den Zeiten, wenn Arndt von seinen Reisen zurückgekommen war. Aber kurz bevor er wieder aufbrach, hatte er die Truhe geleert, vorgeblich, um mit dem Geld die Winzer zu bezahlen. Wenn er das aber getan hatte, dann überstiegen die Ausgaben ganz beträchtlich die Einnahmen aus dem Verkauf der Weinfässer.

Erst in den letzten zwei Jahren war wieder etwas mehr Geld zurückgekommen, aber selten stand dabei, wer es gezahlt hatte. Ein paar Namen waren ihr geläufig: Burgunderwein nahmen einige Händler in Deventer ab, die ihn nach England verschifften, den Wein aus der Pfalz verkaufte Arndt gerne an niederländische und Hamburger Kaufleute. Stockfisch und Salzfisch bezog er ebenfalls aus Deventer. Woher aber stammten die unbezeichneten Einnahmen, und welche Geschäfte tätigte Arndt mit solchen Leuten wie Harro Peddersen oder jenem Folcko?

Doch ohne ihren Gatten zu befragen würde sie keine Antwort erhalten.

Sie schickte Tilo aus dem Kontor und betrachtete noch einmal die drei Registerbände.

Die ganze Wucht der Erkenntnis traf sie nach und nach.

Ihre Mitgift war verbraucht. Zerrieben in allerlei alltäglichen Beschaffungen.

Arndt machte keine Gewinne.

Das Haushaltsgeld stammte jetzt aus ihren Geschäften und Roberts gelegentlichen Einlagen.

Brodelnde, rotglühende Wut kochte in ihr auf.

Fünf Jahre lang, tagaus, tagein sorgte sie für das nimmersatte Hauswesen, kaufte und verkaufte ihre Waren mit Umsicht, schlichtete Streit, hörte sich Sorgen an, half und päppelte, lobte und tadelte, wärmte ihrem Gatten das Bett, wenn er heimkehrte, bewirtete seine Gäste, pflegte seinen Weingarten. Und das alles bezahlte sie auch noch aus ihrem eigenen Geldbeutel. Zuerst mit der Mitgift, jetzt aus ihren Gewinnen. Selbst die alberne Haube mit dem Goldflitter hatte eigentlich sie selbst bezahlt.

Arndt van Doorne konnte froh sein, dass er sich in sicherer Entfernung aufhielt.

Alyss entdeckte, dass sie zu roher Gewalt fähig sein konnte. Mit großer Disziplin aber zwang sie ihre Finger, sich im Schoß zu falten und nicht das Tintenfass nebst Registerbänden an die Wand zu schmettern.

Es musste Konsequenzen haben.

Nur welche?

Sie konnte Arndt nicht hindern, seine Geschäfte abzuwickeln, wie er es tat.

Oder?

Robert hätte ihr raten können. Robert, der schon in jungen Jahren die Entschlossenheit bewiesen hatte, seine und seines Bruders Geschäfte gründlich voneinander zu trennen.

Robert war tot.

Raten könnte ihr sicher auch ihre Mutter, doch widerstrebte es Alyss aufs Äußerste, ihr gegenüber ihr Versagen einzugestehen.

Sie war mit Arndt van Doorne einen bindenden Vertrag eingegangen. Auf Lebenszeit. Die Ehe war unauflöslich. Sie war ein fester Bestandteil des Lebens. Ihre eigene Schwäche war es gewesen, einen falschen Anspruch daran zu stellen. Liebe gehörte nicht zwingend zur Ehe. Sie war eine Gemeinschaft auf Gedeih und Verderb. Sonst nichts. Frauen waren nichts ohne Männer. Hatten sie keinen, waren sie entweder Witwen oder blieben Töchter, abhängig von männlichen Verwandten. Oder sie entzogen sich den familiären Verbindungen. Nonnen, Stiftsfrauen und Beginen legten das Versprechen der Keuschheit ab und lebten in frommen Gemeinschaften miteinander. Dirnen, Gauklerinnen und Bademägde machten die Unkeuschheit zum Geschäft und lebten in der Unehrlichkeit.

Wollte sie also der Ehe entfliehen, musste sie in ein Kloster, ein Stift oder einen Konvent eintreten, und dazu hatte sie nun wirklich keine Lust.

Sie konnte natürlich auch ihren Gatten ermorden, sie konnte davonlaufen und ihr Leben in Unehre fristen. Oder sie musste sich mit den Gegebenheiten arrangieren.

So betrachtet blieb ihr unter praktischen Erwägungen nur Letzteres als Möglichkeit offen.

Bevor sie zu einer Lösung kam, wie dieses Arrangement aussehen konnte, öffnete sich die Tür, und Merten steckte seinen Kopf in das Kontor.

Alyss zwang sich zu einer gleichmütigen Miene und erwiderte seinen fröhlichen Gruß.

»Wie geht es deiner Großmutter? Haben die Mädchen sie aufgeheitert?«

»Sie dankt für den Kuchen und den Wein. Mich haben die Jungfern aufgeheitert – nun ja, Lauryn und Leocadie. Hedwigis saß sehr vornehm auf ihrem Stühlchen und rümpfte ihre hochwohlgeborene Nase.«

»Solange sie nicht ihr hochwohlgeborenes Mäulchen aufgemacht hat, um daraus schmollende Geräusche zu entlassen, soll man nicht klagen.«

Merten lachte auf und zog einen Schemel herbei. Er war ein ansehnlicher junger Mann, gerade mal zwei Jahre älter als sie selbst, und immer heiteren Gemüts. Sein Geplauder ließ Alyss' Zorn ein wenig verglühen, und sie war sogar in der Lage, ihn abschlägig zu bescheiden, als er um eine recht kleine Geldsumme bat.

»Nein, Merten. Das geht im Augenblick nicht. Die Geschäfte deines Vaters sehen nicht gut aus, ich muss mein eigenes Geld für den Haushalt verwenden. Aber du kannst die Fuchsschwänze wieder mitnehmen. Ich bin sicher, ein Kürschner wird dir gutes Geld dafür zahlen.«

»Aber sie sollten Eure Schultern zieren, Frau Alyss.«

»Im Sommer, Merten, pflege ich keinen Pelz zu tragen. Nimm sie mit. Und – bevor ich es vergesse – gibt es unter deinen Freunden welche, die mit Falken jagen?«

»Ihr wollt den Gerfalken verkaufen? Steht es so schlecht um die Kasse?«

Das war zwar nicht der eigentliche Grund, aber das brauchte sie Merten ja nicht zu sagen. Wenn er den Ernst der Lage einzuschätzen wusste, umso besser.

»Ja, Merten, es steht schlecht.«

»Was hat mein Stiefvater verbockt?«

»Das eine oder andere, es summiert sich. Aber geschäftliche Transaktionen sind sehr komplizierte Vorgänge, ich brauchte eine Weile, sie dir zu erklären.«

»Lasst das lieber. Ich will Euch unbesehen glauben. Ich habe kein Händchen dafür. Aber ich verspreche Euch, ich werde Euch nicht mehr um Münzen angehen, solange mein Vater nicht wieder hier ist. Nicht dass Ihr sauren Wein trinken und schwarzes Brot essen müsst.«

»Dann kämst du sicher nicht mehr so häufig zu Gast.«

»Wahrscheinlich nicht. Wer führt eigentlich Herrn Roberts Geschäfte weiter?«

»Darüber werde ich mich mit dem Aldermann der Gaffel beraten.«

»Sicher eine kluge Entscheidung. Und wenn der Aldermann weise ist, wird er Euch damit beauftragen.«

»Kaum, Merten, vom Tuchgeschäft verstehe ich wenig.«

»Vom Wein verstandet Ihr auch nichts. Ich glaube, Ihr stellt Euer Licht unter den Scheffel, wohledle Frau Alyss.«

Er erhob sich, vollbrachte eine elegante Verbeugung und verabschiedete sich.

Alyss kehrte zu ihren Büchern und ihrem dumpfen Zorn zurück, und um das Maß ihrer Leiden vollzumachen, holte das eselsohrige Schicksal im selben Augenblick zu einem weiteren Tritt aus.

John of Lynne stand in der Tür.

Grinsend.

Duftend wie ein ganzer Rosengarten und in saubere, neue Kleider gewandet.

»Ihr!«, spuckte Alyss.

»Ich. Myself. Ihr seid erfreut, mich zu sehen, Mistress Alyss?«

»Oh ja, Master John of Lynne, ich freue mich unsagbar. Doch nicht über Euren bezaubernden Anblick, sondern darüber, dass mein Wunsch in Erfüllung geht, Euch bei lebendigem Leibe die Haut abzuziehen. Wo wart Ihr? Haben sich die Tore der Hölle geöffnet, Euch nochmals zu entlassen?«

»Es war recht heiß in der Schwitzkammer von Bader Pitter, Mistress Alyss. Doch weniger heiß als das Fegefeuer. Und die Mägde hatten sanfte Hände und nicht Schwanz und Hörner.«

»So habt Ihr die Tage im Paradies verbracht. Womit mögt Ihr das wohl verdient haben?«

»Mit meinem sündenfreien Leben und meiner überwältigenden Männlichkeit?«

Alyss musterte ihn von oben bis unten. Die Männlichkeit konnte sie ihm nicht absprechen. Ihre Frage peitschte durch das Kontor.

»Das sündenfreie Leben, Master John, habt Ihr erdichtet! Wo wart Ihr?«

John of Lynne ging auf die Knie und legte die Handflächen aneinander wie zur Beichte.

»Ich bekenne mich schuldig, my Honourable Lady, einige Tage den irdischen Freuden gefrönt zu haben.«

»Ihr habt gesoffen und gehurt und Euch in Lotterbetten gesuhlt?«

»Ja, my Lady, so war es.«

»Wo?«

Er hob seine mächtigen Schultern und sah schuldbewusst drein. Alyss glaubte ihm die Pose nicht.

»Master John, ich weiß, was ein Hurenhaus ist. Welches habt Ihr besucht? Oder beglücktet Ihr gar alle Liebdienerinnen der Stadt mit Eurer Männlichkeit?«

»Ihr haltet große Stücke auf mich, Mistress Alyss. Nur sieben Nächte reichen nicht aus, um alle zärtlichen Buhlen zu erfreuen. Es waren ihrer zwei Schwälbchen, deren weiche Nestlein ich teilen durfte.«

»Schwalbengasse also. Ich werde Erkundigungen einziehen lassen, Master John.«

»Um meine Taten rühmen zu hören, Mistress Alyss?«

»Um Eure Wahrhaftigkeit zu prüfen.«

»Reicht Euch das Wort Eures Schwagers nicht? Bürgt Robert nicht für meine Ehrlichkeit?«

»Robert, Master John of Lynne, haben wir am Freitag zu Grabe getragen. Er bürgt nicht mehr für Euch.«

Aller Schalk entwich schlagartig aus Johns Zügen. Entsetzt schaute er Alyss an, erhob sich von den Knien und ging zum Fenster. Mit dem Rücken zu ihr fragte er heiser: »Was geschah?«

»Er wurde erschlagen. In der Nacht nach dem Gaffelessen.«

Alyss hatte den Eindruck, dass John einige leise Gebete in seiner Sprache murmelte, und plötzlich verschwand ihre Wut auf ihn.

Sie waren Freunde gewesen. Ihre Nachricht, kalt und herzlos vorgebracht, musste ihn erschüttert haben.

Wenn er nicht der Mörder war.

Im Augenblick konnte sie das aber nicht glauben.

Leise verließ sie das Kontor.

Es war zu viel für einen Morgen gewesen. Nachdrücklich schloss Alyss die Tür ihres Schlafgemachs hinter sich, ließ sich auf die Bank am Fenster sinken und schlug die Hände vor das Gesicht.

Sie weinte nicht, Tränen vergoss sie selten. Sie haderte nicht, Hadern half nicht. Die Wut war erloschen. Geblieben waren Zweifel und Mutlosigkeit.

Nach einer Weile aber erhob sie sich wieder müde. Das Hauswesen verlangte trotz allem ihre Aufmerksamkeit. Im Hof war Räderrollen zu hören, Rufe und das Wiehern eines Pferdes. Sie schaute hinaus und sah den Frachtkarren mit Fässern beladen, Peer, der dem Fuhrmann Anweisungen zubrüllte, John, der mit Frieder sprach. Nun gut, der Junge würde ihm berichten, wie sie Robert gefunden hatten.

Sie riss sich zusammen und verließ den Raum. Hilda gab sie Anweisung, für John wieder Roberts Zimmer zu richten, den Handelsgehilfen wies sie an, die Ladung im Keller zu verstauen, und von dem Fuhrmann ließ sie sich die Dokumente aushändigen. Peer bestätigte ihr, dass es der zweite Teil der Lieferung war, die er und Tilo mit den Pfälzer Winzern vereinbart hatten, und sie vermerkte deren Eintreffen in ihrem neuen Geschäftsbuch.

Zumindest würde ihr der Verkauf dieses Weins neue Einnahmen bescheren.

Sie fand John kurz darauf im Stall, wo er den Falken fütterte, und räusperte sich vorsichtig. Er drehte sich um und sah sie fragend an.

»Ich habe erfahren …«, setzte er an, und gleichzeitig sagte sie: »Verzeiht, ich habe Euch harsch …«

John schüttelte den Kopf.

»Ihr habt einen Verwandten verloren, ich einen Freund. Wir

sind beide traurig, Mistress Alyss. Da mögen die Worte manchmal härter klingen, als sie beabsichtigt waren.«

»Das Zimmer ist für Euch bereit, wenn Ihr weiter hier Wohnung nehmen möchtet.«

»Danke, Mistress Alyss. Ich würde gerne bleiben, wenn es recht ist. Roberts Angelegenheiten müssen geordnet werden, und ich habe von seinen Geschäften genug Kenntnis, dies zu tun.«

Das nahm zumindest eine Sorge von Alyss' Schultern.

»So tut das, Master John.«

»Habe ich die Erlaubnis, Euer Kontor zu benutzen?«

»Ja, die habt Ihr. Später, Master John, würde ich mich gerne mit Euch unterhalten. Ich habe Fragen.«

»Ich auch, Mistress Alyss.«

17. Kapitel

Der Turmvogt fand ausgesucht derbe Worte für mich«, berichtete Marian am nächsten Morgen, als er neben Alyss durch die Rebenreihen ging.

»Derb, weil du die Wachen geschmiert hast?«

»Derb, weil er nicht zugeben wollte, dass die Tröpfe bestechlich sind. Aber er weiß es ohne Zweifel, und ich argwöhne, er erhält seinen Anteil von ihnen.«

»Was ihn naturgemäß daran hindert, jenes heimliche Tun der dunkel gewandeten Gestalten weiter zu verfolgen.«

»Und damit nicht willens ist, zur Aufklärung des Mordes beizutragen.«

»Jene Tröpfe – würde es sich lohnen, sie weiter auszuhorchen?«

»Mit Daumenschrauben?«

»Mit deinem weiblichen Liebreiz?«

»Aber Schwester mein, soll ich meine wohlbehütete Ehre gefährden?«

»Also Daumenschrauben oder... der Zorn des Allmächtigen?«

»Du willst den Einfluss unseres Herrn Vaters nutzen?«

»Eine Möglichkeit. Aber eine, die ich mir vielleicht doch besser für größere Verlegenheiten aufspare. Master John ist wieder da.«

»Tatsächlich? Gestand er den Mord?«

»Er schien betroffen. Kennst du die Schwälbchen, die einem wackeren Mann wie ihm das Nest bereiten?«

Marian grinste.

»Ja, Schwesterlieb, ich kenne solche Vögelchen. Catrin vermittelte mir jene liebreizende Bekanntschaft.«

»Woraus ich schließen kann, dass sie *deiner* überwältigenden Männlichkeit nicht erlagen?«

»Sie lernten mich als Marianne, die anmutige Helferin der Hebamme kennen. Erstaunlich, was man in traulichem Kreise von Frauen alles erfährt. Mein Horizont hat sich merklich erweitert, lieb Schwesterlein. Wusstest du, dass der Aldermann der Gaffel Himmelreich es wie ein Schafsbock treibt? Oder der Abt von Sankt Gereon sich mit fleißigen Händen bedienen lässt? Oder die Gattin eines unserer geschätzten Schöffen sich an jungen Handwerksburschen schadlos hält? Und der Pastor von Kunibert wie ein Karnickel rammelt?«

»Huch.«

»Die Saat eines der fruchtbaren Herren gilt es in den nächten Tagen in die Welt zu holen. Ich hatte das Vergnügen, der Untersuchung beizuwohnen, die mich eine neue Sicht auf die Weiblichkeit lehrte. Respekt, wohlgemerkt, nicht Lüsternheit, löste sie bei mir aus. Schwangerschaft ist ein bemerkenswerter Zustand, der Geburt sehe ich mit Ängsten entgegen.«

»Manche ertragen den Zustand mit Glück und sehen der Niederkunft mit Freude entgegen, doch fürchte ich, die Dirnen genießen weder das eine noch das andere.«

»Dann wollen wir hoffen, dass sie wenigstens dann und wann den Akt der Zeugung genießen, aber hohe Wetten setze ich nicht darauf.«

»John of Lynne brüstete sich damit, jenen Schwälbchen Vergnügen bereitet zu haben. Wenn er es tat, wird er sie beeindruckt haben. Finde heraus, welche er beglückte. Er behauptet, sich direkt nach dem Gaffelfest in die Arme zweier Buhlen begeben und sie erst am gestrigen Morgen verlassen zu haben, um sich in Pitters Badehaus von den Sünden zu reinigen.«

»Du hast ihn noch immer in Verdacht?«

»Ich möchte seine Ehrlichkeit überprüft wissen. Er ist nicht leicht zu durchschauen, Marian.«

»Ich halte sie für erwiesen, aber ich werde deiner Bitte Folge leisten.«

»Du bist leichtgläubig.«

»Nein. John mag Geheimnisse mit sich tragen, und es ist gut, wenn ein Mann seine Zunge zu hüten versteht, ohne wie ein maulfauler Stoffel dazustehen. Aber was Robert und ihrer beider Geschäfte und Freundschaft anbelangt, ist er ehrlich. Und er wird, genau wie du, wissen wollen, was hinter dieser Übeltat steckt. Nutze ihn, Alyss. Er ist gewandt darin, Leute zum Reden zu bringen – mit Worten, und ich schätze, auch mit rauen Taten.«

»Die Tröpfe?«

»Eine Belustigung, gewiss. Aber ich dachte an Tuchhändler und Schneider.«

»Du hast recht, mein Bruder, mit ihnen wird John leichter verhandeln können als ich. Eine Spur, die auch du für lohnenswert hältst?«

»›Liebe, Geld und großer Gewinn verkehren guten Mannessinn.‹«

Alyss lächelte flüchtig, als sie ihren Bruder ihren Lieblingsdichter zitieren hörte.

»Liebe, Rache, Habgier. Wie auch du schon sagtest.«

Marian nickte und ergänzte: »Liebe jedoch, vermute ich, war nicht der Grund dafür, dass Robert zu Tode kam. Mein weiblicher Instinkt sagt mir neuerdings, dass Catrin und Robert einander zugetan waren, und meine Frage an dich letzthin bitte ich zu verzeihen.«

»Ich habe sie dir nie übel genommen. Bleiben Rache und Habgier.«

»Zur Rache fehlt mir bei Robert die Phantasie. Er war kein Mann, der sich derartige wütende Feinde machte. Habgier aber könnte tatsächlich etwas mit dem Tuchhandel zu tun haben, und die Männer, die unter der Hand zu Geld gekommen sind, lieben keine Mitwisser.«

»In diese Richtung gingen meine Gedanken ebenfalls. Vermögen, vor allem unrechtmäßig erworbenes, will man bedeckt halten.«

Und schlagartig fielen Alyss die nicht belegten Ein- und Ausgaben aus dem Geschäftsbuch ihres Gatten ein.

»Schwester, Finsternis überzieht dein schönes Antlitz. Was ist passiert?«

Sie schwankte einen Moment, dann aber entschied sie sich.

Marian und sie hatten vom ersten gemeinsamen Lebenshauch alles geteilt, Freuden, Demütigungen, Streiche, Schmerzen, glückliche Stunden. Sie vertrauten einander vollkommen. Marian würde ihre vertrackte Lage verstehen. Sie berichtete ihm über das Ergebnis seines guten Rates, die Bücher zu trennen. Er hörte zu, konzentriert und ernst.

»Welche Hilfe kann ich dir geben, Schwesterlieb? Es drängt mich, Arndt van Doorne mit einem kleinen, stumpfen Messer bis zum letzten Tropfen zur Ader zu lassen, aber das kann nicht die Lösung sein. Geld kann ich dir geben, aber auch das ist keine wirkliche Hilfe. Es wird versickern, wie alles andere zuvor.«

»Herausfinden, mit wem er in Deventer Geschäfte abwickelt«, knurrte Alyss zwischen den Zähnen. »Aber dazu fehlt nun die Zeit.«

»Vielleicht. Vielleicht auch nicht. Vielleicht weiß John auch da Hilfe. Er kam über Deventer nach Köln.«

»Das würde bedeuten, dass ich mich ihm anvertraue.«

»Allerdings. Aber wenn du erst Gewissheit haben möchtest, was seine Ehrlichkeit anbelangt, dann werde ich flugs wieder mein Gebende anlegen und die Schwälbchen aufsuchen, um mir von seinem Verbleib und seinen Leistungen ein Bild zu machen.«

Als Marian gegangen war, suchte Alyss erneut ihr Kontor auf. Da sie nicht anklopfte und die Türen im Haus weder knarrten noch quietschten, bot sich ihr das Bild eines Master John, der andächtig versunken war.

In ihre Registerbände.

»Ihr schnüffelt, Master John!«, fuhr sie ihn erbost an.

Er sah auf, führte ihr Haushaltsbuch an seine Nase und roch vernehmlich daran.

»Ausgezeichneter Leim«, bestätigte er und grinste sie übermütig an.

Alyss schoss vor und riss ihm den Band aus der Hand.

»Aber, aber, Mistress Alyss. Es ist nurmehr gerecht, wenn ich mich in Eure Bücher vertiefe. Schließlich habt Ihr die meinen auch studiert!«

»Ich hielt Euch für tot!«

Er stand auf und sah auf sie herab.

»Trauertet Ihr um mich, Mistress Alyss?«

Seine hellen Augen waren durch die Lider halb verhängt, und dennoch hatte sie den Eindruck, dass ihm keine Einzelheit entging.

»Meine Trauer ist jenen vorbehalten, die meine Wertschätzung errangen.«

»Ich tat es bisher nicht, trotz Falke und meiner überwältigenden Männlichkeit?«

»Beides begehrte ich nicht, Master John.«

Er nahm ihre Hände und hielt sie fest in den seinen.

»Ihr steckt in Schwierigkeiten, Mistress Alyss. Erränge ich Eure Wertschätzung, wenn ich Euch meine Hilfe anböte?«

Marians Worte waren ihr noch gut im Gedächtnis. Man konnte offensichtlich wenig vor John of Lynne geheim halten. Und da er nun schon ihre missliche Lage kannte und sich anbot, ihr zu helfen – Allmächtiger, warum sollte sie es nicht annehmen?

»Ihr könnt mich zum Aldermann der Gaffel Windeck begleiten, Master John.«

»Gerne. Was wollt Ihr mit ihm regeln?«

»Drei Dinge. Zum einen muss ich wissen, ob Robert ein Testament bei ihm hinterlegt hat, zum anderen will ich erfahren, wer seine Geschäfte weiterführen wird, und dann brauche ich seinen Rat, wie wir die Angehörigen einer jungen Witwe benachrichtigen können.« Schließlich aber zog sie ein klein wenig den Mundwinkel hoch und fügte hinzu: »Einen Tuchhändler, der Eure Sprache spricht, benötige ich nun nicht mehr.«

»Nein, ich kann Euch übersetzen, was immer Ihr wünscht. Worum geht es?«

»Um Euer Geschäftsbuch, Master John. Bedauerlicherweise konnte ich es nicht entziffern.«

»Euer Pech, Mistress Alyss!«

»Aber die Zahlen sprechen ihre eigene Sprache.«

»Und die beherrscht ihr spielend. Das habe ich bemerkt. Nun, dann wollen wir den Aldermann aufsuchen. Doch um das Testament müsst Ihr ihn nicht bitten.«

Er entließ endlich ihre Hände aus den seinen und zog aus einem Futteral auf dem Pult eine Pergamentrolle.

Alyss entrollte sie. Es war eindeutig die Handschrift Roberts, der in Deutsch, Latein und Englisch klipp und klar darlegte, dass John of Lynne sein alleiniger Erbe sei. Er wurde für den Fall seines Todes beauftragt, die ausstehenden Geschäfte abzuwickeln, solle sein Haus in Deventer übernehmen und nach Belieben darüber verfügen und all sein Eigentum aus dem Heim seines Bruders seiner Schwägerin Alyss van Doorne überlassen. Erstellt war das Testament am Tag von Roberts Eintreffen in Köln. Eindeutig waren auch sein Namenszug und das Siegel unter dem Dokument.

»Ihr wusstet es?«

»Ja, Mistress Alyss, ich wusste es. Robert wollte es tatsächlich dem Aldermann übergeben, so, wie ich ein gleichlautendes Testament in London hinterlegt habe, in dem ich ihn zu meinem Erben erklärt habe.« Und dann lächelte er sie schief an. »Macht mich das in Euren Augen wieder des Mordes verdächtig?«

Alyss zuckte zusammen. Auch das hatte er also bemerkt.

»Master John, ich habe meinen Schwager gefunden. Man sagte mir, Straßenräuber hätten ihn erschlagen. Ihr wart fort, Master John.«

»Richtig, ich war fort, und heute mache ich mir große Vorwürfe deshalb.«

»Was fiel vor in jener Nacht? Man sah Euch das Zunfthaus noch vor Mitternacht verlassen, gemeinsam, nicht zu sehr betrunken. Wohin begabt Ihr Euch?«

»Mistress Alyss, alles was Ihr hörtet, ist richtig. Wir verließen das Fest, und – ich bin ein fehlbarer Mann, Mistress Alyss. Ich fragte meinen Freund Robert, wo ich ein Mädchen für die Nacht finden könnte. Er wies mir den Weg in die Schwalbengasse. Aber Robert ist weit tugendsamer als ich, Frau Alyss. Er überließ mich meinen Freuden und wollte nach Hause gehen.«

»Was aber hatte er dann am Eigelstein zu suchen?«

»Ich weiß es nicht. Hat er vielleicht ein Liebchen dort?«

Ein vager Gedanke huschte durch Alyss' Kopf.

Wollte Robert möglicherweise Catrin aufsuchen? Nein, sie würde nie etwas so Unschickliches und Verbotenes tun, wie den Konvent des Nachts zu verlassen oder gar einen Mann einzulassen.

Andrerseits – war es nicht vorstellbar, dass Robert dort entlanggegangen war, einfach um seiner Liebsten nahe zu sein?

Alyss seufzte.

»Mistress Alyss?«

»Schon gut. Lasst uns zur Windeck aufbrechen. Nehmt das Testament mit, darüber muss die Gaffel informiert werden. Und ich will mich nach Laurenz Stalen erkundigen.«

»Dann gehen wir.«

Der Aldermann war anwesend, nahm ihre Berichte zur Kenntnis und erklärte sich bereit, seine Italienfahrer nach Estellas Familie zu befragen. Auf dem Rückweg überquerten sie den betriebsamen Alter Markt, wo Höker und Krämer, Kappesbauern und Handwerker ihre Waren und Dienste feilboten. Laut priesen manche ihre Angebote an, andere lockten mit Glöckchen, Hühner gackerten, zwei Straßenköter zankten sich knurrend um einen Knochen, ein Schleifstein kreischte, und Gislindis helle Stimme verkündete in einem Singsang:

»Krumme Klingen, dünne Dolche,
Metzgermesser, Schneiderscheren,
alles schleift Mats Schlyffers scharf!
Alte Äxte, stumpfe Schwerter,
bringt sie her, bringt sie her,
alles schleift Mats Schlyffers scharf!«

»Master John, habt Ihr einen Augenblick Zeit?«

»Natürlich, Mistress Alyss. Wollt Ihr einen Dolch schärfen lassen, um mit ihm Geständnisse aus mir herauszukitzeln?«

»Ein stumpfer wäre dazu angetaner, wie mich mein Bruder belehrte. Aber nein, Master John. Ich wünsche die Dienste von Gislindis in Anspruch zu nehmen.«

»Ihr?«

»Nicht dieselben, die Ihr von ihr wünschen könntet, Master John. Ich möchte, dass sie mir aus der Hand liest.«

Alyss hatte das Vergnügen, dass ihr Begleiter einen Moment lang sprachlos blieb.

»Ihr könnt zuhören, wenn Ihr wollt«, gab sie ihm zu verstehen und lenkte ihre Schritte auf die fröhlich herumtänzelnde Gislindis zu.

»Wohledle Frau, ich grüße Euch. Habt Ihr neue Aufträge für Vater?«

»Derzeit nicht, Gislindis. Nach deiner Kunst steht mir der Sinn.«

»Ich bot es Euch an. Ein Silberling, wohledle Frau, und mein Wissen ist das Eure.«

Sie wies auf einen Schemel, und Alyss setzte sich nieder, John blieb hinter ihr stehen. Gislindis hockte sich zu ihren Füßen und nahm ihre linke Hand. Wie schon einmal fuhr sie mit der Fingerspitze über die Linien und sah dann gerade und offen in Alyss' Augen.

»Eine Hand wie geschaffen, einen Falken zu zähmen. Lasst Euch einen guten Handschuh anpassen. Und wenn Ihr mit ihm jagt, stünde Euch wohl ein neues Gewand gut an, wohledle Frau. Sucht Hannes Böcklein auf. Euer Begleiter mit den scharfen Augen, der über das Wasser zu Euch kam, soll sein Schwert bei meinem Vater schleifen lassen. Er wird es brauchen.«

»Auch das steht in meiner Hand?«

»Nein, das ist Geschäft!«, kicherte Gislindis.

Aber Alyss hatte gehört, was sie hören wollte, und legte, als sie sich erhob, ein Silberstück auf den Schemel.

»Wir beherzigen deinen Rat, Gislindis.«

»Kommt wieder, wenn Ihr deren mehr braucht, wohledle Frau.«

Und dann begann sie wieder ihren Singsang.

»Was war das, Mistress Alyss?«

»Ein wenig Geschwätz, wie Ihr feststellen konntet. Was meint Ihr, wollen wir Hannes Böcklein aufsuchen? Die Schneider haben ihre Stände dort, wo der Alter Markt zum Heumarkt übergeht.«

»Ihr geht seltsamen Hinweisen nach, Mistress Alyss.«

»Mats Schlyffers schleift die Schneiderscheren.«

John besann sich eine Weile und nickte dann.

»Klug, Mistress Alyss. Sehr klug!«

Die Buden der Kleiderhändler warben um ihre Kunden mit farbenfrohen Gewändern, die in der Sommerbrise lustig an ihren Ständen flatterten. Meist waren es gebrauchte Kleider, doch einige Schneider fertigten auch einfache Cotten, Wamse oder Übergewänder an, die jene erstanden, die kein fleißiges Hauswesen besaßen, das ihnen Leinen oder Tuch zusammenstichelte.

Alyss fragte einen Hutmacher nach Hannes Böcklein und wurde auf einen recht großen Stand verwiesen. John wollte direkt darauf zusteuern, aber sie hielt ihn am Arm fest.

»Beobachten wir eine Weile das Treiben.«

»Wie Ihr wünscht.«

Sie brauchten nicht lange zu warten. Zwei Bürgerinnen besahen sich das Angebot und fanden mit kundigem Auge einen blauen Surkot in den Stapeln. Er wurde ausgeschüttelt, angehalten, geprüft, und dann begann die Feilscherei. Offensichtlich herrschte Zufriedenheit auf beiden Seiten, als das Geschäft getätigt war. Die Frauen verloren sich im Gewühl des Marktes, und Alyss stupste John an.

»Da, er schiebt ein ähnliches Gewand unter die anderen.«

»Was will das besagen, Mistress Alyss?«

»Dass er diese Art von Kleidern nicht allzu offen vorzeigen will. Aber es wird sich herumgesprochen haben, dass man bei ihm auf unerwartete Schnäppchen stößt.«

»Aus hervorragendem Tuch, doch zu erschwinglichen Preisen. Was bedeutet, dass er es günstig erworben hat.«

»Es ist also nicht nur ein Gerücht. Hat Robert doch darüber mit Euch gesprochen?«

John sah sie mit Respekt an.

»Ja, aber ich wusste nicht, dass er auch Euch darüber in Kenntnis setzte. Ihr habt bemerkenswerte Schlüsse daraus gezogen.«

»John, wollt Ihr mir einen Gefallen tun?«

»Um Eurer schönen grauen Augen, Mistress, würde ich sogar meine Seele verkaufen. Was darf ich für Euch tun?«

»Aufhören, Honigseim abzusondern und mir einen blauen Surkot kaufen. Ich zahle es Euch zurück«, knurrte Alyss.

»Ich kaufe es und zahle dafür. Bleibt hier und bringt Euch nicht in Schwierigkeiten.«

Er ließ sie stehen und schlenderte zu Böckleins Bude. Sie bewunderte einmal mehr seine Fähigkeit, sich zu verstellen. Aus seinen Gesten und Bewegungen konnte man schließen, dass er ein etwas verlegener Galan war, der für sein Liebchen ein Geschenk zu erstehen gedachte. Natürlich fand er zielsicher das Kleid bester Qualität, feilschte angemessen und kehrte mit seiner Beute zu Alyss zurück, die sich so gut es ging neben dem Stand eines Gürtelmachers unsichtbar gemacht hatte.

»Lasst uns heimgehen, Mistress Alyss. Ich möchte mir das Tuch ein wenig genauer ansehen.«

Die eingehende Prüfung des Gewands ergab, dass es von schlichter Machart, aber ungetragen war. Kein Zierrat schmückte Ärmel und Ausschnitt, doch der Stoff war fleckenlos gefärbt, glatt geschoren, weich und griffig, fest, aber dünn. Kurzum, Böcklein verwendete hochwertigstes Tuch, war Johns Urteil.

»Mag sein, dass er einen billigen Posten erworben hat, der Webfehler, falsche Maße oder Färbeflecken aufwies, Master John. Auch das könnte sein.«

»Dann wird er sicher bereit sein, seine Quelle dafür zu nennen.«

»Wollt Ihr ihn befragen?«

»Vorerst noch nicht. Ich hätte gerne noch ein zweites oder drittes Gewand dieser Art.«

»Ich möchte nicht gerne als seine Kundin auftreten. Man kennt mich, niemand würde vermuten, dass ich Gewänder bei Böcklein kaufe, und man würde Fragen stellen.«

Ein kleines Pochen an der Tür brachte beide dazu, sich umzudrehen.

»Das ist aber ein hübscher Surkot, den Ihr da erworben habt«, flötete Marian und kam mit zierlichen Schritten in den Raum getänzelt. Nach seinen schwingenden Rocksäumen haschte Malefiz, der mit ihm eintrat. Das weiße Gebende verdeckte seine Haare, das braune, lange Kleid seine Figur, ja mit Staunen entdeckte Alyss, dass sich sogar ein zarter Busen unter dem von feinem Leinen bedeckten Ausschnitt wölbte.

»Meine liebe Freundin, wie schön, dass du zu Besuch kommst. Dies hier ist Master John of Lynne, ein Geschäftsfreund von Robert.«

Marian vollführte einen schnippischen Knicks, und John neigte lächelnd sein Haupt.

»Ich bin beglückt, Euch kennenzulernen. Mistress Alyss hat bezaubernde Freundinnen.«

Flugs hatte er seinen Arm um Marians Taille gelegt, ihn an sich gezogen und ihn schmatzend auf die Lippen geküsst.

Es war wie eine einzige Bewegung – Marian machte sich los, und viperschnell schoss seine Faust auf Johns Magen zu.

Der knickte zusammen.

»›Das hat die Schöne nur mit mir gemacht, mit ihrem roten Mund, der mir so lieblich lacht‹«, zitierte Alyss mit Behagen.

»Mistress Marian, das war ungebührlich hart«, klagte John und rieb sich den Bauch.

»Aber nicht doch. Ich verteidigte meine Ehre mit sanfter Hand. Alyss, dieser Mann trägt einen eisernen Harnisch unter seinem Wams. Ich habe mir die Finger gebrochen.«

Geziert hauchte Marian über seine Knöchel. Dann zwinkerte er John schelmisch zu.

»Ihr erkanntet mich?«

»Erst auf den zweiten Blick, mein Junge. Darum der heiße Kuss!«

»Er schwindelt, Alyss, und das, ohne rot zu werden. Aber ansonsten ist er aufrichtig. Die Bettschätzchen bürgten für seine Anwesenheit und erinnern sich sehnsüchtig lustvoller Stunden. Ja, wenn man ihnen aufmerksam zuhört, drängt sich der Verdacht auf, er könne das Gemüt und die Ausdauer eines ranzigen Katers besitzen.«

Malefiz, der um Johns Beine gestrichen war, setzte sich aufrecht neben ihn und rieb mit einem seelenvollen Blick des Einverständnisses seinen Kopf an dessen Stiefel.

John sah zu ihm hinunter und dann von einem Zwilling zum anderen.

»Ich bin beruhigt, diese Einschätzung zu hören. Und wann werde ich Mistress Alyss in Wams und Stiefeln sehen?«

»Hat es alles schon gegeben, John.«

Er nickte anerkennend.

»Und nun, Schwester mein, verrate, was deine Mission für Erfolge zeitigte.«

Sie berichtete es ihm, und zu dem Testament bemerkte Marian trocken: »Besser John als Arndt. Aber schweigt darüber, würde ich vorschlagen.«

»Warum, Bruderlieb?«

»Meine Eingeweide raten es mir. Einen Grund kann ich dir nicht nennen.«

Da auch Alyss in manchen Fällen auf das Grummeln ihres Gedärms hörte, nickte sie nur. Arndt würde es zwar früher oder später erfahren, aber später schien ihr derzeit besser.

Den Erwerb des Kleides auf Gislindis Rat hin hieß Marian gut und erklärte sich bereit, ebenfalls bei Hannes Böcklein ein solches zu erwerben und dabei die eine oder andere Frage einzustreuen.

Anschließend versetzte er seine Schwester mit einer weiteren Neuigkeit in Erstaunen.

»Übrigens erfuhr ich im Kreise meiner lieblichen Freundinnen, dass unser werter Meister Pauli in der Schwalbengasse häufig zu Gast ist.«

»Wohl nicht, um den Vöglein Gewänder anzumessen?«

»Eher um sich unter denselben zu vergnügen. Er hat ein Liebchen dort wohnen.«

»Ei wei!«

18. Kapitel

Alyss hatte es sich inzwischen zur Angewohnheit gemacht, wenigstens ein Mal am Tag nach dem Falken zu sehen und ihm einige Brocken Fleisch zu reichen. Frieder, stellte sie dabei fest, kümmerte sich wirklich verlässlich um den kostbaren Vogel. Das Stroh unter dem Sprenkel war sauber, die Fleischschale gefüllt, Haube, Pfeifchen und Handschuh an ihrem Platz. Der

Junge war zwar ein Rabauke, aber strenge Disziplin zeitigte durchaus Erfolg bei ihm. Auch wenn er tags zuvor wieder einmal zu herben Rügen Anlass gegeben hatte. Wohl von Master Johns lebhaften Schilderungen der Falkenjagd zu Pferde angeregt, hatte er nämlich den Esel des Müllers entführt, um hoch zu Ross mit dem Vogel zur Jagd zu reiten.

Das Langohr war mit seiner Rolle nicht besonders einverstanden. Statt sich würdig seiner königlichen Aufgabe zu fügen, bockte es und trat nach allen Seiten aus. Vielleicht hätte Frieder das Tier ja noch bändigen können, groß war das Eselchen nicht, aber er hatte nun mal den Falken auf der Faust sitzen. Es endete für Frieder im Staub, der Falke entflog.

Den ganzen Nachmittag hatte er sich bemüht, den Vogel wieder einzufangen, und war schließlich recht kleinlaut zu John gekommen. Der hatte wortlos den Falken mit dem Federspiel zurückgelockt.

Diese Wortlosigkeit schien den Jungen tiefer zu bedrücken als eine Strafpredigt, also hatte Alyss sie ebenfalls unterlassen. Seit sie häufiger nach dem Vogel sah, war er nicht mehr aufgeregt, wenn sie zu ihm trat. Ja, er ließ es sich sogar gefallen, dass sie ihm über die Flügel strich. Deshalb packte sie an diesem Vormittag wahrscheinlich der Übermut. Hatte nicht Gislindis behauptet, ihre Hand sei wie geschaffen, einen Falken zu zähmen?

Der Handschuh war ihr zu groß, aber das störte sie nicht. Die Haube lag neben der Futterschale. Sie redete sanft auf den Vogel ein, obwohl Frieder ihr gesagt hatte, das sei dem Tier ziemlich gleichgültig. Aber sie selbst beruhigte es. Es gelang ihr, den Falken auf ihre Faust zu locken, ihm das Häubchen aufzusetzen, nicht aber es festzubinden.

Trotzdem ging sie langsam aus der Scheune bis zum Weingarten. Erstaunlich ruhig blieb der Vogel sitzen, und als sie ihm mutig die Sicht schenkte und ihn abwarf, stieg er in steilem Flug auf. Allmählich hatte sie ein Auge für die Schönheit des Tieres entwickelt. Das weiße Schwanzgefieder breitete sich wie ein Fächer aus, die feine schwarze Zeichnung darin wirkte wie mit zarten Pinselstrichen aufgetragen. Er kreiste vor einer blassen, dunstverhangenen Sonne, und auch diese Bewegungen schienen ihr von großer Eleganz.

»Frieder!«, ertönte eine zornige Stimme, und sie löste ihren Blick von dem Falken am Himmel.

»Master John!«

Er kam mit langen Schritten auf sie zu, stutzte, als er den Handschuh an ihrer Hand sah, und verneigte sich dann.

»Mistress Alyss, Ihr habt den Jerkin fliegen lassen? Ich wollte Jung-Frieder das Gefieder raufen.«

»Wagt nicht, das meine zu zausen.«

»Nicht? Glänzend schwarze Amselfedern locken aber meine Hände.«

»Ich dachte, die Schwälbchenfedern hätten Euch lange genug gekitzelt. Darum lasst die Tändelei, Master John.«

»Ihr seid so kühl, Mistress Alyss.«

»Ehrbar, verheiratet, verantwortlich für ein schwer zu zähmendes Hauswesen, einen Weinhandel und einen Falken.«

»Was Euch wenig Muße für müßiges Geturtel gibt. Ich verstehe. Die Maiden sind zu Schneider Böcklein aufgebrochen, nachdem ich ihnen eingeprägt habe, auf welche Qualität und welchen Preis sie zu achten haben.«

»Danke.«

»Euer Bruder brachte ein zweites Kleid vorbei, ist aber bereits wieder gegangen. Ungeküsst, doch mit reizend schwingenden Hüften.«

»Ihr lernt dazu. Aber ich hoffe, man hat ihn hier nicht als meinen Bruder erkannt. Seine Verkleidung könnte ihn in ein schlechtes Licht setzen.«

»Nur ich sprach ihn. Aber verratet mir, warum hüllt er sich in Weiberkleider? Welchem Schabernack geht Ihr nach, Mistress Alyss?«

»Einem wohltätigen«, beschied sie ihn kurz und fragte gleich darauf: »Ist das Kleid, das er brachte, von derselben Machart?«

»Und nämlichem Stoff. Ein drittes sollte reichen, um den Preis der Tuche auszurechnen, die der Schneider dafür gezahlt hat.«

»Wie das?«

»Mistress Alyss, ich kaufe die Tuche in meiner Heimat ein. Ich weiß mit Maßband und Schere umzugehen. Und Eure Fingerfertigkeit auf dem Abakus wird uns dabei ebenfalls von Nutzen sein.«

»Und was haben wir von der Kenntnis?«

»Ein Stückchen Wissen.« Er pflückte ein Weinblatt ab und drehte es unschlüssig zwischen den Fingern. »Ich habe einen Verdacht, Mistress Alyss.«

»Lasst hören.«

»Dieses Tuch … es gibt flandrische und Kölner und englische Tuche von ausgezeichneter Beschaffenheit. Robert verlor im vergangenen Oktober zum zweiten Mal eine Ladung Tuche. Das Schiff wurde durch nächtliche Irrfeuer der Friesen auf eine Sandbank geleitet und geplündert. Ich selbst, Mistress Alyss, habe jene Tuche eingekauft, gemessen, in Ballen packen lassen, gekennzeichnet und ihre Verladung beaufsichtigt. Ich kenne jede Faser darin, wenn Ihr so wollt.«

»Ihr glaubt, diese Tuche bei Böcklein wiedererkannt zu haben?«

»Ich vermute es. Helfen werden mir die Maße. Jene Weber,

von denen ich sie erhalten habe, verwenden Webstühle von besonderer Breite.«

»Wie ist der Stoff dann hierhergekommen, Master John?«

»Die Strandräuber verkaufen sie weiter. Billiger als die Produzenten, aber noch immer teuer genug, um aus ihrer Plünderung reichen Gewinn zu machen.«

»An Tuchhändler?«

»An jeden Händler, der bereit ist, dafür zu zahlen.«

»Die Friesen – es gibt eine Ansiedlung friesischer Kaufleute hier, das Wik an der Salzgasse.«

»Eine Adresse, die ich mir merken werde.«

»Das Schiff, das geplündert wurde – trug es nur Roberts Ware?«

»Nein, auch andere Kaufleute hatten Laderaum geordert.«

»Laurenz Stalen?«

»Mistress Alyss, das weiß ich nicht. Ihr denkt an die junge Witwe?«

»Sie spricht kaum. Meister Pauli sagte, Laurenz sei bei einem Schiffbruch ums Leben gekommen, doch sie hat Albträume von Erschlagenen.«

»Die Friesen und die Strandräuber, denen sie Obdach gewähren, sind nicht eben zimperlich. Wenn er versucht hat, sie zu schützen …«

»Ja, dann haben sie ihn vor ihren Augen erschlagen.«

Johns Hand lag auf ihrer Schulter und drückte sie leicht. Alyss verscheuchte die Bilder, die sich ihr aufdrängten.

»Sie plündern die Schiffe, ihre Kaufleute übernehmen die Ware und bringen sie über die üblichen Handelswege zu den Märkten. Warum sollten sie sie unter der Hand an die Schneider verkaufen, Master John? Sie würden mehr an den Tuchen verdienen, wenn sie sie rechtmäßig zuschneiden würden.«

»Wenn es Tuchhändler wären, dann ja.«

Ein bitterböser Verdacht keimte in Alyss auf. Er verschlug ihr fast den Atem.

Doch bevor sie die Frage stellen konnte, ließ sich der Falke auf ein auffliegendes Rebhuhn fallen. Federn flogen, Schreie gellten, beide Vögel kamen nieder.

»Ruft ihn zurück, Mistress Alyss!«

John lief los, um dem Falken die Beute abzunehmen, während sie nach ihm pfiff. Er kam gehorsam auf ihre Faust und nahm seine Atzung entgegen.

»Guter Vogel«, brummelte sie, und er betrachtete sie gleichmütig mit seinen runden schwarzen Augen. »Eine kurze Weile Freiheit haben wir beide gehabt.«

Sie stülpte ihm das Häubchen wieder über, doch er schüttelte es ab. Ein weiteres Stück Fleisch aber hielt ihn auf ihrer Faust.

Erst mit Johns Hilfe konnte sie ihm die Haube überziehen und ihn zurück in den Stall tragen.

»Ich habe im Kontor zu tun!«, beschied sie ihn kurz. »Wenn die Mädchen mit dem Kleid zurück sind, können wir messen und rechnen.«

Der Registerband lag kurz danach aufgeschlagen vor ihr, der Abakus klapperte, ein Wachstäfelchen nahm die Ergebnisse auf. Ihr Verdacht erhärtete sich.

Normalerweise tauschten die Händler Ware gegen Ware, nur die Differenz der Werte wurde in Geld ausbezahlt. Wenn also Arndt seinen Wein in Deventer verkaufte, kaufte er gleichzeitig Stockfisch oder gesalzenen Fisch zu gleichem Betrag ein, den er wieder in Köln verkaufte. Sein Geld erhielt er erst hier von den Fischhändlern. Dass es immer weniger war als das, was er für den Wein ausgegeben hatte, hatte er offensichtlich nie bemerkt. Oder eben doch, denn seit etwa zwei Jahren war mehr Geld zurückgeflossen, aber überwiegend ohne Angaben, von welchem Kunden es stammte. Er hatte goldgefüllte Beutel von seinen Reisen mitgebracht. Also musste er auf dem Weg von Deventer nach Köln weitere Waren abgesetzt haben. Natürlich könnte er den Fisch schon in einem der Orte entlang des Rheins verkauft haben, andererseits war Köln Stapelplatz; hier wurden die Fässer umgepackt und mit dem Kölner Gütesiegel versehen an die Kunden nach Süden verschifft. Damit machte man als Händler seinen Gewinn.

Er konnte aber auch andere Ware als Fisch in Deventer – oder irgendwo auf dem Handelsweg – eingekauft und unterwegs weiterveräußert haben. Friesland lag gar nicht so weit vom Ijsselmeer entfernt.

Alyss nahm ihre Haube ab und fuhr sich stöhnend mit allen zehn Fingern durch die Haare. Einige Locken lösten sich aus ihren Zöpfen und legten sich um ihr Gesicht.

Die Möglichkeiten, die sich aus dieser Erkenntnis ergaben, waren angsterregend.

Es stellte sich ihr die einfach und deutlich formulierte Frage: Hatte Arndt von irgendwelchen Friesen Plündergut billig erstanden und es unterwegs oder gar in Köln selbst unrechtmäßig weiterverkauft?

Sie beantwortete sich selbst die Frage mit einem Ja. Arndt war ein Mensch, der einer solchen Versuchung nicht widerstehen konnte. Ein günstiges Angebot, ein wenig Gemauschel unter der Hand, ein Extraverdienst, mit dem er protzen konnte – über die Ehrbarkeit dieser Geschäfte würde er sich wenig Sorgen machen. Er war nicht nur ein großmäuliger Verschwender, er war auch ein gedankenloser, selbstsüchtiger Narr. Schlimmer noch, er war ein leichtfertiger Dummkopf, der wegen eines schnell verdienten Guldens seine Reputation aufs Spiel setzte.

Ob Robert davon gewusst hatte?

Nicht auszuschließen. Ein weiterer Grund für die Spannungen, die zwischen den Brüdern geherrscht hatten.

Noch einmal zerrte Alyss an ihren Haaren, in der Hoffnung, dadurch ihre wild durcheinanderpolternden Gedanken und Schlussfolgerungen in irgendeine Ordnung zwingen zu können.

»Was sträubt Euer Amselgefieder, Mistress Alyss?«, fragte John von der Tür her und trat zusammen mit den drei Mädchen ein.

Sie klappte energisch das Buch zu und fasste sich an den Kopf. Natürlich, der Zopf war aufgelöst, Band und Haube lagen am Boden. Die Ursache dafür aber war das Letzte, was sie jemandem anvertrauen wollte. Also knurrte sie nur: »Eine Addition, die nicht stimmen will. Vielleicht gelingt sie mir später.«

John ließ seinen verhangenen Blick kurz über sie schweifen. Sie wich ihm aus. Eilig flocht sie die Haare zusammen und befestigte sie mit dem Band, die Haube ließ sie liegen. »Ihr habt das Gewand bekommen?«

»Ja, Frau Alyss. Genau wie Master John es uns aufgetragen hat. Und zum selben Preis.«

»Schön, dann könnt Ihr jetzt zum Spinnen nach oben gehen. Schaut bei Hilda vorbei, ich glaube, sie hat süße Pasteten gebacken.«

»Ja, danke.«

Lauryn war schon fast aus dem Kontor, aber dann zögerte sie noch und hielt auch Hedwigis und Leocadie auf.

»Was ist, Lauryn?«

»Wozu … ich meine, warum … ähm, wir haben uns gefragt, warum Ihr drei gleiche Kleider braucht, Frau Alyss.«

»Damit drei artige Jungfern drei neue Sonntagsgewänder bekommen. Und nun raus mit euch!«

Tuschelnd und kichernd verschwanden sie, und John legte sich den Surkot über den Arm.

»Wo sind die beiden anderen?«

»In meiner Kammer. Folgt mir, dort ist genügend Platz, sie auszumessen.«

John war flink, hatte ein gutes Augenmaß und nannte ihr schnell die notwendigen Werte, Alyss rechnete nach seinen Vorgaben, multiplizierte, dividierte und notierte auf ihrem Täfelchen dann die Ergebnisse.

»Wenn man seinen ungefähren Aufschlag für die Schneiderarbeit abzieht, dann zahlte Böcklein für dieses Tuch kaum mehr als die Hälfte dessen, was die Gewandschneider verlangen.«

»Lohnenswert.«

»Für verschiedene Leute.«

»Euer Verdacht der Herkunft – hat er sich auch bestätigt?«

»Ich bin mir ziemlich sicher, dass es sich um Norfolker Tuch handelt.«

»Aus jener Lieferung, die Robert verloren hat?«

»Gut möglich. Aber andererseits haben auch andere Tuchhändler schon ihre Ladung eingebüßt.«

»Und wenn die Tuche Robert gehört hätten?«

John grinste.

»Dann hätte man nun mein Geschäft damit geschädigt. Ich habe vor, mich an dem Händler schadlos zu halten.«

»Dazu müsst Ihr ihn erst finden«, sagte Alyss nüchtern und versuchte ihre Unruhe zu unterdrücken. Wäre Arndt derjenige gewesen, würde sie dafür zahlen müssen.

»Dazu muss ich ihn finden, richtig, Mistress Alyss. Aber noch viel mehr möchte ich den Mann finden, der dafür gesorgt hat, dass es nun mein Geschäft ist – nämlich Roberts Mörder.«

»Und dazu habt Ihr eine Idee?«

»Ich habe eine, Mistress Alyss, und die würde ich heute Abend gerne Eurem Hauswesen unterbreiten.«

19. Kapitel

Seit Roberts Tod verliefen die gemeinsamen Essen und die anschließende Geselligkeit weit ruhiger als sonst; selbst John hielt sich mit seinen wüsten Abenteuergeschichten zurück. An diesem Abend unterhielt er sich mit Frieder ernsthaft über die Falkenzucht, mit Merten über die Fuchsjagd. Die Mädchen tuschelten nur leise über ihre Kleider, Tilo disputierte mit Magister Hermanus über irgendeinen Traktat. Sogar Malefiz lag ruhig neben dem Herd, wenn auch seine Ohren gespitzt waren und dann und wann sein schwarzer Schwanz zuckte. Alyss schenkte dem Ganzen nur mäßige Aufmerksamkeit; die Erkenntnisse des Nachmittags rumorten noch in ihren Gedanken herum. Sie bemerkte erst, dass die Stimmen lauter wurden, als Hermanus verkündete: »Die Raubtiere sind des Teufels. Ich kann nicht gutheißen, dass die Menschen sich ihrer bedienen.«

»Die Raubtiere sind ebenso von Gott geschaffen wie die Herdentiere«, erwiderte John ruhig.

»Wie könnten sie, Master John?«, erregte sich der Hauspfaff. »Sie überfallen die harmlosen Geschöpfe, töten und zerfleischen sie, um ihre Blutgier zu stillen. Sie sind schlecht, voll Hinterlist und Tücke und vom Bösen selbst in die Welt gebracht.«

»Raubtiere schlagen die Alten, Schwachen und Kranken der Herde und bringen ihnen den schnellen Tod.«

»Was nur wieder beweist, dass sie zutiefst unchristlich handeln. Die Schutzbedürftigen sind ihnen ausgeliefert.«

Malefiz machte einen Satz, ein leises Quieken ertönte, und dann ein knurpselndes Schmatzen.

»Mäuse, Magister Hermanus, fressen unsere Kornvorräte. Wollt Ihr den Kater dafür verdammen, dass er sie tötet?«, fragte Alyss kühl. Hermanus hegte eine gründliche Abneigung gegen Malefiz, die auf Gegenseitigkeit beruhte.

»Schwarze Katzen sind die Ausgeburt der Hölle!«, tönte er vollmundig, und Tilo wollte zu einem Widerspruch ansetzen, doch John kam ihm zuvor.

»Menschen jagen ebenfalls, Magister. Wollt Ihr damit andeuten, dass Jäger des Teufels sind?«

»Menschen jagen Tiere, denn sie sind ihnen untertan.«

»Menschen wie Tiere sind von Gott geschaffen. Bei beiden gibt es Jäger und Beute. Wir verhalten uns nicht anders als alle übrigen Geschöpfe.«

»Ein Irrglauben, Master John. Und ganz falsch. Wir Menschen schützen unsere Schwachen und Kranken, wie der Herr es uns aufgetragen hat. Nächstenliebe, Master John, unterscheidet uns vom seelenlosen Tier. Der Herr selbst hat sich zu unserem Hirten bestellt, und sein Stellvertreter auf Erden hütet seine Lämmer.«

Alyss bemerkte ein Aufflammen in Johns hellen Augen, aber seine Stimme blieb ruhig.

»Hirten, Magister Hermanus, mögen ihre Herde vor den

Raubtieren und den Räubern schützen, doch sie sind es auch, die ihre Lämmer zur Schlachtbank führen.«

»Was wollt Ihr damit sagen?«, fuhr der Hauspfaff auf. »Wollt Ihr wie die Ketzer die Macht des Papstes und die Weisheit der Kirche in Abrede stellen?«

Genau das tat John allerdings, schoss es Alyss durch den Kopf, die sich an Frieders Worte über Johns Glauben erinnerte. Und bevor der Disput hässliche Formen annehmen konnte, bemerkte sie trocken: »Magister Hermanus, nach dem Genuss eines Lammbratens, dem ihr noch vor Kurzem ausgiebig zugesprochen habt, solltet Ihr Euch nicht derart aufregen. Es ist Eurer Verdauung nicht zuträglich. Und nun beenden wir diesen Disput und hören, was Master John uns zu seinen Überlegungen zu sagen hat, die er sich zu Herrn Roberts Tod gemacht hat.«

Ruckartig gingen die Köpfe hoch, und aller Augen richteten sich auf John. Das Thema hatte man bisher gemieden, wenn auch unzählige, mit Sicherheit abenteuerliche, Vermutungen die Runde machten, wie Alyss annahm.

John nickte und begann bedächtig: »Master Robert war mein Freund. Das wisst Ihr. Und es schmerzt mich, dass sein Tod ungeklärt bleiben wird, denn es gibt keine Hinweise auf diejenigen, die ihn überfallen und beraubt haben. Ich aber will seinen Mörder finden und anklagen. Ich brauche Eure Hilfe.«

Zustimmendes Gemurmel wurde laut.

John fuhr fort: »An jenem Abend trug John einen kostbaren Ledergürtel, erinnert Ihr Euch an den?«

»Dunkelbraunes Leder, mit Kupferplättchen in Form von Sternen beschlagen.«

»Ja, Maid Leocadie. Und die Beschläge und die Schnalle waren ebenfalls aus Kupfer, hatten aber ein silbernes Sternmuster eingetrieben. Diesen Gürtel nahm sein Mörder. Ebenso den Beutel, der daran hing.«

»Der war aber wie alle Beutel«, bemerkte Tilo.

»Äußerlich ja, aber sein Inhalt ist es, der uns helfen könnte. Entsinnt Ihr Euch, was er darin mit sich führte?«

»Münzen, Master John, aber die mag der Dieb bereits ausgegeben haben.«

»Münzen kann man schlecht verfolgen, da gebe ich dir recht. Aber wir gingen zum Mahl, und er trug seinen Löffel mit sich.«

»Oh, ein silberner Klapplöffel, der ist mir aufgefallen. Er war neu«, sagte Merten. »Ein hübsches Stück Arbeit, das er häufig polierte, weil er nicht wünschte, dass er schwarz anlief.«

»Wertvoll das Material, kunstfertig die Machart«, ergänzte Alyss. »Der Stiel trug eine Blattranke.«

»In London erworben, und damit hier wohl einzigartig. Das Futteral aus dünnem Leder, ebenfalls mit Blattmuster verziert«, ergänzte John.

»Der Mörder wird es verkaufen oder tauschen, meint Ihr?«

»Wenn er ein gemeiner Straßenräuber war, wird er schwerlich damit in den Tavernen speisen. Man würde es ihm schnellstens entwenden.«

John hatte noch nicht ausgesprochen, da meldete sich Frieder zu Wort.

»Hatte er das Drachenei dabei?«

»Er trug es immer bei sich, ja. Genau wie die kleine Reliquie.«

»Oh, das Ursulaknöchelchen. Das war hübsch!«

Hedwigis schien das Schmuckstück besonders beeindruckt zu haben. Sie bot eine detaillierte Beschreibung der Goldfassung, die um das Kleinfingerglied der Heiligen gearbeitet worden war.

»Und was ist mit seinem Messer?«, wollte Tilo, etwas praktischer, wissen.

»Er trug es am Gürtel, ein einfaches Messer in einer Lederscheide. Das wiederzuerkennen wird schwierig sein. Ebenso die kleine Schere, das Wachstäfelchen, Griffel, Bandmaß und Nadeln. Wie die Münzen wenig verfolgbar. Nach den anderen Gegenständen aber können wir Ausschau halten. Auch wenn es eine Suche nach der Stecknadel im Heuhaufen ist.«

»Er wird die kostbaren Dinge an Hehler verhökert haben«, warf Hilda ein. »Und zu der Bande pflegt hoffentlich keiner in diesem Haushalt Bekanntschaften.«

»Das hoffe ich auch eindringlich!«, sagte Alyss und ließ wie von ungefähr ihren Blick zu Merten wandern. Er mochte unter Umständen solche Gestalten kennen. »Dennoch, auch Hehler verkaufen ihre Ware weiter.«

»Auch richtig«, bestätigte John.

»Und es gibt noch einen sehr kostbaren Gegenstand, den wir nicht vergessen dürfen. Robert trug, seit ich ihn kenne, den Siegelring seines Vaters an seiner Hand. Euch ist er bestimmt auch aufgefallen, ein schwerer Goldreif mit einem roten Stein, in das Maternus mit den drei Kirchtürmen eingraviert ist. Als wir ihn zu Grabe trugen, fehlte er.«

John wirkte erstaunt, fasste sich aber und nickte.

»Gut beobachtet, Mistress Alyss. Auch auf ihn sollten wir unser Augenmerk haben. Seid einfach achtsam, der Zufall spielt dem, der auf ihn vertraut, manchmal in die Hände.«

»Es gilt nicht, dem Zufall oder der Vorsehung zu vertrauen, sondern Gott dem Herrn«, warf Magister Hermanus salbungsvoll ein.

»Gut, dann vertrauen wir Gott dem Herrn, dass er unsere Blicke lenkt und uns die Fährte zu dem Räuber zeigt.«

»Der, wie Ihr sicher zugeben werdet, des Teufels ist. Wie alle Raubtiere, die voll Hinterlist und Bosheit aus Habgier und Blutdurst morden.«

»Ein Irrglaube, Magister Hermanus, und ganz falsch«, erwiderte John mit einem maliziösen Lächeln. »Raubtiere sind intelligente Wesen, die jagen, um ihren Hunger zu stillen. Räuber hingegen sind dumm, denn sie handeln aus Habgier und Selbstsucht. Ihr solltet nie den Fehler begehen, das zu verwechseln.«

Wieder wollte der Hauspfaff anfangen zu blubbern, doch Alyss leuchtete die Überlegung ein, und sie wollte wissen: »Was glaubt Ihr, Master John – suchen wir nach einem menschlichen Raubtier oder einem Räuber?«

»Der Lage der Dinge nach … ich sage: nach einem Räuber. Und darum vertraue ich darauf, dass er dumm genug ist, das, was er erbeutet hat, zu Geld machen zu wollen.«

Der kleine Disput hatte Alyss abgelenkt, aber jetzt bemerkte sie, dass die Mädchen wieder zu tuscheln begonnen hatten.

»Leocadie, Hedwigis, Lauryn! Es betrifft auch euch. Habt ihr zugehört?«

Es war Lauryn, die unsicher auf der Bank hin und her rutschte, und offensichtlich nicht wagte, etwas zu sagen. Die beiden anderen hatten Schafsgesichter aufgesetzt.

»Lauryn?«

Alyss' fragende Stimme brachte sie dazu, still zu sitzen.

»Ja, Frau Alyss. Sie sagen, es ist blöde von mir. Aber ich habe heute ein Drachenei gesehen.«

Johns Stimme klang ganz sanft, als er sagte: »Sehr gut, Maid Lauryn. Ihr seid eine aufmerksame Jungfer. Berichtet uns davon.«

»Du willst dich doch nur wichtig machen«, zischelte Hedwigis. »Woher willst du wissen, dass es der Stein war?«

»Weiß ich ja auch nicht. Darum ist es vielleicht ganz unwichtig.«

»Wo hast du ihn gesehen, Lauryn?«, fragte Alyss und brachte Hedwigis mit einem strengen Blick zum Schweigen.

»Bei Schneider Böcklein. Er lag in seinem Münzkasten.«

»Könnt Ihr in beschreiben, Maid Lauryn?«

»Nnna ja. Er war eben so rund wie der, den uns Herr Robert gezeigt hatte, mit diesem Fünfstern drauf. Aber ob es derselbe war, weiß ich nicht.«

»Er könnte ihn gefunden haben. Ihr sagtet doch, die liegen überall herum, Master John.«

»In meiner Heimat, ja. Ob man sie hier auch findet, weiß ich nicht.«

»Ich hab noch keinen gefunden. Und ich hab mit Vater schon oft das Feld bestellt«, gab Frieder zu bedenken.

»Und auch im Weingarten habe ich sie noch nicht gesehen«, meinte Tilo. »Ihr, Frau Alyss?«

»Nein. Ich habe einen solchen Stein erstmals gesehen, als Robert ihn herumreichte. Wir sollten auf jeden Fall Hannes Böcklein noch mal besuchen.«

»Ich brauche ein neues Wams, Mistress Alyss. Es wird mir ein Vergnügen sein, den Schneider aufzusuchen. Dann sehen wir weiter. Danke, Maid Lauryn.«

Die Maid, ganz gegen ihre Art, errötete.

Alyss seufzte.

20. Kapitel

»Frieder, du begleitest mich heute Vormittag zum Adler«, ordnete Alyss an. Die häuslichen Pflichten verteilte sie an diesem Morgen noch barscher als sonst, denn die Nacht hatte ihr keinen erholsamen Schlaf geschenkt. Erst in den frühen Stunden waren ihre Gedanken so weit zur Ruhe gekommen, dass sie eingedämmert war. Immerhin hatte sie ein paar Entschlüsse gefasst, die sie umgehend in die Tat umzusetzen gedachte.

»Ihr Mädchen werdet Hilda helfen, die Aprikosen zu entsteinen und zu darren.«

Das leise Gemurre überhörte sie.

»Tilo, ich habe einige Pergamente herausgelegt, die abgerieben werden können. Im Kontor findest du alles, was du brauchst.«

»Frau Alyss, kann ich nicht mit zum Adler gehen? Seit zwei Wochen schon muss ich ständig im Kontor hocken.«

»Du musst dein Bein schonen.«

»Es heilt aber gut. Ich bin mit den Krücken genauso schnell wie Frieder.«

»Du bleibst im Haus!«

»Mistress Alyss!«

»Und Ihr mischt Euch nicht ein, Master John.«

»Nie würde ich es wagen, mich Euren Befehlen zu widersetzen, Mistress Alyss.«

»Dann geht Euren Aufgaben nach. Frieder!«

»Ja, Frau Alyss. Ich bin bereit.«

»Mistress Alyss?«

»Master John, wenn ich es richtig verstanden habe, wolltet Ihr Euch ein neues Wams kaufen.«

»Richtig. Und Jung-Tilo ist der rechte Mann, mich bei Farbe und Schnitt zu beraten.«

»Ihr werdet ohne seine Weisung auskommen.«

»Aber ich neige dazu, geckenhaften Gewändern zu erliegen, und sein wohlausgewogener Geschmack wird mich leiten, mich meinem Stand und Ansehen entsprechend zu kleiden.«

Alyss musterte ihn von oben bis unten. Nichts Geckenhaftes war an seinem weißen Hemd, dem blauen Wams, den ledernen Hosen und Stiefeln zu erkennen. Dafür ein fröhliches Zwinkern in seinen Augen.

Alyss zog die Augenbrauen zusammen und blitzte ihn darunter mahnend an.

»Wir könnten auch die Einkäufe für Hilda erledigen, Frau Alyss. Sie will zwei ganze Schinken vom Räucherer holen.«

»Tilo!«

»Ich war am Sonntag auch schon bei meinen Eltern, und es hat mir nicht geschadet.«

»Mhm.«

Es stimmte schon, der Junge war geschickt mit den Krücken, und die kniffelige Aufgabe bei der Bearbeitung der Bücher hatte er ohne Murren und recht ordentlich erledigt. Man konnte ihn ja verstehen …

»Master John, achtet auf den Jungen. Geht langsam.«

»Danke, Frau Alyss.«

»Danke, Mistress Alyss.«

»Mhm.«

Frieder gab den Versuch recht schnell auf, ein Gespräch mit der Herrin des Hauses zu führen. Schweigsam eilten sie die Straße am Rhein entlang, ließen die geschäftige Dombaustelle links liegen und strebten dann Richtung Eigelsteintor. Hier, an der sehr belebten Einfallstraße aus Norden hatte der Schmied Simon seine Werkstatt. Sein Weib Franziska führte die zugehörige Wirtschaft. Beides genoss einen ausgezeichneten Ruf und war beliebt bei den Reisenden und den Einheimischen. Die Wirtin war Alyss in der schlaflosen Nacht in den Sinn gekommen, weil bei ihr die Nordmänner gern zu Gast waren. Fygen, die ihr vor einigen Wochen von dem friesischen Tuch berichtet hatte, hatte erwähnt, dass Franziska von einem der Händler einen Ballen Stoff als Bezahlung bekommen hatte. Nicht weil sie von dem Tuch etwas zu erstehen wünschte, wollte sie sich mit der Wirtin unterhalten, sondern weil sie herausfinden wollte, wer Harro Peddersen, der friesische Händler, war, dem sie Geld auf Arndts Wechsel gezahlt hatte.

Die Esse schickte schwarze Wolken gegen den Himmel, das Ping-Ping der Schmiedehämmer hallte bis auf die Straße, und aus dem Eingang des Wirtshauses wehte ihnen schon der Duft des brodelnden gehaltvollen Eintopfs entgegen, für den Franziska bekannt war.

Etliche Männer saßen bereits bei Humpen voll Hausgebrautem an den gescheuerten Tischen, zwei von Franziskas Töchtern schmierten Schmalz auf dicke Brotscheiben. Eine von ihnen sah auf und grüßte Alyss und Frieder mit einem breiten Grinsen.

»Stina, wo finde ich deine Mutter?«

»Im Braustübchen, Frau Alyss. Geht nur durch.«

»Gut. Frieder, lass dir in der Schmiede zwanzig Nägel geben. Wir sollten dem Falken einen Verschlag bauen.«

Frieders Gesicht hellte sich auf, und er trabte willig über den Hof.

»Frau Franziska!«, rief Alyss in den neben der Küche liegenden Verschlag, der von einem gewaltigen Kupferkessel fast ausgefüllt wurde. Die kleine Wirtin, auf einem Schemel stehend, rührte kräftig darin herum, unterbrach aber sofort ihre Tätigkeit und strahlte Alyss an.

»Ah, Frau Alyss. Welch eine Freude, welch eine hübsche Überraschung. Geht es Euch gut? Geht es Eurer Frau Mama gut? Ich habe sie schon so lange nicht mehr gesehen. Bald weiß ich nicht mehr, wie sie aussieht. Aber Ihr werdet Eurem Herrn Vater jeden Tag ähnlicher, Frau Alyss.«

»Wie entsetzlich. Wächst mir schon ein Bart?«

Die Wirtin hopste behände von ihrem Schemel. Ihre fünfundfünfzig Lebensjahre hatten zwar ihren Zopf ergrauen, nicht aber ihre Bewegungen erlahmen lassen. Rührig wie eh und je eilte sie auf Alyss zu und umarmte sie. Früher hatte sie die Zwillinge mit Honigwasser und süßen Früchten verwöhnt und ihnen, wie ihren eigenen Kindern, auch mal einen Klaps versetzt, wenn sie zu arg getobt hatten, doch seit Alyss verheiratet war, redete sie sie nur noch mit dem achtungsvollen Titel »Frau« an.

»Eure Haut ist zart wie Seidentuch, und kein Härchen wächst an der falschen Stelle. Aber Ihr zieht heut auf so grimme Art die Brauen zusammen. Habt Ihr einen Verdruss mitgebracht?«

Flugs glättete Alyss ihre Stirn wieder. Der besagte Verdruss ging nur sie etwas an.

»Es ist warm, und meine Schuhe drücken. Das mag meine Miene düster wirken lassen.«

»Dann will ich Euch mit einem kühlen Wein erquicken. Pfälzer Wein, was mich gleich dazu bringt, Euch zu sagen, dass man ihn hier sehr gerne trinkt. Ich könnte noch zwei Fässchen brauchen.«

»Sollt Ihr morgen bekommen!«

Alyss folgte der Wirtin in die Küche, wo zwei weitere Mitglieder ihrer reichen Nachkommenschaft Bohnen schnipselten und Möhren schabten.

Bei einem Becher Wein brachte Alyss die geschwätzige Franziska dazu, über ihre Gäste, dann über das friesische Tuch und schließlich über Harro Peddersen zu plaudern.

»Ja, er kommt manchmal her – nicht so oft, er ist eben ein feiner Tuchhändler. Hat ein Haus in der Tipsgass, aber seine Familie wohnt im Norden. Er fährt zweimal im Jahr hoch und bleibt ein paar Monate.«

»Er handelt hier mit den Tuchen, aber womit handelt er mit den Friesen?«

»Och, er macht wohl gute Geschäfte mit den Sarwörtern. Ihr wisst doch, Kölner Eisenwaren sind beliebt.«

»Waffen?«

»Schwerter, Dolche, Äxte. Die Nordmänner sind ein raues Volk, Frau Alyss. Und kräftig.«

Franziskas Augen leuchteten.

»Euer Simon stammt ja auch aus dieser Gegend.«

»Ja, nur mehr aus dem Osten. Und heutzutage ist er recht kräftig um die Mitte geworden.«

»Dank Eurer guten Pflege, was, Frau Franziska? Hättet Ihr ihn hungriger gehalten, wäre sein Bauch auch straffer geblieben.«

Franziska schnaubte.

»Ein gesunder Mann braucht sein Essen. Er ist mir gerade recht so. Und wenn ich mir einen strammen Jungen anschauen will, dann kann ich mich an unserem neuen Knecht sattsehen. Das ist mal ein Kerl.«

»Ach ja, Fygen erzählte, dass Euer Drees sich einem Reisenden angeschlossen hat.«

»Treuloser Schuft der. Aber was soll's. Der Neue versteht mit dem Hammer umzugehen, weit besser als der spillerige Drees. Stellt Euch vor, am Tag, als er hier anfing, da hat er einen tollwütigen Hund erschlagen, gerade noch eben rechtzeitig. Das verfluchte Tier kam in den Hof, Schaum vorm Maul, und auf meine Stina los. Sie schreit nur noch, und schon hat er dem Köter einen Hammer über den Kopf gezogen.«

»Was für ein Glück. Mit tollwütigen Tieren ist nicht zu spaßen.«

»Tja, das ist gut ausgegangen, aber musste sich die dumme Nuss deshalb gleich in ihn verlieben?«

Alyss zuckte mit den Schultern.

»Sechzehn ist die Stina, nicht wahr? Und er ein ansehnliches Mannsbild? Was erwartet Ihr, Frau Franziska?«

»Mehr Verstand, Frau Alyss. Das Mannsbild mag ansehnlich sein, sein Kopf ist hohl wie eine Kalebasse. Er grunzt, statt dass er spricht, und der Teufel mag wissen, wie Simon sich ihm verständlich macht. Gut, solang er nicht über ihn klagt, soll er sein Brot bei uns essen, aber als Schwiegersohn will ich ihn nicht haben, den Klotz.«

»Eure Stina ist doch flink im Witz, sie wird es schon merken.«

»Hoffentlich«, knurrte Franziska. »Sonst helfe ich nach!«

Alyss erkundigte sich höflich nach den anderen Kindern. Die Adlerwirte hatten deren zehn in die Welt gesetzt, acht großgezogen, und sieben davon halfen noch in der Wirtschaft mit. Die Älteste hatte geheiratet und war nach Aachen gezogen.

Als dieses Geplänkel beendet war, flocht Alyss noch ihre letzte Frage ein – sie erkundigte sich, ob jemals jemand von den Gästen einen Folcko von Marienhafe erwähnt habe. Franziska wusste es nicht, war aber bereit, sich zu erkundigen, ohne groß nach den Hintergründen zu fragen, was Alyss sehr begrüßte. Deshalb erfreute sie die Wirtin noch mit einigen Geschichtchen von ihrem Hauswesen und musste dann Frieder mit strengen Worten aus der Schmiede holen, wo er mit den zwei Söhnen des Hausherren erste Übungen mit dem Hammer auf dem Amboss vollbracht hatte. Sein Kittel wies demzufolge etliche Brandlöcher auf, und sein Gesicht war rußverschmiert. Aber die Nägel musste Alyss selbst einfordern.

Nicht viel besser gelaunt als auf dem Hinweg trottete sie nach Hause zurück und überlegte dabei, ob sie wohl Harro Peddersen aufsuchen sollte. Aber Frieder war derzeit nicht der richtige Begleiter dafür. Sie schickte ihn in den Hof, sich gründlich zu waschen, und fand zu ihrer Überraschung John und einen sehr betreten dreinblickenden Tilo in ihrem Kontor vor.

»Hast du dein Bein überanstrengt, Tilo? Bist du gestürzt? Habt Ihr nicht auf ihn Acht gegeben, Master John?«

»Jung-Tilo hat keine Schmerzen. Er ist gewandt mit den Krücken, und ich habe Eurem Befehl folgend auf jeden seiner Schritte geachtet, Mistress Alyss.«

»Dann fand sich nichts an Kleidung, das Eurer Eitelkeit standhielt, Master John? Ihr beide macht Gesichter, als ob es Euch die Ernte verhagelt hätte.«

»Wir haben etwas herausgefunden«, druckste Tilo. »Und ich glaub's nicht.«

»Aha.« Alyss setzte sich auf ihren Schemel und faltete die Hände auf dem Schreibpult. »Berichtet.«

John übernahm diese Aufgabe.

Der Stein hatte sich tatsächlich als Drachenei erwiesen, und es war eben jenes, das sich in Roberts Beutel befunden hatte. Sie hatten neugieriges Interesse an dem Wunderstein bekundet, und Böcklein hatte in geheimnistuerischer Art angedeutet, dass es sich um einen wunderwirksamen Glücksstein handele. Er stamme von einer Frau, die davon das eine oder andere verstand, so viel konnten sie ihm noch entlocken, nicht aber deren Namen und Profession.

»Eine Zaubersche, Frau Alyss.«

»Sicher. Weiter.«

»Er behauptet, seit er den Stein besitzt, blühten seine Geschäfte.«

»Was, Mistress Alyss, daran liegt, dass ihm die Gewänder aus Norfolker Tuch aus der Hand gerissen werden. Er scheint einen satten Gewinn damit zu machen. Wir forschten in dieser Richtung weiter.«

Und hier wurde es dann für einen der Beteiligten peinlich. Denn nach der Herkunft der bewunderten Ware gefragt, gab Böcklein nach langer Ziererei zu, den Stoff rechtmäßig von einem Gewandschneider bezogen zu haben. Dass der ihn so günstig hergegeben hatte, schob er auf die zauberischen Kräfte des Dracheneis. Denn Fehler oder schlechtes Maß hatte er an den Ballen nicht bemerkt. Ein Glücksfall eben.

»Welcher Gewandschneider?«, fragte Alyss, obwohl sie die Antwort bereits ahnte.

»Reinaldus Pauli nannte er, Mistress Alyss. Was Jung-Tilo wild abstreitet.«

»Mein Vater ist ein ehrbarer Händler, Frau Alyss. Es muss einen Grund für das alles geben. Nicht, was Ihr annahmt, Master John.«

»Ich habe Tilo zuvor über die Tuchpreise aufgeklärt, Mistress Alyss. Er kam dabei auf die Idee, dass Böcklein die Gewänder weit unter Wert verkauft. Oder eben der Stoff aus undurchsichtigen Quellen stammen muss.«

Eine Weile versank Alyss in den Anblick ihrer gefalteten Hände. Pauli – ein redlicher Tuchhändler. Frau Mechtild führte seine Bücher, und sie tat es gewiss sehr genau. Pauli und Arndt verstanden sich gut. Sie kannten einander schon lange, ganz sicher aber aus der Zeit, als Robert bei dem alten Pauli, Reinaldus Vater, als Gehilfe arbeitete. Wenn man dann noch dazuaddierte, was Marian an Gerüchten aus der Schwalbengasse mitgebracht hatte, ergab sich eine üble Anhäufung von Vermutungen. Wenn Reinaldus Pauli dort tatsächlich ein Liebchen wohnen hatte, würde er Geld benötigen. Solches, das nicht durch Frau Mechtilds Bücher ging. Wer konnte da am ehesten aushelfen – doch sicher ein guter Freund. Einer, der über billige Ware verfügte.

Sie hob den Kopf und sah auf. In Johns verhangenem Blick lag so etwas wie Verständnis.

Müde sagte sie: »Tilo, es könnte stimmen.«

»Frau Alyss!«

»Setz dich, ich erkläre es dir. Du weißt sowieso schon genug, um deine eigenen Schlüsse zu ziehen. Aber alles, was du jetzt erfährst, musst du bitte für dich behalten.«

Und dann schlug sie den Registerband auf und erläuterte den beiden die Erkenntnisse, die sie aus den Zahlen darin gezogen hatte.

Tilo blieb bei den Erklärungen still und ließ mehr und mehr die Schultern hängen. Er tat ihr leid – die Wahrheit war scheußlich; sie hatte es ja selbst so empfunden.

»Was soll ich denn jetzt machen, Frau Alyss?«, fragte er kläglich.

»Nichts zunächst. Wenn Arndt van Doorne zurückgekehrt ist, werde ich die Angelegenheit klären. Rede vor allem nicht mit deiner Mutter darüber; es würde ihr großes Herzeleid verursachen. Ich verspreche dir, es wird eine Wiedergutmachung geben.«

»Aber wie kann mein Vater …«

»Das, Jung-Tilo, ist eine der schlimmsten Erfahrungen, die ein Sohn machen kann.« John legte dem Jungen die Hand auf die Schulter. »Zu erkennen, dass der Vater fehlbar ist. Zürne mit ihm, aber bevor du nicht alle Zusammenhänge kennst, verurteile ihn nicht.«

»Und nun, Tilo, setz dich mit Frieder zusammen. Überlegt euch, wo wir den Verschlag für den Falken hinbauen und wie er aussehen soll.«

»Ja, Frau Alyss.«

Als Tilo das Kontor verlassen hatte, erhob sich John von der Bank am Fenster und lehnte sich an das Schreibpult.

»Aus diesem Grund also habt Ihr gestern Euer Amselgefieder gesträubt, Mistress Alyss?«

»Ja, Master John.«

»Und aus demselben Grund sind Eure Züge heute müde.«

»So ist es, Master John.« Und dann sah sie ihm gerade in die Augen und fragte: »Hat Arndt Roberts Tuche an Pauli verkauft, Master John?«

»Es ist möglich.«

»Wusste Robert das?«

»Er vermutete es.«

»Wurde er deshalb umgebracht?«

»Von wem, Mistress Alyss?«

Sie musste schlucken. Unsaubere Geschäfte waren das eine, das konnte sie Arndt und Pauli ohne Zögern unterstellen. Aber Mord? Gar Brudermord?

»Reinaldus Pauli war an jenem Abend auf dem Gaffelfest, Arndt in diesem Haus, neben mir im Bett.«

»Pauli hätte das Fest nach uns verlassen können.«

»Natürlich. Wir werden es herausfinden.« Und dann stützte sie den Kopf in die Hände. »Man kann Mörder dingen«, murmelte sie leise.

»Ja, das kann man.«

Er trat näher zu ihr und beugte sich vor.

»Mistress Alyss!«

Sie ließ die Hände sinken. Seine Finger legten sich unter ihr Kinn, und sie musste ihn ansehen. In dem wettergegerbten Gesicht leuchteten seine blauen Augen wie Eis. Seine Stimme war leise, doch schwang ebenfalls tödliche Kälte darin.

»Mistress Alyss, es war ein dummer Räuber, der ihn erschlug. Er hat den Drachenstein weggegeben.«

Seine Verachtung tröstete sie eigenartigerweise. Ja, der Mörder war ein dummer Räuber. Und John of Lynne war ein kluges Raubtier. Dieses Wissen weckte etwas in ihr, was die ganze Zeit versucht hatte, an die Oberfläche zu kommen. Wut, Kränkung, Demütigung, Schuldgefühle, Trauer und Verbitterung wurden davon zur Seite gefegt. Hart war es, scharf wie Stahl, durchdringend wie eine frisch geschliffene Klinge.

»Gehen wir jagen, Master John.«

»Eure Augen lodern schwarz, Mistress Alyss. Ihr werdet mir eine gute Jagdhündin sein.«

»Falsch, Master John. Ihr werdet mir als Spürhund dienen.«

Einen Moment lang verhakten sich ihre Blicke, dann lächelte John nachgiebig.

»Gebietet, sanfte Herrin, mir.«

Sie glaubte ihm nicht, dass er sich gebieten lassen würde.

Aber sie ließ es vorerst auf sich beruhen.

21. Kapitel

In den jugendlichen Mitgliedern des Hauswesens war ebenfalls der Jagdtrieb erwacht. Nach Lauryns Erfolg bei der Entdeckung des Dracheneis setzten die anderen ebenfalls ihren Ehrgeiz darein, Beute zu machen. Allerlei Fährten tauchten auf, die getreulich John oder Alyss gemeldet wurden. Da war ein silberner Klapplöffel bei der Fygen gesehen worden, Ringe mit roten Steinen schienen ein beliebter Schmuck bei Ratsherrn und Schöffen zu sein – was nicht Wunder nahm, denn sie siegelten häufig damit –, zwei kupferbeschlagene Gürtel waren auf dem Markt gesichtet, ein leeres Messerfutteral am Rheinufer gefunden worden.

John ging diesen Meldungen gewissenhaft nach, doch keine Spur erwies sich als ergiebig.

Alyss hingegen verfolgte einen anderen Weg.

Oft genug war ihr die abergläubische Haushälterin mit ihren Bibelsprüchen und Amuletten, ihren eingebildeten Spukerscheinungen lästig gefallen. Gerade für Letztere fanden sich in ihren Augen weit einfachere Erklärungen als umgehende Poltergeister. Meist handelte es sich dabei um irgendwelche heimlichen Teufeleien von Malefiz, manchmal um nächtliche Raubzüge des immer hungrigen Hauswesens. Hildas kindlicher Glauben an Omen und Zeichen ließ sich aber nicht mit Argumenten beseitigen; das hätte Alyss auch gar nicht gewollt, denn er war harmlos, und zu anderen Zeiten belustigte er sie auch hemmungslos. Vor allem, wenn sie Marian von diesen Einbildungen erzählte.

Diesmal aber wollte sie Hildas Wissen nutzen.

»Es haben sich keine Unfruchtbarkeitszauber mehr in meinem Bett gefunden, nicht wahr?«

»Seit der Herr fort ist, sind sie ja auch nicht mehr nötig«, grummelte die Haushälterin und knetete schwungvoll Pastetenteig.

»Ganz richtig. Derjenige, der mir diese – mhm – Dinge in die Decken schmuggelte, weiß also, dass ich alleine bin.«

»Was wollt Ihr damit sagen?«

»Dass es wohl jemand aus dem Haus gewesen ist, Hilda!«

Der Teig wurde wütend auf die Tischplatte geklatscht, dass das Mehl aufstäubte.

»Wollt Ihr mir etwa unterstellen, ich hätte …«

»Aber nein. Niemals. Euch liegt doch an meinem Wohl.«

Hilda knurrte noch leise etwas, nahm aber ihre Knetarbeit wieder auf.

»Ich weiß nicht, wer es war. Aber mit deiner Hilfe könnte ich herausfinden, wer solche Zauber herstellt.«

»Nestel kann jeder knüpfen.«

»Das stimmt. Aber das verschrumpelte Hundedings findet man nicht an jeder Ecke.«

Energisch arbeiteten die kräftigen Hände der Haushälterin sich durch die zähe Materie und ihre Gedanken sich offensichtlich durch ein ebenso zähes Gewissen.

»Es gibt Zaubersche, die so etwas haben.«

»Natürlich gibt es Zaubersche. Du kennst sie doch bestimmt, diese weisen Frauen, die schützende Amulette herstellen oder heilende Tränke. Die aus den Linien der Hand oder den Sternen am Himmel das Schicksal zu deuten wissen.«

»Kann sein, kann nicht sein.«

»Ist bestimmt so. Wenn ich einen Rat eines solchen Weibes benötigte, Hilda, an wen sollte ich mich da wenden?«

»Gar nicht, Herrin. Das ist nichts für Euereins.«

»Hilda, man hat versucht, mein Ehelager unfruchtbar zu machen. Ich will mich davor schützen. Nicht hinterher mit Akelei und Bibelsprüchen in der Pastetenfüllung. Ich hätte gerne einen Fruchtbarkeitszauber. Der Herr wird bald zurückkommen, und du weißt, wie sehr ich mich nach einem Kind sehne.«

Das eine war gelogen, das andere nicht, aber Alyss beruhigte sich damit, dass der Zweck wohl die Mittel heiligte.

Hilda rang offensichtlich mit sich, schließlich aber nannte sie den Namen einer Frau, die sie schon hie und da aufgesucht hatte. »Kräutertränke bereitet sie. Gut gegen Husten und Gliederreißen.«

»Ein Kräuterweiblein?«

»Nicht nur. Hat auch Tränklein gegen Liebesleid und harten Leib und dafür, untreue Männer zu binden.«

»Ah, das hört sich vielversprechend an. Danke, Hilda. Wenn es so weit ist, werde ich sie ebenfalls wohl mal aufsuchen.«

Vorher allerdings wollte sie sich die Meinung einer weiteren Expertin dazu einholen. Sie begleitete Frieder und Tilo, die den Karren mit zwei Weinfässern beladen zum Adler fuhren, und verließ sie am Beginenkonvent.

Catrin war in ihrem Zimmer und machte einige Aufzeichnungen, Estella besah sich die Bilder in einem Brevier. Alyss wurde freundlich begrüßt, und auch die junge Witwe zeigte, dass sie sie wiedererkannte.

»Und unsere liebe Marianne?«

»Sie wollte den Tag bei ihrer Tante verbringen und ihr bei den Vorbereitungen helfen. Am Sonntag wird Taufe gefeiert, du erinnerst dich – Mechtilds Jüngste.«

»Allmächtiger, das hätte ich beinahe vergessen!«

»Denk daran, ein Taufgeschenk vorzubereiten.«

»Ich denke daran. Und nun, Catrin, sag mir, welche der Wehfrauen, die du kennst, handelt mit Kräutertränklein und Glückssteinen?«

Misstrauisch zog die Begine die Stirn kraus.

»Nicht ich, bewahre«, wehrte Alyss ab. »Andere haben, und ihre Quelle will ich wissen.«

»Die Köchin hat einen Claret nach dem Rezept deiner Mutter angesetzt. Wir wollen ihn probieren und sehen, ob er genauso gut schmeckt wie der ihre.«

Catrin schubste Alyss förmlich zur Tür hinaus.

»Kannst du Estella alleine lassen?«

»Inzwischen schon für kurze Zeit.«

Sie gingen über den Hof in das Küchenhaus, das im Augenblick leer stand. Lediglich Lilith, die schwarze Konventskatze, Enkelin von Teufelchen und Mutter von Malefiz, strich verlangend maunzend um ihre Beine. Rasch schenkte die Begine zwei Becher Würzwein ein und reichte einen davon Alyss.

Nachdem sie ihn gekostet und für gut befunden hatte, fragte sie nochmal: »Und?«

»Ich kenne ein, zwei Hebammen, die sich einen Nebenverdienst mit solchen Albernheiten verschaffen. Warum willst du das wissen, Alyss?«

»Zum einen, weil mir jemand Unfruchtbarkeitszauber ins Bett gelegt hat, zum anderen, weil eine Zaubersche in den Besitz von Roberts Drachenei gekommen ist. Ich will wissen, wer sie ist und von wem sie es bekam.«

Sie nannte die Frau, die Hilda erwähnt hatte, und Catrin nickte.

»Die kenne ich auch, und die Grit am Griechenmarkt. Soll ich mich für dich umhören?«

»Du kennst den Stein?«

»Er hat ihn mir gezeigt. Beschreiben kann ich ihn. Welchen Zauber soll er bergen?«

»Glückliche Geschäfte. Dafür ist er verkauft worden.«

»Ein glückliches Geschäft.«

»Das erste, sicher. Danke Catrin.«

»Nichts zu danken. Es ist wenig genug, das ich tun kann, um Roberts Seele Frieden zu schenken.«

»Catrin«, Alyss senkte ihre Stimme zu einem Flüstern, »Catrin, war er in der Nacht des Gaffelessens hier bei dir?«

Die Begine verschluckte sich an ihrem Wein, und Alyss musste ihr auf den Rücken klopfen, damit das Husten aufhörte.

»Nie und nimmer. Was denkst du von uns?«, stieß sie dann hervor.

»Ich dachte nur... Warum sollte er sich sonst hier in der Nähe aufgehalten haben?«

Catrin bekam runde Augen und wurde anschließend dunkelrot.

»D... du m... meinst, er w... wollte zu mir?«

»Vielleicht wollte er auch nur in deiner Nähe sein«, murmelte Alyss kaum hörbar und sah entsetzt, wie die Tränen über die Wangen ihrer Freundin flossen. Fest nahm sie sie in den Arm und drückte sie an sich. »Verzeih, ich bin so gedankenlos.«

Sie ließ ihre Freundin weinen, doch Catrin war ein Weib von großer Zucht und hatte sich bald wieder im Griff.

»Wahrscheinlich ist es ein tröstlicher Gedanke, Alyss. Ja, vielleicht ist es sogar ein tröstliches Wissen. Ich werde mich auch nach dem Drachenei erkundigen.«

»Erzähle auch Marian davon.«

»Ja, das werde ich tun.«

»Wie hält er sich angesichts der unzähligen weiblichen Geheimnisse, die es für ihn zu entdecken gibt?«

»Tapfer, Alyss. Aber ich verspüre mehr und mehr Unbehagen dabei, ihn mitzunehmen. Was, wenn er entlarvt wird?«

»Es würde Geschrei geben, ohne Zweifel.«

»Mehr als das, er könnte gefasst und verurteilt werden. Ich habe mich umgehört. Es stehen schwere Strafen darauf, wenn sich ein Mann als Wehmutter ausgibt.«

»Hast du es ihm gesagt?«

»Er lacht darüber. Aber ich habe ihm untersagt, mich zu ehrbaren Frauen zu begleiten. Bei den Dirnen mag es noch angehen. Sie haben kein Interesse daran, über ihre Geburten zu sprechen. Und – ja, Meisterin Clara weiß, dass er sich verkleidet, aber sie glaubt, er tut es nur Estellas wegen.«

»Das ist gut. Ich werde ihm dennoch ins Gewissen reden.«

Die Köchin kam schnaufend in ihr Reich und wuchtete einen Korb mit warmem Gebäck auf den Tisch.

»Und, Frau Alyss, genügt der Claret Euren Ansprüchen?«

»Er ist ebenso gut wie der meiner Mutter, Frau Tina. Aber ich selbst füge auch immer noch ein Quäntchen Weinraute hinzu.«

»Ah – natürlich. Eine gute Idee. Mögt Ihr einen süßen Wecken, Frau Alyss?«

Es gab Laster, denen zu frönen Alyss geschworen hatte zu widerstehen. Es gab viele, bei denen es ihr mit ihrem starken Willen gelang. Es gab andere, die sie nicht anfochten. Aber selbst der stärkste Wille konnte dann und wann zum Erliegen kommen. Wasser sammelte sich bei dem freundlichen Angebot der Köchin in ihrem Mund und drohte sie am Sprechen zu hindern.

Catrin lächelte, nahm einen süßen Wecken aus dem Korb und drückte ihn ihr in die Hand.

»Die Tochter ihrer Mutter möchte einen. Iss, Liebelein.«

»Sie sind unübertrefflich«, nuschelte Alyss mit vollem Mund.

Kurz darauf verabschiedete sie sich von den Beginen und eilte zum Adler. Von hier waren die jungen Helden jedoch bereits aufgebrochen, und so kehrte sie alleine nach Hause zurück. Schon von Weitem sah sie den Falken über dem Weingarten kreisen, doch nicht Frieder trug den Handschuh, sondern John, mit Marian an seiner Seite.

»Schwesterlieb, ich hörte, dass sich deine Sorgen zu mehren beginnen.«

»Wie eine Katze, die Junge bekommt.«

»Ihr habt eure Augen voll Misstrauen auf unseren wackeren Meister Pauli gerichtet, erfuhr ich.«

»Du selbst hast uns von seinem Liebchen berichtet.«

»Und nun hat das dumme Böcklein auch noch Tuche von ihm erstanden, die er gar nicht besitzen dürfte. Ich habe ihn nie für besonders klug gehalten, den guten Meister Pauli, das hier aber war dumm.«

»Möglicherweise war er sogar dumm genug, um jenen zu ermorden, dem die Ware rechtmäßig gehörte«, hörte Alyss John mit sanfter Stimme sagen.

»Nein!«

»Nein, Mistress Alyss?«

»Reinaldus Pauli mag nicht der hellste Kopf sein, aber er ist ein gutmütiger Mann und beliebt bei seinen Freunden und den Händlern. Er hatte keinen Streit mit Robert.«

»Doch, Schwesterlieb, er hatte.«

»Was?«

»Das weibliche Geschlecht neigt zur Schwatzhaftigkeit, und sowie ich Surkot und Gebende anlege, durchströmt mich die unbändige Lust an Klatscherei und Tändelei. Eine wundersame

Gabe, die mich fast bedauern lässt, als Mann zur Welt gekommen zu sein.«

»Das wird sich legen, wenn ein Weib Euch lockt. Oder möchtet Ihr mich noch einmal herzen, Marianne?«

»Möchtet Ihr darauf verzichten, in den nächsten Wochen die Schwälblein zu beglücken?«, schnurrte Marian.

»Was hast du herausgefunden, Bruder?«, unterbrach Alyss verärgert die Plänkelei.

»Oh, ich habe meine Ohren gespitzt und mit einem der Aufwärter beim Gaffelessen geplaudert. Nicht nur, dass es einen harschen Wortwechsel zwischen Pauli und Robert gab, nein, Reinaldus Pauli verließ auch das Haus Windeck kurz nach Euch, John. Er traf aber erst in den frühen Morgenstunden in seinem Heim ein.«

»Das kann alles Mögliche bedeuten.«

»Kann es, Schwesterlieb.«

Der Falke kam zurück auf Johns Faust, wurde belohnt, und bedächtig sagte John dann: »Ja, es stimmt. Es gab einen leisen Wortwechsel zwischen den beiden. Nicht eben freundlich, doch ich fragte Robert nicht danach, und er vertraute sich mir nicht an. Deshalb maß ich dem keine Bedeutung zu.«

»Er wird uns ohne Umschweife sagen, wo er sich in jener Nacht aufgehalten hat.«

»Gewiss wird er uns das sagen. Nur ob es der Wahrheit entspricht …«

»Und warum sollte er Robert ausgeraubt haben?«

»Vielleicht war er nicht alleine. Vielleicht hat jemand später den Leichnam ausgeraubt«

»Aber ein einmaliger Zank ist doch kein Grund …«

»Vielleicht war es kein einmaliger Zank, meine Schwester.«

»Ihr treibt mich in die Gruft!«, schnaufte Alyss und stapfte wutentbrannt zum Haus.

Und um das Maß vollzumachen, kam hier durch die Toreinfahrt krachend und kreischend, untermalt von dem Gejohle zweier junger Helden, der Frachtkarren geschlingert. Das schwere Zugpferd war in einen ihm höchst ungewohnten Galopp getrieben worden und drohte nun mit wildem Wiehern den Stall niederzutrampeln.

John war da, bevor sie schreien konnte. Mit aller Gewalt hängte er sich an das Geschirr des Gauls und murmelte dabei irgendwelche Zaubersprüche in dessen Ohr. Marian hatte sich an die andere Seite gehängt und wurde ein Stück über das Pflaster geschleift. Ein paar Hühner flohen federnlassend vor den schweren Hufen, Leocadie ließ quietschend den Korb mit Möhren fallen, Malefiz sprang geschmeidig auf das Scheunendach und beobachtete den Tumult mit glitzernden grünen Augen und peitschendem Schwanz.

Das Johlen auf dem Kutschbock war verstummt.

Das Pferd stand schnaubend und dampfend still und schüttelte nur ratlos seinen Kopf, dass die Schweißfetzen flogen.

Frieder kraxelte vom Kutschbock, Tilo folgte ihm mühselig.

Alyss trat vor.

Schweigend sah sie von einem Jungen zum andern. Sie schnüffelte.

»Bier!«, stellte sie nüchtern fest. Dann holte sie aus, und Frieder flog der Kopf nach hinten.

John hatte inzwischen das Zaumzeug losgelassen und war zu ihr getreten.

»Mistress Alyss, warum streichelt Ihr den jungen *scoundrel* auch noch? Gebt mir die Erlaubnis, mit ihm jenen Haselbusch aufzusuchen.«

»Ihr habt meine Erlaubnis, Master John.«

»Dann, Jung-Frieder, wähle die Gerte selbst.«

Mit hartem Griff wurde Frieder abgeführt.

»Dich, Tilo, bewahren nur die Krücken vor der Gerte. Ins Kontor, Pergamente abreiben.«

»Ja, Frau Alyss.«

Marian und Peer hatten inzwischen das Pferd ausgeschirrt und den Wagen untersucht. Peer machte ein bedenkliches Gesicht, als er die Achse in Augenschein nahm.

»Ruf den Wagner, Peer. Wir brauchen den Wagen beinahe täglich«, wies Alyss ihn an.

Marian schlenderte zu ihr hin.

»Strolche und Schelme, beide. Aber keine bösen Buben.«

»Nein, das nicht. Aber Strafe muss sein.«

»Es gehört einiges dazu, mit dem Wagen bei der Geschwindigkeit durch das Tor zu kommen.«

»Sicher. Aber Strafe muss ein.«

»Das Bier bei Franziska ist ein süffiges Gebräu.«

»Ich weiß. Aber Strafe muss sein.«

»Frieder wird im Stehen essen müssen.«

»Fürchte ich auch. Aber Strafe muss sein.«

Und dann lauschten beide.

Befriedigt nickte Alyss.

»Er hält sich gut.«

»Ja, gibt keinen Mucks von sich. Dabei dürfte Johns Hand nicht eben zu Zärtlichkeiten neigen.«

Irgendwie erinnerte sich Alyss bei dieser Bemerkung an Johns Finger, die sich sacht unter ihr Kinn gelegt hatten.

Harsch wies sie das Bild von sich.

22. Kapitel

In einem Teil des Gemüsegartens, aus dem die Haushälterin sich bediente, wuchsen die gebräuchlichsten Küchenkräuter. In der Nacht hatte es geregnet, und nun dufteten die Pflanzen in der aufgehenden Morgensonne. Alyss hatte einen flachen Korb, ein scharfes Messer, aber auch eine Hacke dabei, um die Beete in Ordnung zu bringen, Verblühtes abzuzupfen, hier etwas aufzubinden, dort etwas zurückzuschneiden. Die Minzen wucherten kräftig, ihr frischer Duft erquickte ihr Gemüt, der saubere Hauch von Lavendel und Melisse schmeichelte ihrer Nase. Die schwere Würze von Salbei und Thymian aber weckte ihre Erinnerung an fette Braten, und als sie die üppige Weinraute mit Bast zusammenband, sog sie zufrieden den fruchtigen Duft ein, der den zartfingrigen Blättchen entströmte. Malefiz knabberte zierlich an einigen Trieben der rosablühenden Katzenminze und gab dabei glückliche Laute von sich. Die letzen Regentröpfchen schimmerten in der Sonne, und von Wohlgeruch, Wärme und Schnurren eingehüllt hielt Alyss inne.

Noch lag das Hauswesen im Schlummer.

Sie war früher aufgewacht als sonst, und die Ereignisse des vergangenen Tages hatten sich in ihre schläfrigen Gedanken gestohlen. Zweimal hatte sie sich ruhelos in den Decken gewälzt, dann war sie leise aufgestanden, um in einfacher Gartenarbeit Ablenkung zu finden.

Verstohlen schlich sich ein feines Lächeln in ihre Mundwinkel. Trotz allem, der vergangene Abend war ungewöhnlich heiter verlaufen. Frieder und Tilo hatten ihre Strafen mannhaft hingenommen, sich entschuldigt, und danach war sie bereit gewesen, den Vorfall zu vergessen. Frieder allerdings musste noch eine Menge Hänseleien einstecken, denn tatsächlich zog er es vor, sein Essen stehend am Herd einzunehmen. Aber das schadenfrohe Interesse nahm ein Ende, als Tilo von ihrem Besuch im Adler berichtete. Er war dem neuen Knecht begegnet, wahrlich einem Riesen von einem Mann, der zwar bullenstark, aber von kindlichem Gemüt schien. Nur wenige Worte der deutschen Sprache beherrschte er, andererseits mochte er auch in seiner eigenen Zunge nicht eben beredt auftreten. Aber in der Schmiede ging er ungeheuer präzise mit dem Hammer um. Mit dem klobigen Werkzeug konnte er ebenso machtvoll wie auch geradezu zartfühlend das glühende Eisen bearbeiten. Stina war es, die aus ihm den einen oder anderen Hinweis auf sein Leben herausgelockt hatte. Sie beherrschte die friesische Sprache einigermaßen, schon weil in der Schankstube oft Nordmänner einkehrten. Sie erzählte den beiden Jungen bei dem einen oder anderen Humpen Bier – jenes Gebräu, das anschließend zu wilden Karrenfahrten anregte –, Yskalt sei vor einigen Wochen als Handelsknecht mit einem Tuchhändler eingetroffen. Es war seine erste Reise von der Küste ins Land, und er hatte die lebhafte Stadt so aufregend gefunden, dass er im Wik nachgefragt hatte, ob er nicht eine Weile bleiben könne. Von den nordischen Händlern aber hatte keiner eine passende Aufgabe für ihn, deshalb hatte man den Adlerwirt gefragt, ob er für einen Mann mit seinem Hammer Bedarf hätte.

»Nehmt euch nur in Acht, Jungmänner, dass ihr den Hammer eines Nordmanns nicht schmäht. Er ist das Wahrzeichen eines ihrer alten Götter«, mahnte John.

Frieder bestätigte das: »Ja, sagt Börn, Stinas Bruder, auch. Der Yskalt, er ist wohl noch ziemlich heidnisch. Börn hat mal den Hammer hochgehoben, und da hat er ihn mächtig angeblafft.«

»Dann kann er froh sein, dass er nur geblafft hat. Es gibt da eine alte Saga von Thor, dem rotbärtigen Asen, dem die Riesen seinen Hammer Mjöllnir stahlen.«

»Oh ja, die Geschichte hat Stina uns auch erzählt!«

Frieder hatte angefangen zu grinsen und dann Lauryn das Kopftuch abgeschwatzt. Und dann hatten John als in Brautlinnen gekleideter grimmer Thor und Frieder als listiger Loki eine Posse zum Besten gegeben, bei der das Hauswesen vor Lachen brüllte.

Noch immer musste Alyss kichern, als sie John als verkleidete schüchterne Freya vor sich sah, die vorgab, riesige Mengen zu vertilgen und mit furchtbaren Augen der Riesen Runde versengte. *Nie schaute man Bräute schärfer beißen, wie Feuer flammte es aus Freyas Blick*!

Er war schon ein rechter Schauspieler, dieser John of Lynne!

Langsam ließ Alyss die Finger durch die feuchten Kerbelblättchen gleiten und atmete den süßen Duft ein. Malefiz hatte es sich unter der Katzenminze gemütlich gemacht und ließ die Sonne auf seinen Pelz scheinen. Er zwinkerte ihr einmal zu und schloss dann die Augen. Für ihn war die Welt in Ordnung.

Für Alyss aber schlich sich die raue Wirklichkeit wieder in ihre Gedanken.

Am gestrigen Tag war erstmals ein sehr hässlicher Verdacht aufgetaucht, dem John nun mit verbissenem Eifer nachging.

Gut, er hatte in einigen Punkten recht. Es war nicht ausgeschlossen, dass Robert seinen Mörder kannte, denn der hatte ihn von Angesicht zu Angesicht erschlagen. Robert hatte Streit mit Pauli noch am selben Abend gehabt. Pauli hatte kurz nach Robert das Gaffelhaus verlassen und war erst morgens heimgekehrt. Pauli verkaufte unter der Hand Tuche, die möglicherweise aus Roberts gekaperter Ladung stammten. Pauli tat das wahrscheinlich, um Geld für seine Geliebte zu bekommen, von dem Frau Mechtild nichts wissen sollte. Und es war nicht auszuschließen, dass er die Ware von Arndt erhalten hatte.

Worüber hatten sie gestritten?

Wie viel hatte Robert gewusst?

War Reinaldus Pauli wirklich in der Lage, einen wehrlosen Mann zu erschlagen?

Die erste Frage würde man vermutlich noch beantworten können, der eine oder andere Teilnehmer des Gaffelessens mochte ein Wort davon aufgeschnappt haben. Am morgigen Sonntag sollte die Tauffeier von Mechtilds neugeborener Tochter stattfinden; es würden einige Vertreter der Tuchhändlerzunft anwesend sein. Alyss nahm sich vor, die Ohren zu spitzen.

Die zweite Frage würde wohl auf ewig unbeantwortet bleiben.

Zu der dritten aber konnte sie sich selbst eine Meinung bilden. Ihre Antwort lautete zunächst einmal: Nein, Reinaldus Pauli war nicht der Mann, der kaltblütig oder in blinder Wut einen anderen tötete.

Sie kannte ihn seit über sechzehn Jahren. Als er Mechtild heiratete, waren sie und Marian acht Jahre alt gewesen, naseweise Kinder, die die prunkvolle Hochzeitsfeier bestaunten, die ihr Großvater, der Baumeister und Stadtrat Conrad Bertolf, seiner Tochter ausgerichtet hatte. Reinaldus Pauli war ihnen liebenswürdig begegnet und hatte sich ohne Herablassung mit ihnen unterhalten. Später hatten sie ihre Tante Mechtild häufig besucht, und auch da behandelte er sie immer mit Freundlichkeit. Seit Alyss ihren eigenen Weinhandel führte, war er ihr treuester Kunde, nicht nur als Privatmann. Auch immer dann, wenn es für die Gaffel Wein zu liefern galt, zog er Weine aus ihrem Keller vor.

Tilo war pünktlich neun Monate nach der Hochzeit zur Welt gekommen, dann in Abständen von zwei, drei Jahren die nächsten Kinder. Nur auf das letzte hatten sie fünf Jahre gewartet. Reinaldus war ihnen allen ein liebevoller Vater, anders als manche anderen Männer nahm er sich ihrer Sorgen an, kümmerte sich um ihre Ausbildung, auch um die seiner Töchter. An Tilo hatte er seine bedächtige Art weitergegeben, wenngleich der Junge von gewandterem Witz zu sein schien.

Wenn Reinaldus Pauli auch keinen Ehrgeiz entwickelt hatte, sein ererbtes Geschäft auszuweiten, so war er doch als verlässlicher Kaufmann bekannt. Er hatte, soweit Alyss das überschauen konnte, sowohl einen festen Stamm an Käufern für seine Ware als auch zuverlässige Lieferanten. Er reiste selten nach London; die Geschäfte dort wickelten zwei Handelsgehilfen für ihn ab. Er sah seine Aufgabe eher darin, die Tuche an die ansässigen Schneider zu verkaufen. Nach London lieferte er ausschließlich Kölner Waren, darunter vor allem Seide und Harnische, beides begehrte Produkte aus Frauenhand. Alyss hatte den Verdacht, dass hier Frau Mechtild ihren Einfluss geltend gemacht hatte.

Mochte sich auch der Handel eher solide als wagemutig gestalten, so hatte sich Pauli doch ein hohes Ansehen in seinen Kaufmannskreisen geschaffen. Er kümmerte sich mit großem Eifer um die Belange der Gaffel. Keine Sitzung, kein gemeinsames Essen, keine Feierlichkeit, die er nicht plante und mit Erfolg durchführte. Vor allem aber nahm er sich selbstlos der Witwen und Waisen der Gaffelangehörigen an, richtete Beerdigungen aus, sorgte dafür, dass ihr Lebensunterhalt gesichert wurde, sah sich nach möglichen Ehekandidaten um. Auch die Reisenden und Besucher wurden von ihm betreut. Selbstverständlich hatten die Händler Estella Stalen zu ihm geführt.

Nein, Reinaldus Pauli war nicht der Mann, der einen Mord beging. Weder eigenhändig, noch würde er einen Schurken dingen.

Aber John sah es anders und würde alles daransetzen, ihm die Schuld nachzuweisen. Warum auch immer. Vielleicht wusste er ja mehr. Als Mann hatte er bessere Beziehungen zu den anderen Fernkaufleuten. Vielleicht hatte ihm Robert auch Hintergründe anvertraut, über die er mit ihr nicht gesprochen hatte. Er war verschlossen, der John of Lynne. Und er war ein blendender Schauspieler.

Na gut, das mochte sein, wie es wollte. Auch Alyss verfügte über ein Wissen und über Beziehungen, von denen sie Gebrauch machen konnte. Das Liebchen in der Schwalbengasse und die krummen Geschäfte nahm sie Pauli übel und würde daraus auch ihre Konsequenzen ziehen, vor allem, weil ihr Gatte darin verwickelt zu sein schien.

Aber was den Mord an Robert betraf, da würde sie eben versuchen, seine Unschuld zu beweisen.

Die Sonne war höher gestiegen, die Stadt erwachte zum Leben. Schon rumpelten Fuhrwerke vorbei, protestierte Müllers Esel, klapperten Eimer, wurden Läden aufgestoßen, Herdfeuer angefacht, Nachtgeschirre entleert.

Alyss wollte in die Küche gehen, um ihre Kräuter zum Trocknen auszubreiten, als sie Marian durch die Einfahrt kommen sah. Seine Schritte waren schleppend, seine Haare ungewohnt zerzaust.

Sie stellte den Korb auf einer Bank ab und eilte auf ihn zu.

»Marian, mein Bruder, hast du die Nacht durchgezecht?«

Ein müdes Lächeln flog über sein Gesicht.

»Sicher hätte ich es dann leichter überstanden. Nein, Schwesterlieb, ich brachte ein Kind zur Welt. Und nun frage ich mich unablässig, was sich der Allmächtige wohl dabei gedacht haben mag, den Frauen einen solchen Tort anzutun.«

»Der Sünde Lohn, mein Bruder. Den Männern hat er's einfacher gemacht. Aber er ist ja eben auch ein Vater.«

»Ich selbst habe Knochenbrüche und blutende Wunden davongetragen, man hat die Knochen gerichtet und die Wunden verarztet. Es war schmerzhaft, und doch war es mir zumindest zwischendurch vergönnt, in einen Dämmerschlaf zu verfallen. Seit gestern Nachmittag aber zerriss es dem armen Weib den Leib. Unablässig und in immer schnellerer Folge.«

»Lebt das Kind?«

»Beide, so behauptet Catrin, sind gesund und munter. Meine Diagnose hätte anders gelautet.«

»Weshalb es ein sehr nützliches Gesetz ist, das es den Männern verbietet, einer Geburt beizuwohnen. Sie nehmen Schaden an der Seele.«

»Offensichtlich sind wir das schwächere Geschlecht.«

Er setzte sich neben den Kräuterkorb und zerrieb ein wenig Majoran.

Alyss sah ihn mit einer Mischung aus mildem Spott und Mitleid an.

»Wir wollen schwänzen. Mir ist danach, meine Seele in dem großen Fluss zu baden. Warte hier, Marian. Ich stibitze uns ein Frühmahl.«

Hilda werkelte bereits am Kessel mit Grütze und maß Alyss vorwurfsvoll, als sie Brot, Käse, Pfirsiche und einen Steinkrug mit Apfelwein in einen Korb legte.

»Ich begleite meinen Bruder, Hilda. Zur Terz bin ich zurück.«

»Und was soll ich den Jungen und Mädchen sagen?«

»Das sie bis zur Terz frei haben und keinen Unsinn anstellen sollen.«

Marian nahm ihr den schweren Korb ab, und in stiller Übereinkunft wanderten sie die Witschgasse hinunter zum Rheintor. Hier wurden bereits Schiffe beladen, legten Kähne vom anderen Ufer an, schwankten Lastkarren und Träger unter Säcken und Fässchen.

Alyss und Marian nahmen einträchtig den Weg Richtung Bayenturm, und hinter der vorgelagerten kleinen Insel hörte auch das rege Treiben auf. Kurz vor dem letzten Turm der Stadtmauer wölbte sich eine kiesige Sandbank mit einigen Sträuchern in den Strom. Hier setzten sie sich nieder, um das Morgenlicht auf den leicht gekräuselten Fluten zu beobachten.

»Du wirst dich daran gewöhnen müssen, Bruderlieb, wenn du Frauen bei der Geburt beistehen willst«, meinte Alyss schließlich.

»Ich weiß. Vielleicht beim nächsten Mal.«

Sie nahm seine Hand in die ihre. Sie wusste, was es für ihren Zwillingsbruder bedeutete, die Schmerzen anderer ertragen zu müssen. Es war ihrer beider bestgehütetes Geheimnis.

Marian ließ sich auf den Sand fallen und streckte müde alle viere von sich. Alyss setzte sich zu ihm und bettete seinen Kopf in ihren Schoß. Sanft streichelte sie seine Wangen und seine schönen Haare. Er hielt die Augen geschlossen, und ganz allmählich entspannten sich seine Züge. Leise plätscherte das Wasser ans Ufer, draußen auf dem Rhein klapperten die Getreidemühlen, ein paar Enten begutachteten die Geschwister mit leisen Schnatterlauten. Marians Atemzüge wurden tiefer, und er schien in einen leichten Schlaf zu sinken. Mit einem zärtlichen Lächeln strich Alyss über seine Brauen und seine Stirn. Sie konnten einander Trost schenken, ohne viele Worte zu wechseln. Und auch ihr Herz wurde leichter, während sie den Schlummer ihres Bruders bewachte.

Die friedliche Stimmung hielt an, bis die Glocken von Kloster Sion die zweite Stunde kündeten. Doch dann weckte eine näselnde Stimme Marian auf.

»Verschwinde, lüsterne Dirne. Schon schlimm genug, dass ihr Huren eurem schmutzigen Geschäft im Schutze der Nacht nachgeht. Doch hier unter Gottes heller Sonne verführst du schon arglose Jünglinge. Fort mit dir, fort mit dir. Ich will dir Beine machen, du sündiges Weibsstück!«

Der Priester stieß der verdutzten Alyss in den Rücken, und Marian erhob sich, plötzlich hellwach und vibrierend vor Zorn, langsam aus seiner liegenden Stellung. Er stand auf und trat auf den wohlgenährten Mann zu, ein wenig kleiner als der und bei Weitem zierlicher. Dennoch machte der Priester einen Schritt zurück, als er vor ihm stand.

»Ihr aus schleimigem Krötenlaich entsprossene Kreatur, wagt es noch einmal, meine Schwester eine Hure zu nennen, und Ihr werdet lernen, wie es sich anfühlt, wenn Euer speckiger Kittel brennt. Ihr aus fauligem Brodem gezeugter Olm, wagt noch einmal in Eurem Leben, meine Schwester zu berühren, und ihr werdet keinen heilen Knochen mehr ihn Eurem fetten Leib haben. Ihr aus klerikalem Misthaufen gekrochenes Geschmeiß, wagt noch ein einziges Mal meine Schwester zu beleidigen, und ich will Euch eine Tonsur schneiden, die nie wieder zuwächst. Haben wir uns verstanden, Pfaffe?«

Marian hatte seine Stimme nicht erhoben, aber der Mann war bleich geworden. Dennoch wagte er aufzubegehren.

»Eure Schwester – das kann jeder behaupten.«

»Einen schwarzen Kittel kann auch jeder klauen. Euer Name, Pfaffe! Euer Sprengel oder Kloster!«

»Pater Ottokar von Brigiden«, schnaufte der Priester entrüstet. »Ich bin bestallter Gemeindepfarrer.«

»Solche Dummköpfe wie Euch beauftragt Abt Lodewig mit der Betreuung seiner Schäfchen? Er wird es überdenken müssen. Und nun seht zu, dass Ihr Euren Wanst aus meinem Blick bewegt.«

Damit drehte sich Marian um und sagte sanft: »Schwesterlieb, wir wollen prüfen, was du uns in diesem Korb versteckt hast. Dieser Morgen hat mich hungrig gemacht.«

»Kein Wunder, Bruder mein, dem hehren Kämpen gebührt nahrhafte Atzung. Setz dich und lass es dir schmecken. Die Pfirsiche sind süß und saftig, ich habe sie selbst gestern von unserem Baum gepflückt.«

Flink breitete Alyss das Leinentuch aus und richtete Brot, Käse und Obst darauf an. Der Priester war einige Schritte weitergegangen, beobachtete sie zwar noch, aber offensichtlich traute er sich nicht noch einmal, eine Rüge auszusprechen.

»Dann und wann, Marian, beschleicht mich der Eindruck, dass dir der allmächtige Vater doch die eine oder andere seiner Gaben in die Wiege gelegt hat«, murmelte sie, während sie dem Störenfried nachschaute.

»Mir, dem Mehlwurm unter seinen Füßen?«

»Ein ziemlich wehrhafter Mehlwurm. Das Donnerwetter eben hatte fast die Qualität eines unserer väterlichen Ungewitter.«

»Von denen sich noch kein einziges im Leben auf meinem Haupt entlud.«

»Ich würde mich darüber nicht beklagen, Bruderlieb. Sie hinterlassen den Delinquenten in geringerer Form als Mehlwürmer.«

»Ich weiß, ich weiß. Aber trotzdem dachte ich immer, ich hätte wohl das eine oder andere verdient. Aber mich hält er für zu nichtswürdig, als dass er mich noch kleiner hätte machen wollen. Alle Welt putzt er runter, sogar dich und Mutter hat er schon mit seinem Donnergrollen überschüttet. Nur mit mir hat er noch nie gescholten.«

Alyss bedachte ihren Bruder mit einem langen, nachdenklichen Blick.

»Ja, das stimmt. Hast du deshalb so oft mit andächtiger, bewundernder Miene seinen Predigten gelauscht, wenn er andere zu Staub zermalmte?«

»Es ist wie das Strafgericht des Herrn, gewaltig und erschütternd. Es verlangt Mut, ihm standzuhalten. Diesen Mut traut er mir wohl nicht zu.«

»Ach, Bruder mein, ich glaube nicht, dass er dich für schwach und nichtswürdig hält. Er liebt dich sehr, und vermutlich kann nichts, was du tust, sein Missfallen erregen.«

Sie reichte ihm einen Kanten Brot mit weichem Käse.

Er biss hinein und kaute besonnen. Dann schüttelte er den Kopf.

»Wenn er mich wirklich liebte, würde er wenigstens hin und wieder mal das Gericht über mich hereinbrechen lassen.«

Alyss gab ein schnaubendes kleines Lachen von sich.

»Die wenigsten Menschen würden sein Grollen als Liebesbeweis erachten.«

»Nein. Aber für mich würde es bedeuten, dass er mich wenigstens für Manns genug erachtet, es zu ertragen. Doch ich will dich nicht mit meinem Jammern betrüben, Schwester mein«, sagte er und biss noch einmal herzhaft in sein Brot. Mit vollem Mund nuschelte er: »Es gibt Wichtigeres zu berichten.«

»Oh. Ja, auch ich habe nachgedacht und Entschlüsse gefasst«, meinte Alyss und leckte sich den Pfirsichsaft von den Fingern. »Aber berichte du zuerst.«

Gestärkt von der kurzen Ruhe und der Speise richtete sich

Marian auf und nahm einen Schluck Apfelwein, um den Imbiss hinunterzuspülen.

»Bei der Dirne, die heute Nacht ihr Kind gebar, hielten sich einige ihrer Freundinnen auf. Man schwatzte wie üblich über die Gäste, die die Schwalben mit ihrer Gunst beglücken, und unsere Catrin war drauf sehr verschnupft, denn wie sich zeigte, hat auch Schwager Robert zu Zeiten ihre lauschigen Nestchen aufgesucht.«

»Das mag ihr wehe tun, mich empört es im Grunde nicht besonders. Er hat kein Keuschheitsgelübde abgelegt. Es wundert mich eher, dass er in jener Nacht John nicht begleitet hat.«

»Ah, John, den die Liebchen noch immer in bester Erinnerung haben. Aber wahr, Schwester mein, es wirkt verdützlich. Noch größer aber war mein Staunen daher, als ich an der Hand einer schönen Schwarzhaarigen Roberts roten Siegelring entdeckte.«

»Holla!«

»Richtig. Ich habe mit Rücksicht auf Catrin nicht gefragt, ob etwa Robert ihr dieses Kleinod geschenkt hat. Aber ihren Namen habe ich mir sagen lassen. Sie heißt Julika und stammt aus dem Osten. Eine ruhige Person, weniger derb als die anderen Dirnen und sehr hilfsbereit der Kreißenden gegenüber.«

»So könnte er doch in der besagten Nacht bei den Dirnen gewesen sein? Denn den Ring trug Robert noch, als er zum Gaffelessen aufbrach.«

»Wohl möglich, nur dann weiß John entweder nichts davon oder er will es nicht preisgeben. Wir werden ihn fragen müssen.«

»Das werden wir.«

Alyss klang grimmig, und Marian lächelte.

»Du oder ich?«

»Die Angelegenheiten der niederen Minne könnt ihr Männer miteinander disputieren. Es wäre auch ganz nützlich herauszufinden, welches der gastfreundlichen Schwälbchen unserem Reinaldus Pauli zugetan ist und von ihm Geschenke oder Münzen erhält.«

»Eine Aufgabe für einen ganzen Mann, denke ich, nicht für die züchtige Marianne.«

»Wohl wahr.«

Als sie den Inhalt des Korbes vertilgt hatten, erhob Alyss sich, schüttelte den Sand aus ihren Röcken und tauchte dann das Leinentuch ins Rheinwasser und wischte sich die klebrigen Finger an ihm ab. Marian nahm ihr das Tuch ab und tat es ihr gleich.

»Und bevor ich es vergesse – Catrin lässt dir ausrichten, dass die Zaubersche, die sie kennt, von einem Drachenei nichts wusste, aber sehr gerne eines besitzen würde.«

»John könnte, wenn diese wunderwirksamen Steine in seinem Lande auf jedem Acker liegen, hier sicher einen schwunghaften Handel damit betreiben. Ich hingegen werde dann wohl bei Gislindis mein Glück versuchen.«

Marian gähnte herzhaft.

»Und ich werde mich nun von den Mühen der Geburt ausruhen können. Danke, Schwesterlieb, für deinen Beistand. Ich begleite dich heim, und wir sehen uns dann morgen bei der Tauffeier.«

23. Kapitel

Mit einer gewissen inneren Erheiterung betrachtete Alyss die drei Chapeljungfern, die vor ihr knieten und andächtig der Messe anlässlich der Taufe von Mechtilds jüngster Tochter folgten. Sie hatten die neuen blauen Kleider angezogen, aber eine jede hatte das ihre auf eigene Art herausgeputzt. Hedwigis hatte es offensichtlich geschafft, den beiden anderen die Flinderlein abzuschwatzen, die sie von der ungeliebten Haube getrennt und zu gleichen Teilen den Mädchen geschenkt hatte. Jetzt blinkten die Goldflitter an ihrem Halsausschnitt. Den weiten Saum des Kleides hatte sie mit einer rotbraunen, goldbestickten Borte besetzt und an die Ärmel kleine Quasten aus goldgelber Seide genäht. Ihre braunen, langen Haare fielen offen über ihren Rücken und wurden von einem ebenso rotbraunen, mit Goldkordel umwickelten Chapel gehalten. Es war nicht die Farbzusammenstellung, zu der ihr Alyss geraten hätte, zu überladen flimmerte und glitzerte das Kleid, und die aufdringliche Farbe des Haarkranzes schmeichelte nicht eben ihrem blassen, mürrischen Gesicht mit der langen Patriziernase.

Lauryn hatte geschickter gewählt. Ihre weizenblonden Locken wurden von einem Kranz aus Kornblumen gehalten, das Blau des Kleides stand ihr gut zu Gesicht, und sie hatte lediglich eine schmale Borte mit einem Muster in Blau und Grün an Ausschnitt und Ärmel genäht. Diese Art von Bändern webte die alte Trude de Lipa unablässig, zweifellos hatte sie sie dem Mädchen geschenkt.

Leocadie aber, deren nachtschwarze Haare eigentlich so gar nicht zu dem Blau des feinen Tuches passen sollten, sah wie immer einzigartig aus. Sie hatte das Gewand mit einer zarten, weißen Seidenstickerei und einigen winzigen Staubperlen verziert und trug ein Chapel aus blauer Seide, in der eine einzelne rosafarbene Rosenknospe steckte. Sie bot ein Bild der Unschuld und Süße.

Tilo kniete ein paar Schritte weiter bei seiner Familie, und sein schafsgesichtiger Ausdruck zeigte mehr als deutlich, dass seine Gedanken nicht bei seiner jüngsten Schwester weilten, die soeben in die Obhut der Kirche aufgenommen worden war.

Alyss seufzte.

Dann aber fiel ihr Blick auf Reinaldus und seine Angehörigen. Der Täufling war inzwischen in ein warmes Tuch gehüllt worden und lag friedlich in den Armen seiner Mutter. Reinaldus selbst kniete dicht neben seiner Frau Mechtild und ließ dann und wann einen stolzen Blick über seine nunmehr fünf wohlgeratenen Kinder schweifen. Wie beliebt er in der Gemeinde war, zeigte sich daran, dass die Kirche zum Bersten voll war. Fast alle Gewandschneider waren anwesend, aber auch Schneider, Harnischmacherinnen und Seidweberinnen, einige Weinhändler, Baumeister und natürlich die Verwandten. Alyss hatte in seinem Namen auch John eingeladen, mit dem Hintergedanken, er möge sich ein besseres Bild von Reinaldus Pauli machen, den er, seit er von dem Ring bei den Dirnen erfahren hatte, wohl noch mehr verdächtigte. Gesagt hatte er es zwar nicht, aber seine Miene war undurchdringlich geworden, und er hatte gebeten, den Tag auf seine Weise verbringen zu dürfen. Sie nahm an, dass er sich in den Hurenhäusern am Berlich herumtreiben würde. Und zwar nicht nur, um Fragen zu stellen.

Aber gut, das war ja wohl seine Sache, nicht wahr?

Die Messe ging zu Ende, und mehr oder minder geschmeidig erhob man sich von den Knien, um den wohlverdienten

Schmaus im Hause Pauli einzunehmen. Alyss sammelte ihre Gefolgschaft um sich, die diesmal nur aus den drei Jungfern und Frieder bestand, da Tilo sich seinen Eltern angeschlossen hatte. Der Weg in die Bolzengasse war nicht weit, und es geschah kein größeres Unglück, als dass Lauryns Kopfputz verrutschte. Leocadie richtete ihn ihr mit kundigen Fingern.

Als man sich im Hause Pauli im Saal versammelte, mahnte Alyss noch einmal ihre muntere Schar, sich zurückhaltend und höflich zu benehmen und, mit einem strengen Blick auf Frieder, dem Bier und dem Wein fernzubleiben, dann widmete sie sich der Aufgabe, die sie sich für diesen Tag gestellt hatte – Befragungen durchzuführen. Ihr erstes Opfer war Peter Bertolf, Mechtilds Bruder, Hedwigis Vater. Mit seiner vornehmen Gattin Wiltrud wechselte sie einige belanglose Worte, ihre gegenseitige Abneigung aber führte dazu, dass Wiltrud sich gleich darauf auf die Suche nach ihrer Tochter machte.

»Macht sie dir viel Ärger?«, fragte Peter Bertolf Alyss leise.

»Nein. Hedwigis ist zwar gelegentlich etwas unwillig, wenn es ums Arbeiten geht, aber ich habe bemerkt, dass die beiden anderen Mädchen ihr manche Schmollereien austreiben. Sie ist noch jung, Meister Peter.«

Der jüngere Stiefbruder ihrer Mutter, jetzt Ende dreißig, hatte vor einigen Jahren die Nachfolge seines Vaters angetreten und war inzwischen ein Baumeister von gutem Ruf, der sein Handwerk vorzüglich verstand. Den Ehrgeiz, eine Rolle in der Stadtpolitik zu spielen, hatte er nicht von Conrad Bertolf übernommen, er widmete seine Energie lieber immer größeren Bauwerken und liebäugelte natürlich auch mit dem Dom. Aber noch herrschte Dombaumeister Andreas von Everdingen über die Bauhütte der Kathedrale, und das erst seit sieben Jahren, sodass sich Meister Peter noch etwas gedulden musste.

Alyss erkundigte sich nach seinen derzeitigen Bauvorhaben, hörte aber nur mit einem halben Ohr zu, was ihr ein spöttisches Lachen einbrachte.

»Deine Mutter würde an meinen Lippen hängen, Alyss, aber dich langweile ich nur mit Maßwerk und Wimpergen, tragenden Säulen und Kreuzkuppeln.«

Beschämt grinste Alyss ihn an.

»Ich fürchte, ja.«

»Nun, was interessiert dich mehr, Mädchen? Der Unfug, den meine restlichen Blagen treiben, eine Weinlieferung an meinen Keller oder die Nachkommenschaft unseres Hauskaters?«

»Wenn Ihr mich schon so fragt, Meister Peter, dann erzählt mir doch mal, was Ihr von Eurem Schwager Reinaldus haltet.«

»Für Klatsch und Tratsch ist Wiltrud zuständig.«

»Mit ihr will ich aber nicht tratschen. Ich möchte tatsächlich Eure Meinung hören, denn wie es heißt, hat er mit dem Bruder meines Mannes einen Streit gehabt.«

Der Baumeister kniff ein wenig die Augen zusammen, als ob er die Höhe einer Mauer abschätzen wollte. Dann nickte er.

»Robert van Doorne, ich verstehe. Sein Mörder ist noch nicht gefunden.«

»Nein.«

»Misch dich lieber nicht ein, Mädchen. Mit solchen Sachen ist nicht zu spaßen.«

»Ich mische mich nicht ein. Aber Roberts Geschäftspartner hegt einen Verdacht gegen Pauli. Ich will ihn nur entkräften.«

Der Raum war inzwischen übervoll, das Gedränge unangenehm und der Geräuschpegel hoch.

»Gehen wir in den Hof, Alyss.«

Sie folgte dem Baumeister und schnappte erleichtert nach

Luft, als sie in dem inneren Geviert standen. Hier hatte man unter dem hellen Himmel lange Tische aufgestellt, mit weißem Leinen bedeckt, und die Mägde waren bereits dabei, Krüge mit Wein und Körbe mit Brot herbeizuschaffen. Alyss zog sich einen Schemel herbei, und Meister Peter setzte sich auf den gemauerten Rand des Brunnens.

»Reinaldus ist ein guter Kerl, das weißt du selbst, Alyss. Nicht so helle, wie er sein könnte, aber ordentlich und ehrlich.«

»So habe ich ihn auch immer erlebt, aber es muss eine Auseinandersetzung mit Robert gegeben haben. Ihr kommt häufiger zusammen, Meister Peter, das weiß ich von Eurer Schwester Mechtild. Hat er irgendwann mal etwas über Robert verlauten lassen?«

Einige Falten bildeten sich plötzlich auf der Stirn des Baumeisters.

»Nein, nie. Zumindest nicht in den Jahren, in denen er mit ihr verheiratet ist. Nur – es ist eine uralte Sache da, aber das Vorkommnis ist schon lange vergessen.«

»Was, Meister Peter?«

Er atmete unwillig aus und hob dann die Schultern.

»Der alte Martinus Pauli hatte Robert zu seinem Lehrjungen gemacht.«

»Ja, das weiß ich. Sie scheinen sich gut verstanden zu haben.«

»Ja, das haben sie wohl. Bis auf einen Punkt. Robert hat damals … ähm … also … mhm …«

»Was, Meister Peter? Eine sündige Verfehlung?«

»Nein, nein, das nicht. Aber um Himmels willen, behalt das für dich, Alyss. Robert hat damals sehr ernsthaft um Mechtild geworben.«

»Allmächtiger!«, entfuhr es Alyss leise. Und lauter setzte sie hinzu: »Aber der alte Pauli hat es verhindert?«

»Richtig. Er hat mit unserem Vater die Ehe zwischen Reinaldus und meiner Schwester ausgemacht. Ich weiß noch sehr genau, wie unglücklich Mechtild damals war.«

»Puh ...!«

»Bitte schweig darüber, Alyss.«

»Sicher. – Nur... Könnte das heute noch ein Grund für den Streit zwischen den beiden Männern gewesen sein?«

»Ich weiß es nicht, Mädchen. Eigentlich kann ich es mir nicht vorstellen. Robert war oft hier im Haus anzutreffen – ich hatte den Eindruck, als guter Freund der Familie. Und Mechtild hat er häufig bei der Buchführung geholfen.«

Alyss nahm das mit Unbehagen zur Kenntnis, ließ es sich aber nicht anmerken. Ihre Unterhaltung wurde sowieso allmählich schwierig, denn immer mehr Gäste erschienen im Hof, um ihre Plätze auf den Bänken einzunehmen.

»Gehen wir nach oben, Alyss, Mädchen. Ich bin der Pate und muss am Ehrentisch sitzen, und du wirst sicher bei deinen Eltern Platz finden.«

Im Saal war für die Familie ein langer Tisch gedeckt, Silber und Zinn, Kupfer und Glas schimmerten darauf, Sommerblumen und grüne Zweige schmückten den leeren Kamin, durch die geöffneten Fenster wehte eine leichte Brise, die die Essensdüfte durcheinanderwirbelte. Weil Alyss ein wenig zu spät kam, konnte sie sich nicht mehr zu ihren Eltern setzen und blieb am unteren Ende des Tisches bei einigen Gewandschneidern und ihren Frauen. Während des üppigen Mahls musste sie ihre Befragung einstellen und lauschte daher, ohne sich selbst besonders zu beteiligen, dem oberflächlichen Geschwätz, das sich bei den Frauen um Kinderkriegen, Haushaltsführung und Kleider und um Stoffpreise, -qualitäten und Zahlungsmoral auf Seiten der Männer drehte.

Dann aber geschah etwas, was alle Anwesenden in sprachloses Staunen versetzte.

Zwei verspätete Besucher wurden angemeldet.

Ritter Arbo von Bachem und seine Schwester Gerlis.

Beide waren Freunde Mechtilds seit Kindertagen, denn Gerlis, das Kind mit dem Teufelsmal, hatte einst Almut vor einem Verbrechen gerettet und ihrer Stiefmutter in Obhut gegeben.

Jetzt war Gerlis eine edle Dame, eben zwei Jahre älter als Alyss, stolz und schön und von so warmherziger, kluger Gesinnung, dass niemand zu bemerken schien, wie sehr das rote Mal ihre Wange entstellte. Ihr Bruder aber, der Ritter Arbo, ihr fünf Jahre voraus, war der heimliche Traum einer jeden Jungfer. Dunkle Locken umspielten sein ernstes, edel geschnittenes Antlitz. Hochgewachsen, geschmeidig, in einen rot-silbernen Wappenrock gekleidet, ließ er seinen Blick über die Festgesellschaft schweifen. Und der blieb am Ende des Saals an einem blauen Gewand hängen. Hier erhob sich lieblich errötend Leocadie und trat einen zögernden Schritt vom Tisch fort, die Augen züchtig gesenkt.

Niemand sprach, niemand rührte sich, die Mägde verhielten in ihren Tätigkeiten, die Esser im Kauen, die Trinker im Schlucken.

Langsam ging der junge Ritter zwischen den Reihen der Gäste auf die Jungfer zu, beugte die Knie vor ihr und sah sehnsüchtig, doch wortlos zu ihr auf. Mit einer anmutigen Bewegung zog Leocadie die Rosenknospe aus ihrem Haarkranz und reichte sie dem Ritter.

Er drückte die kleine Blume an sein Herz und sprach:

»Blumen, Laub, Klee, Berg und Tal
und des Maien sommersüße Wonne,
sind farblos gegen dieser Rose Wahl,
die meine Herrin trägt: die lichte Sonne
erlischet in den Augen mir,
wenn ich die Rose schaue,
die blühet aus dem Mündchen rot
wie Rosen aus des Maien Taue.«

Alyss seufzte.

Sie tat es nicht alleine.

Doch dann wurde die Vorstellung der reinen, hohen Minne jählings unterbrochen, denn Tilo sprang auf, vergaß seine Krücken, stolperte, fiel gegen den Tisch, und mit lautem Scheppern stürzten Becher und Kannen um.

Der Zauber war gebrochen, Leocadie schlüpfte an ihren Platz zurück, der Ritter und seine Schwester machten der Familie des Täuflings ihre Aufwartung und überreichten ihr Taufgeschenk.

Als wäre dies ein Zeichen, dass der offizielle Teil des Festes beendet war, erhoben sich die anderen Gäste, um sich zu neuen Gruppen und Grüppchen zusammenzufinden. Alyss wollte sich zu Tilo durchdrängen, doch den hatten bereits Lauryn und Marian in Beschlag genommen. Also ließ sie sich von der Menge treiben, und die spülte sie an den Felsen in ihrem Leben. Grau von Gewand, schwarz von Brauen dräute er über ihr und bot ihr Halt und Stütze im Gewoge der Leiber.

»Allmächtiger Vater, was für eine Vorstellung!«, murmelte sie an seine Brust gedrückt. Darin grollte es, vermutlich von unterdrücktem Lachen.

»Suchen wir das Weite, Tochter. Hier im Strudel der Gefühle kann einen der Schwindel ankommen.«

Zum zweiten Mal an diesem Tag floh Alyss in den Hof, doch

auch hier war inzwischen ein lautstarker Trubel ausgebrochen, und mit zielsicherer Hand geleitete Ivo vom Spiegel sie durch eine Seitentür in den wohlgepflegten Küchengarten der Hausfrau.

»Nun, Kind? Du machst dich rar in letzter Zeit. Seit der Beerdigung deines Schwagers haben wir uns nicht gesehen. Wo ist dein Gatte?«

»In der Pfalz, Herr Vater.«

»Er gehört an deine Seite.«

»Ich habe nicht nach ihm geschickt.«

Ein vorwurfsvoller Blick aus strengen, grauen Augen traf sie, aber sie hielt ihm stand.

»Hast du nicht.«

»Nein, Herr Vater. Er liebte seinen Bruder nicht, und eine Hilfe hätte er mir nicht geboten.«

Die Strenge wandelte sich in Besorgnis.

»Was stimmt nicht in deiner Ehe, Tochter?«

»Es steht alles gut.«

»Nein, das tut es nicht. Deine Mutter bekommt Sorgenfalten, wenn sie von dir spricht.«

Alyss rang einen Augenblick mit sich, denn die Gelegenheit war günstig, ihm zumindest einen Teil ihrer Sorgen anzuvertrauen. Doch dann entschied sie sich dagegen. Ivo vom Spiegel war ein Mann von Macht, Einfluss, Reichtum und Charisma. Würde sie von Arndts krummen Geschäften sprechen, wäre ihr Gatte schon bald nichts weiter als eine Schliere Hühnerkacke im lehmigen Boden ihres Hofes. Grundsätzlich hatte sie gegen diese Vorstellung nichts einzuwenden, aber sie wollte diesen Zustand aus eigener Kraft herbeiführen. Daher lehnte sie sich nur stumm an ihren Vater und genoss das Gefühl der Geborgenheit, als er sie fest mit den Armen umschloss. Wie immer roch er ein wenig nach Holz- und Weihrauch, da ihre Mutter Duftkugeln in seine Kleidertruhe legte. Vielleicht war das die letzte Erinnerung an seine Zeit als Benediktiner und ihr größter Liebesbeweis. Alyss aber war der Geruch von Kindheit her an ihm vertraut, und sie verband ihn ebenfalls mit tiefer, verlässlicher Liebe. Ihr Vater brauchte ihr nicht zu sagen, dass er sie verstand, und darum murmelte sie nur leise: »Danke, Papa.«

Es war nun das Grummeln des Einverständnisses, das sie in seiner Brust spürte.

Eine kleine Weile blieb sie noch in seiner Umarmung, dann löste sie sich und sah ihn mit vorwurfsvoller Miene an.

»Herr Vater, mein Bruder klagt darüber, dass Ihr nie ein Donnerwetter über ihn ergehen lasst.«

»Bitte?«

»Er glaubt, Ihr hieltet ihn nicht für Manns genug, das auszuhalten.«

»Was für eine törichte Vorstellung. Er war nur nie so aufsässig wie du.« Aber dann hielt Ivo vom Spiegel inne, und seine schwarzen Brauen zogen sich zusammen. »Mhm«, brummte er. »Er war sehr schwach, als er heimkehrte.«

»Das war er, doch jetzt ist er genesen, Herr Vater.«

»Und widmet sich mit Eifer der Heilkunst.«

Ja, es war Verrat an Marian, ja, er würde es ihr nicht danken, und ja, das, was sie jetzt vorhatte, hatte sie noch nie getan, und es war ein Vertrauensbruch. Aber vielleicht …

»In Frauenkleidern.«

»Tochter?«

»Als Hebamme.«

Dräuendes Schweigen.

Dann: »Das habt ihr gemeinsam ausgekocht?«

»Ja, Herr Vater. Mit Catrins Hilfe.«

»Ihr wisst, wie gefährlich das ist?«

»Ja, Herr Vater. Aber sie sind sehr vorsichtig.«

»Das will ich auch hoffen.«

Zufrieden zupfte Alyss eine Erbsenschote ab. Dann lächelte sie ihren Vater an und freute sich über das Fältchengekräusel in seinen Augenwinkeln. Man konnte sich *immer* auf ihn verlassen – das Donnerwetter würde zur rechten Zeit ihren Bruder erwischen.

Dann aber wurde Ivo vom Spiegels Miene wieder ernst, und er fragte: »Täuscht mich übrigens der Eindruck, oder seid ihr nichtsnutzigen Zwillinge damit befasst, auf eigene Faust Roberts Mörder zu finden?«

»Wie kommt Ihr darauf, Herr Vater?«

»Weil es kein anderer tut. Und ich schließlich noch immer Augen und Ohren habe.«

Es klang wahrhaftig nicht so, als ob er es guthieße. Mit trotzig erhobenem Kinn erwiderte Alyss daher: »Ihr und unsere Frau Mutter habt früher auch Verbrechen aufgeklärt!«

»Und uns in Lebensgefahr begeben.«

»Und Unschuldige gerettet.«

»Wen willst du retten, Kind?«

»Unschuldige, Herr Vater. Wenn ich bei dem Vogt vorstellig werde, wird der Tropf nur wieder irgendwelche Bettler und Fahrenden aufgreifen und sie verhören. Den tumben Knecht, der Robert gefunden hat, hält er noch immer im Kerker gefangen.«

»Nicht mehr lange.«

»Danke.«

»Welchen Unschuldigen noch?«

Alyss knabberte eine der süßen Erbsen aus der Schote und überlegte sich ihre Worte gut. Man musste sorgsam auf seine Formulierungen achten, wenn man Ivo vom Spiegel etwas vortrug. Ihr Vater war viel zu klug. Und er kannte sie viel zu gut – was sie nicht aussprach, deutete er mit Leichtigkeit zwischen den Zeilen. Erst nach der dritten Erbse hatte sie sich entschieden, wie sie es angehen wollte.

»Herr Vater, zwischen meinem Gatten und seinem Bruder herrschte immer eine gewisse Spannung. Kennt Ihr einen Grund dafür? Wisst Ihr, wo die Ursache liegt? Beide haben mit mir nie über ihr Verhältnis gesprochen.«

Ivo vom Spiegel ließ sie stehen und wanderte zwischen den Reihen aufgebundner Bohnen entlang. Am Ende des Beetes kehrte er wieder um. Alyss sah ihm erwartungsvoll entgegen. Auch er wählte seine Worte bedachtsam, das wusste sie. Und er würde auch gründlich darüber nachgedacht haben, warum sie diese Frage stellte.

»Ich habe Arndt und Robert vier Jahre nach eurer Geburt kennengelernt. Damals hatte Arndt den Weinhandel seiner Eltern geerbt und mit Leon über Lieferungen aus Burgund verhandelt. Leon war von seiner Kenntnis in Weinanbau und Kelterei beeindruckt.«

Alyss nickte. Ein Gespür für Wein hatte ihr Gatte.

»Ich habe mich damals nicht weiter um ihn gekümmert, nur mitbekommen, dass er seinem Bruder die Möglichkeit verschaffte, bei Martinus Pauli den Tuchhandel zu lernen. Das erschien mir klug, denn wenn man Wein nach England ausführen will, sind englische Tuche ein gutes Tauschprodukt.«

»Richtig.«

»Aber Robert hat seinen eigenen Weg gewählt. Das hat Arndt enttäuscht.«

Alyss, die von Catrin eine andere Version gehört hatte, schwieg dazu. Auch die ihres Vaters mochte ein Quantum Wahrheit enthalten.

»Dein Gatte ist ein großzügiger und gutmütiger Mann, Tochter. Er hat die Witwe de Lipa geheiratet und ihren Sohn angenommen, um ihren Handel weiterzuführen. Die de Lipa sind keine vom Schicksal begünstigte Familie, und die Witwe war nicht so geschäftstüchtig wie du, Kind.«

»Möglich.«

»Nur wenige Frauen und auch nur wenige Männer haben so viel Geschäftssinn wie du«, brummelte Ivo leise und setzte dann hinzu: »Uns hat dein Gatte in den Jahren des Aufruhrs sehr geholfen. Er hat klaglos den Boten zwischen Burgund und Köln gespielt, Nachrichten, Briefe und Geschenke auf seinen Reisen mitgenommen.«

»Stimmt.«

»Robert hat sich während dieser Zeit überwiegend in England aufgehalten.«

»Unter Umständen nicht unklug.«

»Arndt hatte einen anderen Ausdruck dafür.«

»Alles das zeigt, dass die Brüder über manche Dinge unterschiedliche Auffassungen hatten. Aber nicht, warum das so war.«

»Nein, das erklärt es nicht. Aber auch Geschwister können von unterschiedlichem Charakter sein. Ich kannte Robert zu wenig, Tochter, um auch nur Vermutungen anzustellen. Wer ist sein Erbe?«

»John of Lynne.«

»Das Zerwürfnis muss sehr tief gewesen sein.«

Alyss nickte, aber kommentierte es nicht, sondern bat nur: »Schweigt bitte darüber, Herr Vater. Arndt soll es nicht durch Gerüchte erfahren.«

»Natürlich.« Und dann fragte er: »Du und Marian nehmt an, dass Robert sich Feinde gemacht hat?«

»Sagen wir so – an den unbekannten Straßenräuber mögen wir nicht recht glauben. Aber tatsächlich haben wir keine andere Spur. Wir versuchen die Gegenstände zu finden, die Robert geraubt wurden. Zwei Dinge haben wir schon gefunden, aber wie sie zu ihren neuen Besitzern kamen, ist noch unklar.«

»Du wirst mir berichten, wenn eure Spuren deutlicher werden!«

Das war ein Befehl. Und – ja – sie würde ihn befolgen. *Wenn* die Spuren deutlicher wurden.

»Und nun, Tochter müssen wir uns wieder unter das Volk mischen; man wird uns vermissen. Dein Hauswesen wird sich in Aufwallung befinden.«

»Allmächtiger, ja. Leocadie, Tilo! Ei wei!«

»Der Ritter ist ein ehrenwerter Mann, Kind. Sollte seine Bewerbung Bestand haben, wird mein Sohn nichts gegen ihn einzuwenden haben.«

»Hilft nix gegen Tilos gebrochenes Herz. Das kann man nicht mit Schienen, Salben und Krücken heilen.«

»Dann steh ihm bei, Kind, denn: ›Wer Herzeleid allein muss tragen, der Mann darf wohl von Nöten sagen.‹«

»Wie Freigedank sagt, ja, Herr Vater. Ein weiser Mann.«

24. Kapitel

Das Hauswesen muckte!

Nichts lief an diesem Vormittag so richtig, wie es sollte.

Leocadie nahm die Welt noch weniger wahr als sonst. Verträumt flüsterte sie minnigliche Verse vor sich hin, zupfte einer Marguerite die Blütenblätter aus und versuchte daraus ein Orakel abzuleiten. Dabei entging ihr völlig die blutende Wunde, die sie geschlagen hatte.

Tilo saß mit finsterster Miene im Kontor, und wie sein eigenes Herzblut tropften die Tintenkleckse auf das teure Papier. Alyss hatte versucht, ihn aus seinem Jammer zu reißen, doch der ging zu tief. Tilo wollte nicht getröstet werden. Er wollte leiden!

Sie schickte ihn in den Weinkeller, Fässer zählen. Mochte er im Halbdunkel der kühlen Gewölbe sein Leid aus sich hinausschluchzen.

Hedwigis, von ihrer Mutter mit frischem Hochmut versehen, versuchte sich den fälligen Aufgaben zu widersetzen, und die Fäden, die sie am Spinnrad erzeugte, waren noch knotiger als gewöhnlich. Alyss schickte sie schließlich in den Stall, die Hühner füttern. Dort aber streute sie die Körner so heftig aus, dass das Federvieh gackernd davonstob. Sie handelte sich damit einen Rüffel von Hilda ein und brach in trotzige Tränen aus.

Magister Hermanus schmollte, weil er nicht zur Taufe eingeladen worden war, Lauryn hatte sich in den Finger geschnitten, Peer hatte sich mit dem Karrengaul angelegt und einen Huftritt erhalten, Hilda schlug auf den Brotteig ein, als sei er ebenso widerspenstig wie die kecke Magd, die drei Eier zerbrochen hatte, und Frieder pflegte, trotz strengster Mahnung vor alkoholischen Getränken, einen dämonischen Kater.

Auch Alyss plagten drückende Kopfschmerzen, denn das Wetter war schwer und schwül geworden, und ihre Gedanken schienen durch zähen Morast zu waten. Klarheit hatte ihr der vorherige Tag nicht gebracht, sondern weit mehr Zweifel.

Beispielsweise die einstige Verbindung zwischen Robert und Mechtild. Eine Ehe wurde nicht aus Liebe geschlossen – dennoch existierte dieses Gefühl und hielt manche Menschen gar heftig in ihren Klauen. Wie es schien, hatten Robert und Mechtild sich oft alleine im Kontor getroffen. War hier die Versuchung ihr Begleiter gewesen? Oder fußte darauf eine ungerechtfertigte Eifersucht bei Reinaldus?

Die Tinte trocknete an der Feder, während sie über diese Zusammenhänge brütete. Nur höchst ungern würde sie John of Lynne diese Gedankengänge mitteilen, denn das wäre für ihn ein weiterer Hinweis auf Paulis Schuld. Und dennoch, wenn sie den Mord aufklären wollten, mussten sie ehrlich zueinander sein. John war in der Frühe bereits aufgebrochen, um seinen Geschäften nachzugehen. Immerhin mussten Roberts und seine Waren verkauft und andere für den Markt in England erworben werden. Wenn er zurückkam, würde sie das Gespräch mit ihm zu suchen haben.

Missgelaunt warf Alyss die Feder hin und schloss den Registerband. Mit beiden Händen rieb sie sich die Schläfen, aber vertreiben konnte sie die Dumpfheit nicht. Vielleicht half ein Gang auf den Markt, überlegte sie schließlich. Da war noch das Drachenei, das es zu verfolgen galt, und hier mochte Gislindis eine Quelle des Wissens sein.

Sie ließ sich von Hilda aufzählen, was von den Händlern benötigt wurde, packte resolut die beiden großen Weidenkörbe und machte sich trotz der Proteste der Haushälterin über die Schicklichkeit ihres Unterfangens auf den Weg zum Alter Markt. Zwei Bürsten hatte sie schon erstanden und einen Topf Honig, wollte eben beim Federschneider ein Dutzend neuer Schreibfedern kaufen, als sie des Schellenklangs und der fröhlichen Stimme der Scherenschleifertochter gewahr wurde.

»Stumpfen Stahl und rostig Eisen,
dafür kann man niemand preisen.
Kein Schnitt muss Euch nun mehr misslingen,
Mats Schlyffers lässt die Klingen singen.«

Aufreizend schwenkte Gislindis ihren Kittel und ließ ihre staubigen, aber hübschen Beine sehen. Es verfehlte nicht die Wirkung auf einige Gaffer. Doch als einer der Gecken nach ihr haschte, hatte er flugs ein scharfes Messerchen vor der Nase und erhielt den freundlichen Hinweis, dass deren Spitze der Qualität des wohlgeschliffenen Eisens zum Opfer fallen würde, sollte er ihr noch einmal in den Allerwertesten kneifen.

Das Gelächter der anderen war Gislindis sicher, und schon näherten sich einige ernsthaftere Kunden ihrem Vater, der frohgemut den Schleifstein in Bewegung setzte.

Alyss trat näher und winkte Gislindis zu sich. Mit einem breiten Lächeln und schwingenden Hüften kam die junge Frau zu ihr.

»Nun, wohledle Dame, habt Ihr stumpfes Eisen zu schleifen oder scharfe Fragen zu stellen?«

»Unsere Eisen hat Mats vor einigen Tagen geschärft. Mir hast du einen geschliffenen Rat gegeben, und drum möchte ich noch eine Frage stellen.«

»Zeigt Euer Pfötchen vor, edle Frau, ich will Euch lesen, wenn ein Silberling drauf liegt.«

Damit hatte Alyss gerechnet und ließ die kleine Münze zwischen ihren Fingern aufblitzen. Gislindis nickte und führte sie zu dem Hocker neben Mats' Schleifstein. Auf dem grellte Metall, und so konnten nur sie beide hören, was zu beraten war. Der Form halber reichte Alyss Gislindis ihre Linke, während das Mädchen sich zu ihren Füßen niederließ und diesmal gründlich die Innenfläche zu studieren schien.

»Ihr grämt Euch noch immer und habt wieder nicht empfangen. Wenn Ihr eine Zaubersche sucht – und das tut Ihr doch? –, dann geht zu einer alten Bekannten. Sie versteht sich aufs Weben von Bändern und Knüpfen von Nesteln«, murmelte sie, ohne aufzusehen. Dann aber hob sie den Kopf, und ihre verwirrenden Augen hefteten sich auf Alyss Gesicht. »Ihr habt eine hübsche Schwester, wohledle Dame, doch sie sollte nicht zu oft bei den Vögelchen weilen. Manche Kauze haben scharfe Augen.«

Alyss biss sich auf die Unterlippe. Tatsächlich, manche Kauze, die nächtlich in der Stadt umherflatterten, mochten zu viel sehen und Falsches daraus schließen. Das hatte sie noch gar nicht bedacht. Und so mehrte der Besuch bei Gislindis ihre Sorgen. Dennoch nickte sie, reichte ihr das Silberstück und sagte: »Hab Dank für deinen Rat. Er ist wie immer nützlich.«

»Kommt wieder, wenn Ihr mehr wissen müsst.«

Noch einmal nickte Alyss, nahm ihre Körbe auf und tätigte die restlichen Einkäufe.

Hinter ihr verklang der fröhliche Gesang.

Ein wenig linderte der Marktgang Alyss' schmerzenden Kopf, und ein fruchtbarer Gedanke hatte sich gebildet, als sie im Haus angekommen war.

»Wo ist Lauryn«, fragte sie Hilda.

»Wo Ihr sie hingeschickt habt – im Garten, Unkraut jäten.«

»Noch immer? Die Sonne steht bald auf Mittagszeit. Na, ich werde mal nachschauen.«

Lauryn hatte einen schmutzigen Verband um ihren Finger, was sie aber nicht gehindert hatte, wütend Unkraut zu rupfen. Ein grüner Haufen zeugte von ihrem Fleiß. Als Alyss den Garten betrat, saß sie jedoch, die Hände müßig im Schoß, auf einem umgedrehten Bottich und schaute mit kläglicher Miene zum dunstigen Himmel empor. So versunken war sie in ihrem Kummer, dass sie Alyss nicht kommen hörte und zusammenschrak, als sie deren Hand auf der Schulter fühlte.

»Es wird ein Gewitter geben.«

»Ja, Frau Alyss. Verzeiht, Frau Alyss. Ich habe gefaulenzt.«

»Und dabei Grillen gefangen?«

Ein kleiner Schniefer beantwortete die mitfühlende Frage.

»Was lässt dich Löcher in die schwere Luft starren, Lauryn? Dich plagt ein heimlicher Gram, nicht wahr?«

Noch ein Schniefer.

Und wie von selbst erschien vor Alyss' Augen die Szene, wie Tilo erbittert aufsprang, als der junge Ritter vor Leocadie kniete.

»Tilo wird darüber hinwegkommen, Lauryn.«

»Nie! Er liebt sie doch. Und ich … ich dachte … ich hatte gehofft …«

»Du bist in Tilo verliebt. Ich weiß. Ein scheußliches Gefühl. Aber Lauryn, ihr beide seid noch so jung. Du bist eine hübsche Jungfer mit fleißigen Händen und klugem Witz. In wenigen Jahren wirst du einen ordentlichen Mann heiraten, dein eigenes Haus führen und deine Kinder großziehen. Wir werden darauf achten, dass du einen wirklich angesehenen und zuverlässigen Gatten findest.«

»Weiß ich ja, aber …«

»Aber es tut trotzdem weh.«

»Ihr versteht das, Frau Alyss?«

»Ja, ich verstehe das.«

Lauryn ließ die Schultern sacken, schniefte noch einmal und wischte sich dann die Nase mit einem Haselblatt ab.

»Schon besser. Und nun brauche ich deine Hilfe.«

»Was soll ich tun?«

»Mir erzählen, woher du die hübschen Borten hast, die du auf dein Sonntagsgewand genäht hast.«

Lauryn wurde rot und begann zu stammeln.

»Ich … hätte ich das nicht machen sollen? Ich meine, Hedwigis … Weil Ihr habt uns doch die Flinderlein – und ich wusste nicht …«

»Langsam, Lauryn. Ich wollte dir keinen Vorwurf machen. Ich habe euch die Flinderlein geschenkt, was immer ihr damit macht, ist mir egal. Du hast deine Hedwigis gegeben.«

»Mhmhm. Und sie hat dafür die Borten eingetauscht.«

»Ein gerechter Handel. Weißt du, woher sie die Borten hat?«

»Ja, natürlich. Die hat ihr die alte Trude de Lipa gegeben. Ich meine – bestimmt. Weil die webt doch diese Bänder.«

»Als ihr sie letzten Sonntag besucht habt?«

»Nein, die hatte sie schon vorher bekommen. Aber wofür, weiß ich auch nicht.«

»Entweder hat sie ihr einen Gefallen getan, oder sie hat sie ihr abgekauft. Auf jeden Fall ist dein Kleid mit den Borten sehr hübsch geworden.«

Lauryn hatte ihre Fassung wiedergefunden und lächelte zaghaft.

»Leocadie hat sie mir drangenäht, weil ich doch so grobe Stiche mache. Ich mag Leocadie wirklich gerne, Frau Alyss. Auch wenn sie jetzt sehr minnigliche Gedanken hegt. Sie kann ja nichts dafür, dass der Tilo so in sie vernarrt ist.«

»Nein, dafür, dass sie ihm den Schafskopf verdreht hat, kann sie nichts.«

Diese Bemerkung trug Alyss sogar ein kleines Kichern ein.

Aber dann verfolgte sie ihre ursprünglichen Gedanken weiter, die durch Lauryns Bemerkung in eine neue Seitengasse führten.

»Habt ihr inzwischen noch einmal die Trude de Lipa besucht?«

»Nein, Frau Alyss. Hätten wir das tun sollen? Ich meine, so schlimm war das Gliederreißen doch nicht, und Merten kümmert sich um sie und eine Aufwärterin.«

»Recht wenig Unterhaltung für eine Kranke, die nicht mehr aus der Stube kommt. Aber gut, ich werde sie selbst aufsuchen.«

Dabei konnte Alyss nicht verhindern, dass ihre Miene nicht eben Freude darüber ausdrückte, was Lauryn sehr wohl vermerkte und meinte: »Die alte Frau ist ein bisschen seltsam, nicht?«

»War sie zänkisch mit euch?«

»Nicht richtig, aber sie hat uns eine eigenartige Bitte vorgetragen.«

»Welcher Art?«

»Sie hatte um ihr wehes Bein und die Zehen rote Fäden gebunden und hat uns gesagt, wir sollen die aufknüpfen und sie dann unter dem Holunderbusch hinter ihrem Haus vergraben. Weil damit dann die Krankheit abgebunden sei. Und deshalb dürften wir nie einen Faden aufheben, der irgendwo rumliegt. Weil in dem Böses eingebunden sein könnte.«

»Habt ihr ihre Bitte erfüllt?«

»Ich schon, Hedwigis traute sich nicht, und Leocadie – sie hat doch so zarte Hände, Frau Alyss. Meine sind derber. Ich hab schnell ein Loch unter dem Baum gescharrt und die Bändel vergraben.«

»Dann müsste Trude de Lipa ja inzwischen genesen sein, wenn das hilft.«

»Ihr glaubt das nicht, oder?«

»Wäre eine ziemlich einfache Heilmethode, oder? Ich habe

heute scheußliche Kopfschmerzen, vielleicht sollte ich mir auch einen Faden um den Hals wickeln und sie damit abbinden.«

»Der muss aber rot sein – und nein, Frau Alyss, ich glaub's auch nicht.«

»Gut. Hörst du die Glocken? – Sie rufen zur Sext und uns zu Tisch.«

Der Hinweis auf die roten Bändchen bestätigte Alyss den einen Verdacht, den Gislindis gesät hatte, und wenn er auch zunächst noch nichts mit der Zauberschen zu tun hatte, die dem Schneider Böcklein das Drachenei verkauft hatte, so mochte doch ein Besuch bei Trude de Lipa Licht in gewisse andere Angelegenheiten bringen. Und möglicherweise würde sich bei ihr doch der eine oder andere Hinweis auf glückbringende Steine finden.

John traf zum Mittagsmahl ein und stöhnte dramatisch über das Wetter.

»Keinen Windhauch kennt man hier. Lieber möchte ich bei tobender See an Deck eines Schiffes stehen, als länger in diesem klebrigen Morast herumzuschwimmen, den Ihr Luft nennt.«

»Ihr werdet Euren Sturm schon noch bekommen, Master John«, erklärte Frieder ihm und beäugte appetitlos seine Schüssel mit Erbsenbrei. Der Kater schien sich noch nicht verzogen zu haben. Auch die anderen am Tisch wirkten schlapp, und so unterblieb die ansonsten lebhafte Unterhaltung.

»Ich muss mit Euch reden, Master John. Habt Ihr Zeit für mich?«, fragte Alyss, als der Tisch abgeräumt wurde. Sie unterließ es, ihrem Hauswesen Weisungen zu erteilen; in den nächsten Stunden würde es sowieso keine wesentlichen Regungen zeigen.

»Ich habe Zeit für Euch, Mistress Alyss, und auch Nachricht.«

»Dann folgt mir ins Kontor.«

Auch in dem kleinen Raum war es stickig, roch nach Pergament, Tinte und einer verwesenden Maus, die Malefiz hier verloren hatte. Alyss schnüffelte, fand das Opfer hinter einem Korb mit Hanfschnüren für die Stoffballen, öffnete das Fenster und warf das Tierchen hinaus.

»Der Kater bekommt zu viele Leckerbissen in diesem Haus«, murrte sie.

»Weshalb er sich bei Euch mit seiner Gabe bedankt. Aber Ihr liebt ja Geschenke nicht, wie ich lernte, Mistress Alyss.«

»Weder lebende noch tote und schon gar nicht solche, die stinken«, fuhr sie ihn an, setzte sich an ihr Pult und faltete die Hände. Dann besann sie sich aber auf ihr Benehmen, murmelte eine leise Entschuldigung, die mit einem einfachen Nicken angenommen wurde, und berichtete dann in sehr nüchternen Worten, was sie tags zuvor über Robert, Pauli und Mechtild erfahren hatte.

»Und dennoch haltet Ihr ihn für unschuldig.«

»Ja, Master John. Obwohl mir andere Erkenntnisse lieber wären. Eine Eifersucht, die vor sechzehn Jahren begann, will mir heute nicht als Grund für Streit und Mord genügen.«

»Oder doch – gerade, weil sie so lange schwelte? Aber wir wollen nicht voreilig sein, Mistress Alyss. Wir wollen Steinchen sammeln – für ein ganzes Bild, nicht wahr?«

»Ja, Master John. Und Eure Steinchen? Ihr habt einen angenehmen Tag in den Dirnenhäusern verbracht?«

Es sollte spöttisch klingen, doch Alyss selbst merkte, dass

ein bitterer Beigeschmack ihre Worte begleitete. Und statt eine schlüpfrige Antwort zu geben, wie sie sie erwartet hätte, blieb John überraschend ernst.

»Es betrübt mich, Frau Alyss, ein hässliches Steinchen dem Bild hinzuzufügen.«

»Ein roter Stein, in einem goldenen Siegelring.«

»Den Julika an ihrer Hand trägt. Julika aber traf ich nicht an, sie hat die Stadt für einige Tage verlassen. Aber meine... mhm... Freundinnen konnten mir Auskunft erteilen. Julika kam vor zwei Jahren her. Sie ist die Tochter eines polnischen Viehhändlers, hat aber ihren Vater verloren und auch ihr Geld.«

John hob die Schultern und breitete die Hände aus.

Alyss nickte. »Sie hat sich ihr Geld auf die altbekannte Weise verdient – andere Händler?«

»Ein Pelzhändler brachte sie her und verließ sie. Reinaldus hörte davon und kümmerte sich um die Verlassene – so ungefähr sagen die Schwälbchen.«

»Er nimmt sich oft der Witwen und Waisen der Kaufleute an. Aus Nächstenliebe, weil er ein fürsorglicher Mann ist, Master John.«

»Sicher, Mistress Alyss. Aber Julika ist eine sehr schöne junge Frau, wohl gerade so alt wie Ihr. Er zahlt ihr Geld für die Miete des kleinen Hauses. Und besucht sie ein, zwei Mal in der Woche. Sie ist seine geheime Buhle.«

»Und nun trägt sie Roberts Ring, der sich noch an seiner Hand befand, als er zum Gaffelessen ging.«

»So sagt Marian. Ich habe ihn noch nicht gesehen. Aber es drängt mich, mit Julika zu sprechen, Mistress Alyss.«

»Mich auch.«

»Besser, man sieht Euch nicht dort. Überlasst es mir.« Er

grinste. »Ich bin ein Mann, meinem Ruf kann es nur dienen, von den Vögelchen dort umflattert zu werden.«

»Was Euch den lieben langen Gottessonntag behagt hat.«

»Aber nein, Mistress Alyss. Ich war ein guter Christ und besuchte zuvor die Messe.«

»Um von den Sünden reingewaschen neuen Frevel auf Euch zu laden.«

»So es ein Frevel ist, mit den süßen Täubchen zu plaudern – ja. Aber einen Beichtiger würde mein Bekenntnis langweilen, Mistress Alyss. Denn ich kehrte alsbald zurück in dieses stille Haus und widmete mich Roberts Büchern.«

Das eine schwarze Räupchen von Alyss' Brauen hob sich fragend, und John lächelte sie herzlich an.

»Doch, doch, Mistress Alyss, Ihr dürft mir glauben. Ich werde Euch zeigen, was mein Studium der Seiten mir erbracht hat. Es ist eine kleine Wunderlichkeit, die Ihr mir vielleicht erklären könnt.«

»Eine Wunderlichkeit?«

»Schaut selbst. Robert – er führt sehr ordentlich Einnahmen und Ausgaben auf, und ich weiß von vielen seinen Geschäften. Aber dies hier – dies kommt einmal im Jahr vor, und es verwundert mich.«

Alyss schaute auf den Eintrag. Eine ansehnliche Summe, die kommentiert wurde mit den Worten: »Der fünfte Teil von M. Pauli.« Genau diese Angabe fand sich auch das Jahr zuvor, ebenfalls zum Mittsommertag, und auch im Jahr davor. Weiter reichte dieses Register nicht zurück. Der Betrag war immer in etwa gleich groß, schwankte aber dennoch um einige Gulden.

»Der fünfte Teil von was?«

»Von einer anderen Summe, Mistress Alyss, denke ich.«

»Den Mechtild, Paulis Gattin, ihm zahlt. Wenn nur mein

Kopf nicht so brummen würde. Mechtild – verflixt, Master John, das war es! Meister Peter, das ist ihr Bruder, sagte, Robert habe Mechtild anfangs bei den Abrechnungen geholfen. Er saß angeblich oft mit ihr über den Büchern zusammen. Hat er Euch nie etwas davon erzählt?«

»Nein, Mistress Alyss. Das gehörte vermutlich zu seinen Geheimnissen, die er zu wahren wusste. Die könnt Ihr lüften. Fragt Frau Mechtild danach.«

»Das werde ich auch tun.«

Sie stand auf und trat zum Fenster. Der Himmel hatte eine bleierne Farbe angenommen, und die Hitze lastete wie ein Klumpen gärender Hefeteig über der Stadt.

»Das Gewitter kommt bald, Mistress Alyss, und es wird Euren Kopf befreien. Lasst es für heute gut sein mit dem Grübeln.«

»Ich muss auch noch zu Trude de Lipa. Wegen des Dracheneis und den Zaubern. Und Marian muss ich ebenfalls noch mahnen, nicht mehr zum Berlich zu gehen. Und mit Tilo muss ich reden. Und Hedwigis einen Verweis erteilen. Und eine Botschaft an Leocadies Eltern schreiben. Und Peer muss die Lieferung fertig machen. Und beim Turmvogt muss ich vorsprechen, ob …«

»Mistress Alyss! Mistress Alyss, hört auf, Euch zu sorgen.«

Johns Stimme, sanft wie ein seidenes Band, schlängelte sich in ihre Ohren, und sie nahm die Stirn von dem Fensterrahmen, an die sie sie gedrückt hatte.

»Ihr versteht nicht …«

»Doch, Mistress Alyss. Ihr kümmert Euch um viel, und Eure Sorgen drücken Euch wie das Wetter. Geht in Euren Hag und wartet, bis der Regen kommt. Ich lasse derweil Jerkin fliegen. Kommt, Mistress Alyss. Ihr dürft eine Weile ausruhen.«

Fast ohne Widerstand ließ sie sich aus dem Haus und über den Hof führen und wanderte dann gehorsam zu ihrem Sanktuarium.

In der Laube war es zwar ebenfalls heiß, aber der süße Duft der Rosen milderte ihr Unbehagen. Sie nahm auf der Bank Platz und zerrieb zwischen den Fingern einige der harten Blättchen des Lavendel. Dankbar atmete sie den kühlenden Geruch ein und schloss die Augen.

Erschöpft, wie sie war, schlummerte Alyss, so ganz gegen ihre übliche energische Art, an die warme Wand gelehnt ein.

»Trüb! Trüb! Trüb! Trüb!«

Der beharrliche Regenruf eines aufdringlichen Buchfinken erst weckte sie wieder auf. Der kleine Vogel schaukelte direkt vor ihr auf einer Rosenranke und beäugte sie ohne Angst. Unter schweren Lidern murmelte sie: »Hast ja recht, Kleiner. Trüb ist es tatsächlich geworden!«

»Si, si, si, si, jajajaja soists«, antwortete er, nickte dabei mit seinem blauen Köpfchen und flatterte zum Apfelbaum davon, um weiter den Regen zu künden.

Alyss sah ihm nach und stellte dabei mit äußerstem Behagen fest, dass der Druck in ihrem Kopf verflogen war, und mit einem darauf folgenden Unbehagen, dass nun düstere Wolken über dem Land lagen. Von Ferne hörte man bereits leise den Donner nahen. Unter dem dunklen Himmel kreiste der Falke, und eine erste Brise brachte die heiße Luft in Bewegung.

Tief atmete Alyss ein und stimmte dankbar das Gebet des heiligen Franziskus an. Besonders inbrünstig rezitierte sie dabei die Zeilen, die dem Wind galten.

»Gelobt seist du, mein Herr,
durch Bruder Wind und durch Luft und Wolken

und heiteren Himmel und jegliches Wetter,
durch das du deinen Geschöpfen den Unterhalt gibst.«

Wieder rumpelte es in der Ferne, und ein kleines Lächeln stahl sich über Alyss' Züge. Sie dachte an Marian und ihren Vater.

Und von dort an die Gefahr, in die ihr Bruder sich so gerne begab. Ja, Gislindis hatte recht, sie zu warnen. Die Berlichschwalben mochten ihre Schnäbel halten, wenn es um Entbindungen ging, aber die Nachtkäuze könnten Schwester Marianne ansichtig werden. Und natürlich sahen sie sich ähnlich, vor allem, wenn Marian seine Haare mit einem Gebende bedeckte. Es wäre nicht sehr wünschenswert, wenn die Besucher der Dirnen, die, wie sie nun auch wusste, aus den besten Familien stammten, unpassende Schlussfolgerungen zogen. So sehr sie ihrem Bruder die Lehre als Heiler gönnte, so wenig passte es ihr inzwischen, dass er ausgerechnet die Hebammenkunst zu erlernen trachtete. Entschlossen aber schob sie das Problem beiseite. Sie würde Marian bei der nächsten Gelegenheit ihre Bedenken vortragen. Er war ja nicht dumm, ihr Bruder. Und sie zu schützen war eines seiner hehrsten Anliegen.

Eigentlich hätte sie aufstehen sollen und zum Haus eilen, aber der nun auffrischende Wind war so köstlich, dass sie noch einen Moment sitzen blieb.

Auch sie wollte Marian schützen, und darum hatte sie bislang seine Geheimnisse gehütet. Was ihr, da sie von Natur aus ehrlich war, manchmal tatsächlich schwerfiel. Sie zog es vor, die Wahrheit zu sagen, und das Einzige, was ihr blieb, um Geheimnisse zu wahren, war Schweigen.

Was sie zu der Erkenntnis brachte, dass auch eine ganze Reihe anderer Leute dieses Mittel einsetzten. John of Lynne schwieg über viele Themen, grundsätzlich aber über seine Familie. Arndt schwieg über seine Geschäfte. Robert hatte auch geschwiegen – beispielsweise über seine Verbindung zu Mechtild.

Was Alyss zu einer grundsätzlichen Überlegung verleitete. Man verschwieg also Vorkommnisse und Verhalten von Menschen, die man schützen wollte. Dabei lief man aber auch Gefahr, dass man ein Unrecht vertuschte. Manchmal schwieg man über etwas, dessenthalben man sich schämte, wie sie, wenn sie ihren Eltern keine Auskunft über ihre Ehe zu geben gedachte. Oder etwas war zu entsetzlich, als dass man darüber sprechen konnte, wie das, was der armen Estella geschehen war.

Alyss pflückte eine halb verblühte Rose ab, deren Blätter ihr in den Schoß fielen wie Blutstropfen.

Ihr Vater hatte einst in den Kerkern der Inquisition geschwiegen – und das dünkte sie eine ungeheuer mutige Tat. Er schwieg auch heute über seine ketzerischen Gedanken, in dem Wissen, dass sie für andere, die seinem hohen Geist nicht zu folgen in der Lage waren, schädlich sein könnten.

Es gab Schweigen und – Schweigen.

Doch Geheimnisse wurden auch verraten, Schweigen gebrochen.

Ein probates Mittel setzte die weltliche Gerichtsbarkeit ein. Sie fügte dem Befragten bei der Folter so lange Schmerzen zu, bis er sein Verbrechen zugab. Oder irgendein Verbrechen.

Weshalb Alyss dieses Vorgehen nicht besonders guthieß. Andererseits, manche verstockten Dummköpfe brauchten etwas derbere Unterstützung, damit sie aufhörten zu lügen.

Über Geheimnisse, die zu schwer auf einem lasteten, als dass man sie alleine tragen konnte, sprach man auch mit jemandem, dem man vertraute. Das konnte gutgehen. Es konnte aber auch katastrophale Folgen zeitigen, wenn das Vertrauen nicht gerechtfertigt war.

Kurzum, ein Tor verriet sich oft aus Dummheit, Nachlässigkeit und falscher Einschätzung seiner Freunde.

Und dann gab es noch eine ganz hinterlistige Form, wie man einem Menschen Geheimnisse entlocken konnte – nämlich durch Verführung.

Der Donner rumpelte lauter, und ein paar erste dicke Tropfen platschten auf die Laube. Der Buchfink stellte zufrieden sein Rufen ein und flatterte davon. Der Falke stieß auf seine Beute oder Johns Federspiel nieder, und Alyss raffte die Röcke, um durch die Weinstöcke zum Haus zu eilen. Wenn sie auch in der Sache nicht weitergekommen war, so war sie jetzt doch entschlossen, auf jede nur mögliche Art die Geheimnisse zu enthüllen, die sich um Roberts Tod rankten.

Und vielleicht auch eines, das mit John zu tun hatte? Diesen mutwilligen Gedanken schob sie hurtig zur Seite.

Der eilige Lauf half ihr nichts, ein mächtiger Guss durchweichte ihre Kleider. Mit einem gewaltigen Krachen entlud sich das Unwetter, kaum dass sie den Hof erreicht hatte, und neben ihr schoss Malefiz wie ein schwarzer Blitz zur Hintertür hinein. Er liebte das Nasse von oben so gar nicht, und vor Donner und Blitz hatte er gehörigen Respekt. Er verkroch sich flugs unter einen leeren Mehlsack neben dem Herd. Nur sein schwarzer, zuckender Schwanz war noch zu sehen.

»Feigling!«, flüsterte Alyss und knüpfte das nasse Tuch über ihren Haaren auf. Dann erklomm sie die Stiege zu dem Zimmer der Mädchen, um zu sehen, ob sie sich auch schon vor Angst die Decken über die Köpfe gezogen hatten. Als sie an der Tür stand, hörte sie allerdings schon, dass dem nicht so war. Hedwigis redete auf Leocadie ein.

»Ach, komm, verrat's mir doch, Leocadie. Was hat er zu dir gesagt?«

»Das ist in meinem Herzen beschlossen, Hedwigis.«

»Die andern haben es aber doch auch gehört.«

»Dann lass es dir von denen sagen.«

»Lauryn kann doch Verse nicht behalten. Und Tilo wird nur muffig, und Frieder hat nicht zugehört, sondern gesoffen.«

»Und ich werde es dir nicht sagen.«

»Auch nicht, wenn ich dir am Sonntag einen Kranz aus weißen Rosen und diesem schönen Seidenband binde?«

Schweigen.

Aha, dachte Alyss. Aha!

Und dann schlich sie leise hinunter in ihr Zimmer, um sich die nassen Haare auszubürsten. Geheimnisse waren also letztlich auch nichts anderes als schlichte Handelsware. Sie hatten ihren Preis – man musste nur herausfinden, wie hoch er war und in welcher Form er entrichtet werden sollte.

25. Kapitel

Trude de Lipa war eine sehr alte Frau, und die Jahre hatten sie gezeichnet. Ihr Haar war schütter, ihre Haut zerknittert wie oft abgeriebenes Pergament, und unter dem grauen Umschlagtuch wölbte sich ihr Rücken zu einem Witwenbuckel. Aber ihre hellen Augen waren scharf, und kräftig, wenn auch heiser, klang ihre Stimme. Die Währung, mit der sie bezahlt werden wollte, war Klatsch.

Alyss hatte von ihrem süßesten, stärksten Würzwein einen Steinkrug abgefüllt und ein paar der getrockneten, in Honig eingelegten Aprikosen in ein gewachstes Tuch gewickelt. Zusammen mit einem weichen Brot lag es in ihrem Korb und wurde von der Alten in der Huhnsgass wohlwollend angenommen. Den Klatsch genoss sie, während sie von den Früchten naschte, und immer wieder huschte ihre Zunge zwischen den Lippen ihres zahnlosen Mundes hin und her, was Alyss an eine Eidechse erinnerte. Trude de Lipa schien damit nicht nur Krümel und Honigtropfen aufzulecken, sondern auch die Geschichten, die sie ihr von der Tauffeier berichtete.

»Und Ihr, Frau Alyss? Wann wird es in Eurem Haus eine Tauffeier geben?«

»Wohl nicht in den nächsten neun Monaten, Frau Trude.«

»Schlimm, schlimm, schlimm!«

Aber so recht schwang kein Bedauern in den Worten mit. Alyss jedoch nahm diesen Themenwechsel zum Anlass, über Möglichkeiten zu sprechen, die die Empfängnis erleichterten, und griff dabei munter in Hildas Zauberkiste. Trude de Lipa erwärmte sich sogleich für den Gegenstand, hielt aber die Vorgehensweisen der Haushälterin für nicht fruchtbringend.

»Es ist Gottes Wille, ob ein Kind gezeugt wird oder nicht«, schloss sie salbungsvoll, und Alyss vermerkte dies zusammen mit den anderen Eindrücken, die sie gesammelt hatte, in ihrem Gedächtnis. Beispielsweise das Band, das die Alte um den rot geschwollenen kleinen Finger trug, die Brettchenarbeit, die säuberlich auf ihrem hölzernen Gestell aufgewickelt war, das Körbchen mit dem roten Garn, das daneben stand – und den beinahe ganz runden, halb transparenten, eigroßen Rheinkiesel, der darin lag.

Diesen nahm sie zum Anlass, ihr Gespräch endlich auf das Drachenei zu lenken.

»Ja, es wird wohl Gottes Wille sein, und ich werde darum beten, dass er meine Bitte erhört. Ach, die Sorgen nehmen kein Ende, Frau Trude. Mein Gatte ist auf Reisen, und meine Truhe ist bedenklich leer. Was habt Ihr da für einen schönen Stein, Frau Trude? Der ist sehr hübsch.«

»Hat mir Merten mitgebracht. Ich nehme ihn gerne in die Hand, so glatt und rund wie der ist. Er hält die Finger geschmeidig.«

Neugierig beugte sich Alyss darüber.

»Es gibt … wisst Ihr, ich habe neulich ebenfalls einen schönen, runden Stein gesehen. Mit einem Fünfstern darauf. Es hieß, dass er geschäftlichen Erfolg bewirkt.«

»Pah, Frau Alyss. Glatter Aberglaube. Geschäftlichen Erfolg bewirken nur die bunten Edelsteine, und auch das nur, weil sie kostbar und teuer sind!«

»Seid Ihr sicher? Ich meine, Ihr seid doch eine kundige Frau …«

»Kundig wohl und kundig genug zu wissen, dass Steine nur Tand sind.«

»Dann wird der Zauberstein seinem Besitzer gar nichts helfen?«

Alyss brauchte sich gar nicht bemühen, betrübt darob zu klingen, denn die Antwort zeigte nur, dass sie hier mit ihrer Nachforschung zum Drachenei in einer Sackgasse gelandet war.

»Nein, das wird er nicht, Frau Alyss.« Und dann erschien ein bösartiges Funkeln in den Augen der Alten. »Hat er Eure Mitgift durchgebracht, der Arndt van Doorne?«

Alyss zuckte zusammen.

So viel zum Bewahren von Geheimnissen.

Trude de Lipa stieß ein krächzendes Lachen aus.

»Ja, ja, hat er bei meiner Tochter auch getan. So wie er auch sein Erbe verschleudert hat. Die beiden Jungs von van Doorne taugen beide nichts, aber die Lisa wollte einen Vater für ihren Sohn, und darum hab ich damals der Ehe zugestimmt.«

Leugnen hätte die Sache nur schlimmer gemacht, aber dennoch würgte Alyss hervor: »Robert hat seinen Tuchhandel einträglich geführt.«

»Robert hat das Geld dafür von Pauli bekommen. Mehr als dessen leiblicher Sohn gekriegt hat. Und nun ist er tot.«

Wieder erfolgte das krächzende Lachen. Alyss sammelte ihre Beherrschung und goss den Rest des gesüßten Weines in den Becher der Alten, drückte den Stopfen auf den Krug und legte ihn in ihren Korb.

»Verbreitet keine bösen Gerüchte, Frau Trude«, sagte sie kühl. »Und gebt auch Hedwigis keine Nesteln und anderen schmutzigen Dinge mehr mit. Sie wirken ebensowenig wie die Bändchen an Eurem Gichtbein. Einen schönen Tag noch, Frau Trude.«

Sie ignorierte den giftigen Blickpfeil, den die alte Frau ihr nachschoss, und eilte aus dem engen Haus auf die Gasse.

Der Ärger machte Alyss blind für das Geschehen auf den Gassen, sodass sie einmal von einem vorbeirollenden Fuhrwerk nassgespritzt wurde und mehr als einmal in eine der schlammigen Pfützen trat, die das Unwetter am Tag zuvor hinterlassen hatte. Klatsch und Tratsch hatten es geschafft, dass die alte Trude sich ein ziemlich genaues Bild von ihrer Misere machen konnte – ohne Zweifel hatte Merten daran einen weidlichen Anteil. Und in Sachen Drachenei war sie auch nicht weitergekommen. Ein ärgerlicher Vormittag insgesamt. Vor allem, wenn an der Aussage noch etwas Wahres sein sollte, dass der alte Pauli Robert geschäftlich bevorzugt hatte. Wie mochte wohl Reinaldus darüber denken?

Eine Antwort dazu erhielt sie nicht, denn in ihrem Kontor hörte sie Marian mit John, die Theorien über den Weg des Siegelrings austauschten. Sie blieb an der Tür stehen, ohne die beiden zu unterbrechen.

»Wir wissen nicht, wann sie ihn erhalten hat, John.«

»Nein, das wissen wir erst genau, wenn wir sie gesprochen haben.«

»Ich gehe heute Nachmittag zusammen mit Catrin zum Berlich, um nach der jungen Mutter zu schauen. Vielleicht bekomme ich etwas dazu heraus.«

Alyss, von beiden bisher noch nicht wahrgenommen, fand es an der Zeit, sich bemerkbar zu machen.

»Bruder mein, ich wünschte, das würdest du nicht tun!«

Beide Männer drehten sich zu ihr um.

»Dein Saum ist schlammig und deine Füße nass. Hast du ein Schwein durch die Gassen getrieben, lieb Schwesterlein?«

»Eine alte Ziege besucht.«

»Sie hat dich gestoßen?«

»Versucht, mich zu zwicken. Aber lenk nicht ab, Marian. Ich möchte nicht, dass du weiter zu den Dirnen gehst.«

Ihr Bruder legte den Kopf ein wenig schief.

»Begründe es mir gut.«

»Weil, Marian, Ihr und Eure Schwester einander sehr ähnlich seht, wenn Ihr Frauenkleider tragt«, sagte John, bevor Alyss antworten konnte.

»Ei wei!«, entfuhr es Marian. »Hat man dich verdächtigt, Alyss, den strammen Ratsherren zu huldigen?«

Alyss schnaubte. »Noch nicht, aber was, wenn einer unserer hochwerten Herren dir dort begegnete?«

»Oder Verwandte, Marian. Oder gar Euer Beichtiger…«

»Für dessen Keuschheit verbürge ich mich, Master John.

Pater Henricus hat ganz gewiss keine Laster. Außer einer leichten Neigung zur Alchemia.«

»Schwesterlieb, du hast recht. Ich werde noch weit vorsichtiger sein müssen. Aber zunächst hört, dass in der Nacht Estella ein Kind geboren hat.«

Erschrocken merkte Alyss auf.

»Du warst doch nicht etwa zugegen?«

»Aber nein. Zum einen brauchte ich meine Nachtruhe, zum anderen würde es mir Frau Clara sicher nicht wohlwollend nachgesehen haben. Nein, Catrin und die Apothekerin standen ihr bei. Ich besuchte die Mutter heute Morgen.«

»Ich lese in deinen Augen tiefe Trauer und Mitgefühl, Bruderlieb.«

»Du liest richtig. Das kleine Mädchen – es war ein jämmerliches, kränkliches Geschöpf, überlebte den Sonnenaufgang nicht.«

»Der Herr mag es in seiner Gnade bei sich aufnehmen.«

»Das wird er tun, trotz der Missgestalt des armen Wurms.«

Da klang noch etwas anderes in seinen Worten mit, aber John war es, der sich nach Estellas Befinden erkundigte.

»Sie wirkt ruhiger, und sie hat mit mir geredet. Ich kenne ihre Geschichte.« Und zu Alyss gewandt sagte er: »Weshalb ich ihr Handeln verstehe.«

»Das Kind …«

»Sein Hals konnte den Kopf nicht tragen.«

Nur zu gut erinnerte sich Alyss noch an ihren Sohn, wie man ihr ihn nach der Geburt in die Arme gelegt hatte. Wie zerbrechlich so junges Leben war …

Ein kalter Schauder durchfuhr sie.

»Was ist Estella geschehen, Marian?«

»Sie begleitete ihren Gatten auf einer Fahrt nach England –

die beiden waren einander sehr zugetan, weshalb sie die Beschwernisse der Reise auf sich nahm, um bei ihm zu sein. Daher befand sie sich auch auf dem Handelsschiff, das im Oktober letzten Jahres von den Friesen auf eine Sandbank gelockt und dann von den Strandräubern geplündert wurde. Dabei wurde ihr Mann vor ihren Augen erschlagen und sie neben seinem Leichnam geschändet. Das Kind stammt von ihrem Peiniger.«

John hatte die Fäuste geballt, und Alyss krallte ihre Hände in die Kante des Schreibpultes.

Sie hatte das eine schon geahnt, das andere befürchtet. Es bestätigt zu bekommen, erschütterte sie dennoch.

»Armes Weib«, flüsterte sie.

»Ja, armes Weib. Aber die eine Last ist sie nun los. Möge die Zeit es ihr auch ermöglichen, den Rest zu tragen.«

»Wenn sie nun wieder spricht, Marian, solltest du sie nach ihrer Familie fragen. Dann kann der Aldermann der Tuchhändler sicher schneller herausfinden, wie man sie nach Hause schicken kann.«

»Das werde ich tun. Und du, lieb Schwesterlein, solltest dich auf einen baldigen Besuch unserer *mater inquisitoris* einstellen. Sie hat gestern Abend lange gebetet, und ich habe sie mehrmals ›Mist, Maria‹ sagen hören. Sie macht sich Sorgen um dich.«

»Nicht das auch noch! Den Vater habe ich am Sonntag doch davon überzeugen können, dass ich alleine mit meinen Angelegenheiten fertig werde.«

»Und du glaubst, er hat unserer Mutter gegenüber verschwiegen, dass du es getan hast?«

Nein, das glaubte sie nicht. Aber nun war sie gewarnt.

John hatte ihrer Unterhaltung mit einem seltsamen Gesichtsausdruck zugehört.

»Ihr sprecht in sehr – ähm – heiliger Form von Euren Eltern, Mistress Alyss, Marian.«

»Wenn Ihr sie kennengelernt habt – was letzten Sonntag durchaus möglich gewesen wäre, Master John –, würdet Ihr wissen, dass es gute Gründe dafür gibt«, wies Alyss ihn zurecht.

»Vielleicht mögt Ihr anderntags noch einmal die Gnade haben, mich ihnen vorzustellen. Euer Vater ist ein angesehener Mann in der Stadt. Er war ein Ratsherr, sagte mir Robert einst, ein Patrizier und dennoch einer, der mitgewirkt hat, Euren vorbildlichen Verbundbrief zu gestalten.«

»Er hat allerlei politischen Einfluss ausgeübt, John, und ich habe den Verdacht, dass noch immer einige Leute wie die Frösche hüpfen, wenn er sagt: ›Springt!‹«

»Er hat sich an der Gründung der Universität beteiligt, Master John, und hätte dort auch ein Amt annehmen können. Aber er hat das Handelshaus seines Vaters übernommen und mit großem Geschick geführt.«

»Ihr achtet ihn sehr, nicht wahr?«

Alyss und Marian sahen sich an.

»Wenn Ihr lächelt, Mistress Alyss, fliehen selbst an einem trüben Tag wie heute die Wolken.«

»Wie recht er hat, unser Freund John of Lynne, Schwesterlieb. Und nun sprich mir von der Ziege, die dich kneifen wollte.«

»Das ist schnell getan.«

Alyss berichtete von der Unterhaltung, dem Misserfolg bei dem Drachenei und der Bemerkung, der alte Pauli habe Robert Geld für den Tuchhandel gegeben.

»Der alte Mann scheint ein eigenartiges Gebaren an den Tag gelegt zu haben. Erst nimmt er Robert als Lehrling auf …«

»Unser Vater sagt, Arndt hätte ihm die Stelle ermöglicht, Catrin meint, er habe selbst darum angesucht.«

John mischte sich an dieser Stelle ein.

»Ich denke, Mistress Catrin hat recht. Ich habe es auch so von den alten Händlern im Stalhof gehört.«

»Wie dem auch sei – Martinus Pauli lehrte ihn das Geschäft und fand Gefallen an ihm, richtig, John?«

»So spricht man.«

»Und dann möchte Robert Mechtild Bertolf ehelichen, was durchaus akzeptabel gewesen wäre, aber Martinus vereinbart mit ihrem Vater die Ehe mit seinem Sohn Reinaldus.«

»Eine interessante Verbindung – denn das war ebenfalls vor sechzehn Jahren, Mistress Alyss, in dem Jahr, in dem Robert seinen eigenen Handel begann.«

»Ein Trostpreis?«

»Der eine bekommt die Frau, der andere das Geld. Um Neid und Streit zu vermeiden. John, ich kann, wie meine Schwester auch, nicht glauben, dass darum der Zank beim Gaffelfest ging, und schon erst recht nicht, dass Pauli Robert deswegen erschlug.«

»Ihr mögt recht haben, doch wer schaut in die Abgründe der menschlichen Seele? Es kann etwas anderes geben als Eifersucht.«

»Habgier und Rache.«

Aber in Alyss hatte sich ein anderer Funke entzündet.

»Master John, Ihr sagtet, Robert habe Euch nach dem Gaffelessen den Weg zu den Schwälbchen gewiesen. Ist er nicht doch mitgekommen?«

»Nein, ich ging alleine.«

»Dann hat er Julika nicht seinen Ring gegeben. Aber dennoch – er kannte die Dirnen, nicht wahr? Denn sie kannten ihn auch.«

»Wir Männer, Mistress Alyss, schämen uns gelegentlich unserer Begierden. Seid gnädig, wenn wir unsere Sünden verheimlichen.«

»Ihr solltet bemerkt haben, John, dass meiner Schwester menschliche – und auch männliche Regungen – nicht fremd sind. Sie hat meine Tollheiten mit der ihr eigenen spöttischen Art beobachtet.«

»Sie zieht dann eine der hübschen Augenbrauen hoch, nicht wahr? Und dann gesteht man alles, ja?«

»Alles, John.«

»Pfff«, sagte Alyss.

»Aber habt Ihr dieselbe Macht über Mistress Alyss, Marian?«

Das Samträupchen auf Alyss' Stirn schoss in die Höhe, und Marian wedelte abwehrend mit den Händen. »Aber John, John, wer hat schon Macht über die Frauen?«

»Lasst das unnötige Geplänkel. John, wusste Robert von Julika und Pauli?«

»Ja, Mistress Alyss.«

»Hat Robert ebenfalls mit Julika getändelt?«

»Nein, Mistress Alyss.«

Die kurzen Antworten überzeugten Alyss mehr als wortreiche Erklärungen. Damit war wieder eine Möglichkeit ausgeräumt. Blieb noch eine Vermutung übrig.

»Robert war mit Mechtild befreundet. Er hat Paulis Untreue sicher nicht gutgeheißen.«

»Er sprach nicht darüber. Aber es steht anzunehmen.«

»Könnte der Streit darüber entbrannt sein?«

»Das könnte er.«

»Aber das ist kein Grund für Mord.«

»Ein geringer nur.«

»Dann sollten wir dem Streit im Gaffelhaus keine zu große Bedeutung beimessen, was meint Ihr, Master John?«

Anerkennend blinzelte Marian seiner Schwester zu, und John nickte.

»Möglicherweise nicht, Mistress Alyss. Wichtiger scheinen mir auch der Ring und das Drachenei. Was mir aber die Frage beschert, warum Ihr eigentlich die lustige Gislindis aufsucht, um danach zu fragen. Weiß sie so viel oder ist sie eine – wie sagt Ihr – Zaubersche? Sieht sie mehr als andere?«

»Gewiss sieht sie und hört sie mehr als andere, aber eine Zaubersche ist sie nicht. Aus einem Grund, den ich nicht erforschen kann, ist sie mir freundlich gesinnt und nimmt Anteil an meinen Sorgen.«

»Die du ihr anvertraust, Schwester mein?«

»Oh nein, Marian. Aber sie reimt sich vieles zusammen, und so gibt sie mir manchmal Rat auf Fragen, die ich nicht stelle.«

»Wie den Hinweis auf Hannes Böcklein, Mistress Alyss?«

»Wie den. Sie wusste, dass Robert umgebracht wurde, und ihr Vater schleift die Scheren der Schneider und Tuchhändler. Ich denke, sie hat sehr wohl Gemunkel gehört, dass Böcklein an einen Posten guter Tuche gekommen ist. Ihr Witz ist schnell und geht auch ungewöhnliche Wege.«

»Was habt Ihr sie zum Drachenei gefragt?«

»Nichts, Master John. Sie wusste aber, dass ich mich nach einer Zauberschen erkundigt habe, und hat mich zu der Frau geschickt, die sich mit derlei Dingen auskennt.«

»Aber ihr Rat ging fehl. Warum?«

Alyss druckste, dann aber besann sie sich, dass auch John sich wohl mit den Regungen der Frauen auskannte. Sie hatte ihn der Buhlerei geziehen, was nicht sehr höflich war, also konnte sie wohl auch ihre Schmach eingestehen.

»Trude de Lipa hat mir zweimal Unfruchtbarkeitszauber ins Bett stecken lassen«, murmelte sie und wurde rot.

Marian knurrte: »Wann?«

»Als Arndt eintraf.«

»Ich werde der alten Ziege mal einen Besuch abstatten, ihr die Hörner stutzen und dann das Fell über die Ohren ziehen!«

»Nicht, Bruderlieb. Es steht nicht dafür. Ich habe sie gerügt, und das mag genügen. Sie ist eine dumme, alte Vettel und richtet keinen Schaden damit an.«

John hatte lediglich zugehört, und seine Miene wirkte verschlossen. Dann aber meinte er: »Gislindis hat Euch noch mehr gesagt, Mistress Alyss. Habe ich recht?«

»Manchmal, Master John, erhält man von ihr Antworten und muss dann die Fragen dazu selber suchen. Sie kennt auch die Schwälbchen, und es könnte sein, dass sie Marian dort als Marianne gesehen und sich das Ihre gedacht hat. Darum warnte sie mich.«

»Ein kluges Weib. Gestattest du, mein lieb Schwesterlein, dass ich sie wenigstens einmal aufsuche?«

»Ich habe da nichts zu gestatten oder zu verbieten, Bruder mein. Es wird an ihr liegen, ob sie mit dir plaudert oder nicht. Sie ist ein freies Geschöpf mit einem eigenen Willen.«

»Und hübsch dazu«, ergänzte John. »Auch ich werde ihrem Rat folgen und ihr mein Schwert zum Schleifen bringen.«

»Der *Vater*, John, wird *Euer* Schwert schleifen. Die Tochter besuche ich!«

John grinste völlig unverschämt, und Alyss hatte etwas Mühe, gestreng zu schnaufen.

»Wer immer von Euch beiden Gehör bei ihr findet, fragt sie nach dem Drachenei.«

»Natürlich, Mistress Alyss. Nichts anderes hatte ich vor.«

Hilda machte dem Zusammensein der drei im Kontor ein

Ende, indem sie mit bärbeißiger Miene in der Tür erschien und sie mahnte, endlich zum Essen zu kommen.

26. Kapitel

Den Nachmittag verbrachte Alyss damit, im Weingarten nach dem Rechten zu schauen. Der starke Regen zusammen mit den heftigen Windböen des Gewitters hatte die Reben gezaust, und manche mussten wieder am Pfahl aufgebunden werden. Die kleinen grünen Trauben, die sich bereits gebildet hatten, hatten aber nicht gelitten. Auch wenn es eine feuchte Tätigkeit war und Saum und Schuhwerk wieder klamm wurden, empfand Alyss die Arbeit als beruhigend. Malefiz hatte sie begleitet und saß mit gierig funkelnden Augen vor einem Rebstock, in dem ein übermütiger Spatz selbstvergessen tschilpte. Ein anderer kreiste über ihnen und warnte den Sänger im Laub mit seinen Rufen. Malefiz hatte sich schon sprungbereit auf die Hinterbeine gesetzt, als das Vögelchen ihn bemerkte, im letzten Augenblick aufflatterte und so der Kralle entging.

»Gerettettet!«, spottete der Spatz und suchte sich einen höheren Platz.

»Tja, Malefiz, auch dem klugen Raubtier entkommt schon mal die Beute. Halt dich an die Mäuse, die sind sowieso lästiger als die Vögel.«

Während der Kater erneut auf die Pirsch ging, fiel Alyss Marians Warnung ein. Ihre Mutter Almut würde über kurz oder lang bei ihr erscheinen und auf die ihr ganz eigene Weise versuchen herauszufinden, was sie besorgte. Während ihr Vater ihr vertraute, dass sie ihre Angelegenheiten zunächst einmal alleine zu regeln in der Lage war, wollte ihre Mutter immer auf das Genaueste wissen, was vorging, und behielt es sich auch vor, selbst einzugreifen.

Marian mochte dann und wann unter dem Gefühl leiden, dass ihr Vater ihn zwar liebte, ihn aber nicht für einen ganzen Mann hielt – Alyss verfolgte der Eindruck, dass ihre Mutter ihr nicht zutraute, ihr Leben ohne ihre Weisung zu meistern. Ihr Bruder lachte sie aus, wenn sie so etwas andeutete, aber Almut vom Spiegel war eine so tatkräftige und kluge Frau, dass es für sie als Tochter schwer war, aus ihrem Schatten zu treten. Nicht nur ihre Zunge war scharf, nein, auch alle ihre anderen Sinne. Und sie hatte eine unnachahmliche Art, andere zum Reden zu bringen. *Mater inquisitoris* war ein Titel, den sie weidlich verdient hatte. Marian hatte ihn erstmals verwendet, als sie ihren letzen Sommer auf dem Villiper Gut verbrachten. In jenem Herbst sollten sie zu Leon und Aziza nach Burgund reisen. Dreizehn waren sie, und das Leben begann sich zu wandeln. Der Abschied von der Kindheit forderte seinen Preis, und so manche Entdeckung trieb Alyss damals die Schamesröte in die Wangen. Vor allem Bertine, eine Base, drei Jahre älter als sie, gab ihr einen peinlichen Anlass dazu. Sie entdeckte diese kecke Jungfer nämlich eines Nachmittags in der Scheune bei sündigem Tun mit dem Pächter des Gutes. Was die beiden dort taten, erschloss sich ihr augenblicklich, aber der Anblick der nackten, sich windenden Leiber verstörte sie. Trotzdem blieb sie eine Weile stehen und sah neugierig zu, und dabei bemerkte Bertine sie. Zwar hatte Alyss darauf fluchtartig die Scheuer verlassen, aber später nahm ihre Base sie zur Seite und zischelte, sie würde, falls Alyss auch nur ein einziges Wort darüber verlöre, ihrem Vater verraten, dass Marian seine Nächte im Ziegenstall verbringe, dort allerlei Laster wider die Natur begehe und ein Viechunreiner sei.

Das war eine so schreckliche Anschuldigung, dass es Alyss die Sprache verschlug. Sodomie war ein todeswürdiges Verbrechen. Dennoch schlich sie sich in der Dunkelheit in den Stall und fand tatsächlich ihren Bruder in eine Decke gehüllt zwischen den Ziegen schlafend.

Obwohl sie ansonsten einander alle ihre Sorgen und Kümmernisse anvertrauten, in der Zeit des Erwachsenwerdens war eine neue Schamhaftigkeit zwischen ihnen aufgetreten. Und das Wissen um Bertines und Marians Verfehlungen lastete schwer auf Alyss.

Natürlich bemerkte ihre Mutter das.

Eine ruhige Mahnrede über den Wert der Ehrlichkeit gegenüber den Eltern, die versteckten, aber wirkungsvollen Hinweise auf die Betrübnis ihres Vaters, sollte sie schlimme Dinge getan haben und nicht zur Reue bereit sein, taten alsbald ihre Wirkung. Wie sehr Ivo vom Spiegel zu Zeiten unter Verrat und Feigheit gelitten hatte, schilderte Almut dabei in bewegten Worten und fügte hinzu, dass sie dieses Verhalten auch nicht ansatzweise in ihrem Haus zu dulden gedachte. Und schon gar nicht von ihren Kindern.

Ihre Mutter wusste damit sehr wohl ein schlechtes Gewissen zu erzeugen, und die Seelenpein wurde schließlich größer als die Scham, daher gestand Alyss nach einer Weile zitternd und zagend, was sie verschweigen wollte.

Die Folgen waren entsetzlich.

Noch am selben Nachmittag wurde Alyss Zeuge, wie der Pächter zu seinem Herrn befohlen wurde. Es fiel kein einziges lautes Wort, doch kurz darauf zog der Mann wie ein geprügelter

Hund davon. Der Hauslehrer, wegen dessen Zudringlichkeiten Marian es vorzog, die Nächte bei den Ziegen zu verbergen, brachte dank Almuts Eingreifen eine Nacht im Schweinestall zu. Unter seinesgleichen, wie sie argumentierte. Am nächsten Morgen erlag auch er dem Gericht des Herrn. Man sah ihn nie wieder.

Bertine aber fing sich von harter Hand eine Ohrfeige ein, die wie ein Schlag mit einem Ziegelstein wirkte. Frau Almut baute in diesen Tagen nämlich gerade einen Taubenschlag auf dem Hof.

Marian und Alyss wurden milde ermahnt, immer aufrichtig und ehrlich zu sein.

Und dennoch, obwohl sie nie geschlagen, sondern mit strenger, aber sanfter Hand geleitet wurden, hatte Alyss noch immer ein klein wenig Angst vor ihrer Mutter. Sie ließ sich nie hinters Licht führen. Und darum überlegte sie sehr sorgsam beim Aufbinden der Reben, wie viel ihrer Geheimnisse sie preisgeben konnte, ohne sich ihr unabhängiges Handeln nehmen zu lassen.

Die Prüfung ereilte sie früher als erwartet. Als sie durch die Hintertür in die Küche trat, fand sie Frau Almut in ein lebhaftes Gespräch mit Hilda verwickelt, bei dem es offensichtlich um den Inhalt eines Kästchens mit kostbaren Gewürzen ging, deren wirkungsvollste Zubereitung und wie sie am schmackhaftesten in den vielfältigen Gerichten eingesetzt werden konnten erörtert wurde.

Almut vom Spiegel, in feines, dunkelgrünes Tuch gewandet, eine schlichte Haube auf den rotbraunen Haaren, sah lächelnd auf, als Alyss eintrat.

»Mein Kind, hast du im Schlamm gespielt?«

Mit einem schnellen Griff hatte sie ein Leinentuch in die Hand genommen, es in das Schaff getaucht und trat auf Alyss zu. Bevor sie sich wehren konnte, wischte ihre Mutter ihr schon einige Schmutzspuren aus dem Gesicht. Sie hatte sich wohl dann und wann mit den erdigen Fingern an die Nase gefasst.

»Ich grüße Euch, Frau Mutter – und nein, gespielt habe ich nicht.«

»Nein, du warst im Rebgarten. Ich habe deiner Haushälterin Würzwaren gebracht. Wir haben eine neue Lieferung aus Venedig erhalten.«

»Danke, Frau Mutter. Möchtet Ihr einen Becher von meinem Claret mit mir trinken?«

»Selbstverständlich möchte ich das. Aber erst, wenn du deine lehmigen Schuhe ausgezogen hast.«

Alyss schickte sich ins Unvermeidliche, zog die Holzpantinen aus und betrat gleich darauf mit trockenen Pantoffeln den Saal, wo ihre Mutter es sich schon auf der Bank am Fenster gemütlich gemacht hatte. Eine Zinnkanne mit Wein und zwei Becher standen bereit. Sie setzte sich auf einen gepolsterten Schemel und wappnete sich.

»Dein Hauswesen ist ruhig heute, will mir scheinen?«

»Es gibt genügend Aufgaben, die zu erledigen sind. Die Mädchen nähen sich neue Cotten, Frieder, Master John und Peer bauen den Verschlag für den Falken, und Tilo macht die Abrechnungen der letzten Weinlieferungen.«

»Ach ja, Master John. Roberts Freund. Er scheint langwierigen Geschäften in unserer Stadt nachzugehen.«

»Ich folge ihm nicht auf Schritt und Tritt, aber ich gewähre ihm Gastfreundschaft, wie es sich gehört.«

»Er kümmert sich auch um Roberts Angelegenheiten?«

»Sie sind Geschäftspartner.«

»Und er sucht nach seinem Mörder?«

»Ja, Frau Mutter.«

»Hat er einen Verdacht?«

»Ja, Frau Mutter.«

»Du wirst ihn mir mitteilen.«

»Nein, Frau Mutter.«

Almut vom Spiegel lächelte.

»Nun, dann lass es eben. Hilda sagte mir, ein böser Geist habe dir letzthin eine Nestel ins Bett gezaubert, und klagte laut über den Falken, der den Storch vertreiben könnte.«

Der Wechsel kam ein wenig überraschend, und da die Begegnung mit Trude de Lipa sicheres Gebiet war, plauderte Alyss ein wenig über die alte Frau und ihr hässliches Treiben. Almut hörte aufmerksam zu, hatte den einen oder anderen bissigen Kommentar zu äußern und fragte plötzlich: »Und warum ist eurer Ehe denn nun wirklich kein weiteres Kind beschieden, Alyss? Ich weiß doch, wie sehr du dich danach sehnst. Terricus war ein so heiteres Bübchen, und sein Tod hat uns alle erschüttert. Aber das ist doch kein Grund, auf Kindersegen zu verzichten. Liegt es an dir oder deinem Gatten, Alyss? Die Nesteln tragen doch bestimmt keine Schuld daran.«

»Es wird wohl an mir liegen, Frau Mutter. Ich… ich habe meinen Gatten verärgert.«

»Weshalb er eiligst wieder abgereist ist. Es ist für eine Frau sehr schwer, es einem Mann recht zu machen, der von dumpfem Witz ist, nicht wahr? Mein erster Gemahl war von ähnlichem Charakter.«

Darauf gab es wenig zu erwidern, sie hatte nur zu recht. Aber dann fasste Alyss sich ein Herz und fragte mit ein wenig trotziger Stimme:

»Warum, Frau Mutter, mögt Ihr Arndt nicht?«

»Weil ich ihn für einen Schwätzer halte.«

Das war eine ungewöhnlich schnelle und ehrliche Antwort.

»Mein Vater tut das nicht.«

»Dein Vater ist ein Mann von großem Gerechtigkeitssinn. Unter Männern sieht man über manches Geschwätz hinweg, wenn es um gegenseitigen Nutzen geht. Und Arndt van Doorne hat sich nützlich gemacht. Weißt du noch, wie sorgsam er deine und Marians Reise zu Leon vorbereitet hat? Dein Vater beurteilt ihn nach seinen Taten.«

»Ihr nicht?«

»Ich höre auch zu. Und da erscheint manches in einem anderen Licht, Kind. Ihr wart nicht hier, als die Streitigkeiten zwischen der Richerzeche und den Gaffeln begannen. Es war eine wirre Zeit, in der sich Parteien bildeten, die unterschiedliche Ziele verfolgten, manche sehr hehre, andere sehr persönliche. In solchen Situationen muss man versuchen, die Hintergründe zu erforschen, um nicht ins Getriebe zu geraten.«

»Ich dachte, Ihr hättet Euch aus diesen Auseinandersetzungen damals völlig herausgehalten?«

»Wir haben uns unsere Meinung gebildet und entsprechend gehandelt. Schau, es ging im Grunde seit Jahren darum, der Stadt eine weltliche Regierung zu geben. Schon im Schöffenkrieg kurz vor deiner Geburt war der eigentliche Auslöser der Wunsch der Kaufleute gewesen, ihre rechtlichen Angelegenheiten vor einem weltlichen Gericht, nicht von der Kirche regeln zu lassen. Letztlich scheiterten sie, und die Schöffen wurden wieder eingesetzt.«

»Ich habe mich nie darum gekümmert, Frau Mutter. Aber es scheint mir sinnvoll, dass über den Handel nicht die Kirche waltet.«

»Richtig. So sahen es auch viele, und sie wurden mehr und einflussreicher. Andere aber – und das scheint sich immer wieder, im Großen und im Kleinen so abzuspielen – nahmen solche Bestrebungen zum Anlass, ihre eigenen Machtziele zu verfolgen. Hilger Quattermart, Heinrich von Stave und Konstantin Lyskirchen gehörten zu ihnen. Der Rat hatte zwar schon recht deutliche Worte an den Erzbischof gerichtet und auf die Unabhängigkeit der Bürger gepocht, aber diese drei Ratsmitglieder sahen darin, ein jeder auf seine Weise, die Möglichkeit, selbst zur Macht zu kommen.«

»Ja, aber was hat das mit Arndt zu tun?«

»Er hängte sich erst an den Quattermart und sang sein Loblied, ließ ihn dann fallen, weil der Stesse die Nase nach vorne bekam, und liebäugelte dann sogar mit dem Lyskirchen.«

»Quattermart wurde enthauptet, Stesse gevierteilt und Lyskirchen von seinem hohen Ross geholt. Keine gute Wahl von Arndt. Aber warum hat mein Vater das nicht bemerkt?«

»Weil er, Gott sei's geklagt, nicht zugehört hat, wenn Arndt herumschwadronierte. Über seine Meinung zu diesen politischen Verwicklungen hat er nur mit einem ganz kleinen Kreis von Freunden geredet, die Meinung der Masse war und ist ihm schon von jeher gleichgültig.« Almut vom Spiegel zeigte ein winziges Grinsen. »Dem Herrn vom Spiegel ist ein beträchtliches Quantum Arroganz zu eigen.«

»Zweifelsohne«, bestätigte Alyss trocken.

»Aber lieber Arroganz und Stolz als Unverstand und Dünkel.«

»Mhm.«

»Aber als Ehefrau muss man sich einrichten. Nimm meine Schwester Mechtild – auch sie hat einen Mann geheiratet, dessen Witz weit dem ihren unterlegen ist.«

Hier wurde das Eis dünn, und Alyss hielt wohlweislich den Mund, um abzuwarten, was als Nächstes kommen würde. Frau Almut musterte sie mit ruhigen Augen und nickte dann.

»Ja, aber im Gegensatz zu Arndt ist Reinaldus ein ungewöhnlich fügsamer Mensch. Er hat immer getan, was sein Vater ihm befahl, und nun folgt er den Weisungen seines Eheweibs. Ich habe die Einwilligung zu deiner Ehe mit Arndt van Doorne gegeben, weil ich damals glaubte, dass er sich dir ähnlich fügen würde. Aber das tut er nicht, stimmt's?«

»Er ist – schwieriger – als Reinaldus Pauli. Und er ist oft auf Reisen.«

»Ja, das macht einen Unterschied. Der alte Pauli hat schon damals dafür gesorgt, dass sein Sohn weitgehend von Köln aus seine Geschäfte abwickelt. Er hat bis zu seinem Tod die Kontrolle über die Tätigkeiten nicht aus der Hand gegeben.«

»Weil er fürchtete, dass Reinaldus schlechte Geschäfte abschließen würde?«

»Sich übervorteilen lassen würde, auf Betrüger hereinfallen könnte oder selbst ungeschickten Handel führen würde, nehme ich an. Er war sein einziger Sohn und sein Erbe. Er hat ihm den Weg in die Gaffel bereitet, und dort ist er ja ein anerkanntes Mitglied.«

»Aber er hat ihn auch mit Frau Mechtild und ihrem Geldverstand verheiratet.«

»So ist es. Alyss, sieh mich an!«

Widerstrebend blickte Alyss zu ihrer Mutter auf.

»Dein Vater und ich haben uns mit großen Mühen und Schmerzen unseren Weg aus unseren Bedrängnissen erkämpft und dabei einander gefunden. Alles geht, wenn man will, meine Tochter.«

»Mama?«

»Und nun stelle mir Roberts Freund John of Lynne vor. Marian scheint Gefallen an seiner Gesellschaft zu finden.«

Almut trank den Becher Wein aus und erhob sich.

Mit einer gewissen Erleichterung, glimpflich davongekommen zu sein, tat es Alyss ihr gleich. In der Küche schlüpfte sie wieder in die lehmigen Holzpantinen und bat ihre Mutter, ihr über den Hof zu folgen, um die kleine Baustelle zu besichtigen.

Es wurde eifrig gearbeitet. Peer und Frieder sägten Latten zurecht, John schlug mit gleichmäßigen, kraftvollen Schlägen Nägel in den Stützbalken, um die vorbereiteten Hölzer an ihm zu befestigen. Tilo, auf seine Krücken gelehnt, gab fachkundige Ratschläge, denen John mit trügerischer Aufmerksamkeit lauschte, die Peer geflissentlich überhörte und die von Frieder mit bissigen Bemerkungen über anmaßende Federfuchser abgelehnt wurden.

»Wohledle Herren, meine Frau Mutter wünscht sich ein Bild von dem Bauwerk zu machen!«, verkündete Alyss, und die vier Männer drehten sich sofort zu ihnen herum.

»Ich grüße dich, Tilo. Was macht das Bein?«

»Es juckt, wohledle Dame.«

»Dann heilt es. Frieder, sitzt der Kopf wieder an der richtigen Stelle?«

Frieder grinste.

»Ja, wohledle Dame. Doch gestern fühlte er sich an wie ein fauliger Apfel und wollte schier auseinanderplatzen.«

»Peer, hat sich der Gaul bewährt, den dir der Adlerwirt verkauft hat?«

»Prächtiges Tier, wohledle Dame. Das war ein guter Rat.«

»Und Ihr seid Master John of Lynne, der, wie ich hörte, mit Falken handelt?«

»Beides ist so, my Honourable Lady!«

John machte eine sehr tiefe und respektvolle Verbeugung.

»Ihr seid zum ersten Mal in unserer Stadt, hörte ich.«

»Ja, my Honourable Lady, und ich werde von allen gastfreundlich aufgenommen.«

»Besonders von den Vögelchen«, brummelte Alyss.

»Natürlich, Mistress Alyss, auch der Jerkin, der Falke fühlt sich wohl unter Eurem gastlichen Himmel.«

»Ihr werdet mir den Vogel gleich einmal vorführen, Master John«, ordnete Almut an. »Aber zuvor, sagt mir, wie lange werden Eure Geschäfte Euch wohl hier binden?«

»Bis alle Rechnungen beglichen sind, my Honorable Lady.«

»Es ist Euch bekannt, dass manche Schuldner sich der Bezahlung entziehen?«

»Das mögen sie versuchen, my Honourable Lady. Doch der Gerechtigkeit sollte man Genüge tun.«

»Sie entziehen sich auch gelegentlich der weltlichen Gerechtigkeit, Master John.«

John nahm den schweren Hammer wieder auf und steckte den Stiel in seinen Gürtel. Seine hellen Augen verengten sich einen kleinen Moment. Dann sagte er ruhig: »Der vielleicht, doch nicht der meinen.«

Alyss kam flüchtig die Geschichte des Germanengottes Thor in den Sinn. Marian hatte recht: John war hinter seiner leichtherzigen Art ein harter Mann, und er war fest entschlossen, Roberts Mörder zur Strecke zu bringen.

Ihrer Mutter schien die Antwort zu gefallen, sie nickte ihm anerkennend zu. Dann wandte sie sich an Alyss und meinte: »Die Arbeit am Bau macht durstig, Tochter. Bring den Männern einen Krug Bier. Und Ihr, Master John, stellt mich dem Falken vor, für den dieses Bauwerk errichtet wird.«

»Gerne, my Honourable Lady.« Wieder verbeugte er sich, und ein kleines Grinsen umspielte seine Lippen. »Euer Gatte muss ein ausgesprochen schöner Mann sein, my Honourable Lady.«

»Er ist wohlgestalt und ansehnlich, warum?«

»Weil Ihr Eure Schönheit Eurem Sohn gegeben habt, my Honourable Lady.«

»Schmuusbüggel!«, fauchte Alyss und rauschte zur Küche, vom leisen Gelächter ihrer Mutter verfolgt.

Während die Männer das Bier genossen und ihre Mutter Master John einer voraussichtlich inquisitorischen Befragung unterzog, schickte Alyss Hilda zum Fleischhauer und sah befriedigt das Kästchen mit den Gewürzen durch. Paradieskörner, ein Säckchen Pfeffer, Nelken und einige Röllchen des sehr kostbaren Zimts fand sie darin. Ihr Würzwein würde noch köstlicher werden.

Nachdem alles in Töpfen verstaut war, kam auch Frau Almut zurück und setzte sich an den langen Holztisch.

»Zufrieden mit den Spezereien?«

»Sehr. Danke, Frau Mutter.«

»Ein bemerkenswerter Vogel, dieser Falke.«

»Ja.«

»Und ein bemerkenswerter Mann, der Master John.«

»Auch ein Schwätzer.«

»Ja, er hat Honigseim unter der Zunge, aber ein Schwätzer ist er nicht. Ich habe ihn nach seiner Familie gefragt. Von einem Stein hätte ich mehr darüber erfahren.«

»Er verbirgt eine Menge, und darum traue ich ihm nicht.«

»Dein Bruder traut ihm.«

»Ihn stört es nicht, aber ich spüre, dass dieser Master John mehr weiß, als er sagen will.«

»›Der eine schweigt, weil er nichts zu antworten weiß; der andere aber schweigt und wartet auf seine Zeit.‹«

»Hat Sirach gesagt.«

»Hat er, und, mein Kind, damit beschreibt er dich ebenso gut wie den mannhaften Falkner dort draußen.«

»›Wer über seine Zunge hat Gewalt,
der mag in Ehren werden alt.‹
Das, Frau Mutter, sagte der weise Dichter Freigedank. Man möchte meinen, er hat Euch gemeint.«

»Freche Göre!«

Frau Almut stand schmunzelnd auf und rief nach der Magd, die sie begleitet hatte.

In der Küche hing, als sie gegangen war, über dem Duft der Gewürze noch immer der zarte Hauch von Rosenessenz. Alyss liebte ihn, denn er begleitete ihre Mutter, seit sie denken konnte. Aber er verursachte ihr auch das unbestimmte Gefühl, dass sie mehr verraten hatte, als sie zugeben wollte.

27. Kapitel

Über der Tür der Badestube hing ein frischer Badewedel zum Zeichen, dass der Ofen geheizt und das Wasser warm war. Betrat man das Haus, übergab man seine Kleider der Bademagd, legte ein dünnes Hemd oder ein Lendentuch an und konnte sich dann genussvoll der Körperpflege und den Lustbarkeiten in den verschiedenen Räumen widmen. Auch ein Schwitzbad stand zur Verfügung, in dem durch das Begießen heißer Steine im

Herd Dampfschwaden erzeugt wurden. Hier wusch man sich mit seifiger Lauge, schlug mit den Badewedeln die Haut, um noch mehr ins Schwitzen zu geraten, konnte sich von einer Freundin oder einer Magd die langen Haare gründlich waschen lassen und sich auf den hölzernen Stufen in unterschiedlicher Höhe dem müßigen Geplauder oder einem schweigsamen Dösen hingeben.

In dem großen Badesaal warteten dann gewaltige Bottiche mit warmem Wasser, in dem man sich langsam abkühlen, dabei kleine Leckereien verzehren und Wein trinken konnte. Dieser Raum war durch eine halbhohe Holzwand geteilt; auf der einen Seite badeten die Männer, die andere war den Frauen und Mädchen überlassen.

Pitters Badehaus genoss einen ausgezeichneten Ruf. Daher wurde es auch von den ehrbaren Herrschaften gerne aufgesucht. Zwei Barbiere schabten Bärte, schnitten Haare und führten kleine Operationen durch, so sie denn notwendig waren, oder ließen zur Ader, wenn es gewünscht wurde. Zwei Baderknechte sorgten für frisches Wasser und kümmerten sich um den Ofen, aber sie walkten auf Wunsch auch müde Muskeln. Die Mägde brachten Speisen und Getränke, schäkerten schon mal mit den Gästen, waren aber streng angewiesen, sich sittsam zu verhalten.

Bader Pitter verstand sein Geschäft. Wer weitergehende Wünsche hatte, erhielt von ihm die passenden Adressen. Günstigerweise waren diese durch den Hinterausgang der Badestube leicht zu erreichen, aber darüber sprach niemand laut.

Als Alyss vor fünf Jahren als verheiratete Frau nach Köln zurückgekommen war, hatte der jetzige Besitzer eben die heruntergekommene Badestube an der Marspforte übernommen und zu einem ansehnlichen Unternehmen ausgebaut. Ihr Vater hatte ihm einen Kredit dazu gewährt, denn Pitter, einst findiger Päckelchesträger, war ein Freund der Familie. Aus diesem Grund hatten sie und Arndt schon damals regelmäßig das Haus aufgesucht. Alyss behielt diese Angewohnheit auch bei, seit ihr Gatte häufig auf Reisen ging. Gewöhnlich wusch man sich zwar im Haus in einem Zuber vor dem Küchenherd, aber alle ein, zwei Wochen gönnte sie sich den Luxus von duftenden Salben und Seifen. Und dem Geplauder natürlich, denn es trafen sich dort auch die Gattinnen, Töchter oder Witwen anderer Händler und angesehener Handwerker.

An diesem Mittwoch hatte sie erstmals die drei Jungfern gefragt, ob sie sie begleiten wollten. Hedwigis hatte die Nase gerümpft; ihr war ein öffentliches Badehaus nicht fein genug. Leocadie überkam ein Anfall übermächtiger Keuschheit, und sie lehnte errötend ab, aber Lauryn hatte leuchtende Augen bekommen, auch wenn sie sich zunächst nicht traute, als Einzige zuzusagen.

»Komm. Lauryn, zier dich nicht. Es ist ein anständiges Haus.«

»Ja, Frau Alyss. Ich würde gerne mitkommen.«

So kam es also, dass sie am frühen Nachmittag gemeinsam schwitzten und schwatzten. Lauryn zunächst ein wenig schüchtern und sehr darauf bedacht, alles so zu machen wie Alyss. Aber als sie sich gegenseitig die Haare wuschen und auskämmten, legte sich ihre Unsicherheit allmählich.

Weitere Frauen aus Alyss' Bekanntschaft trafen nach und nach ein, eine Seidweberin, die Frau eines Pelzhändlers mit ihrer Tochter, die eines Apothekers und die Witwe eines Sarwörters. Lauryn wurde freundlich aufgenommen. Sie setzte sich, als man zu den Wannen hinüberging, neben Alyss und lauschte schweigsam der Unterhaltung.

Um Kinder ging es und um den neuen Pfarrer des Sprengels, um den Steingrieß im Mehl eines bestimmten Müllers, der sich wohl demnächst am Kax wiederfinden würde, um die Wirkung von Ingwer nach Völlereien und um Geld.

»Der Sverting ist einer der zuverlässigsten Schiffer«, antwortete die Pelzhändlerin auf eine Frage der Sarwörter-Witwe. »Aber er hat seinen Preis.«

»Alles hat seinen Preis«, murrte die. »Aber wenn er wirklich zuverlässig ist … verflixt, ich kann nicht selbst nach Deventer fahren, aber ich habe Ware abzuliefern und bekomme von Jan van Zwolle Geld dafür. Die Versuchung, versteht Ihr?«

»Eurem Handelsknecht traut Ihr nicht?«

Die Witwe war bekannt als übermäßig misstrauisch und knickerig. Entsprechend fiel ihr Urteil über den Knecht aus. Andererseits, ein Beutel Goldmünzen war nicht nur eine Versuchung für den Boten, sondern auch für Mitreisende.

»Ihr könntet Salzfisch gegen Eure Eisenwaren eintauschen. Mit dem kann man hier immer gute Geschäfte machen«, schlug die Seidweberin vor und nahm einen süßen Kuchen von dem Tablett, das über die Wanne gelegt worden war.

»Ich bin keine Fischmengersche. Außerdem brauche ich das Geld bald. Meine Tochter will heiraten.«

Alyss mischte sich ein und meinte: »Lasst Euch von dem Jan van Zwolle in Deventer einen Wechsel ausstellen, der hier bei einem Kaufmann einzulösen ist. Er macht doch sicher Geschäfte mit unseren Händlern. Ich habe den Namen schon mal gehört.«

»Was will das heißen? Wechsel?«

»Ein gesiegeltes Zahlungsversprechen über den Betrag Eurer Ware, das ein Schuldner Eures Kunden übernimmt.«

»Ach ja«, sagte die Pelzhändlerin. »Ihr könnt ihn auf meinen Gatten ausstellen lassen. Er handelt tatsächlich mit Jan van Zwolle. Der ist ein zuverlässiger Mann, und seine Pelze sind immer von guter Qualität.«

»Euer Gatte wird mir die Schwerter bezahlen, die Jan van Zwolle bestellt hat?«

»Sicher, weil mein Gatte Pelze von ihm bekommen hat, die er noch bezahlen muss. So müssen wir keinen Beutel Münzen nach Deventer schicken, den Jan van Zwolle dann umgehend wieder an Euch senden müsste. Jan nimmt Eure Schwerter, gibt Euch den Wechselbrief, und mein Mann zahlt darauf den Betrag. Damit sind seine und Jans Schuld getilgt.«

»Hört sich ungewöhnlich an.«

»Es ist aber nicht ungewöhnlich«, beruhigte sie Alyss. »Mein Bruder hat mir erklärt, dass es in Venedig eine ganz übliche Form ist. Und auch ich habe schon den einen oder anderen Wechsel eingelöst.«

Eine Magd kam vorüber und fragte, ob man noch Wein oder Wasser wünschte, und das Gespräch wandte sich den Gewürzen zu, mit denen man sauren Rebsaft genießbar machen konnte. Auf der anderen Seite der Holzwand, wo sich die Männer einfanden, wurde es nun auch lebendig. Bisher hatten lediglich zwei alte Männer lautstark über ihr Gliederreißen lamentiert und den Knecht um weiteres heißes Wasser gebeten, aber nun füllte sich der Raum zusehends. Alyss und ihre Begleiterinnen schenkten dem wenig Aufmerksamkeit, aber Lauryn machte große Augen. Die Holzwand, die die Bereiche trennte, war eben brusthoch, denn die warme Luft sollte sich im gesamten Bereich verteilen. Sie war auch eher als Abgrenzung, nicht so sehr als Blickschutz gedacht. Deswegen standen auch die Türen in der Trennwand meistens offen, damit die Knechte und Mägde mit ihren Wasserkannen und Körben ungehindert hin- und herlaufen konnten. Manchmal gesellten sich auch die Männer zu ihren Frauen und umgekehrt – man war nicht prüde, aber lüstern auch nicht.

Für Lauryn hingegen war das gemeinsame Baden neu, auch wenn ein nackter Mann für sie kein völlig ungewohnter Anblick war. Auf dem Gut arbeiteten viele im Sommer mit bloßem Oberkörper auf den Feldern, man wusch sich ganz ungeniert am Brunnen oder in den Bächen oder sprang zur Abkühlung in den Teich. Dennoch merkte Alyss, dass Lauryns Schüchternheit wieder zunahm. Einige Krümel ihres Kuchens versanken im Wasser, und ein wenig unsicher zupfte sie mal an ihrem Hemd oder dem dünnen Tuch über ihren feuchten Haaren. Darum warf sie ebenfalls einen interessierten Blick über die Brüstung und sah einen fetten Mönch in einen Zuber steigen. Das Wasser schwappte über, aber er verdeckte gnädig dessen Wampe.

»Ja, Lauryn, unsere Geistlichkeit steht in gutem Futter«, murmelte sie, und das Mädchen gab ein glucksendes Geräusch von sich.

Dann wandte sie sich wieder dem Gespräch zu und wurde erst abgelenkt, als Lauryn ihren nackten Fuß anstupste.

»Da ist Master John, Frau Alyss. Er… er gibt mir ein Zeichen.«

Überrascht sah Alyss auf. Tatsächlich, John saß inzwischen in der nämlichen Wanne wie der Mönch und winkte auch ihr unauffällig zu. Nicht als Gruß, das war eindeutig, sondern mit der beinahe dringlichen Aufforderung, zu ihm zu kommen. Das war ungewöhnlich. John mochte eine lockere Art mit den Berlichschwalben haben, das hier war eine ganz andere Angelegenheit.

»Ich glaube, er will mit Euch sprechen«, flüsterte Lauryn.

»Sprechen, ja, das will ich ihm auch geraten haben. Magd, ruf mir den Bader, bitte«, wandte sich Alyss an die dralle Frau mit der schweren Zinkkanne.

Pitter, schlaksig, aber adrett gekleidet, erschien umgehend und begrüßte sie höflichst.

»Ihr seid mit allem zufrieden, Frau Alyss?«

»Ja, Pitter, das Wasser ist heiß, die Pasteten süß, aber der Wein könnte süffiger sein.«

»Etwa wie der, den Ihr zu liefern hättet?«

»Etwa wie der.«

»Dann solltet Ihr mir ein Fässchen zum Probieren schicken, Frau Alyss.«

»Gerne, doch auch ein Probierfässchen gibt es nicht für Gotteslohn.«

»Aber Frau Alyss, ich bin ein Mann, der an seinen Geldbeutel denken muss.«

»Und ich eine Frau, die das Nämliche tut. Aber sei's drum, einen Krug will ich Euch senden, und wenn der Wein Euch mundet, bestellt Ihr zum üblichen Preis.«

»Mit einem kleinen Nachlass, wenn ich zwei Fässer nehme?«

»Mit einem kleinen, Pitter.«

»Und bezahlt an Martini.«

»Bezahlt am Tag der heiligen Afra.«

»Das ist ja schon in zwei Wochen. Habt Mitleid mit einem anständigen Bader, Frau Alyss, ich muss den Wein doch erst ausschenken.«

»Na gut. Dann seid Ihr mit der Zahlung zu Mariae Geburt einverstanden?«

»Klar!«

»Dann machen wir es so. Und nun begleitet mich nach

nebenan. Dort wünscht mich anscheinend ein Badegast zu sprechen.«

Galant half Pitter ihr aus dem Zuber, und sie griff nach einem der Leinentücher, die zum Abtrocknen bereitlagen und hängte es sich um die Schultern. Es verdeckte nicht viel, das nasse Hemd klebte ihr am Leib, aber auch sie war nicht verschämt. John war es ebenfalls nicht, und so kam sie in den Genuss, seine bloße Brust betrachten zu können, auf der kein einziges Härchen zu sprießen schien. Doch sein Körper zeugte von harter Arbeit oder auch harten Kämpfen, denn er wies hier und da Narben auf, deren Herkunft sie lieber nicht zu genau ergründen wollte.

»Ihr kennt den edlen Herrn, Frau Alyss?«, fragte Pitter und stellte sich schützend neben sie.

»Ja, ich kenne John of Lynne.« Und zu ihm gewandt meinte sie: »Wie ich sehe, geht Ihr wieder Euren anstrengenden Geschäften nach.«

»Den Staub eines harten Arbeitstags abwaschen ist ein anstrengendes Geschäft, Mistress Alyss. Wir haben das Haus für den Falken fertiggestellt.«

»Dann mögen ein behagliches Bad und eine reiche Mahlzeit wohlverdient sein.« Alyss zeigte auf die üppig gefüllten Schüsseln, aus denen sich der feiste Mönch bereits so kräftig bedient hatte, dass sein Kinn fettig glänzte. Derzeit aber stand sein Mund offen, und er glotzte Alyss begehrlich an.

»Es würde mir noch weit behaglicher vorkommen, Mistress Alyss, wenn Ihr mir Gesellschaft leisten wolltet. Bedient Euch, und erfreut Euch diesmal meiner Gastfreundschaft.«

Bei diesen Worten hatte er ihre Hand ergriffen und knetete unauffällig ihren kleinen Finger.

Alyss musste ihre Verwirrung meistern. Johns Verhalten war

ungewöhnlich. Er hatte ein geschmiertes Mundwerk, und Tändeleien kamen ihm leicht über die Lippen. Doch noch nie hatte er ihr einen solch eindeutigen Antrag gemacht, und auch berührt hatte er sie noch nie.

Es sprach für ihren schnellen Verstand, dass sie nicht mit Empörung darauf reagierte, sondern dieses Verhalten gleich darauf richtig deutete.

John wollte ihr unbemerkt etwas mitteilen!

Sie folgte seinem verhangenen Blick und erstarrte.

Langsam entzog sie ihm ihre Hand und erwiderte freundlich: »Ich danke Euch, Master John, aber ich bin mit Lauryn zusammen gekommen. Schade, dass Ihr Frieder nicht mitgenommen habt. Er wäre Euch ein aufmerksamer Begleiter gewesen.«

Dann ging sie um den Zuber herum und legte, wenn auch widerwillig, dem glupschäugigen Mönch die Hand auf die nackte Schulter und drückte sie leicht.

»Aber ich bin sicher, der fromme Bruder wird Euch ebenso gut unterhalten, Master John. Vielleicht erzählt er Euch die Geschichte unserer Stadtpatronin. Er wird sie gut kennen, nicht wahr, Bruder?«

Der Mönch war nur in der Lage, ein kollerndes Geräusch von sich zu geben, denn sie tätschelte ihn jetzt auch noch und nickte John aufmunternd zu.

»Sicher, Mistress Alyss. Nun denn, ein anderes Mal.«

Alyss wandte sich ab und kehrte an Pitters Seite zu den Frauen zurück. Als sie außer Hörweite waren, fragte sie: »Wer ist der Mönch, Pitter?«

»Bruder Gotfridus, von Groß Sankt Martin.«

»Aha.«

Pitter grinste: »Kommt nur zum Fressen her. Lodewig drückt ein Auge zu.«

Was kaum jemand wusste, Alyss aber bekannt war, war der Umstand, dass der Abt von Groß Sankt Martin und der Badestubenbesitzer Pitter sehr alte und sehr gute Freunde waren. Darum stellte sie auch die nächste Frage: »Wie lange hat er den goldenen Anhänger schon, den er selbst im Bad nicht abnimmt?«

»Ich sah ihn heute zum ersten Mal. Hat er eine Bedeutung?«

»Ja. Aber das ist eine lange Geschichte.«

»Kann ich Euch behilflich sein?«

Alyss schalt sich, dass sie auf diese Idee noch nicht selbst gekommen war. Das Badehaus war eine Brutstätte für allerlei Gerüchte und Pitter ein kluger Sachwalter reicher Informationen.

»Beantwortet die Fragen von Master John, dafür wäre ich Euch dankbar.«

Pitter nickte und verabschiedete sich. Alyss aber, deren Hemd inzwischen beinahe getrocknet war, verspürte keine Lust mehr, noch einmal in den Zuber zu steigen.

»Komm, Lauryn, wir wollen nach Hause gehen.«

»Ja, Frau Alyss.«

»Was habt Ihr drüben bei dem blonden Mannsbild zu suchen gehabt?«, wollte die Sarwörterin wissen.

»Er ist ein Handelspartner von Robert van Doorne und in unserem Haus zu Gast. Ich begrüßte ihn.«

»Ach, Gastfreundschaft gewährt Ihr ihm? Wie großzügig von Euch, Frau Alyss. Zumal Euer Gatte außer Haus ist.«

Der anzügliche Ton war nicht zu überhören, und Lauryn begehrte auf.

»Master John ist ein ehrenwerter Mann und von genauso tugendhaftem Benehmen wie Frau Alyss.«

Lauryns Empörung hätte Alyss schon fast ein Kichern entlockt, zumal sie den lockeren Lebenswandel ihres Gastes kannte. Aber sie blieb ernst und mahnte streng: »Lauryn, ich brauche keine Rechtfertigung meines Benehmens. Euch noch einen angenehmen Nachmittag. Komm, Kind.«

Als sie sich ankleideten, murrte Lauryn noch einmal.

»Die ist eine böse Zicke, Frau Alyss. Die hat die ganze Zeit, in der ihr drüben wart, versucht, mich nach Master John auszufragen.«

»Sie ist neugierig, geizig und missgünstig, aber sie führt ihr Geschäft gut und ist ehrlich, Lauryn. Mich stört es nicht, wenn sie unkeuschen Gedanken nachhängt.«

Lauryn nestelte ihren Surkot zu und grinste dann.

»Aber Master John ist ein prachtvolles Mannsbild, findet Ihr nicht auch?«

»Mhm.«

»Na, zumindest so viel, wie ich sehen konnte.«

»Lauryn, einen Mann im Badehaus sollte eine unschuldige Jungfer nicht zu genau betrachten.«

»Ihr habt es aber auch getan.«

Hatte sie, und dass sie dabei ertappt worden war, war ihr peinlich. Sie wies Lauryn demzufolge herb zurecht, was diese mit Schweigen quittierte.

Aber ein ansehnliches Mannsbild war dieser John of Lynne tatsächlich.

Gleichwie, das hatte sie nicht zu berühren, und mit energischen Schritten eilte sie, Lauryn im Schlepptau, nach Hause. Viel wichtiger war es, über das neue Fundstück nachzudenken. Denn das, was der Mönch an einem Lederbändchen um den Hals trug, war nichts anderes als ein ihr wohlbekanntes Fingerknöchelchen der heiligen Ursula, in ein goldenes Reliquiar gefasst. Mochte der Beelzebub wissen, wie ein zur Armut verpflichteter Benediktiner an solch kostbaren Schmuck kam.

John hatte sie als Zeugin haben wollen, was seine wunderliche Scharade erklärte. Und nun war sie aufs Äußerste gespannt darauf, was er dem feisten Bruder darüber entlocken würde.

Jerkin, der Falke, saß auf seinem neuen Sprenkel und betrachtete durch das Gitterwerk aus dünnen Haselruten den Hof. Der Verschlag zeugte von solider Handarbeit, das Holz roch noch frisch, der Boden war mit sauberem Stroh bedeckt, ein gefüllter Wassernapf stand in erreichbarer Nähe, in einem Kästchen an der Wand lagen Handschuh, Häubchen und Futtertasche. Alyss streifte den Handschuh über und schob den Riegel auf. Ein klein wenig klemmte die Tür, aber dann ging sie auf. Der Falke war zutraulich geworden, er kletterte sofort auf ihre Faust, und sie löste die Bänder, die ihn auf der Stange hielten.

»Komm, Jerkin, Zeit zum Jagen«, sagte sie und wollte ihm das Häubchen überstülpen. Der Vogel schüttelte sich unwillig, und die kleine Kopfbedeckung fiel zu Boden.

»Na, dann eben nicht«, meinte sie gutmütig. »Aber bleib sitzen, bis ich dir erlaube zu fliegen.«

»Versteht er Euch, Frau Alyss?«, fragte Lauryn, die mit einem Bündel Petersilie und einigen Möhren aus dem Garten gekommen war.

»Ich weiß es nicht. Er hat ja noch nicht mal Ohren, nicht wahr?«

»Nein, stimmt. Aber Vögel müssen doch etwas hören, warum sollten sie sonst so schön singen?«

»Eine berechtigte Frage. Doch, ich glaube, sie können hören. Der Falke kommt ja zurück, wenn ich pfeife.«

»Und er schaut Euch an, wenn Ihr sprecht. Lasst Ihr ihn jetzt fliegen?«

»Ja. Möchtest du mitkommen?«

»Gerne. Ich bringe nur die Möhren zu Hilda.«

»Dann nimm ein bisschen frisches Fleisch für ihn mit.«

Alyss ging langsam zum Weingarten, wobei der Falke tatsächlich ruhig auf dem Handschuh blieb, bis sie ihn abwarf.

Er kreiste noch nicht lange unter dem wolkigen Himmel, als John sich zu Lauryns Freude zu ihnen gesellte. Die Jungfer hatte den Anstand, zu erröten und ihren Blick zu senken.

Alyss nicht.

»Nun, habt Ihr die Fettaugen abgewischt, die Bruder Gotfridus in der Brühe hinterlassen hat, die Ihr mit ihm teiltet?«

»Ein schmieriger Geselle, Mistress Alyss, fürwahr. Und ich muss Euch Abbitte leisten dafür, dass ich Euch so unritterlich belästigt habe.«

»Ich verstand nach kurzem Überdenken Euer Handeln, Master John. Es ist die kleine Ursulareliquie aus Roberts Beutel. Die Wege des Herrn sind unergründlich. Wie gelangte sie in seinen Besitz?«

»Ein Reliquienhändler, dessen Namen er vergessen hat, verkaufte sie ihm.«

»Womit mag ein Benediktiner eine solche Kostbarkeit bezahlt haben?«

»Reliquie?« Lauryns Schüchternheit verflog wie eine frische Brise, die durch das Weinlaub fuhr. »Etwa die aus Herrn Roberts Beutel?«

»Eben diese. Der verfressene Bruder Glupschauge trug sie an einem Band um seinen feisten Nacken.«

»Darum habt Ihr uns also gewunken, Master John.«

»Hattet Ihr etwas anderes gedacht, Maid Lauryn? Gar, dass ich Mistress Alyss zu gewagtem Tun verleiten wollte?«

»Das würdet Ihr nie tun, Master John.«

Das Funkeln in seinen Augen sprach eine völlig andere

Sprache, stellte Alyss fest. Und eine ungebührliche Hitze machte sich in ihrem Leib breit.

Er *war* ein ansehnliches Mannsbild.

Und er duftete wie ein ganzer Rosengarten.

Barsch pfiff sie den Falken zurück, der gutwillig auf ihren Handschuh kam, seine Atzung verschlang und wieder nach oben schaute.

»Gebt ihm Freiheit, Mistress Alyss. Er ist ein Vogel nur und trägt nicht Schuld an Eurem Missmut.«

Dieser Mann war ein viel zu aufmerksamer Beobachter. Mit sich selbst unzufrieden warf sie Jerkin erneut ab, der sich elegant in die Höhe schwang.

»Ich glaube nicht an einen Reliquienhändler. Und ich würde gerne Abt Lodewig einen Besuch abstatten. Es wäre mir sehr recht, wenn Ihr mich begleiten würdet.«

»Wenn Ihr es wünscht, Mistress Alyss.«

Es klang zurückhaltend.

Lauryns hellhörig gespitzten Ohren entging auch dies nicht, und sie meinte: »Abt Lodewig ist sehr nett, Master John.«

»Gewiss.«

»Mögt Ihr Benediktiner nicht, Master John?«

»Ich mag Klöster nicht besonders. Mich überwältigt die Frömmigkeit dort.«

»Bei Gelegenheit, Master John, solltet Ihr Euch von meiner Mutter mal einige Geschichten über Lodewig, Pitter und ihren Freund, den Ritter Fredegard erzählen lassen. Dann werdet Ihr dieser Überwältigung mit Leichtigkeit standhalten.«

»Ein Abt, ein Bader und ein Ritter?«

»Ein schüchterner Novize, ein hungriger Päckelchesträger und ein vornehmer Knappe. Eine alte Freundschaft. Begleitet Ihr mich?«

»Mit Vergnügen, Mistress Alyss. Wann?«

»Morgen, nach der Terz, wenn die Psalmen gesungen sind. Ich schicke noch heute einen Boten zu Vater Lodewig.«

28. Kapitel

Der Abt von Groß Sankt Martin war seit sieben Jahren im Amt. Kurz bevor Alyss geboren wurde, war er noch ein pummeliger, ungeschickter Novize gewesen, der aber mit seinem hohen Verstand und seiner Gutherzigkeit die Aufmerksamkeit ihres Vaters erregt hatte, der in jenen Tagen selbst noch als Pater Ivo im Kloster weilte. Als sie drei Jahre alt war, hatte Lodewig die Profess abgelegt, und an seine Priesterweihe zwei Jahre später konnte sie sich sogar noch erinnern. Der alte Abt, Vater Theodoricus, schlug ihn bald zum Prior vor. Die Mönche des Klosters wählten ihn einstimmig, genauso, wie sie ihn nach Theodoricus' Tod einstimmig zu ihrem Abt bestimmten.

Von der früheren Pummeligkeit war nun nichts mehr übrig geblieben, doch als geradezu asketisch konnte man den Obersten der Benediktiner auch nicht bezeichnen. Die Küche des Klosters erfreute sich eines ausgezeichneten Rufes, und das verdankten die Mönche vor allem ihrem Oberhaupt. Auch die Unbequemlichkeiten der kargen Novizenzelle hatte Vater Lodewig lange hinter sich gelassen. Die Abtwohnung war geräumig, kostbare Heiligenbilder schmückten die Wände, dicke Teppiche lagen auf dem Boden, und die breiten Scherensessel waren mit Kissen und Pelzdecken ausgelegt.

Alyss kannte den Raum. Sie war schon früher oft im Kloster zu Gast gewesen, und Abt Lodewig empfing sie mit großer Herzlichkeit, die er auch ihrem Begleiter zuteilwerden ließ.

»Ihr kommt mit einer gewichtigen Frage zu mir, ließt Ihr den Boten ausrichten, Frau Alyss. Was betrifft sie?«

»Bruder Gotfridus, ehrwürdiger Vater.«

»Aha.«

»Master John of Lynne ist ein enger Freund von Robert van Doorne, der, wie Ihr sicher gehört habt, einem hinterhältigen Raubmord zum Opfer gefallen ist. Lasst Euch von ihm berichten, welchen Zusammenhang es da zu Eurem Bruder gibt.«

»Ihr werdet doch wohl den dicken Gotfridus nicht des Mordes bezichtigen?«

»Nein, Father Superior. Aber er ist im Besitz eines Gegenstandes, der Robert van Doorne gehörte«, sagte John und begann, die Zusammenhänge zu schildern.

Lodewig hörte aufmerksam zu, auf welche Weise John und Alyss den Mörder zu finden gedachten und wie sie auf das Ursulareliquiar gestoßen waren. Von seinem Vorgänger hatte er die Angewohnheit übernommen, beim Lauschen aus den Fingerspitzen ein kleines Dach zu formen, und genau wie einst Theodoricus nahm er sich Zeit für seine Antwort.

»Ja, meine Freunde, mir ist bekannt, dass Gotfridus einigen Lastern frönt. Die Völlerei ist dabei das größte. Doch Ihr müsst verstehen, Gotfridus stammt aus der Familie derer von Stesse, und als Hilger Quattermart von der Stesse und sein Oheim Heinrich von Stave hingerichtet wurden, bekam er es mit der Angst zu tun und suchte Schutz bei uns. Versteht mich nicht falsch, er hat sich an dem Ränkespiel der Greifen und der Freunde nie beteiligt; dafür war er damals noch zu jung. Und auch ein wenig zu einfältig.«

»Letzteres scheint er noch heute zu sein«, murmelte Alyss, doch Lodewig hatte scharfe Ohren.

»Ja, einfältig, verfressen und gutgläubig, das ist er, aber er kommt seinen Pflichten nach, hat mit niemandem Streit und hat eine schöne Singstimme. Also sehe ich ihm seine gelegentlichen Ausflüge zu Pitter und zu den Schenken am Hafen nach.« Lodewig lächelte in sich hinein, fuhr aber ohne weitere Bemerkung fort: »Was nun das Reliquiar angeht, so sieht die Lage bedenklicher aus. Das goldene Schmuckstück werde ich mir zeigen lassen. Gotfridus ist eine ängstliche Natur und glaubt, des Schutzes der Heiligen zu bedürfen. So weit verstehe ich sein Handeln. Ich weiß auch, dass er sich seinen Badegroschen verdient, indem er für Leute, die nicht schreiben können, Briefe verfasst. Aber dass er über Gelder verfügt, die es ihm ermöglichen, solche Kostbarkeiten bei einem Reliquienhändler zu erstehen, setzt mich in Erstaunen.«

»Nicht alles, was man erwirbt, muss mit Geld bezahlt werden.«

»Auch wieder wahr, Master John.«

»Das wiederum ist vornehmlich Euer Problem, ehrwürdiger Vater. Wir möchten nur wissen, von welchem Reliquienhändler oder von wem auch immer er das Ursulaknöchelchen erworben hat, denn der wiederum könnte es von dem Mörder erhalten haben.«

»Ich werde ihm helfen, seine Erinnerung aufzufrischen, Frau Alyss.«

»Ich bin sicher, das wird Euch problemlos gelingen.«

Wieder lächelte Lodewig sein heimliches Lächeln, und dann erkundigte er sich, während er seine Gäste bis zur Klosterpforte geleitete, nach Alyss' Familie.

John begleitete Alyss den kurzen Weg zur Witschgasse, und da die Gasse am Rheinufer entlang außerordentlich belebt war, schwiegen sie beide. Doch im Haus angekommen bat Alyss ihn in das Kontor. John setzte sich auf den Schemel am Fenster, Alyss stellte sich neben ihn und schaute auf die Straße hinaus. Dann fragte sie: »Nun, was haltet Ihr von Vater Lodewig, John? Hat Euch seine Frömmigkeit überwältigt?«

»Nein, Mistress Alyss, er scheint ein verständiger Mann zu sein. Doch wohl recht lasch in der Führung seiner Mönche.«

»Hattet Ihr den Eindruck?«

»Er lässt sie Badestuben und Wirtshäuser aufsuchen, duldet Völlerei und Sauferei, vielleicht sogar Hurerei. Ich hörte, die Regeln der Benediktiner seien sehr streng.«

»Sind sie auch, Master John, und Vater Lodewig achtet sehr genau darauf, dass sie eingehalten werden. Aber nicht alle strengen Regeln frommen jedem Menschen. Er weiß, bei wem er sie dann und wann lockern muss, und dann schließt er wissentlich auch mal ein Auge vor den Übertretungen. Ich könnte mir aber vorstellen, dass gerade heute unser Bruder Gotfridus sich strengem Fasten zu unterziehen hat.«

»Ihr kennt ihn besser, Frau Alyss. Mir steht es nicht zu, sein Handeln zu beurteilen. Ich finde es dennoch widersinnig.«

»Nein, es birgt einen tiefen Sinn, Master John. Ich müsst wissen, dass Vater Lodewig ein Mann von großer Güte und Barmherzigkeit ist.«

»Barmherzigkeit, tatsächlich? Ich hatte bisher nicht den Eindruck, dass Frömmigkeit zugleich mit Barmen einhergeht.«

»Gotfridus ist ein verängstigtes Kind, und Lodewig ist der Vater.«

Ein Anflug von Bitterkeit huschte über Johns Züge, und Alyss' Hand strich, ohne dass sie es wollte, über seine blonden

Haare. Leise sagte sie: »Ihr habt nicht viel Güte und Barmherzigkeit in Eurem Leben erfahren, nicht wahr?«

John schloss die Augen für einen kleinen Moment, dann nahm er sacht ihre Hand von seinem Kopf, legte sie leicht an seine Wange und gab sie dann frei.

»Tut das nicht, Mistress Alyss. Denn möglicherweise kenne ich kein Erbarmen.«

Es klang so ernst, dass Alyss einen kleinen Schritt zurücktrat. Dennoch sah sie ihn weiter fragend an.

»Robert war der einzige Mensch, der mir einst Hilfe ohne Gegenleistung bot, Mistress Alyss. Versteht Ihr? Versteht Ihr, dass ich seinen Mörder finden muss?«

»Ja, ich verstehe Euch. Aber auch Reinaldus Pauli ist ein Mann mit einem weiten Herzen, und ich glaube, ihr befindet Euch auf einem falschen Weg, wenn Ihr ihn verdächtigt.«

»Ich habe, zu meinem größten Bedauern, in meinem Leben erfahren müssen, dass Menschen, die im Ruf standen, fromm und wohltätig zu sein, zu den größten Grausamkeiten fähig sind. Lasst mich meinen Weg gehen. Aber ich will Euch auch unterstützen, seine Unschuld zu beweisen. Und darum werde ich jetzt das Friesenviertel aufsuchen und hören, was man dort von Plündergut aus dem Norden weiß.«

Den Nachmittag verbrachte Alyss damit, die Lieferungen an ihre Kunden zu überwachen, dabei auch die versprochene Kanne Wein an Pitter abzuliefern. Peer und Frieder beluden den Wagen und bekamen auch den Auftrag, die Bezahlung möglichst gleich einzufordern. Zu diesem Zweck erlaubte sie Tilo, die beiden zu begleiten. Die Geldtruhe war noch immer unangenehm leer, und einige Rechnungen mussten beglichen werden. Der Wagner wollte sein Geld, der Kerzenzieher, der Fassbender und der

Holzhändler ebenso. Anschließend leitete sie die Mädchen an, den Webstuhl einzurichten, und musste Magister Hermanus auszanken, der einer Magd, die sich beim Wasserschöpfen den Kittel so hochgebunden hatte, dass man ihre Beine bis übers Knie sehen konnte, wortreiche Vorhaltungen über Sünde und Versuchung, Schamlosigkeit und gottloses Getändel hielt. Das unerquickliche Wortgefecht zwischen Alyss und dem Hauspfaff endete damit, dass sie ihn anfauchte: »Wenn Ihr Euch schon gedrängt fühlt, auf meinem Hof Gottes Wort zu verkünden, dann schert Euch in den Hühnerstall und predigt den Vögeln. Aber haltet nicht das Gesinde von der Arbeit ab.«

Magister Hermanus zog sich tief beleidigt zurück.

Nicht in den Hühnerstall, sondern in die Küche, um sein Leid durch ein kräftigendes Wurstbrot zu lindern. Dann kam der Wagen zurück, und Tilo überreichte ihr die Beutel mit den Münzen. Dabei humpelte er merklich mehr als sonst zwischen seinen Krücken, und auf seinem blassen Gesicht standen Schweißperlen.

»Du hast Schmerzen, Tilo!«

»Ein wenig. Ich hab mir das schlimme Bein gestoßen. Aber es geht schon. Ich kümmere mich um die Abrechnungen, Frau Alyss.«

»Du kümmerst dich um dein Bein, und zwar dergestalt, dass du dich niederlegst und bis zur Essenszeit keine Bewegung mehr machst. Frieder, hilf ihm ins Bett und achte darauf.«

Nachdem sie noch einmal bei den eifrigen Weberinnen vorbeigesehen und einige Fäden zu entwirren geholfen hatte, betrat sie das Kontor, in der festen Absicht, die Geschäfte des heutigen Tages säuberlich in ihr Register zu übertragen.

Es wurde jedoch nichts daraus.

Der Raum war warm, einzelne Sonnenstrahlen hatten die

Wolken wieder durchbrochen und malten Kringel auf den Holzboden, der vertraute Geruch nach Pergament, Tinte, Hanf, Wollstoffen und Staub lullte sie ein. Zuerst saß sie nur unschlüssig mit der Feder in der Hand da, weil ihr Kopf ihren Fingern nicht sagen wollte, was sie aufschreiben sollte, dann senkte sich dieser tiefer und tiefer, die Feder entglitt ihren Fingern, und in die Beuge ihrer Arme gesunken schlummerte sie über dem Pult ein.

Ein Luftzug weckte sie, ein kleines Geräusch, und als sie verwirrt aufsah, ragte John of Lynne vor ihr auf.

»Ich wusste doch, Mistress Alyss, dass Ihr Eure Abrechnungen im Schlaf beherrscht.«

»Oh … mh … ich …«

»Ihr seid schon seit dem Morgengrauen auf den Beinen, ich weiß. Ihr habt gewiss eine Weile Ruhe verdient. Trotzdem muss ich Euren süßen Schlummer stören, denn ich habe Euch ein Geständnis zu machen.«

Da das ohne das übliche übermütige Funkeln in seinen Augen gesagt wurde, richtete Alyss sich alarmiert auf.

»Was ist geschehen? Was habt Ihr vor mir verborgen, Master John?«

Er setzte sich auf den Schemel ihr gegenüber und strich sich mit beiden Händen über das Gesicht.

»Es betrübt mich so sehr, Euch unangenehme Botschaft zu bringen. Aber Ihr wart immer ehrlich zu mir, und so will ich es auch sein.«

»Redet nicht herum – was liegt an?«

»Ich war bei Peddersen und erhielt Auskunft. Ich traf auch Marian. Doch zuerst das eine, dann das andere. Ich fragte Peddersen nach den Geschäften, die er mit Eurem Gatten getätigt hat. Er wollte zunächst keine Auskunft geben, aber dann war er doch bereit.«

»Ihr drohtet ihm?«

»Nur sehr wenig. Jener Folcko, der auf dem Wechsel genannt wurde, den Arndt van Doorne gesiegelt hat, ist einer der friesischen Häuptlinge, die ihren Unterhalt durch Plündereien verdienen. Von diesem Mann hat van Doorne im April dieses Jahres eine Ladung Tuche erstanden – gegen besagten Wechsel. Diese Tuche stammen von der Kogge, die im letzten Oktober durch die Strandräuber auf eine Sandbank gelockt wurde. Es war das Schiff, auf dem sich auch die junge Witwe befand, die Ihr zu den Beginen gesandt habt.«

»Ich dachte mir schon so etwas«, meinte Alyss tonlos. »Und, soll ich raten? Die Tuche waren Roberts Eigentum, nicht wahr?«

»So ist es.«

»Und Arndt wusste das.«

»Vermutlich. Und nun mein Geständnis, Mistress Alyss.«

»Noch mehr?«

»Noch mehr, ja. Marian hat kluge Nachforschungen angestellt und von zwei schwarzgekleideten Männern Kenntnis erhalten, die in der Nacht, als Robert ermordet wurde, die Stadt verlassen haben. Es hat ihm keine Ruhe gelassen, und er hat weitergeforscht. Die niedliche Marianne schließlich hat den Türmern das Geheimnis entrissen, wann die beiden gingen und wann sie zurückkehrten.«

»Tatsächlich? Das hat er mir nicht erzählt.«

»Er weiß es erst seit gestern. Und es war ein Risiko, Mistress Alyss, das einzugehen nicht notwendig gewesen wäre, hätte ich mich aufrichtig verhalten. Die beiden Männer waren Robert und ich.«

»Allmächtiger!«

»Verzeiht, Mistress Alyss. Mir ist erst in den letzten Tagen klar geworden, dass Ihr eine überaus verständige Händlerin seid. Ihr habt die Machenschaften Eures Gatten ebenso durchschaut wie Robert.«

»Was tatet Ihr in jener Nacht?«

»Wir wussten, dass das Schiff mit Tuchen, die van Doorne erworben hatte, von Deventer losgefahren war, und ich verfolgte es, während Robert den Landweg nahm, um Arndt nicht zu begegnen. Zweimal legte es an, und Ballen wurden entladen und dem Anschein nach von Eurem Gatten verkauft. Der letzte Halt war kurz vor Köln, bei Riehl, am zweiten Tag des Juli. Ich war dort und beobachtete, wie im Schutze der Nacht die letzten drei Ballen gelöscht und in eine Scheune hinter dem Leprosenheim gebracht wurden. Ich behielt sie im Auge; dann traf Robert drei Tage später ein, und wir wollten Gewissheit haben, dass es sich um seine Ware handelte. Darum suchten wir nach dem Gaffelfest diese Scheune auf. Dazu legten wir die Festgewänder ab und dunkle Kleider an und bestachen die Wachen. Wir konnten die Ballen prüfen, und unser Verdacht bestätigte sich. Danach kehrten wir zurück, wechselten die Kleidung in jener Scheune, in die man Robert später gelegt hat. Ich, Mistress Alyss, ging wirklich zu den Schwälbchen, und Robert wollte nach Hause. Der Mörder muss uns gefolgt sein und ihm aufgelauert haben.«

Draußen rumpelte ein Wagen vorbei, eine Händlerin pries ihre Drugwaren an, ein Hund kläffte und jaulte dann schmerzlich auf. Jungenstimmen, ein wieherndes Pferd, die warnenden Rufe eines Fuhrknechts konnte man hören, und das Rad eines vollbeladenen Schürreskarren quietschte herzzerreißend.

Alyss wischte sich mit der Hand über die Stirn.

»Kurzum, Master John, Arndt van Doorne hat die von den Friesen geplünderten Tuche seines Bruders gekauft und sie hier in Köln seinem Freund Reinaldus Pauli verkauft. Dem wiederum dieser Umstand bekannt war und der somit die Entdeckung durch Robert zu fürchten hatte. Worüber sie gestritten haben und weshalb Pauli ihn anschließend umbrachte.«

»Denn er verließ das Gaffelfest nach uns und kam erst am Morgen nach Hause zurück.«

Alyss stützte die Ellenbogen auf das Pult und legte die Stirn in die Hände. Nein, nicht Reinaldus. So konnte es nicht gewesen sein. Eher hätte Reinaldus die Tuche an Robert zurückgegeben.

»Ihr glaubt es nicht, Mistress Alyss.«

»Nein. Es kann auch anders gewesen sein. Wir wollen abwarten, was Vater Lodewig uns zu dem Reliquiar sagt und Julika zu dem Ring. Und ich will weiter nach der Herkunft des Dracheneis suchen.«

»Dazu hat Euer Bruder heute eine neue Spur aufgetan. Er hat der lustigen Gislindis seine Hand gereicht, und sie hat darin wohl die richtige Frage gelesen. Neben einigen anderen sehr verlockenden Angeboten, die sie ihm unterbreitet hat, nannte sie auch den Namen der Dorte vamme Pütz, die einen guten Preis für einen besternten Stein erhalten hat.«

»Die alte Dorte, natürlich, ich hätte darauf kommen können. Ein garstiges Weib, eine Engelmacherin, wie man munkelt, die leichtgläubigen Jungfern Liebestränke andreht.«

»Sie wirken nicht, diese Tränke?«

»Doch. Sie verursachen Durchfall!«

»Ihr habt davon gekostet?«

Alyss schnaubte.

»Nein, ich verstehe. Ihr habt es nicht nötig zu zaubern, um Liebe zu erhalten. Man schenkt sie Euch.«

»Wie Ihr wisst, misstraue ich Geschenken. Aber ich werde die Dorte aufsuchen und ihr ein paar peinliche Fragen stellen.«

»Wird sie Euch bereitwillig antworten, Mistress Alyss?«

»Wenn ich meine Fragen sorgfältig formuliere … ich werde darüber nachdenken.«

Vor dem Fenster ertönte plötzlich lautes Schimpfen, Klatschen und schmerzerfüllte Schreie. Aufgeschreckt stand sie auf und wollte hinauslaufen. John war sogleich an ihrer Seite und öffnete vor ihr die Tür zur Straße. Hinter seinem breiten Rücken sah Alyss Frieder, der sich mit drei Straßenjungen im Straßenstaub balgte. John war mit zwei großen Schritten bei dem wüsten Haufen, packte zwei der Bengel an ihren Kitteln und stieß ihre Köpfe herzhaft zusammen. Frieder versetzte dem dritten einen schmerzhaften Tritt in den Leib und fiel dann auf sein Hinterteil. Die Straßenjungen schlichen sich benommen und schniefend davon, John aber saß nun auch im Straßenstaub, hatte einen Dolch in der Hand und wollte damit einem kleinen, blutenden Fellbündel den Hals durchschneiden.

»Neiiin!«, schrie Alyss auf. »Nicht.«

Auch Frieder kroch hinzu und bat erstickt: »Nicht, Master John, nicht. Bitte!«

Der hielt inne und sah zu den beiden hoch.

»Er leidet, Mistress Alyss.«

Sie kniete nieder und betrachtete den kleinen, struppigen, schmutzverklebten Hund, der nun in Johns Armbeuge lag, ängstlich mit den Augen rollte und leise wimmerte. Sein Schwanz war nur noch ein blutiger Stummel.

»Er lebt. Die Wunde kann heilen.«

»Er ist ein Straßenköter …«

»Ich nehme ihn in den Stall, Master John«, unterbrach ihn

Frieder. »Wenn Ihr erlaubt, Frau Alyss, pflege ich ihn. Er ist noch so klein.«

Als hätte der Hund verstanden, dass man um seine Rettung feilschte, leckte er vertrauensvoll Johns Hand, die noch den Dolch hielt. Ein gequälter Ausdruck erschien in dessen Gesicht.

»Wickelt ihn in ein Tuch, Mistress Alyss, und lasst Euren Bruder rufen. Er wollte mit Catrin zu den Bertolfs.«

Alyss band die Schürze los, die sie um ihr Gewand gebunden hatte, und vorsichtig hüllten sie das jämmerliche Bündelchen darin ein.

»Gut, bringt ihn in den Stall. Ich schicke Hedwigis mit Lauryn zu ihren Eltern. Frieder, wasch dir das Blut vom Gesicht, deine Nase blutet. Und klopf deine Sachen aus.«

»Ja, Frau Alyss. Ihr seid nicht böse?«

»Nein, Frieder. Kein Tier hat es verdient, gequält zu werden.«

»Ich habe zu Hause immer einen Hund gehabt«, murmelte er unerwartet schüchtern.

»Dann weißt du ja, wie man sich um ihn zu kümmern hat.«

»Ja. Und danke, Frau Alyss.«

Sie kehrte zurück ins Haus und gab den Mädchen entsprechende Anweisungen. Dann ging sie in den Stall, wo der Karrengaul gemütlich sein Heu malmte und einige Hühner auf der Stange gelangweilt zusahen, wie John versuchte, den zitternden jungen Hund zu beruhigen.

»Ich hoffe, mein Bruder gerät nicht in Schwierigkeiten. Wenn er mit Catrin in Meister Peters Haus ging, wird es dort wohl ein Weib in Kindsnöten geben.«

»Nein, Mistress Alyss. Nur eine Magd, die um Catrins Rat ansuchte. Er wird sich schnell genug in Marian verwandeln.

Selten sah ich ein Weib, das so flink die Kleider wechseln kann.«

»Und dabei kennt Ihr viele Weiber, die rasch die Kleider ablegen, nicht wahr?«

»Schon. Aber manche erquicken meine Augen in dünnen Hemden mehr.«

Das Hündchen wimmerte, Alyss schluckte ihre Bemerkung hinunter und streichelte mit zwei Fingern den Kopf, der aus ihrer Schürze hervorsah. Leise murmelte sie beruhigende Worte, und das Tier wurde ein wenig ruhiger.

»Ihr habt eine gute Hand für Tiere, Mistress Alyss«, sagte John leise.

»Sie sind Gottes Geschöpfe und verstehen mehr, als viele Menschen denken. Auch Ihr kommt gewöhnlich mit ihnen gut zurecht. Wolltet Ihr diesen kleinen Hund wirklich töten?«

»Mistress Alyss, wenn ich ihn auf der Straße hätte liegen lassen, hätte der nächste Lastträger ihn mit einem Fußtritt in die Gosse befördert. Er hätte sich vielleicht noch verkriechen können, aber wenn er nicht verblutet, schwärt die Wunde alsbald, er wird fiebern und letztlich verhungern. Manchmal ist ein schnelles Ende gnädiger.«

Alyss streichelte den Hundekopf weiter. Ihr Verstand sah ein, was John sagte, ihr Herz nicht.

»Er ist fast noch ein Welpe, so hilflos.«

»Ja, Mistress Alyss. Glaubt mir, gerne hätte ich es nicht getan.«

»Aber Ihr seid in der Lage zu töten?«

»Ja, Mistress Alyss.«

»Ihr habt auch schon Menschen getötet?«

»Auch das musste ich schon tun.«

»Kleine, unschuldige Kinder?«

»Nein, Mistress Alyss, harte, kampferprobte Männer, die mir nach dem Leben trachteten.«

Sie nickte. So war es wohl gewesen.

Sie sprach weiter auf das Tierchen ein und berührte mit ihrer Hand seinen Kopf. Ohne die Unterhaltung weiterzuführen, warteten sie auf Marians Eintreffen. Der kam auch alsbald, schicklich als Mann gekleidet, und hockte sich neben Alyss ins Stroh.

»Eine Messerwunde?«

»Ja, Marian. Könnt Ihr ihm helfen?«

»Sicher. Doch dazu, mein Schwesterlieb, wirst du nun ins Haus zurückkehren. Deine Hilfe will ich nicht; du hast genug für ihn getan.«

Wortlos stand sie auf und verließ den Stall. Frieder stand mit tropfenden Haaren am Brunnen und zog eben sein Hemd über. Ihn schickte sie an ihrer Stelle zu John und Marian.

In der Küche fand sie Lauryn und Hedwigis vor, die sich leise, aber verbissen stritten.

»Was habt ihr beiden? Worüber zankt ihr?«

Verstockt sah Hedwigis sie an, und Lauryns rote Wangen zeugten von heftigem Ärger.

»Los, sprecht!«

»Hedwigis sagt, Euer Bruder läuft in Frauenkleidern herum.«

»Ach ja?«

»Tut er auch! Ich hab's mit eigenen Augen gesehen. Er war bei der Magd, die von dem Stallburschen schwanger ist.«

»Sie hat nämlich gelauscht.«

»Hab ich nicht.«

»Hast du wohl. Die Haushälterin hat nämlich gesagt, Catrin sei oben in der Gesindekammer, und sie wollte sie fragen, wo Herr Marian ist. Aber Hedwigis ist ihr nachgeschlichen.«

Wieder einmal mehr ärgerte sich Alyss über das hinterhältige Mädchen, aber sie versuchte, Ruhe zu bewahren.

»Ich habe euch von Estella, der Witwe, erzählt, die krank und elend hier in Köln angekommen ist. Die Beginen haben sie aufgenommen, und Catrin kümmert sich um sie. Estella hat Schreckliches durchgemacht und hat entsetzliche Angst vor Männern. Da keiner außer Marian ihrer Sprache mächtig war, hat er ein Frauengewand angelegt, um mit ihr reden zu können.«

So weit entsprach das der Wahrheit.

»Und warum trägt er es, wenn er die Magd meiner Eltern besucht?«

»Das weiß ich nicht. Vielleicht sandte man um schnelle Hilfe, und er hatte keine Zeit, sich umzuziehen. Seine Verkleidung dient einem guten Zweck, Hedwigis, und ich möchte nicht, dass es herumgetratscht wird. Mein Bruder achtet sehr auf seine Manneswürde, und wenn er wegen dieser Sache zum Gespött würde, müsste ich über strenge Maßnahmen nachdenken, Hedwigis. Verstehen wir uns?«

»Ihr wollt mich bestrafen, weil Euer Bruder in Frauenkleidern herumläuft?«

»Ich werde dich bestrafen, wenn mir Klatsch zu Ohren kommt, denn dann weiß ich, wer ihn verbreitet hat. Und nun zurück an den Webstuhl.«

»Und warum droht Ihr Lauryn nicht?«

»Weil du diejenige bist, die ein schändliches Mundwerk und Freude an übler Nachrede hat.«

Hedwigis wollte weiter aufbegehren, aber Lauryn zerrte an ihrem Ärmel und sagte: »Los, komm mit nach oben. Frau Alyss hat recht, du bist ein Schandmaul. Und wenn du es jetzt nicht hältst, wirst du wirklich Ärger bekommen. Und zwar mit mir!«

Aufs Äußerste beleidigt zog Hedwigis ab, und Alyss wandte sich der Speisekammer zu. Nach den aufwühlenden Ereignissen des Nachmittags konnte sie nur Trost und Beruhigung in dem Genuss eines süßen Weckens finden.

Marian blieb, um die Abendmahlzeit mit ihnen einzunehmen, und auch Merten war seit einigen Tagen wieder einmal zu Gast. Die Tischrunde diskutierte lebhaft Frieders heldenhaften Einsatz und verdammte herzlich die Hundequäler, bis Magister Hermanus sie mit seinem mahnenden Einwand zum Verstummen brachte.

»Ich kann die Aufregung wegen eines streunenden Hundes nicht verstehen, Frau Alyss. Was habt Ihr Euch dabei gedacht? Es gibt genug Arme und Leidende, denen Ihr Eure Aufmerksamkeit schenken solltet. In diesem Haus wird immer mehr Wert auf das Wohlergehen der Tiere als auf das der Menschen gelegt. Wann habt Ihr das letzte Mal Almosen verteilt, wann einem Bedürftigen Trost gespendet? Ihr treibt Euren Handel und scheffelt Gewinne, baut einem Raubvogel ein Haus und verschwendet gute Salben an einen räudigen Köter.«

»Ein krankes Tier bedarf des Zuspruchs genau wie ein kranker Mensch, Magister Hermanus«, erwiderte Alyss scharf.

»Was für ein Unsinn. Ein Tier versteht die menschliche Sprache nicht und braucht keinen Trost. Außerdem wurde ihm nur der Schwanz abgeschnitten.«

Marian betrachtete nachdenklich das Messer in seiner Hand, mit dem er gerade ein Stück Fleisch zerteilt hatte.

»Vermutlich beurteilt Ihr diesen Umstand anders, Magister Hermanus, wenn man Euch Euren denkbar nutzlosen Schwanz abschneidet.«

Das Hauswesen schwieg genussvoll.

Der Hauspfaff kollerte.

»Schluss jetzt, mit den Predigten ebenso wie mit den Drohungen. Marian, erzähl uns, was Gislindis zu dem Drachenei wusste.«

Damit hatte Alyss die Aufmerksamkeit wieder in sittsamere Bahnen gelenkt, und als Marian geendet hatte, fügte Alyss hinzu: »Ich werde die Dorte vamme Pütz morgen aufsuchen.«

»Tut das nicht, Frau Alyss. Die Dorte ist eine böse Zaubersche und Engelmacherin. Da solltet Ihr nicht hingehen«, mischte sich Hilda ein.

»Oder zumindest nicht alleine«, ergänzte Tilo mit freudig glänzenden Augen. Die Schmerzen in seinem Bein hatten offensichtlich nachgelassen.

»Habt ihr Angst, sie verwandelt mich in eine Kröte?«

»Dann fangen wir Fliegen für Euch, Mistress Alyss, und füttern Euch damit«, beruhigte John sie, aber als sich das Kichern gelegt hatte, meinte Leocadie sehr ernsthaft: »Was mag der Schneider Böcklein bei einer Engelmacherin gesucht haben? Wusste er, dass sie ein Drachenei besitzt?«

Die Runde schwieg.

»Eine kluge Frage, Maid Leocadie. Nein, ich glaube nicht, dass er sie deswegen aufgesucht hat.«

»Sicher nicht, John. Eher seine Frau oder sonst ein Weib aus seinem Haushalt. Die Dorte hört den Sorgen der Frauen zu und zieht ihnen dann die Münzen aus dem Beutel«, ergänzte Marian.

»Und wahrscheinlich wusste sie auch gar nicht, dass man diesen Stein Drachenei nennt«, sinnierte Frieder. »Das habt doch nur Ihr und Herr Robert gewusst.«

»Auch richtig, Jung-Frieder.«

»Was bedeutet, dass sie von wem auch immer den Stein erhalten und ihm die glückbringenden Eigenschaften angedichtet hat, um ihn mit Gewinn zu verkaufen«, schlussfolgerte Alyss.

Marian nickte. »Weil auch derjenige, der ihn ihr gegeben hat, nicht wusste, was es wirklich ist. Aber das hilft uns nicht weiter. Sie wird freiwillig nicht verraten, von wem sie ihn erhalten hat. Das wäre schlecht für ihren Handel mit den Heimlichkeiten. Wir müssen uns ein Vorgehen überlegen, wie wir sie überlisten können.«

Wieder legte sich Schweigen über die Gesellschaft am Küchentisch.

»Angst ist ein bewährtes Hilfsmittel, um jemanden zum Reden zu bringen«, murmelte John.

»Ja, man könnte ihr drohen. Aber …«

Wieder war es Leocadie, deren Gedankengänge immer sehr ernsthaften Wegen folgten, die fragte: »Was für Eigenschaften hat denn das Drachenei überhaupt? Bringt es Glück?«

»Herrn Robert nicht«, knurrte die Haushälterin. »Und darum solltet Ihr die Finger davon lassen.«

Aber John beeindruckte diese Mahnung nicht, ein Glitzern trat in seine Augen.

»Ich stelle mir vor, dass es gar mächtigen Zauber birgt, Maid Leocadie. Hättet Ihr gerne das Ei eines Drachen in Eurem Haus?«

Frieder begann zu lachen.

»Oh nein! Stellt euch vor, der Drache schlüpft eines Nachts!«

»Ja, und? Dann ist er noch ganz klein und niedlich. Ungefähr so wie eine Eidechse.«

»Aber Drachenküken wachsen schnell«, nahm Alyss den Faden auf und spann ihn weiter. »Sie sind entsetzlich gefräßig und können nach fünf Tagen schon ganze Hühner verschlingen.«

»Und nach zwei Wochen sind sie in der Lage, die ersten Qualmwolken aus den Nüstern quellen zu lassen«, fügte John hinzu, und Marian ergänzte: »Weitere fünf Tage später sind die jungen Drachen so groß wie ein Wolf und können Feuer speien. Sie setzen die Möbel in Brand, wenn sie nicht genug Nahrung bekommen.«

»Dann plündern sie die Schafherden und fressen die Schweine im Stall. Und wenn man es ihnen verwehrt, bedecken sie einen mit giftigem Schleim.«

»Und wenn sie mannbar werden, verlangen sie nach menschlichen Jungfrauen, die sie in eine dunkle Höhle zerren und dort gefangen halten.«

Leocadie und Hedwigis rückten näher zusammen, und mit ängstlich kleiner Stimme fragte Hedwigis: »Muss man dann nicht den Schneider warnen? Er muss das Ei wegwerfen!«

»Dracheneier kann man nicht einfach fortwerfen«, erklärte Marian dumpf. »Sie kehren immer wieder zu einem zurück, bis der Drache ausgeschlüpft ist.«

»Das ist dummes Zeug, Marian. Wohin kehren die Dracheneier zurück? Doch nicht zu Böcklein, sondern in ihr Gelege«, wandte Alyss ein, die das Entstehen einer Sage höchlichst amüsierte.

»Ah, natürlich, Mistress Alyss. Heißt es nicht, es gibt einen Drachen in den Bergen am Rhein? Hat nicht Robert einst das Gelege dort gefunden und eines der Eier geraubt? Hat nicht der Drache einen Fluch darübergelegt?«

»Und hat der Fluch ihn nicht schon ereilt?«, fragte Marian betroffen.

»Verzeiht, das war mit Entsetzen Scherz treiben. Aber die

Mär ist nützlich. Ihr jungen Maiden, fürchtet Euch nicht, der Stein ist wirklich nur ein Stein, und keiner von uns hat je einen Drachen aufwachsen gesehen.«

»Dennoch …« Über Frieders spitzbübisches Gesicht ging ein strahlendes Grinsen. »Wenn das Drachenei nun plötzlich wieder bei der Dorte auftaucht … und Ihr, Frau Alyss, besucht sie und findet es bei ihr. Dann könnt Ihr ihr mit dieser Geschichte sicher einen ganz schönen Schrecken einjagen.«

»Und sie wird es schnellstmöglich an den zurückgeben wollen, der ihr das fluchbeladene Ding gebracht hat. Ja, so kann man es machen. Dazu muss allerdings der Stein wieder zu ihr zurückkehren.«

»Das, Frau Alyss, ist kein Problem.«

»Nicht?«

»Börn, der Sohn der Adlerwirtin …«

»Sprich nicht weiter, ich will von Taschendiebereien nichts wissen.«

»Nein, natürlich nicht. Ich sage Euch einfach, wann das Drachenei wieder bei der Dorte ist.«

Später ging Alyss mit Frieder in den Stall, wo Lauryn neben dem Lumpenlager Wache hielt, auf dem der kleine Hund schlief. Der sah nun weit besser aus, denn Marian hatte das Blut stillen können und die Wunde an dem Schwanzstummel vernäht. Lauryn hatte anschließend mit großer Geduld das Fell gesäubert und bürstete es nun mit einer Karde.

»Lauryn, du gehst jetzt besser zu Bett, Frieder hat sich bereit erklärt, die Nacht bei dem Hund zu verbringen.«

»Ist recht, Frau Alyss.«

»Nimm diese Decke, Frieder, es wird kühl in der Nacht.«

»Danke, Frau Alyss.«

»Hat er etwas gefressen, Lauryn?«

»Ja, Frau Alyss, ein paar Wurstzipfelchen. Und ein bisschen Milch hat er auch geleckt. Glaubt Ihr, er wird überleben?«

»Ich denke schon. Schlaf gut.«

»Gute Nacht.«

Als Lauryn gegangen war und Frieder es sich mit seiner Decke im Stroh gemütlich gemacht hatte, pirschte sich Malefiz, der Alyss neugierig gefolgt war, an den kleinen Hund heran. Frieder wollte ihn fortscheuchen, aber Alyss hob abwehrend die Hand.

Der Kater schlich näher und näher. Seine Schnurrhaare vibrierten, seine Nase arbeitete im heftigen Schnüffeln. Langsam hob er eine Pfote und berührte vorsichtig den Kopf des Hundes, zog sie aber sogleich zurück.

Alyss streckte bedächtig ihre Hand aus, nahm die Karde aus Frieders Hand und hielt sie dem Kater vor die Nase. Dabei streichelte sie ihn und gab leise schnurrende Laute von sich. Malefiz roch neugierig an der Karde und näherte sich wieder dem Hund. Er fand offensichtlich nichts Bedrohliches an ihm und setzte sich neben ihm nieder.

»Ich dachte immer, Hunde und Katzen können einander nicht leiden«, flüsterte Frieder.

»Wart's ab. Erschrick keinen von beiden. Ich glaube, Malefiz erkennt, dass der Kleine noch ein Welpe ist und ihm nicht gefährlich wird. Mach es so wie ich, streichle den Hund und lass den Kater an deiner Hand riechen. Und gib ihm ein Stückchen von der Wurst dazu. Das Gleiche machst du mit dem Hund, wenn er wach wird. Aber wenn er Angst zeigt, schick Malefiz fort.«

»Ja, das mache ich.«

»Und überleg dir einen Namen für den Hund.«

»Ich darf ihn wirklich behalten?«

Alyss lächelte und nickte – und Frieder wurde zu ihrem Sklaven.

29. Kapitel

Bruder und Schwester hatten am Vormittag des nächsten Tages lange beratschlagt. John war dem Gespräch jedoch ferngeblieben und hatte sich entweder seinen Geschäften oder seinen Vergnügungen gewidmet. Das nahm Alyss zumindest an. Dennoch war sie ganz froh darüber, dass er sich nicht einmischte, denn mit Marian zusammen hatte sie überlegt, wie sie sich weiter Reinaldus Pauli gegenüber verhalten sollten. Als Ergebnis dieser Beratung standen sie am Nachmittag vor Paulis Haustür und baten den Majordomus, Frau Mechtild sprechen zu dürfen. Der Hauswalter kannte sie schon seit ihrer Kindheit und wies sie freundlich an: »Geht nur durch ins Kontor, Frau Alyss, Herr Marian. Sie ist schon wieder eifrig dabei, die Bücher zu führen. Es spricht zwar eben ein Schiffer vor, aber das dürfte nicht lange dauern.«

So war es denn auch, doch die Verhandlungen mit dem Mann schienen nicht eben gütlich zu verlaufen. Aus der offenen Tür des Kontors schallte seine empörte Stimme.

»Der Peddersen hat gesagt, ich krieg an Apollinaris mein Geld für den Wisch!«

Alyss hielt Marian zurück und legte den Finger an die Lippen. Ihr Bruder nickte.

»Kriegt Ihr, Sverting, aber zuerst will ich wissen, für welches Geschäft ich zahlen soll. Pauli hat keine Ware von Euch verschiffen lassen.«

»Der nicht, aber der Arndt van Doorne. Und der hat gesagt, ich krieg meinen Lohn von Pauli dafür.«

»Sieh an!«, flüsterte Alyss und trat vor.

»Ich grüße Euch, Frau Mechtild, und auch Euch, Sverting. Frau Mechtild, Ihr könnt dem Schiffer beruhigt seinen Transportlohn zahlen, das geht in Ordnung!«

Der Schiffer drehte sich überrascht um und musterte Alyss von oben bis unten. Sie tat es ihm gleich, hob eine Braue und nickte dann. Der Mann mochte misstrauisch sein, aber er hatte ein ehrliches Gesicht und, wie sie wusste, einen guten Ruf.

»Wer seid Ihr?«, wollte er etwas verunsichert wissen.

»Das, Sverting, ist meine Nichte, die Weinhändlerin Frau Alyss. Sie ist Arndt van Doornes Weib und kennt sich mit seinen Geschäften aus. Gebt mir den Wechsel, Ihr bekommt Euer Geld.«

Die kleine Transaktion war schnell abgewickelt, und Alyss wandte sich noch mal an Sverting.

»Ich möchte Eure Dienste ebenfalls in Anspruch nehmen, denn ich habe eine Ladung burgundische Weine, die nach England sollen. Wann können wir darüber sprechen?«

»Wenn ich von Remagen zurück bin, Frau Alyss. Ich habe eine Wallfahrt zu dem heiligen Apollinaris gelobt, wegen meines Steinleidens, versteht Ihr?«

»Wann kommt Ihr zurück, und wo finde ich Euch?«

»Bin Montag wieder da. Fragt am Bayenturm, wo mein Schiff liegt. Dort trefft Ihr mich an.«

»Danke, Sverting.«

Geschliffenes Benehmen zeigte der Schiffer nicht, aber mit

einem freundlichen Nicken verabschiedete er sich, und Frau Mechtild bemühte sich ebenfalls, ein Lächeln zustande zu bringen. Es erlosch, als die Tür hinter ihm zugefallen war und Alyss und Marian sich auf zwei Schemeln niedergelassen hatten.

»Was hat das zu bedeuten, Alyss? Was hat Reinaldus für einen Handel mit deinem Arndt zu führen, von dem ich nichts weiß? Da steckt doch nichts Gutes dahinter.«

»Nein, Frau Mechtild, dahinter verbirgt sich wirklich eine unangenehme Geschichte. Deswegen sind wir hier.«

Mechtild, normalerweise eine gemütliche, etwas rundliche Frau, blitzte die Geschwister zornig an.

»Erzählt es mir umgehend!«

»Sofort, Frau Mechtild«, sagte Marian. »Doch wir bitten Euch, uns zuvor eine Frage zu beantworten, die ungemein wichtig für uns ist.«

»Nun, dann stellt sie. Wenn ich sie beantworten kann, tue ich es.«

»Wovon zahltet Ihr Robert van Doorne jährlich den fünften Teil, Frau Mechtild?«

Mechtild war die Überraschung anzusehen.

»Wie habt ihr das ... Oh, ich verstehe, ihr habt seine Bücher durchgesehen.«

»Seine Angelegenheiten müssen geordnet werden«, erklärte Alyss. »Dabei fiel es mir auf.«

»Verstehe.« Frau Mechtild tat einen tiefen Seufzer. »Gott, ja, ich verstehe. Und was soll's nun noch. Robert ist tot, und sein Fehlen macht sich in vielem bemerkbar. Aber nun – ihr habt die Zahlung entdeckt und damit ein Recht auf eine Erklärung. Der fünfte Teil unseres Gewinns ging an Robert.«

»Hat er Euch erpresst?«, entfuhr es Marian.

»Aber um Gottes willen nein! Nein, es war eine Vereinbarung. Seht ihr, Reinaldus kann zwar lesen und einigermaßen schreiben, aber Zahlen sind ihm immer ein Mysterium geblieben. Er versteht sie nicht, er kann nicht rechnen. Sein Vater wusste das. Deshalb hat er sich so lange selbst um die Geschäfte gekümmert. Er hat es mir vor unserer Heirat auch gesagt und mich gebeten, die Bücher zu führen. Und als es mit ihm zu Ende ging, hat er Robert van Doorne in seinem Testament zum stillen Teilhaber ernannt, unter der Voraussetzung, dass er Reinaldus' Tätigkeiten überwacht. Dafür sollte er jährlich den fünften Teil des Gewinns erhalten.«

»Allmächtiger«, stöhnte Alyss und war heilfroh, dass John nicht zugegen war. Dieser Umstand warf ein ganz neues Licht auf das Verhältnis zwischen den beiden Männern.

»Euer Gatte weiß davon, Frau Mechtild?«

»Ja, Marian, er weiß es und versteht es.«

»Er versteht es, dass er beaufsichtigt wird?«

»Ja, Alyss. Er hat sich immer an die Weisungen seines Vaters gehalten, sich meinen gefügt und Roberts Rat befolgt. Daher ist sein Handel erfolgreich. Allerdings scheint er neuerdings eigene Wege zu gehen, die mir Unbehagen bereiten. Was hat es mit Svertings Wechsel auf sich? Was weißt du davon, Alyss?«

Sie berichtete es ihr, und während sie zuhörte, knirschte Frau Mechtild hörbar mit den Zähnen. Schließlich fasste sie das Gehörte trocken zusammen: »Verstehe ich richtig, dass Reinaldus von Arndt Plündergut gegen ein Zahlungsversprechen gekauft hat, die Tuche, die Robert gehörten, unter der Hand an einen Schneider Böcklein verkauft und mir diese Einnahme verschwiegen hat?«

»So ist es.«

Mechtild knurrte. Dann sagte sie mit vor Wut bebender Stimme: »Ich habe ihn nie kurzgehalten. Wenn er Geld haben wollte, habe ich es ihm immer gegeben. Warum plötzlich diese Heimlichkeit? Wisst Ihr das auch?«

»Wir haben eine Vermutung, Frau Mechtild, aber noch keinen Beweis.«

»Ich werde ihn umgehend zur Rede stellen!«

Frau Mechtild sprang auf und wollte zur Tür eilen.

»Wartet, Frau Mechtild, wartet und hört uns an.«

Sie drehte sich um, aber der Zorn hatte ihre Wangen flammend rot werden lassen.

»Noch mehr?«

»Ja, es steckt noch mehr dahinter. Und darum bitten wir Euch, gebt uns noch ein, zwei Tage Zeit, damit wir weitere Erkundigungen einziehen können.«

»Wozu? Reinaldus macht mit Arndt unlautere Geschäfte – das beweist ja wohl dieser Wechsel von Sverting. Und er verheimlicht mir, wofür er das Geld braucht.«

»Das alles ist zweitrangig gegen den Verdacht, Frau Mechtild, dass er es war, der Robert umgebracht hat. Wir wollen versuchen, seine Unschuld zu beweisen, aber die Tatsachen sprechen leider mehr und mehr gegen ihn.«

»Marian? Bist du von Sinnen? Reinaldus ist ein Idiot, ein Tropf ohne Verstand, ein leichtgläubiger Tor, aber er ist kein Mörder.«

»Eben. Und darum stellt ihn jetzt noch nicht zur Rede, sondern erst, wenn wir die Umstände geklärt haben.«

Mechtild hielt sich am Türrahmen fest und zitterte. Marian legte ihr den Arm um die füllige Mitte und drückte sie an sich.

Es gelang ihnen, Mechtild einigermaßen zu beruhigen und mit ihr über ihre Nachforschungen zu reden. Julika erwähnten sie dabei allerdings nicht. Sie lehnten es anschließend auch ab, das Abendmahl bei ihr einzunehmen, und schlenderten langsam durch die Gassen. Marian kaufte ihnen bei einem Pastetenbäcker gefüllte Brote, die sie an einem der öffentlichen Brunnen verzehrten.

»Was hältst du davon, Marian?«

Alyss brauchte nicht zu erklären, was sie meinte. Ihr Bruder wischte sich die Krümel von der Schecke und hob die Schultern.

»John wird es so auslegen, dass Reinaldus sich von seinem Vater übergangen und bevormundet gefühlt hat. Er hat Robert seinem eigenen Sohn immer vorgezogen und ihn nach seinem Tod sogar noch unter seine Munt gestellt, wenn man so will. Das könnte über Jahre einen schwelenden Zorn erzeugt haben, der in mörderischer Wut ausbrach, als er sich auf seinen krummen Wegen von Robert entdeckt fühlte.«

»Und mit diesem Gedankengang, glaubst du, könnte er recht haben?«

»Er ist so abwegig nicht.«

»Nein, er ist nicht abwegig.«

»Dann werden uns die Dinge aus Roberts Gürtel allerdings nur zu einem Leichenfledderer führen, der sie ihm abgenommen hat, als er den Toten fand.«

»Vermutlich wird das so sein.«

»Ich bin unglücklich, Marian.«

»Schwester mein, ich auch. Aber hat Robert den Tod verdient, nur weil er seines Amtes waltete und einen törichten Kaufmann vor leichtfertigen Geschäften schützte?«

»Nein, natürlich nicht. Was wollen wir tun, Marian?«

»Eine Nacht darüber schlafen. Morgen treffen wir eine Entscheidung.«

»Und John?«

»Mit John rede ich, Schwesterlieb. Und nun will ich dich nach Hause begleiten und nach meinem hündischen Patienten sehen.«

»Es scheint ihm gutzugehen. Vorhin hat er an einem Stück Fleisch gekaut, und seine Nase fühlte sich feucht und kühl an. Aber er jammert bei jeder Bewegung und versucht die Wunde zu lecken. Lauryn und Frieder haben alle Hände voll mit ihm zu tun gehabt.«

Es war auch wieder Lauryn, die bei dem Hund saß und aus Binsen einen Korb flocht.

»Er ist ein bisschen im Stall herumgelaufen, Herr Marian. Und die Hühner hat er angebellt.«

»Das hört sich gut an. Hat die Wunde geblutet?«

»Nein, alles ganz trocken. Ist er nicht niedlich?«

Gebürstet wirkte sein graubraunes Fell flauschig, seine noch viel zu großen Pfoten tappsig, und seine dunklen Augen schauten über die spitze Schnauze neugierig zu den Menschen hoch. Ängstlich war das Tier nicht mehr.

»Alle kleinen Tiere sind niedlich. Das hat der Allmächtige so gewirkt, damit wir uns ihrer mitleidig annehmen«, erklärte Alyss, aber sie konnte sich dem Zauber des leise fiependen Hundes auch nicht entziehen und kraulte ihn zwischen den Ohren. Ein Zungenschlapp dankte es ihr.

»Wie verhält sich Malefiz?«

»Er ist noch mal vorbeigekommen, und die beiden haben sich angeguckt. Aber dann hat Malefiz eine Maus gehört. Die war wohl wichtiger.«

»Gut, also keine Streitereien. Habt ihr einen Namen für den Hund gefunden?«

»Oh ja, Frau Alyss. Ich meine, wir haben gedacht … also, Euer

Kater heißt Malefiz und ist auch manchmal ein dreister Übeltäter. Aber dieses Hündchen… Es verdankt sein Leben Eurer Wohltätigkeit, und darum wollen wir ihn Benefiz rufen.«

Marian lachte und hieß die Wortwahl gut, und auch Alyss nickte zustimmend.

30. Kapitel

Den ganzen Abend über verbat Alyss sich selbst das Nachdenken über Reinaldus' mögliche Schuld. Sie erledigte ihre Arbeiten gewissenhaft, hörte sich die kleinen und großen Sorgen ihres Hauswesens an und ging schließlich mit der späten Dämmerung zu Bett.

Auch wenn sie ihre geschäftigen Tage gewöhnlich müde in die Kissen sinken ließen, so war ihr in dieser Nacht kein erholsamer Schlaf beschieden.

John hatte sich nicht zu dem geäußert, was Marian ihm über ihre neuen Erkenntnisse zu Reinaldus Pauli berichtet hatte, sondern hatte wieder einige seiner schaurigen Abenteuergeschichten zum Besten gegeben, sich Benefiz' Fortschritte in der Heilung angesehen und mit Tilo und Frieder ein Würfelspiel angefangen. Dennoch war ihr vollkommen klar, dass er sich auf seine Art Gedanken zu Pauli machte und sein weiteres Vorgehen plante.

Morgen – morgen würde sie mit ihm darüber sprechen.

Aber was sollte sie ihm sagen? Es wiesen so viele Zeichen auf Reinaldus' Schuld, und doch mochte sie es in ihrem Herzen noch immer nicht glauben. Aber sie sah auch keine Möglichkeit, ihn zu entlasten.

Unruhig wälzte sie sich in den Decken. Die Nachtluft lastete warm und schwül auf der Stadt, im Alkoven war es unerträglich stickig.

Kurzerhand stand sie auf, legte sich ein Tuch um die Schulter, das das einfache Leinenhemd bedeckte, nahm ihre Pantinen in die Hand und schlich im Dunkeln die Stiege hinunter. Der Hof lag im Licht des halben Mondes vor ihr. Sie schlüpfte in die Schuhe und ging zu den drei neuen Fässern, die am Nachmittag geliefert worden waren. Auf einem davon ließ sie sich nieder und blies eine Haarsträhne fort, die sich aus ihrem Zopf gelöst hatte. Dunst verhing das Firmament, und nur mühsam blinkten die Sterne durch die feuchtigkeitsschwangere Luft. Dann und wann zuckte Wetterleuchten über die Türme der zahlreichen Kirchen, doch das Grummeln des Donners ließ auf sich warten. Dafür hallte der hohle Ruf eines jagenden Uhus ganz in der Nähe.

Alyss legte die Hände in den Schoß und suchte Frieden im Gebet.

»Höchster, allmächtiger, guter Herr,
dein sind der Lobpreis, die Herrlichkeit und Ehre
und jeglicher Segen.
Dir allein, Höchster, gebühren sie,
und kein Mensch ist würdig, dich zu nennen.
Gelobt seist du, mein Herr,
durch Schwester Mond und die Sterne;
am Himmel hast du sie gebildet,
hell leuchtend und kostbar und schön.«

Die Worte des heiligen Franziskus halfen ihr wie üblich, ihren Geist zu beruhigen, und mit stiller Freude betrachtete sie eine lange Weile den nächtlichen Himmel. Dann hörte sie das Flügelrauschen, und die dunkle Silhouette eines gewaltigen Vogels glitt über das Hofgeviert. Mit einem Flattern setzte er sich auf den First des Stalls und wendete seinen Kopf hin und her.

»Buhuuuu!«, rief er einmal und wiederholte es: »Buhuuu!«

Es klang klagend und traurig, und leise erwiderte Alyss seinen Ruf.

Der Uhu spreizte im Sitzen seine Flügel, und sie stand auf. So, wie sie den Falken auf ihren Ruf hin erwartete, hob sie den Arm, und tatsächlich schwang sich der Vogel in die Luft. Gleitend kreiste er einmal über ihr und landete auf ihrem Arm. Beinahe hätte sie vor Schmerz laut aufgeschrien. Die gewaltigen, handgroßen Füße krallten sich fest in ihr Fleisch, und schwer lastete der Uhu auf dem Unterarm. Doch dann sah sie in seine Augen, und aller Schmerz war vergessen. Im matten Licht des Mondes schimmerten sie unergründlich. Anders als bei den übrigen Vögeln blickten sie geradeaus über den Schnabel hinweg. Eine fremdartige Weisheit lag in ihnen, menschlich nicht, doch überlegen und erhaben.

»Uhu, Uhu, du Schöner. Ich danke dir für dein Kommen. In deinem nächtlichen Königreich gewährst du mir Audienz, Gewaltiger. Künder von Tod und Schicksal nennen sie dich, doch der Tod gehört zum Leben, und das Schicksal kann sich zum Guten wie zum Bösen wenden.«

Aufmerksam schien der Uhu zu lauschen, und sie wagte es, über sein geflecktes Gefieder zu streichen. Mit seinem Schnabel hackte er nach ihrer Hand, und sie zog sie rasch zurück.

»Recht hast du, Gewaltiger. Nicht eingeladen wurde ich, dein Gewand zu berühren. Uhu, scharfsichtiger Jäger, ich wünschte, ich könnte mit deinen Augen sehen und das Dunkel der Geheimnisse durchdringen.«

Der Vogel beugte sich vor, sodass er beinahe mit der Brust auf ihrem Arm lag, und breitete die Schwingen aus, fast als wolle er sie umarmen.

Doch dieser verzauberte Augenblick wurde jäh unterbrochen. Hastige Schritte klapperten auf der stillen Gasse, und ein Pochen ertönte am Tor.

»Flieg, Schöner. Du hast das Schicksal gerufen, ich werde mich ihm stellen müssen.«

Mit einer kraftvollen Abwurfbewegung schickte sie den Uhu in die Lüfte. Dann eilte sie zum Tor.

Ein Junge mit einer halb heruntergebrannten Fackel stand davor und keuchte leicht.

»Ruft Frau Alyss, Weib.«

»Leise, Junge, du weckst die ganze Straße auf. Ich bin Frau Alyss. Was ist passiert?«

»Ihr sollt zu Frau Catrin kommen. An die Burgmauer, wo die Fahrenden ihr Quartier haben.«

»Was findet Frau Alyss dort, Junge?«, fragte John hinter ihr.

»Ein Weib in Kindsnöten, Herr.«

»Und Frau Catrins Begleiterin, Frau Marianne?«

»Eine weitere Wehmutter, ja, Frau Alyss.«

»Kannst du uns führen?«

»Sischer dat!«

»Zieht Euch an, Mistress Alyss, so könnt Ihr nicht durch die Stadt laufen. Auch in der Dunkelheit nicht.«

Alyss, die gedankenlos tatsächlich gleich losgelaufen wäre, drehte sich endlich um. John hatte nur eine kurze Tunika übergeworfen, stand barfuß und mit zerzausten Haaren im Eingang.

»Warte hier auf uns, Junge. Wir kommen sogleich.«

Alyss hetzte die Stiegen in ihre Kammer hoch, warf sich ihr Tagesgewand über und merkte dabei flüchtig, dass ihr das Blut von den Armen tropfte. Aber sich darum zu kümmern hatte sie keine Zeit. Marian war in Not, und sie war maßlos dankbar, dass John an ihrer Seite sein würde. Der hatte sich ebenso rasch angekleidet und gürtete im Laufen das Schwert.

»Los, Junge. Zeig uns den Weg.«

Dann und wann kamen Fahrende in die Stadt. Gaukler, Schausteller, Possenreißer und Spielleute unterhielten die Bürger auf den Plätzen oder wurden zu Festen in die Häuser eingeladen. Sie fanden an den Sommertagen Quartier auf den unbebauten Grundstücken oder in den wenig anspruchsvollen Tavernen an der Burgmauer. Der Fackelträger führte sie zu einem Gasthof, vor dem allerlei Volk lagerte. Trotz der nächtlichen Stunde brannten zwei Feuer, um die sich in Decken gehüllte Männer und Frauen scharten. Zweifellos raubten ihnen die entsetzlichen Schreie, die aus den oberen Fenstern des krummen Gebäudes schallten, den Schlaf.

»Was geht hier vor?«, fragte John beunruhigt. In seiner Hand schimmerte das blankgezogene Schwert.

»Eine schwere Geburt, will ich meinen. Lasst uns hineingehen. Ich fürchte um Marian.«

»Warum? Lastet man ihm einen Fehler an?«

Johns Stimme war nur ein Hauch.

»Das glaube ich nicht. Ich erkläre es Euch später. Kommt mit hoch, aber betretet das Gemach nicht.«

Die knarrende, ausgetretene Stiege führte zu zwei Räumen unter dem Dach, und Alyss stieß die Tür auf, aus denen die gequälten Laute drangen.

Entsetzt blieb sie stehen. Der Dunst von Blut, Erbrochenem, Exkrementen, schimmelndem Stroh und saurem Schweiß schlug ihr entgegen. Auf dem Boden lag eine Frau, zwischen ihren Beinen kniete Catrin mit ihren schrecklichen Instrumenten, drei weitere Weiber hielten die Kreißende, und alle waren sie über und über mit Blut besudelt. In der Ecke aber lag zusammengesunken Marian, in einem dunklen Kittel, die Haare unter einem strengen Gebende verdeckt.

Ein würgendes Geräusch entrang sich Alyss' Kehle, und Catrin sah auf.

Nur ihre Augen sprachen.

Alyss verstand.

Sie wandte den Blick von der Gebärenden ab und trat auf ihren Bruder zu. Mit einem kraftvollen Griff bekam sie ihn in eine sitzende Position. Sein Kopf fiel vornüber. Noch einmal strengte sie sich an, mit dem Mut der Verzweiflung zerrte sie ihn hoch und schleppte ihn zur Tür. Niemand half ihr, denn wieder begann das grauenerregende Kreischen.

Mit unendlicher Anstrengung gelang es ihr, den leblosen Körper hinauszubugsieren, ohne dabei auf etwas zu treten, was weit grauenvoller war, als sie es je gesehen hatte.

John empfing sie auf der Stiege.

»Helft mir!«, keuchte sie.

»Verwundet?«

»Ohne Besinnung.«

Kein weiteres Wort fiel. John packte Marian und warf ihn sich wie einen Sack Mehl über die Schulter.

»Weg hier, Master John.«

»Catrin?«

»Sie muss bleiben.«

Er fragte nicht weiter, sondern stieg vorsichtig die steilen Stufen nach unten.

In der lauen Nachtluft atmete Alyss erleichtert auf. Der Würgreiz ließ allmählich nach.

»Findet Ihr im Dunkeln den Weg?«

»Der Mond ist ausreichend, Mistress Alyss.«

Schweigend eilten sie zurück zur Witschgasse, wobei John unter seiner Last zwar schwer atmete, jedoch sein Tempo nicht verlangsamte.

Im Haus hatte man offenbar nichts von ihrer Abwesenheit wahrgenommen, alles lag in tiefstem Schlummer. Mit einer Handbewegung wies Alyss nach oben, auf Johns Zimmer. Sie öffnete für ihn die Tür; er brachte Marian hinein und ließ ihn auf sein Bett gleiten.

»Helft mir, ihn auszuziehen.«

Sie band das Gebende auf, John löste die Nesteln, und gemeinsam entledigten sie ihn der blutbefleckten Kleider. Dann zog Alyss die Decke über ihn und strich ihm über die Stirn.

»Ihr müsst Eure Arme waschen, Mistress Alyss. Das Blut tränkt schon Eure Ärmel.«

»Ach ja. Ja.«

»Und verbindet die Arme. Ich bleibe so lange bei Eurem Bruder sitzen.«

Sie kehrte in ihren Raum zurück und tat, wie John ihr geheißen hatte. Lange Kratzer von den Klauen befanden sich auf ihrem linken Unterarm, der rechte hatte eine Schramme vom Schnabel des Uhus abbekommen. Es waren keine tiefen Wunden, aber sie brannten. Das Wasser, mit dem sie das angetrocknete Blut abwusch, kühlte die Verletzungen, und eine Salbe linderte den Schmerz. Sie wickelte Leinenstreifen um die Arme, legte eine saubere Cotte an und hängte sich wieder das Tuch um die Schultern.

Marian hatte sich nicht gerührt, aber John hatte den Schwertgurt abgelegt und das Wams über dem Hemd ausgezogen. Durch das Fenster fiel das matte Mondlicht, und eine kleine Handleuchte flackerte neben dem Bett.

In gedämpften Ton bat John: »Erklärt mir, Mistress Alyss, was sich zugetragen hat.«

»Ihr wisst, dass mein Bruder bestrebt ist, die Heilkunst zu lernen.«

»Natürlich. Und dazu gehört es auch, Gebärenden beizustehen?«

»In seinen Augen ja. Aber es ist Männern untersagt, als Hebamme zu wirken, und so hat er sich als Marianne ausgegeben. Das aber weiß nur Catrin. Die anderen glauben, er tat es, um Estella nicht zu erschrecken. Dass er Catrin zu Geburten begleitet, birgt ein großes Risiko.«

»Warum?«

»Würde er entdeckt, müsste er mit der Todesstrafe rechnen.«

»So ist es ihm sehr ernst mit der Heilkunst.«

»Ja, das ist es.«

»Warum aber liegt er nun hier besinnungslos? Hat man ihn entdeckt und niedergeschlagen?«

»Nein, Master John. Dahinter liegt noch ein weiteres Geheimnis.« Alyss seufzte leise. »Wir verbergen es gut, Master John, aber ich muss es Euch gestehen, damit Ihr versteht, was passiert ist.«

»Was immer Ihr mir anvertraut, Mistress Alyss, werde ich für mich behalten. Aus meinem Munde wird keiner Euer Geheimnis erfahren. Das verspreche ich Euch bei meinem Leben und meiner Ehre.«

»Gut denn. Ich vertraue Euch, John, auch wenn wir in manchen Fragen unterschiedlicher Meinung sind.«

»Danke, my Lady.«

Es klang sehr aufrichtig, und sein Gesicht war ernst. Darum begann sie: »Marian und ich sind mit einer Gabe – nun, nicht gerade gesegnet. Sie hat ihre guten Seiten, aber manchmal macht sie uns das Leben sehr schwer.«

»Deshalb schätzt Ihr keine Gaben – weil sie das nur zu oft tun.«

»Vielleicht. Wir haben gelernt, sie zu bändigen. Doch manchmal versagt die Zucht, und dann geschieht das, was Ihr hier seht. Marian und ich haben die Fähigkeit, die Schmerzen anderer Lebewesen zu spüren – ich bei den Tieren, er bei den Menschen.«

»Weshalb Ihr, Mistress Alyss, einen verletzten Hund beruhigen könnt und des Nachts mit dem Uhu sprecht.«

Überrascht sah sie auf.

»Ich konnte ebenfalls nicht schlafen und sah auf den Hof hinaus. Es war ein bewegendes Bild, Mistress Alyss. Doch das nächste Mal zieht den Handschuh über.«

»Es war eine unabsichtliche Handlung. Er rief so traurig, und er war so schön.«

»Das war es, my Honourable Lady.«

Alyss senkte bei der ehrerbietigen Anrede den Kopf, dann aber besann sie sich auf das, was sie zu erklären hatte.

»Marian spürt die Schmerzen der Menschen, und darum kann er ein wirklich guter Heiler werden. Aber diesmal war es zu viel für ihn. Es war nicht einfach nur eine Geburt. Die Schmerzen der Wehen können wir Frauen ertragen. Also kann auch er es. Hier aber handelte es sich um – einen schlimmen Fall.«

»Eine Totgeburt?«

»Noch weit schrecklicher. Master John, es kann vorkommen, dass das Kind den Leib der Mutter nicht verlassen kann – und dann sterben beide. Catrin hat versucht, die Mutter zu retten. Aber dazu musste sie … sie musste das Kind im Mutterleib zerschneiden. Ich will Euch lieber nicht zu genau schildern, wie das vor sich geht.«

Offensichtlich hatte John aber eine ausgesprochen lebhafte Phantasie. Er erhob sich und verließ hastig den Raum. Alyss hörte sein Würgen im Hof und wandte sich ihrem stillen Bruder zu.

»Zu viel für dich, Bruderlieb, zu viel, mein Herz.«

Voll Verständnis nahm sie seine Hände in die ihren und hielt sie fest. Nach einer Weile kam John zurück und stellte einen Krug Wein auf den Tisch. Er schenkte Alyss und sich je einen Becher voll.

»Marian brach also zusammen. Wird er es überwinden?«

»Er wird einige Tage krank sein, fürchte ich. So war es früher immer. Aber er erholt sich davon.«

»Ich habe schon Grausamkeiten gesehen, üble Wunden und zerfetzte Leiber. Aber ich ahne, dass das, was dort bei den Fahrenden geschehen ist, alles übersteigt. Er hat den Schmerz von Mutter und Kind ertragen, nicht wahr?«

»Ja.«

»Woher wisst Ihr von diesen Dingen, Mistress Alyss?«

»Ich habe mit Catrin auch schon Frauen im Kindbett beigestanden.«

John nahm einen langen Schluck.

»Wir Männer machen manchmal den Fehler, Euch Frauen für weich und hilflos zu halten.«

»Und dichtet zierliche Minnelieder auf uns. Und weil uns das eben recht ist, Master John, ist es Männern verboten, einer Geburt beizuwohnen.«

Alyss trank ebenfalls von dem süßen, gewürzten Wein und lehnte ihren Rücken an die Wand. Ein Wind war aufgekommen und brachte einen kühleren Hauch in das Zimmer.

»Buhuuu!«, rief der Uhu. »Buhuuu!«

»Schicksalskünder, sagt man, Todes Bote.«

»Glaubt Ihr es, Mistress Alyss?«

»Er hat auch gerufen, als mein Sohn starb.«

»Ihr hattet einen Sohn? Woran starb er?«

»Er ertrank im Rhein. Im Alter von zwei Jahren. Die Amme war unaufmerksam, Master John.«

»Großer Gott.«

»Nein, dem gebe ich keine Schuld. Gott ist nicht Schicksal.«

»Und Gott ist nicht barmherzig.«

»Wir sind Ketzer, Master John, so wie auch mein Vater. Nur meine Mutter glaubt fest daran, dass Maria, die barmherzige Mutter, das Schicksal durch ihre Fürbitte, gelegentlich auch durch ihr direktes Eingreifen, milde stimmen kann.«

»Ein unerwartet kindlicher Glaube für eine resolute Lady.«

»Das würdet Ihr nicht sagen, wenn Ihr Frau Almut mit Maria disputieren hören würdet. Und erst recht würdet Ihr es nicht sagen, wenn Ihr wüsstet, was Maria schon so alles für sie getan hat.«

»Ihr glaubt an Wunder?«

»Wenn es um meine Mutter geht – ja.«

»Macht sie Euch Angst?«

»Ja.«

»Euer Vater nicht?«

»Nein. Er wirkt keine Wunder, er ist nur allmächtig.«

»Ihr könnt kichern, Mistress Alyss? Ihr könnt tatsächlich kichern? Nun glaube ich auch an Wunder.«

»Hütet den Schlaf meines Bruders, Master John. Ich werde versuchen, ebenfalls zu schlafen.«

»Natürlich, Mistress Alyss.«

Sie schlüpfte leise in ihr Gemach und legte sich nieder. Der schwere Wein half ihr, Ruhe zu finden, und nur ein Mal schreckte sie noch auf, kurz bevor sie in den Schlummer sank.

John hatte sie mit dem Uhu auf dem Arm beobachtet.

Das hatte er aber von seinem Zimmer aus nicht tun können.

Nur das ihre hatte Fenster zum Hof hinaus.

Was wollte John of Lynne nachts in ihrer Schlafkammer? War ihm etwa der Weg zu den Schwälbchen zu weit geworden?

Ein leichter Schauder lief ihr den Rücken hinunter.

Dann aber übermannte sie die Erschöpfung.

31. Kapitel

Am nächsten Morgen war Marian wieder bei Bewusstsein, aber schwach und fiebrig. Seit seiner Verwundung darin geübt, ihn zu pflegen, half Alyss ihm, sich aufzusetzen, und flößte ihm dünnen Brei ein. Er murmelte einige Worte, aus denen sie schloss, dass das Grauen der Nacht ihn noch in den Fängen hielt.

»Schlaf, mein Bruderlieb, ich kümmere mich um alles.«

»Danke.«

John, der müde aussah, kam hinzu und fragte: »Sollte man ihn zu Euren Eltern bringen?«

»Nein. Ich werde ihnen Nachricht schicken. Das heißt, wenn es Euch nichts ausmacht, das Zimmer mit ihm noch für ein, zwei Tage zu teilen.«

»Er ist keine Last für mich, Mistress Alyss.«

Sie verließen Marian, um seine Ruhe nicht zu stören, die, wie Alyss wusste, das beste Heilmittel für ihn war. Sie überlegte sich jedoch sehr gründlich, wie sie die Botschaft an ihre Eltern abfassen sollte, damit sie sich nicht unnötig Sorgen machten. Einen kleinen Hintergedanken hatte sie allerdings auch dabei.

Als die Nachricht auf den Weg gebracht worden war, die Pflichten des Haushalts gerecht verteilt waren und ein jeder seinen Aufgaben nachging, besuchte sie den zweiten Patienten im Stall. Benefiz gab ein munteres kleines Kläffen von sich, als sie zu ihm trat. Er stand auf und versuchte mit seinem nicht mehr vorhandenen Schwanz zu wedeln, was ihm aber noch Schmerzen bereitete. Jämmerlich sah er zu ihr hoch.

»Das wird bald heilen, Benefiz. Hier, versuch das Stückchen Braten. Solange du noch krank bist, sollst du deine Leckerbissen aus der Hand bekommen. Aber demnächst wird es deine Aufgabe sein, hier im Stall die Ratten zu jagen. Verstehen wir uns?«

Noch nicht ganz, wie es schien. Die Fleischstückchen waren wichtiger.

Und wie ein lautloser Geist erschien auch Malefiz und schaute drein, als habe er seit Wochen keine Nahrung mehr bekommen.

»Schwindler. Lauryn hat dir Milch gegeben und Tilo ein Stückchen Wurst, und zwei Mäuse hattest du auch schon.«

Aber sie teilte dennoch ihre Gaben zwischen Malefiz und Benefiz und freute sich dann, dass der Kater sich zum Putzen ganz in der Nähe des jungen Hundes niederließ. Er billigte ihn also als neuen Genossen des Hauswesens.

Der Verschlag, in dem der Falke wohnte, stand offen, Handschuh und Futtertasche fehlten. Ein Blick zu dem noch immer dunstigen Himmel bestätigte Alyss, dass der Jäger auf Beute aus war.

Was sie daran erinnerte, dass auch ein menschlicher Jäger seine Beute verfolgte. Noch hatte sie von Abt Lodewig nichts zu dem Reliquiar gehört, wie weit Frieder seine kleine Scharade mit dem Drachenei vorangetrieben hatte, wusste sie auch nicht, und wie sinnvoll es war, Julika, Reinaldus' Buhle, nach dem Siegelring zu befragen, mochte sie nicht beurteilen.

Jetzt, einen Tag, nachdem sie mit Mechtild gesprochen hatte, schienen ihr tatsächlich bei Pauli all die Beweggründe vorzuliegen, die zu einem Mord führen konnten. Eifersucht, weil zwischen Robert und Mechtild ein tieferes Band bestand, als ein Mann dulden konnte, Habgier, weil der alte Pauli Robert finanziell bevorzugt hatte, Demütigung, weil Reinaldus unter Roberts Aufsicht gestellt worden war, und Angst vor Entdeckung seiner Liebschaft und der unlauteren Geschäfte.

Es half nichts, sie musste Reinaldus Pauli zur Rede stellen.

Sie erwog ernsthaft, sich mit ihren Eltern zu beraten, verwarf den Gedanken aber dann doch wieder, weil dabei zu viele andere Erklärungen notwendig waren.

Und schließlich beschloss sie, wenn auch mit einem unglücklichen Gefühl, dass John der Richtige war, sie zu dem unangenehmen Gespräch zu begleiten. Er war hart in seinem Urteil, bestrebt, den Täter zu entlarven, aber gegebenenfalls bereit, so wenig Schaden wie möglich anzurichten.

Auch wenn natürlich Reinaldus seiner Strafe zugeführt werden musste.

Alyss hatte eine Weile bewegungslos mitten im Hof gestanden, straffte nun aber die Schultern und wandte sich Richtung Weingarten, wo sie John vermutete.

Der Falke wies ihr den Weg, denn eben kehrte er auf den

Handschuh zurück. Dort saß er noch und schlang einen Fetzen Fleisch hinunter, als sie neben John trat.

»Mistress Alyss, Ihr seht sorgenvoll aus. Geht es Eurem Bruder schlechter?«

»Nein, Sorgen bereitet mir, dass ich nun nicht mehr die Augen verschließen kann vor Reinaldus' Schuld. Und ich will es hinter mich bringen. Begleitet Ihr mich zu seinem Haus?«

»Ihr wollt ihn zur Rede stellen?«

»Ich will Klarheit.«

»Und nicht abwarten, ob die Gegenstände, die wir gefunden haben, ihn nicht doch entlasten?«

»Wie könnten sie, wenn nur ein Leichenfledderer sie an sich genommen haben kann?«

»So glaubt Ihr nun auch dies?«

»Wenn das eine, dann das andere.«

»Ich würde ihn lieber auf Grund einiger handfester Tatsachen überführen.«

»Ich aber will aus seinem eigenen Mund das Eingeständnis hören.«

»Ihr glaubt, er wird es zugeben?«

»Ich muss mich davon überzeugen, dass sich hinter seinem freundlichen, harmlosen Wesen ein solch schwarzer Dämon verbirgt, der einen langjährigen Freund zu erschlagen bereit ist.«

»Ihr nehmt einen schweren Gang auf Euch, Mistress Alyss.«

»Ich brauche Gewissheit.«

»Gut, dann gehen wir.«

Alyss' Hände waren kalt, als sie Paulis Haus betraten, und Mechtild wurde blass, als die beiden Besucher in das Kontor traten.

»Frau Mechtild, wir müssen mit Eurem Gatten sprechen.«

»Alyss, ist es wirklich notwendig?«

»Es ist notwendig. Wo finden wir ihn?«

»Er ist im Lager. Alyss, Master John... ich will dabei sein. Ich weiß, wessen Ihr ihn beschuldigt, und ich glaube es nicht!«

»Mistress Mechtild...«

»Sie hat recht, Master John.«

»Es könnte Euch verletzen, Mistress Mechtild, was wir zu sagen haben.«

»Master John, Frau Mechtild hat fünf Kinder geboren.«

Er war still.

Mechtild beauftragte eine Magd, den Herrn des Hauses in das Kontor zu bitten. Dann setzte sie sich nieder und verschränkte die Finger so fest, dass die Knöchel weiß wurden.

Reinaldus Pauli trat ein, begrüßte mit jovialer Freundlichkeit seine Gäste und rief nach Wein.

»Keinen Wein, Master Pauli. Wir haben ein ernstes Wort mit Euch zu reden!«

»Nanu, Master John. Hat es Ärger mit den Tuchhändlern gegeben? Oder hat mein Sohn sich ungebührlich benommen, Frau Alyss?«

»Keines von beiden, Meister Pauli. Es geht um Robert.«

»Mein Gott, ja, sein Tod ist noch immer nicht gesühnt. Hat man Neues gehört?«

»Wir haben Fragen an Euch. Bitte beantwortet sie aufrichtig.«

»Aber natürlich, natürlich. Wie kann ich Euch helfen?«

»Indem Ihr uns verratet, worüber Ihr Euch mit Robert während des Gaffelfestes gestritten habt.«

Verdutzt und ein wenig verunsichert starrte Reinaldus John an.

»Eine Belanglosigkeit, Master John. Ein kleines Geplänkel unter Freunden.«

»Worum ging es?«

Röte stieg dem Tuchhändler in die Wangen.

»Was muss Euch das interessieren? Ich habe mit ihm einen Wortwechsel gehabt, und wir haben gleich darauf den Disput beigelegt.«

»Und Ihr habt das Gaffelfest direkt nach uns verlassen, Master Pauli, und seid in der Nacht nicht nach Hause zurückgekehrt.«

»Das könnt Ihr doch gar nicht wissen. Mechtild …«

»Ihr seid erst in den Morgenstunden zurückgekommen«, sagte diese mit tonloser Stimme.

»Was unterstellt Ihr mir? Wer hat mich heimlich bespitzelt?«

»Niemand, denn sonst wüssten wir ja, wo Ihr Euch aufgehalten habt. Euer Gehen wurde von den Gästen und dem Aldermann beobachtet, Euer Kommen hier bemerkten Eure Gesellen. Darum wollen wir von Euch wissen, wo Ihr in der Nacht gewesen seid.«

»Aber warum denn?«

»Weil Robert in jener Nacht starb.«

Reinaldus schnappte nach Luft.

»Frau Alyss, seid Ihr von Sinnen?«

»Nein, Meister Pauli. Ihr habt Euch mit Robert gestritten. Ihr hattet gute Gründe dafür, nicht wahr? Viele gute Gründe, Meister Pauli!«

Der Tuchhändler wedelte hilflos mit den Händen und schlug sie dann vor das Gesicht.

»Wo wart Ihr, Reinaldus?«

Wieder klang Mechtilds Stimme tonlos und tieftraurig.

»Das versteht Ihr nicht«, murmelte Reinaldus. »Wie könntet Ihr das verstehen?«

»Was, Master Pauli?«

»Was ich tat. Es war falsch, ja. Ja, ja, ja, es war falsch!«, schrie er auf und sprang hoch. Mit wirrem Blick schaute er um sich, vielleicht, um zu flüchten. Alyss spürte die Spannung, die Johns Körper plötzlich ausstrahlte. Er war bereit, sich auf ihn zu stürzen, sollte er versuchen, den Raum zu verlassen.

»Setzt Euch, Reinaldus«, sagte Mechtild.

Der Tuchhändler sackte auf seinem Sessel zusammen.

»Sie brauchte Hilfe, versteht doch. Hilfe ...«, stammelte er.

»Wer brauchte Hilfe?«

»Das Mädchen. So Schlimmes erlebt ... brauchte Trost ...«

»Welches Mädchen? Die Witwe, die Ihr zu den Beginen gebracht habt?«

Mechtild klang überrascht und sandte Alyss und John einen bösen Blick zu.

»Nein, nicht die ... die andere, die mit dem Pelzhändler gekommen ist.«

»Ihr habt Euch um noch mehr hilflose Frauen gekümmert? Aber warum verschweigt Ihr das dann? Und was hat das mit Robert zu tun?«

»Er ... er ... wollte nicht, dass ich ihnen Geld gebe.«

»Darüber habt Ihr also gestritten, Meister Pauli – um das Geld, das Ihr für hilflose Frauen benötigt?«

»Ja, so war das, ja, ja, Frau Alyss.«

»Geld, Reinaldus, das nicht durch meine Bücher ging?«

Jetzt hatte Mechtilds Stimme plötzlich einen geradezu stählernen Unterton.

Reinaldus merkte, dass er sich selbst in eine Ecke gedrängt hatte. Er setzte eine verstockte Miene auf und schwieg.

»Mis …«

Alyss trat John auf den Fuß, und er behielt für sich, was er sagen wollte.

»Reinaldus – Geld habe ich Euch immer gegeben, wenn Ihr darum gefragt habt. Für alles und jedes, für Wein und Spezereien, Feste und Bewirtungen von Freunden, für Eure Lustbarkeiten und Spielereien. Warum sollte ich Euch Geld für wohltätige Zwecke vorenthalten?«

Das verstockte Schweigen hielt an.

»Reinaldus?!«

»Ich muss Euch nicht über jeden Groschen Rechenschaft ablegen, Weib!«, fuhr er sie plötzlich an, erhob sich und wollte den Raum verlassen.

Er prallte gegen John.

»Setzt Euch, und beantwortet Mistress Mechtilds Fragen.«

»Richtig, Reinaldus, setzt Euch und gebt endlich Auskunft. Woher habt Ihr das Geld?«

»Ich bin Händler!«

»Stimmt. Und bisher steht Ihr in dem Ruf, ein ehrbarer Händler zu sein. Aber ich habe einen Wechsel von dem Schiffer Sverting beglichen. Was könnt Ihr mir dazu sagen?«

Gehetzt gingen Reinaldus' Blicke zwischen Alyss und seinem Weib hin und her.

»Ihr … Ihr wisst es? Ihr habt es herausgefunden? Oh mein Gott, ich bin vernichtet!«

»Das seid Ihr, wenn Ihr nicht augenblicklich erklärt, welcherart Geschäfte Ihr mit Arndt van Doorne treibt!«

In unzusammenhängenden Sätzen kam das erbärmliche Vorgehen aus ihm heraus. Es war, wie Alyss und John vermutet hatten – Plündergut hatte seinen unlauteren Weg über ihn zu dem Schneider Böcklein gefunden, bezahlt mit einem Wechsel, der, was Reinaldus in seinem Unverstand nicht geahnt hatte, in eben diesem Kontor auftauchen würde.

Mechtild hörte sich das Geständnis mit steinernem Gesicht an.

»Ich werde es nie wieder machen, Mechtild. Ich schwöre es.«

»Das erwarte ich.« Und dann zu Alyss und John gewandt: »Seid Ihr es nun zufrieden?«

»Nein, Frau Mechtild. Wir müssen noch immer wissen, wo Meister Pauli die Nacht von Roberts Tod verbracht hat.«

Stille.

»Master Reinaldus, hat Euch Robert Vorhaltungen wegen dieser Geschäfte gemacht? Habt Ihr darüber gestritten?«

»Ja, ja, das hat er. Er wusste alles.«

»Was alles?«

»Das ... das mit dem Wechsel. Und dem Schneider. Und alles.«

Inzwischen war auch Alyss' Mitleid mit Pauli im Schwinden begriffen. Sie fuhr ihn an: »Kann er gar nicht gewusst haben, denn den Wechsel habt Ihr Arndt erst gegeben, als Ihr die Ware bekommen habt. Und das war nach dem Gaffelfest!«

»Worüber habt Ihr gestritten, Master Pauli?«

»Ich sagte doch ...«

»Ihr lügt. Ihr habt über Geld gestritten, das will ich glauben, und anschließend seid Ihr Robert und Master John gefolgt. Und dann habt Ihr, als sie sich trennten, Robert erschlagen und seinen Leichnam an die Straße gelegt, ihn beraubt und gehofft, dass man es für die Tat eines Straßenräubers hält!«

»Ich ... ich soll Robert erschlagen haben?«, keuchte der Tuchhändler.

»Genau das denken wir, Master Pauli. Und ich bin sicher,

unter weit peinlicherer Befragung als der unseren wird Euch auch wieder einfallen, wie Ihr die Nacht verbracht habt.«

Reinaldus wurde grau im Gesicht.

»Warum lügt Ihr, Reinaldus?«, fragte Mechtild, nun wieder mit entsetzlich tonloser Stimme. »Welche Schuld habt Ihr auf Euch geladen?«

Reinaldus stöhnte auf.

»Ich habe ihn nicht umgebracht. Er war mein Freund. Er war immer gut zu mir. Er hat mir immer geholfen. Auch bei den Geschäften. Ich habe ihn nicht getötet, so glaubt mir doch!«

»Wo wart Ihr in der Nacht?«

»Bei Julika. Bei der Frau – oh Gnade und Barmherzigkeit – sie hatte Hilfe gebraucht. Und dann war sie so dankbar und ich… Ich habe gesündigt.«

»Julika?« Mechtilds Stimme hatte jegliche Tonlosigkeit verloren, jede Traurigkeit und jedes Verständnis. Sie bebte vor Zorn. »Julika?«

»Die Tochter eines polnischen Viehhändlers, soweit wir hörten, die ihren Vater verlor und sich auf ihre Weise nach Köln durchschlug. Sie besitzt ein kleines Haus am Berlich und trägt seit einigen Tagen Roberts Siegelring«, erklärte Alyss. Inzwischen empfand sie einen gewissen Abscheu vor dem stammelnden Schwächling.

»Ihr haltet eine Hure aus mit dem Geld, das Ihr durch unehrliche Geschäfte verdient. So weit seid Ihr gesunken, Reinaldus?«, fauchte Mechtild.

»Das ist eine Frage, die Ihr mit Eurem Gatten klären müsst, Mistress Mechtild. Wir wollten wissen, wo Master Pauli sich in jener Nacht aufgehalten hat. Und nun sprecht endlich, Mann!«

Reinaldus tat es. Und was er sagte, klang glaubwürdig und

würde sich sicherlich nachvollziehen lassen. Robert hatte herausgefunden, dass Julika seine Geliebte war und ihn bei dem Gaffelfest dafür gerügt, weil er sein Weib auf schäbige Weise hinterging. Er hatte aufbegehrt und gesagt, Robert solle sich um seine Angelegenheiten kümmern. Damit war die Sache jedoch erledigt gewesen. Später hatte er das Fest tatsächlich kurz nach Robert und John verlassen, hatte sich einen Fackelträger gerufen und war auf direktem Weg zu Julika gegangen. Sie hatten die Nacht miteinander verbracht, wie sie es gewöhnlich ein-, zweimal in der Woche taten, und im Morgengrauen war er heimgekehrt. Roberts Siegelring hatte Reinaldus noch an jenem Abend an deren Hand bemerkt.

Die Tränen rannen ihm bei dem Geständnis über das Gesicht, und immer wieder beteuerte er, wie sehr er Robert geliebt und bewundert hatte.

»Und nie habt Ihr es ihm verübelt, dass Euer Vater ihn zu Eurem Aufpasser bestellt hat?«

»Nie, Frau Alyss. Ich weiß doch, dass ich keinen Zahlenverstand habe.«

»Von dem anderen habt Ihr auch nicht viel mehr mitbekommen!«, knurrte sie ihn an. »Ihr habt Euch in eine erbärmliche Lage gebracht. Dankt Gott auf Knien, dass alles das zunächst innerhalb dieser vier Wände bleibt.«

»Ihr glaubt mir jetzt? Ja? Glaubt Ihr mir jetzt, dass ich Robert nicht getötet habt?«

»Wir glauben es, Master Pauli. Um Robert umzubringen, seid Ihr nämlich viel zu blöd.«

John erhob sich, und Alyss stand ebenfalls auf. Diese rüde Bemerkung aus Johns Mund ließ sie vermuten, dass er vor allem zornig darüber war, dass sich sein Verdacht nicht bestätigt hatte.

»Frau Mechtild – es liegt nun an Euch, diese Sache zu bereinigen. Wir werden schweigen.«

»Danke. Aber nun lasst uns alleine.«

Alyss hatte etwas Mühe, den weitausholenden, wütenden Schritten ihres Begleiters zu folgen, und schnaufte leise, als sie in die Hofeinfahrt traten.

»Wo können wir sprechen, ohne dass neugierige Ohren uns zuhören, Mistress Alyss?«

»Im Weingarten. Folgt mir. Aber zwingt mich nicht wieder zum Laufschritt!«

Er drehte sich um und sah in ihr verschwitztes Gesicht.

»Wir nehmen einen kühlen Wein mit, Mistress Alyss. Ich stehle ihn aus der Vorratskammer.«

»Wenn Hilda Euch erwischt, wird sie Euch für einen Saufaus halten und Euch auf die Finger klopfen.«

»Dann müsst ihr sie kosen und heilen. Geht voran, ich komme nach.«

»Ich wisst nicht, wo ich bin.«

»Ich werde Euch finden. Ich scheine ein Gespür dafür zu entwickeln, Euch aufzustöbern.«

»Spürhund.«

»Jäger.«

Ein wenig nahm dieses Geplänkel die drückende Stimmung von ihr, und sie machte sich auf den Weg zu ihrem Rosenhag. Der Dunst hatte sich aufgelöst, der Tag war sonnig und klar geworden, und die Bienen umsummten die Blüten. Sie setzte sich auf ihre Bank, zerrieb wie üblich ein wenig Lavendel und atmete tief durch.

Sie hatte etwas erreicht.

Reinaldus war ein Schwächling, ein Idiot, ein Dummkopf –

kurzum ein Mehlwurm. Aber ihr Gefühl hatte sie nicht getrogen. Ein Mörder war er nicht.

Aber dennoch war Robert umgebracht worden.

Warum? Wer war sein Mörder?

Alyss schloss die Augen und überließ ihre Gedanken ihren eigenen Wegen.

John setzte sich leise neben sie, und sie roch das Bier, das er mit langen Zügen trank.

»Den Wein hat man Euch verwehrt?«, fragte sie und blinzelte in die Sonne.

»Mit gestrenger Miene. Schon des Nachts sei ein Krug entwendet worden, klagte Hilda. Es geht ein gieriger Geist im Hause um.«

»Ah, eine ihrer liebsten Vorstellungen. Ein Poltergeist, der im Dunkeln sein Unwesen treibt, sie durch Knarzen und Knurren wach hält und der allerlei Schabernack in Küche und Vorratskammer treibt. Schon unzählige Schutzzauber hat sie versucht, Bannsprüche gemurmelt und Geisterfallen aufgestellt. Aber sie wird und wird seiner nicht habhaft.«

»Und wer geht wirklich um im nächtlichen Haus, Mistress Alyss?«

»Gelegentlich bin ich es, wenn die Schlaflosigkeit mich umtreibt, aber ich habe auch Frieder oder Tilo im Verdacht, ihre unersättliche Gefräßigkeit dann und wann an den Vorräten zu stillen. Und natürlich Malefiz.«

»Natürlich. Der Bösewicht. Mögt Ihr einen Schluck von dem Bier? Eure Haushälterin mag ihre Schrullen haben, aber was sie braut, schmeckt köstlich.«

»Ich mag es nicht so sehr, es ist mir zu bitter. Aber dennoch, es löscht den Durst.«

Alyss nahm den kühlen Humpen aus seiner Hand und trank.

»Mistress Catrin sitzt bei Eurem Bruder. Er schlummert, und sie sieht erschöpft aus.«

»Ich löse sie gleich ab.«

»Ihr seht auch erschöpft aus, Mistress Alyss.«

»Es war für uns alle eine lange Nacht, und die Unterhaltung mit Pauli hat mich erschüttert.«

»Immerhin, Euer Wunsch ist erfüllt worden. Ich werde zur Sicherheit noch einmal die Schwälbchen befragen und vielleicht auch den Fackelträger ausfindig machen. Aber ich glaube nun auch, dass er an dem Mord keine Schuld trägt. Er ist nicht eben der Hellste, aber harmlos im Gemüt.«

»Nein, der Hellste ist er wirklich nicht.«

»Wir werden unsere ursprünglichen Fährten weiterverfolgen, schlage ich vor.«

»Den Ring, den Drachenstein und das Reliquiar.«

»Die nämlichen. Den Ring übernehme ich.«

»Glaubt mir, Master John, nichts anderes habe ich erwartet. Ihr versteht es mit unnachahmlichem Geschick, Pflicht und Vergnügen stets miteinander zu verbinden.«

»Aber Mistress Alyss, Ihr hättet doch weit weniger Vergnügen an den kecken Dirnen als ich.«

»Und sie mehr an Euch als an mir. Nun, dann widmet Euch Eurem Vergnügen. Ich, Master John, bin heute zu müde, um noch auf die Jagd zu gehen. Ich kümmere mich um meinen Bruder. Morgen will ich die Fährten wieder aufnehmen.«

»Auch ich werde meinem Vergnügen erst morgen frönen – selbst meine überwältigende Männlichkeit hat durch die lange Nacht gelitten.«

»Ach was?«

John grinste sie an und sagte: »Leider nicht durch Euch!«

»Labberdanes!«

32. Kapitel

Der Cellerar von Groß Sankt Martin hatte drei Fässer Pfälzer Wein bestellt, die am Samstagmorgen auf den Karren geladen wurden. Alyss, nach einer tief durchschlafenen Nacht ausgeruht und energisch, erklärte, dass sie selbst die Fuhre begleiten würde.

Als sie auf den Bock neben Peer kletterte, stromerte Benefiz über den Hof und kläffte freudig, als er sie sah. Frieder eilte sofort hinzu und wies den Hund an, still zu sein und sich ehrerbietig zu verhalten.

Das Gehorchen gelang schließlich auch nach der dritten Ermahnung; dann rumpelte der Wagen los.

Als sie das Kloster erreichten, war gerade die Messe zu Ende, und die Mönche kamen aus der Kirche, um ihren üblichen Arbeiten nachzugehen. Der Cellerar zeigte sich erfreut über die Lieferung und bot ihnen zur Erfrischung ein hausgebrautes Bier an. Peer nahm diese Einladung gerne an, Alyss aber bat, bei dem ehrwürdigen Vater vorsprechen zu dürfen.

Ein Novize mit hochroten Ohren führte sie zur Abtwohnung, und Lodewig empfing sie mit einem freundlichen Gruß.

»Ich ahne schon, weshalb Ihr kommt, Frau Alyss, und Euer Weg ist nicht vergebens.«

»Ihr habt Bruder Gotfridus befragt?«

»Ich habe es getan.« Lodewig schmunzelte in sich hinein. Dann begann er: »Zu Zeiten, als ich ein recht pummeliger Novize war, Frau Alyss, gehörte Euer Vater noch zu den Benediktinern. Und es war bekannt, dass Pater Ivo Missetäter äußerst wirkungsvoll zusammenstauchen konnte. Keiner hat je gewagt, seine Untat zu leugnen. Ich selbst bin einige Male in den Genuss seiner wortgewaltigen Predigten gekommen und war gebührend beeindruckt.«

»Ja, ehrwürdiger Vater. Ich kenne den Zorn des Gerechten.«

»Natürlich. Obwohl ich dachte, dass er seine Tochter …«

»Er kennt keine Gnade, ehrwürdiger Vater. Selbst meine Mutter erzittert vor ihm.«

»Tatsächlich?«

Alyss betrachtete die sittsam gefalteten Hände in ihrem Schoß, sah dann aber unter halb gesenkten Lidern auf.

»Ah, sie erzittert wirkungsvoll.«

»Sehr, ehrwürdiger Vater.«

»Nun, er wusste dies schon damals zu würdigen.«

»Wir ehren und achten ihn ob seiner gestrengen Führung.«

»Ich verstehe. Ich auch, und daher habe ich mich also bemüht, ein ähnliches Verhalten an den Tag zu legen, als ich Bruder Gotfridus zum Gespräch vorlud. Nun, ganz so beeindruckend wie weiland Pater Ivo war ich sicher nicht, doch schon mein mildes Grollen tat seine Wirkung.«

»Er gestand.«

»Ja, und zwar nicht unter dem Siegel der Beichte, sodass ich Euch auch berichten kann, was sich zugetragen hat.«

»Ich lausche aufmerksam, ehrwürdiger Vater.«

»Bruder Gotfridus hat die tadelnswerte Angewohnheit, dann und wann die Schenken am Hafen aufzusuchen. Das verstehe, wer mag, denn das Bier, das wir hier brauen, ist weit köstlicher als die breiige Grutsuppe, die dort ausgeschenkt wird.«

»Es wird wohl eher die Gesellschaft sein als der Trank.«

»Raue Schiffersknechte, Lastenträger, die Männer aus den Tretmühlen …«

»Leichtfertige Dirnen, Harfelisje, Gauklerinnen …«

»Ah ja, die natürlich auch. Kurzum, er unterhielt sich dort aber mit einem Mann, der ihm jenes Reliquiar vorzeigte und von ihm wissen wollte, was es sei. Nachdem Bruder Gotfridus das erklärt hatte, bot ihm der Mann, ganz eindeutig ein Heide, das Knöchelchen zum Kauf an.«

»Ein Heide.«

»Ein friesischer, ja.«

»Dessen Namen er nicht nannte?«

»Den er nicht erfragte, was ich durchaus zu glauben bereit bin.«

»Doch an das Aussehen erinnerte er sich bestimmt.«

»Oh ja, der Mann war groß und blond, und er war unserer Sprache nicht vollständig mächtig.«

»Wunderbar, das trifft auf fast jeden Friesen hier in Köln zu.«

»Aber immerhin häufig auf die Friesen.«

»Die jedoch ein unstetes Leben führen und oft nur einige Nächte hier weilen, wenn sie Ladung löschen oder neue aufnehmen.«

»Dennoch, Frau Alyss, habe ich Bruder Gotfridus noch einen weiteren Hinweis entlocken können, der Euch möglicherweise weiterhilft.«

»Welcherart?«

»Unser Bruder ist zwar zur Armut und Besitzlosigkeit verpflichtet, doch wir sind nachsichtig, wenn es um persönliche Andenken geht. Gotfridus hatte von seinem Vater eine Fibel erhalten, die ihm teuer war. Ein kostbares Stück, sehr alt. Eine rote Emaillearbeit in Gold, in Form eines Adlers.«

»Er hat es verkauft?«

»Getauscht. Obgleich die Fibel ein Mehrfaches wert ist, wog für ihn doch der Gedanke an den Schutz, den ihm der kleine

Finger der Heiligen bietet, schwerer als der Goldwert des Schmucks.«

»Also darf ich jetzt im Wik nach einem großen, blonden Friesen mit einer roten Fibel am Gewand suchen.«

»Es ist nicht auszuschließen, dass er damit protzen wird, Frau Alyss. Und – wenn ich Euch raten darf, so sucht nicht selbst im Wik. Lasst das Euren Freund John of Lynne tun. Er hat einen scharfen Blick unter seinen verhangenen Augen.«

»Und einen scharfen Dolch an seinem Gürtel. Den Blick habt Ihr bemerkt?«

Lodewig lächelte.

»Ich beobachte gerne Menschen. Das habe ich von Bertram gelernt.«

»Dem Schnitzer. Oh, ehrwürdiger Vater, wir haben ihn als Kinder so geliebt. Was hat er uns für herrliche Tierchen gefertigt. Ich trauere noch immer um ihn – gerade jetzt haben wir einen jungen Hund aufgesammelt, der wohl in Zukunft unser Anwesen bewachen und verteidigen wird. Bruder Bertram wäre begeistert von ihm.«

»Vier Jahre ist es her, Frau Alyss, und auch ich vermisse ihn noch immer. Aber er hat ein glückliches und erfülltes Leben geführt und uns die herrlichsten Kunstwerke zu Gottes Lob und seinem Gedenken hinterlassen.«

»Ich will an seinem Grab später noch ein Gebet sprechen, ehrwürdiger Vater, wenn Ihr es erlaubt.«

»Aber natürlich. Und außerdem, Frau Alyss, solltet Ihr den Lebenden beim Mittagsmahl Gesellschaft leisten. In unserem Gästehaus wohnt der Ritter Arbo von Bachem und würde sich ganz gewiss über Eure Gesellschaft freuen. Wir schenken einen süffigen Wein aus, Frau Alyss«, fügte er mit einem Zwinkern hinzu.

»Ich müsste nach Hause …«

»Man wird in der Lage sein, die Teller auch ohne Eure Aufsicht zu leeren, Frau Alyss.«

Die Verlockung war groß, denn die Küche des Klosters hatte dank Lodewigs persönlicher Neigung zu gutem Essen einen ausgezeichneten Ruf. Und einmal eine Mahlzeit ohne kindische Zappeleien, hohle Phrasen vom Hauspfaff und Mahnungen der Haushälterin einnehmen zu können, erschien Alyss gerade eben sehr wünschenswert. Also stimmte sie zu und ließ sich von Lodewig selbst zum Gästehaus führen. Hier war im langen Saal der Tisch für die Besucher des Klosters gedeckt, zwei Männer auf Pilgerreise, eine verschleierte Dame mit zwei Dienerinnen, die sich an einem Ende zurückgezogen hatten, ein Geistlicher und Ritter Arbo warteten auf das Essen. Ein Wink des Abts genügte, und der aufwartende Novize brachte einen weiteren Becher und eine Schüssel, Löffel und Mundtuch für sie.

»Ritter Arbo, ich konnte Frau Alyss überreden, Euch Gesellschaft zu leisten.«

Elegant verbeugte sich der junge Mann und lächelte sie an.

»Das ist mir ein ganz besonderes Vergnügen, Frau Alyss.«

Sie nahm an seiner Seite Platz und erkundigte sich nach seiner Schwester.

»Gerlis ist bei Verwandten ihrer Mutter zu Besuch. Eigentlich wollte sie gestern Frau Mechtild aufsuchen, aber dort ließ man sie wissen, dass man derzeit keine Gäste empfangen könne. Ich hoffe, es hat im Hause Pauli kein Unglück gegeben.«

»Nicht dass ich wüsste, Herr Arbo. Ich hörte, es sei eine geschäftlich angespannte Lage eingetreten, die bereinigt werden muss. Ganz bestimmt hat es nichts mit Eurer Schwester zu tun. Ich weiß, dass Frau Mechtild ihr sehr zugetan ist.«

»Das habe ich auch nie vermutet. Jedenfalls ist sie stattdessen zu den Benasis gegangen, die sie ebenfalls immer mit offenen Armen aufnehmen.«

Gerlis war die uneheliche Tochter des Ritters Gero von Bachem, die Kindsmutter, Bettina de Benasis, aber war einem grauenvollen Verbrechen zum Opfer gefallen. Das kleine Mädchen hatte der Ritter zu sich genommen, was verständlicherweise seinem Weib nicht sonderlich zusagte. Darum hatte Gerlis schon als Kind häufig ihre Zeit bei den Verwandten ihrer Mutter verbracht.

»Und Ihr habt Euch zu besinnlicher Einkehr ins Kloster zurückgezogen, Ritter Arbo?«

»Selbstverständlich nehme ich an den Exerzitien teil, doch nicht ausschließlich, Frau Alyss. Mein Vater wünscht, einige Grundstücksangelegenheiten zu regeln, und ich treffe mich mit den Advokaten, um die Verträge auszuhandeln.«

Man servierte ein saftiges Wildbret und dazu frisches Brot, Mus von allerlei Gemüse, eine goldgelbe Safransauce und sonstige Beigaben aller Art. Die Unterhaltung wandte sich den kulinarischen Genüssen zu, es kam die Sprache auf die Jagd, und hier blieb es nicht aus, dass Alyss den Gerfalken erwähnte.

»Einen Gerfalken nennt Ihr Euer Eigen!«

Bewunderung klang in den Worten des jungen Ritters mit.

»Einen weißen Gerfalken aus England.«

»Der ist ein Vermögen wert!«

»So sagte man mir.«

»Aber... aber... was tut Ihr mit einem solch kostbaren Tier?«

»Ich mäste ihn und warte darauf, dass mir ein passendes Rezept für die Zubereitung einfällt.«

Ritter Arbo mochte ein Bild von einem Mann sein, höchst

ehrbar und von untadeligem Verhalten – Spaß verstand er nicht. Die blanke Empörung malte sich in seinen edlen Zügen ab, und Alyss musste sich beeilen, ihm zu erklären, dass ihre Antwort nicht ernst gemeint war.

»Nein, wir werden ihn nicht in die Suppe stecken, Herr Arbo. Frieder und inzwischen Lauryn kümmern sich um ihn und lassen ihn täglich fliegen. Auch ich nehme mich seiner hin und wieder an. Es ist ein Anblick großer Schönheit, wenn er sich in die Lüfte erhebt und dort kreist.«

»Ein Falke gebührt dem König!«

»Ich weiß, er sollte einem hohen Herrn auf einem edlen Ross auf der Faust sitzen, nicht auf der einer schlichten Händlersfrau.«

»So war das nicht gemeint, Frau Alyss. Verzeiht, es war sehr ungebührlich, was ich sagte.«

»Schon gut, Herr Arbo. Wenn Ihr möchtet, könnt Ihr Jerkin morgen kennenlernen. Kommt doch nach der Messe zum Mittagsmahl zu uns. Dann könnt Ihr mit John of Lynne über die Falkenzucht fachsimpeln.«

Der junge Ritter konnte eine freudige Erregung kaum unterdrücken. Beinahe stammelnd dankte er für die Einladung.

In bestem Einvernehmen trennten sie sich, und nachdem sie dem Grab Bertrams ihre Aufwartung gemacht hatte, fand Alyss Peer, der ebenfalls reichlich beköstigt worden war, half ihm, drei leere Fässer aufzuladen, und kehrte heim.

Hilda werkelte in der Küche und klagte, als Alyss eintrat, wieder einmal über das nächtliche Umgehen des Hausgeistes. Ein wenig ungeduldig schnitt ihr Alyss das Wort ab und erklärte ihr: »Sieh, dass morgen ein Festmahl auf den Tisch kommt, Hilda. Wir erwarten hohen Besuch.«

Das lenkte die Haushälterin sofort von ihren Klagen ab – ihre Ehre als Köchin war gefragt.

»Hühner am Spieß? Oder eine Gans?«

»Die Gans, mit deiner besonderen Füllung. Und die Weinsuppe. Verwende die Gewürze, die meine Mutter uns gebracht hat.«

»Mhm. Und wer kommt?«

»Ritter Arbo von Bachem.«

Leocadies Händen entglitt die hölzerne Schüssel, die sie eben hereingetragen hatte. Sie tanzte auf den Dielen, und die Erbsen darin hüpften nach allen Seiten davon. Malefiz sprang begeistert dazwischen und versuchte sie zu haschen. Frieder, der mit schwungvollem Schritt vom Hof kam, glitt auf den Erbsen aus und knallte in voller Länge auf den Boden. Dabei fiel der Korb mit Mehl vom Tisch und überpuderte ihn weiß. Magister Hermanus trat mit einem vollen Schaff Schmutzwasser vom Gang her in die Küche, konnte sich gerade noch an der Tür festhalten, doch das Wasser schwappte über und nässte Benefiz, der Frieder gefolgt war. Er kläffte empört auf und zwickte den Hauspfaff in die Wade. Der schrie Zeter und Mordio, und eine trockene Stimme fragte vom Hofeingang her: »Mistress Alyss, ist Krieg ausgebrochen? Ist mein Schwert vonnöten?«

»Das fehlte jetzt gerade noch. Obwohl, wenn Ihr Magister Hermanus …«

John schritt zur Tat, der Hauspfaff verstummte, Frieder rappelte sich auf und beruhigte Benefiz, Malefiz hatte sich sowieso schon unsichtbar gemacht, und Hilda holte den Besen.

In all dem Tumult aber stand Leocadie still und versonnen, die Augen weit geöffnet, ein liebliches Lächeln auf ihren Lippen.

Alyss überließ sie ihren verzückten Visionen und erklomm

die Stiege zu den oberen Räumen. Leise öffnete sie die Tür zu der Schlafkammer, in der ihr Bruder lag. Er war wach und drehte den Kopf zu ihr.

»Bruderlieb, du fühlst dich besser?«

»Ein wenig fiebrig noch, und die Träume sind nicht schön. Aber morgen verlasse ich das Lager. Ich hasse es, schwach und krank zu sein.«

»Ich weiß. Darum unterhalte ich dich jetzt mit einem Bericht über die Erkenntnisse, die wir in den beiden vergangenen Tagen gewonnen haben. Schlaf einfach ein, wenn es dir zu viel wird.«

»Erzähl, es wird mich ablenken.«

Das tat es gründlich, und beinahe erfrischt setzte Marian sich auf, als sie geendet hatte.

»Gut, Reinaldus ist ein Tölpel gewesen, und Frau Mechtild wird ihm ordentlich die Hölle heißmachen. Das sollte ausreichen. Den Aldermann brauchen wir nicht zu benachrichtigen.«

»Es ist nur sehr bedauerlich, dass zukünftig Robert nicht mehr über seine Geschäfte wacht.«

»Ist es – aber Robert hat einen Erben benannt. John scheint mir nicht nur ein guter Falkner, sondern auch ein gewitzter Händler zu sein.«

»Aber er wird in seine Heimat zurückkehren.«

»Er wird wiederkommen, denke ich. Ihm gefällt es hier, habe ich den Eindruck, und er hat zahlreiche Bekanntschaften geschlossen.«

»Mit den Vögelchen, ja.«

Marian lachte leise. »Nicht nur mit denen. Die Männer der Tuchhändlergaffel schätzen ihn. Kann sein, dass er wirklich Roberts Geschäfte weiterführt. Es könnte sich für ihn lohnen.«

»Ich werde ihn bei Gelegenheit fragen. Und ebenso bitten, sich im Wik umzuschauen.«

»Das werde ich ebenfalls tun.«

»Nächste Woche.«

»Gut, nächste Woche.«

Marian rutschte wieder tiefer in die Polster, und Alyss zog die Decke über ihm zurecht. Seine Stirn war heiß, seine Lider schwer geworden.

»Ruh noch eine Weile, ich schicke eine der Jungfern hoch, damit sie über deinen Schlaf wacht.«

»Nicht nötig«, nuschelte er und versank in Schlummer.

Es war auch nicht möglich. Besagte Jungfern befanden sich in eifrigsten Vorbereitungen für den kommenden Tag. Leocadie saß am Brunnen und ließ sich von Hedwigis die langen, vom Waschen feuchten Haare ausbürsten, Lauryn flocht aus dünnen Binsen einen Kranz, der später mit Seidenbändern und Blumen zu einem Chapel aufgeschmückt werden sollte. Leocadie sang ein melodiöses Lied, in dessen Refrain die beiden anderen Mädchen einstimmten.

Alyss beobachtete das hübsche Bild eine Weile und seufzte dann.

Sie hatte Leocadie vor nunmehr zehn Jahren kennengelernt. Damals war sie eine ernsthafte Achtjährige gewesen, die sich nie an den wilden Spielen ihrer Geschwister, Basen und Vettern beteiligte, sondern meist still ihren Nadelarbeiten nachging. Ihre Mutter Aziza hatte sich oft erstaunt darüber gezeigt, dass sie ein so zurückhaltendes, verträumtes Kind war. Die Freude an feinen Knüpfarbeiten und Stickereien war das Einzige, was sie mit ihrer Tochter gemeinsam hatte. Und auch Leon, ihr Vater, zeigte sich verwundert. Er war ein zupackender Mann, gesellig und großherzig. Auch als sie größer wurde, blieb Leocadie scheu und in sich gekehrt. Dumm war sie nicht, sie las gerne und schrieb mit ihrer erlesen schönen Schrift eigene kleine Gedichte in ein Bändchen, dessen Seiten sie mit bunten Miniaturen füllte, die jedem Buchmaler zur Ehre gereicht hätten. Als Alyss abreiste, war sie zu einer schlanken Dreizehnjährigen herangewachsen, die die Aufmerksamkeit aller jungen Männer der Umgebung auf sich zog. Sie jedoch blieb davon augenscheinlich unberührt.

Und dann, irgendwann in den vier Jahren danach war etwas geschehen, über das weder Aziza noch Leon sprechen wollten. Alyss' Eltern wussten vielleicht mehr, schwiegen aber auch. Jedenfalls hatte ihre Mutter Almut sie vor einem Jahr gebeten, Leocadie in ihr Haus aufzunehmen. Sie hatte es gerne getan. Das Mädchen war freundlich und hilfsbereit, und ihre feine Art führte der hochmütigen Hedwigis und der noch etwas ungeschliffenen Lauryn ihre Schwächen vor.

Und nun war der Ritter Arbo in ihr Leben getreten.

Ja, sie würden ein schönes Paar abgeben. Und sicher würde weder Gero von Bachem noch Leon etwas gegen eine ernsthafte Freite einzuwenden haben.

Aber reichte diese romantische Liebe für eine Ehe aus? Minnigliche Anbetung schön und gut, aber was hatten die beiden ansonsten gemein?

Nun, sie würde ein Auge auf die jungen Leute haben und versuchen, jegliche überstürzte Handlung zu verhindern.

Bei diesem Gedanken seufzte Alyss jedoch.

33. Kapitel

John hatte den Abend bei den Schwälbchen verbracht, und am Sonntag bebte das Hauswesen in einer solchen Aufregung, dass ein ungestörter Bericht über sein dort gewonnenes Wissen nicht möglich war. Nur ganz kurz hatte er Alyss vor dem Kirchgang zugeflüstert: »Reinaldus war bei Julika. Es ist in Ordnung.«

Das war eine letzte Erleichterung, und zufrieden damit lauschte sie den Messgesängen und Gebeten. Wieder hatten die Jungfern ihre blauen Gewänder angelegt, aber vor allem Leocadie hatten sie aufs Feinste herausgeputzt. Der Kranz, der ihre leicht gewellten, schimmernden Haare hielt, war mit weißen Seidenbändern, einer dünnen Perlenschnur und unzähligen weißen Rosenknospen geschmückt, die Frieder im Auftrag von Lauryn irgendwoher besorgt hatte. Alyss wollte lieber nicht zu genau wissen, in wessen Garten er dazu eingedrungen war. Leocadie hielt sich aber keusch und bescheiden im Hintergrund, wenngleich sich ihr viele Blicke zuwandten. Der Ritter hatte offensichtlich die Messe bei den Benediktinern besucht, aber als sie unter dem sonntäglichen Glockengeläut nach Hause zurückkehrten, traf er eben am Tor ein.

Alyss empfing ihn mit Herzlichkeit, und bald darauf war das gesamte Hauswesen im Saal versammelt. Zu Ehren des hohen Besuchs hatten Hilda und die Magd den langen Tisch gedeckt. Weißes Leinen war über das dunkle Holz gebreitet, Zinnteller und Pokale bereitgestellt, Krüge mit Wein und Körbe mit Brot bereits aufgefahren. Alyss hatte den Sitz des Hausherrn eingenommen, obwohl Magister Hermanus als einziger Verwandter

Arndts ihn für sich beansprucht hatte. Sie hatte ihn mit deutlichen Worten an seinen Platz verwiesen, dafür musste sie nun aber sein langes Tischgebet ertragen, in dem wie üblich geldscheffelnde Kaufleute gegeißelt wurden und Menschen, die Tieren mehr Fürsorge erwiesen als ihrem Nächsten. Doch bevor es vollends unerträglich wurde, brachten Hilda und die Magd den duftenden, fetttriefenden Gänsebraten in den Saal, und dem verfressenen Hauspfaff lief offensichtlich dermaßen das Wasser im Munde zusammen, dass er nur noch hurtig den Tischsegen sprach und dann sofort, als ihm seine Portion aufgelegt wurde, mit vollen Backen zu kauen begann.

Der Ritter rechts und John links von ihr zeigten weniger gieriges Benehmen, und auch die Jungfern mit Catrin an dem einen Tischende und die jungen Männer am anderen benahmen sich anständig. Marian war von seinem Krankenlager aufgestanden, wie er es vorgehabt hatte. Schicklich in Wams und Stiefel gekleidet – Catrin hatte ihm beides aus dem Konvent mitgebracht, wo er sich umgezogen hatte –, sah er recht munter aus, auch wenn seine Augen noch dunkel umschattet waren. Sein Appetit aber war gesund und sein Geist quicklebendig. Er unterhielt sich angeregt mit dem Ritter, John und Merten, während Frieder den Aufgaben des Mundschenks nachkam. Tilo machte das gewöhnlich besser, aber an diesem Tag war auch an Frieders Dienst nichts auszusetzen. Außer vielleicht, dass er seinen eigenen Pokal immer sehr gut gefüllt hielt.

Das Mahl, üppig, würzig, gehaltvoll, verlief in angenehmster Stimmung, und die Sonne hatte eine ganze Fensterbreite durchwandert, als die Teller und Schüsseln abgetragen wurden. Man wollte soeben aufbrechen, um dem eigentlichen Grund des Besuchs von Ritter Arbo nachzukommen, nämlich den Falken zu besichtigen, als Hilda in der Tür erschien, rot im Gesicht und sichtlich entsetzt.

»Herr Ivo vom Spiegel. Er kommt hoch… Er zürnt, Frau Alyss. Er zürnt gewaltig!«

Mehr zu sagen hatte sie keine Gelegenheit; der Herr fuhr hinein auf den Flügeln des Sturms, und Schwärze umwölkte seine Stirn.

»Sohn!«, herrschte er, und die Stimme des Herrn erging mit Macht.

Das Hauswesen erhob sich zitternd, und Marian trat vor.

»Sohn!« Und die Stimme des Herrn sprühte Feuerflammen, die Stimme des Herrn ließ die Wüste erbeben und zerbrach die Zedern des Libanon.

»Herr Vater?«

»Mir kam zu Ohren, Sohn, dass du dich in Frauengewänder zu kleiden beliebst. Leugne nicht, sondern gestehe!«

»Ja, Herr Vater. Ich…«

»Du, der Sohn meines Hauses, läufst in Weiberkitteln durch die Stadt und lädst Spott und Hohn auf unser Haus. Du armseliger Wicht, meinen Lenden entsprossen, besudelst die Ehre meines Hauses, indem du dein Haar mit Schleiern bedeckst. Ich habe dich großgezogen, dich genährt und dir Bett und Obdach gegeben – und du entehrst mein Haus, indem du dein Geschlecht unter Röcken versteckst und mit zierlichen Schritten durch die Gassen tänzelst! Nichtswürdiger, der du nicht mehr wert bist als das elende Gewürm im Morast unter meinen Füßen, du gleichst dem schmierigen Geschleim aus brackigen Pfützen, dem schlüpfrigen Gezücht aus schimmligem Stroh in modrigen Ställen und dem weißbäuchigem Gekräuch aus dumpfen Kellern.«

»Ja, Herr Vater.«

»Wenn ich noch einmal davon höre, Sohn, dass du den weibischen Neigungen frönst, dann wird dich mein Zorn vernichten. Deine Gebeine sollen verrotten, deine Arme mit Krätze überzogen und dein Leib mit eitrigen Pusteln bedeckt werden. Entsage dem kindischen Verkleiden und schwöre, künftighin in deinem Stande angemessener Gewandung aufzutreten!«

»Ich entsage und schwöre, Herr Vater!«

»Was hat dich nur getrieben, diesen unwürdigen Mummenschanz zu treiben? Ich habe dich zum Mann erzogen vom ersten Tag deines erbärmlichen Lebens an. Ich habe dich selbst auf ein Pferd gesetzt, damit du das Reiten lernst wie ein Herr! Ich habe dich höchstselbst aus dem Staub geklaubt, wenn du abgeworfen wurdest! Ich habe dich Lesen und Schreiben gelehrt und das Wesen des Handels! Ich habe dir gezeigt, wie ein Mann sich im Kampf bewährt! Ich habe dir den Umgang mit Schwert und Dolch beibringen lassen! Und habe ich dir nicht auch die gebührliche Furcht des Herrn eingebleut? Aber du ziehst Weiberkittel an!«

»Verzeiht, Herr Vater.«

Marian lag inzwischen auf Knien vor seinem Vater.

»In einem heulenden Schneesturm, in einem ärmlichen Stall, habe ich dich mit eigenen Händen ans Licht der Welt geholt, Sohn, und deiner Mutter hast du dabei fast das Leben gekostet. Ich erwarte von dir Respekt und Achtung vor ihr, vor mir und vor deiner Stellung in meinem Hause. Du bist mein Erbe. Du trägst Verantwortung.«

»Ja, Herr Vater.«

Ivo vom Spiegel maß seinen Sohn auf dem Boden vor sich mit einem finsteren Blick. Dann wandte er sich um und rauschte zur Tür. Noch einmal hielt er inne und setzte zum letzten Donnerschlag an.

»Du bist ein Mann. Hätte ich zwei Töchter haben wollen, hätte ich die gezeugt!«

Dann war er fort.

Die Jungfern hatte sich aneinandergeklammert, Tilo war blass wie das Leinentuch, Frieder knetete seine Hände, und sein Kehlkopf zuckte hoch und nieder, der Hauspfaff ließ seinen Rosenkranz hektisch durch die Finger gleiten, Merten hatte sich klammheimlich davongestohlen, und der Ritter starrte noch immer ungläubig auf die Stelle, an der der zornsprühende Herr gestanden hatte.

Marian war vornübergesunken, drückte seine Stirn auf die Dielen, die Arme hatte er wie zum Schutz um sein Haupt gelegt. Catrin lehnte mit eingezogenen Wangen an der Wand, und John schaute aus dem Fenster der entschwindenden Sänfte nach.

Alyss, ihrer Stimme nicht mächtig, scheuchte das Hauswesen mit einer Handbewegung aus dem Saal, gab aber Catrin und John einen Wink zu bleiben.

Fluchtartig verschwand die Gesellschaft.

»Lord almighty!«, murmelte John beeindruckt.

Alyss kniete bei Marian nieder und zupfte an seinen Haaren.

»Ist er fort?«

»Alle sind fort, Bruder mein.«

Langsam richtete er sich auf und fing derart haltlos an zu lachen, dass ihm die Tränen über die Wagen strömten.

Auch Catrins Wangen wurden wieder rund, und sie kicherte hemmungslos hinter einer vorgehaltenen Hand. Alyss ließ sich auf der Bank nieder und schloss in genussvoller Heiterkeit bebend die Augen.

Auf ihren Vater war *immer* Verlass!

»Oh, mein Gott!«, keuchte Catrin schließlich.

»Wohl wahr!« Alyss öffnete die Augen wieder. »Unser allmächtiger Vater. ›Furchtbar bist du! Wer kann vor dir bestehen, wenn du zürnest? Wenn du das Urteil ertönen lässest vom Himmel, erschrickt das Erdreich und wird still‹.«

»Der Psalm des furchtbaren Richters, er wird ihn gründlich studiert haben«, gluckste Catrin.

»›Hätte ich zwei Töchter haben wollen, hätte ich die gezeugt!‹ Das war der schlimmste Schlag, den er mir versetzen konnte.« Marian wischte sich die Tränen aus den Augenwinkeln.

»Ja, er war großartig.«

John hatte mit steigender Verwirrung der übersprudelnden Heiterkeit zugesehen und fragte nun: »Ihr nehmt die Worte Eures Vaters nicht ernst?«

»Doch«, antwortete Marian, nun auch wieder gefasst. »Doch, John, bitterernst.«

»Und du wirst dich auch an den Schwur halten, den du getan hast, Bruder mein!«

»Natürlich. Catrin, keine Entbindungen mehr, keine Geburtshilfe. Die Lektionen sind abgeschlossen.«

»Darum ging es? Nicht um die Kleider?«

»Ja, John, darum ging es.«

»Aber …«

»Catrin, war er wirklich bei unserer Geburt dabei?«

»Oh ja, Alyss. Und es war, wie er sagte. Wir waren damals in Villip und wollten uns zwei Wochen vor der möglichen Niederkunft auf den Weg nach Köln machen. Ihr solltet in jenem Turmzimmer geboren werden, mit zwei der Beginen als Wehmütter an Frau Almuts Seite. Es war auch schon so, dass wir glaubten, der Winter sei gebrochen, aber dann, als wir auf dem

Weg waren, wurden wir von einem entsetzlichen Schneesturm überrascht. Wir fanden Unterschlupf in einem Stall, und bei eurer Mutter setzten die Wehen ein.«

»Zwischen Ochs und Esel, wie passend«, stellte Marian fest.

»Schafe, Marian, Schafe. Und ein undichter, eisig kalter Stall. Ich war acht Jahre alt. Eure Mutter war bewundernswert. Sie gab mir Anweisungen, was zu tun war. Zwischen den Wehen. Doch ich war so ängstlich und verwirrt, dass schließlich euer Vater eingriff. Es war eine schwere Geburt, und Almut war anschließend zu Tode erschöpft. Euer Vater trug euch beide an seinem eigenen Leib unter den Kleidern, um euch warm zu halten. Erst am Morgen gelang es mir, durch die Schneewehen zum Bauernhaus zu gelangen und Hilfe zu holen.«

»Sie haben es uns nie erzählt.«

»Wozu, Alyss? Ich habe ebenfalls geschwiegen, aber euer Vater hat es nun gesagt, und ich denke, es war als Mahnung an dich gedacht, Marian.«

»Sicher.«

»Gut, und nun werden wir beide, Master John, nach unten gehen und so tun, als sei nichts vorgefallen. Marian, du spielst den Zerschmetterten, und Catrin steht dir bei.«

»Ja, das wird das Beste sein. Sie kichert nämlich gleich wieder.«

»Er war aber auch zu gewaltig!«

Das Hauswesen wirkte betreten, und hätte Benefiz noch seinen Schwanz gehabt, er hätte ihn angstvoll eingeklemmt.

Mit aufgesetzter Munterkeit sagte Alyss in die Runde: »Lasst uns nun den Falken aufsuchen. Herr Arbo, folgt mir.«

»Was ist mit…«, wollte Tilo wissen, aber John reichte ihm mit einem mahnenden Blick die Krücke, die an der Wand lehnte. Man begab sich über den Hof, und vor dem Verschlag reichte John Alyss mit einer Verbeugung den Handschuh. Sie holte Jerkin von seinem Sprenkel und setzte ihm das Häubchen auf.

Gebührend bewunderte der Ritter den Vogel, dessen weißes Gefieder wie mit feinen, schwarzen Pinselstrichen betupft schien. Gemeinsam wanderten sie durch den Weingarten, wo Alyss den Falken abwarf. Hoch stieg er auf, kreiste im warmen Aufwind und ließ seinen heiseren Schrei ertönen. Als wäre er sich der Bedeutung des Anlasses bewusst, erspähte er auch sogleich eine Taube und schlug sie im Flug. In einem Federwirbel kamen sie nieder, und auf Alyss' scharfen Pfiff kehrte Jerkin gehorsam auf ihre Faust zurück und verschlang die gebotene Atzung. Frieder lief nach der Taube, und John erklärte dem Ritter, auf welche Weise er die Jungvögel abrichtete.

»Nein, vom Zunähen der Augenlider halte ich nichts, Sir Arbo. Viel aber von Belohnung. Ich arbeite mit dem Federspiel, das scheint ihnen zu behagen. Und wenn sie es fangen, bekommen sie ein Küken oder ein Stück Fleisch.« Er lachte leise. »Falken sind faul, Sir Arbo. Sie fressen lieber aus der Hand, als dass sie die Beute zerreißen. Aber dann und wann lasse ich ihnen auch das geschlagene Opfer.«

Die beiden Männer unterhielten sich noch eine Weile, während Alyss Lauryn den Handschuh reichte. Sehr stolz stand sie da, als Jerkin zu ihr zurückkam.

Dann aber fragte der junge Ritter höflich, ob es ihm denn gestattet sei, sich mit der Jungfer Leocadie eine Weile im Weingarten zu ergehen.

»Tut das nur, Herr Arbo. Dort hinten an der Mauer findet Ihr mein Sanktuarium. Es ist ein lauschiges Plätzchen. Aber ich bitte Euch, nicht zu lange fortzubleiben.«

»Die Ehre der Jungfer, Frau Alyss, ist mir heilig. Ich bitte Euch, mir zu vertrauen.«

Leocadie, mit züchtig gesenkten Lidern, legte ihre Hand auf den Arm des Ritters, und so wandelten sie durch die Rebreihen davon.

Alyss seufzte.

»Ein schönes Paar«, seufzte auch Tilo mit todtrauriger Miene.

Alyss schloss sich seinem langsam Hinken an und ließ die anderen zum Haus vorausgehen.

»Tilo, dic Welt ist voller hübscher, junger Mädchen, und mehr als eine wird sich auch deinetwegen die Augen ausweinen.«

»Mich mag keine.«

»Doch, dich mag schon eine – und andere werden folgen. Denk einmal ein ganz klein wenig praktisch, Tilo. Du wirst bald ein Kaufmann sein, der auf Reisen geht, Handel mit vielen Menschen treibt. Du brauchst ein Weib, das sich um dein Haus kümmert, Gäste bewirtet, sich in deinem Geschäft auskennt und der du möglicherweise sogar dein Siegel anvertraust. Leocadie ist eine anmutige, zarte Jungfer, die feine Stickereien zu fertigen weiß und zierliche Verse dichtet.«

»Ja, Frau Alyss, das weiß ich ja. Aber sie ist so schön…«

»Böse wäre es jetzt von mir, den weisen Dichter Freigedank zu zitieren, der da über schöne Menschen sagt:

›Wie schön der Mensch auch außen ist,
im Innern ist's ein böser Mist.‹

Nein, Leocadie ist auch im Innern schön, aber Schönheit alleine reicht für dich nicht, Tilo.«

»Ihr glaubt, ich sei wie mein Vater – ein schwacher Tropf, der einer starken Hand bedarf?«, flüsterte Tilo betroffen.

»Oh nein, das wollte ich ganz gewiss nicht damit sagen. Nein, Tilo. Ich glaube, du bist ein besonnener, kluger junger Mann, der viel selbstständiger seinen Weg gehen wird als er. Du hast einen guten Sinn für Zahlen und für Qualität. Wenn dein Bein geheilt ist, gehst du auch wieder für mich auf Reisen.«

»Das darf ich wirklich?«

Und Alyss hatte eine Erleuchtung.

»Das, oder vielleicht sogar mehr. Ich weiß noch nicht, ob es machbar ist, aber – du musst den Tuchhandel eher lernen als den Weinhandel. Ich werde John of Lynne fragen, ob er dich mitnimmt, wenn er nach London reist und Tuche aufkauft.«

Tilo blieb stehen, stützte sich auf die Krücken und sah sie mit einem so von Freude durchglühten Gesicht an, dass sie lächeln musste.

»Ihr würdet wirklich… Ihr würdet ihn fragen? Ihr würdet wirklich?«

»Bei nächster Gelegenheit. Aber vergiss nicht – erst muss noch dein Bein heilen, und Marian meint, dass du erst in einem Monat wieder richtig laufen können wirst.«

»Das macht mir nichts. Es ist einfach etwas, auf was es sich zu freuen lohnt.«

Und ein wundes Herz in Windeseile heilt, dachte Alyss.

Im Haus überwachte sie anschließend das Aufräumen, sah nach Marian, der sich niedergelegt hatte und eingeschlafen war. Auf seinem Gesicht lag ein kleines Lächeln. Catrin war verschwunden, wahrscheinlich schwatzte sie mit den Mädchen. Sie ging in ihre Kammer und legte das Feiertagsgewand und die Haube ab und zog einen einfachen Surkot über. Ihre Haare versteckte sie unter einem Tuch. Auch den kostbaren Fürspan, das Geschenk ihrer Mutter zu ihrer Hochzeit, legte sie sorgsam wieder in seine samtausgeschlagene Schatulle, in der sie auch ihre Brautkrone aufbewahrte. Als sie zum Hof hinaussah, kamen Leocadie und Ritter Arbo zurück, und sie wurde Zeuge, wie er in einen anmutigen Kniefall vor ihr niedersank. Errötend reichte sie ihm ihre Hand, dann erhob er sich, und sie huschte ins Haus.

Es würde viel Getuschel geben heute in der Mädchenkammer.

Alyss besann sich ihrer Pflichten und eilte nach unten, um den jungen Mann zu verabschieden.

»Ich hoffe, Ihr habt einen erquicklichen Nachmittag bei uns verbracht, Herr Arbo.«

»Sehr, Frau Alyss. Das Mahl war köstlich, und es war mir ein Vergnügen, mich mit Master John und auch mit Eurem Bruder zu unterhalten. Ähm … ich hoffe …«

Nein, der Vorfall sollte nicht erwähnt werden.

»Der Falke ist ein schönes Tier, nicht wahr?«

»Wundervoll, Frau Alyss. Wundervoll. Und so gut abgerichtet. Sagt, Ihr erwägt nicht etwa, ihn zu verkaufen?«

Einen Wimpernschlag lang wollte Alyss Ja sagen und einen hohen Preis nennen. Das Geld hätte sie brauchen können. Doch dann kamen ganz andere Worte über ihre Lippen.

»Hättet Ihr, Herr Arbo, mich vor zwei Wochen gefragt, ich hätte ihn mit Freuden weggegeben. Aber nun – nein, nein, ich möchte ihn behalten. *Nicht* um ihn eines Tages in die Suppe zu stecken, sondern weil ich mich an ihm erfreue.«

»Dann mag er hier jagen. Ich kehre mit meiner Schwester in zwei Tagen heim, Frau Alyss. Doch dann und wann besuche ich Köln. Wird es mir wohl erlaubt sein, die Jungfer Leocadie dann zu sehen?«

»Ihr solltet mit ihrem Großvater darüber sprechen, Herr Arbo.«

»Ihrem Großvater? Lebt er denn hier?«

»Leocadies Vater, Leon de Lambray, ist der Sohn meines Vaters. Ivo vom Spiegel ist somit ihr Großvater.«

Mit einem unbilligen Vergnügen sah Alyss den tapferen Ritter erbleichen.

»Seid getrost, er ist nicht immer so schroff wie heute Nachmittag.«

Mit einem Gesicht, das sehr zwiespältige Gefühle widerspiegelte, verabschiedete sich Ritter Arbo von Bachem, und Alyss ließ sich auf einem der Fässer im Hof nieder. Malefiz tauchte auf und drückte ihr seinen Kopf an die Knie, und vorsichtig näherte sich auch Benefiz. Er schien den Kater als Vorbild gewählt zu haben und drückte seine Schnauze ebenfalls in das Gewand an ihren Beinen. Sie kraulte ihn zwischen den Ohren, und er fiepte glücklich.

»Dir geht es richtig gut, Kleiner.«

Er hätte so gerne zur Bestätigung gewedelt, so wackelte sein Hinterteil ekstatisch.

Eine Weile unterhielt sie sich mit den Tieren, dankbar dafür, dass niemand sonst ihre Aufmerksamkeit forderte. Doch dann kam Catrin zu ihr und setzte sich neben sie. Malefiz schlenderte davon, Benefiz hinter ihm her.

»Ein ulkiges Paar!«

»Es scheint ihnen keine Schwierigkeiten zu machen, miteinander auszukommen. Der Hund ist noch jung, er anerkennt Malefiz als den Herrn des Hauses.«

»Von dem aber hast du noch nichts gehört.«

»Nein, von Arndt nicht, und das ist mir auch ganz recht so.«

»Ich habe es gehört, Marian hat mir davon berichtet. Ich meine, die Sache mit den Tuchen und Pauli und Robert. Wenn ich dir helfen kann, Alyss, sag es mir.«

»Ich muss mir noch klar werden, welche Konsequenzen ich daraus ziehen soll.«

»Zieh welche. Nötigenfalls sprich mit deinem Vater.«

»Nötigenfalls.«

»Auf jeden Fall aber sprich mit John, Alyss. Er hockt im Kontor in einer fahlgrauen Wolke von Trübsinn.«

»Trübsinn? John? Niemals!«

»Oh doch, Alyss. Ich glaube, es hat etwas mit dem Donnerwetter zu tun. Und vielleicht mit seinem Vater.«

Da Catrin ein gutes Gespür für Menschen hatte, vertraute Alyss ihrem Urteil. Zumal ihr plötzlich ein paar andere Äußerungen von John durch den Kopf gingen. Über Väter und Barmherzigkeit beispielsweise.

»Er schweigt sich über seine Familie gründlich aus.«

»Es wäre jetzt eine Gelegenheit, ihn zum Sprechen zu bringen. Oder ihn zu trösten.«

»Das scheint heute andauernd meine Aufgabe zu sein. Na dann. Sag Frieder, dass er dich begleiten soll, wenn du nach Hause willst.«

John saß an ihrem Schreibpult, aber das Tintenfass war verschlossen, die Federn trocken, die Bücher zugeschlagen. Er sah auf, als Alyss eintrat und versuchte, in neckendem Ton zu fragen: »Nun, wird der Ritter Jerkin vor dem Grillspieß retten?«

»Jerkin bleibt bei uns, Master John. Und Ihr werdet mir jetzt endlich erzählen, was Ihr über Roberts Ring herausgefunden habt.«

»Der Ring, richtig. Julika war gestern in ihrem Haus, verweint und verbittert.«

»Reinaldus Pauli hat ihr den Abschied erteilt.«

»So erfuhr ich von der Freundin, die bei ihr war. Man war nicht gut auf den Tuchhändler zu sprechen.«

»Verständlich. Kann man ihr helfen?«

»Sie ist eine hübsche junge Frau, sie wird wieder einen Mann finden, der sie aushält.«

»Und der sie wieder verlässt. So wird es weitergehen, bis sie nicht mehr jung und hübsch ist, und dann wird sie auf der Straße landen.«

»Das ist das Schicksal der Dirnen. Manche übrigens gehen es geschickt an und können sich mit einem kleinen Vermögen ein anständiges Leben einrichten. Bei den Schwälbchen spricht man bewundernd von der maurischen Hure, die es einst sogar geschafft hat, einen reichen Weinhändler zu heiraten.«

»Ja, meine Tante Aziza, Leocadies Mutter. Sie ist übrigens keine Maurin.«

John öffnete den Mund, schloss ihn wieder, schluckte und sagte nichts.

»Ihr wirkt bestürzt.«

»Ähm … nein. Eure Familie ist sehr … ähm … vielseitig.«

»Ja, Master John. Aber dennoch recht ehrbar.«

»Das würde ich nie bestreiten.«

»Schön, nun zu dem Ring.«

»Richtig, der Ring. Julika hat ihn der Freundin abgekauft, die just bei ihr war. Die wiederum hat ihn von einem Mann als Bezahlung für ihre Dienste angenommen.«

»Hoch bezahlt.«

»Ihr als Kaufmännin seid mit den Preisen der Schwälbchen natürlich vertraut, Mistress Alyss?«

»Nein, aber ich kenne den Wert des Ringes. Würden alle Dirnen für ihre Buhlereien so reich entlohnt, müssten sie von Schmuck nur so prunken.«

»Folgerichtig gedacht – und ja, hoch bezahlt wurde sie, aber deswegen, weil der Mann den Ring loswerden wollte. Ihm gefielen die Kirchtürme im Siegel nicht.«

»Haben wir etwa wirklich eine gemeinsame Fährte gefunden? War der Mann ein großer, blonder Friese, der ihn ihr gab?«

»So ist es, Mistress Alyss. Nur seinen Namen hat er nicht genannt. Aber sie würde ihn wiedererkennen, und sollte er noch einmal bei ihr auftauchen, wird sie nach seinem Namen und seiner Wohnung fragen. Aber sie meinte, er sei ein Handelsknecht und wahrscheinlich schon wieder abgereist.«

»Das Reliquiar und der Ring sind also in der Hand eines Friesen gelandet. Das heißt zwar noch nicht, das er der Mörder ist, aber auf jeden Fall, dass er Roberts Beutel entwendet und ihm den Ring vom Finger gezogen hat.«

»Das können wir annehmen. Und darum sollten wir ihn finden.«

»Peddersen und Sverting – unter Umständen wissen sie etwas. Sie kennen die Handelsknechte, die für sie arbeiten.«

»Eine Möglichkeit.«

»Und die Adlerwirtin – bei ihr verkehren viele der Nordmänner. Mit ihr werde ich mich noch einmal unterhalten.«

»Und mir überlasst Ihr die haarigen Männer?«

»Ihr hattet genug weiches Gefieder um Euch, Master John.«

»Ihr urteilt wie üblich streng, Mistress Alyss.«

»Und wie üblich nehmt Ihr meine Worte nicht ernst, Master John.«

»Doch, ebenso ernst, wie Ihr die Worte Eures Vaters nehmt.«

Alyss faltete die Hände in ihrem Schoß und betrachtete ihr Gegenüber aufmerksam. Die Unterhaltung über den Ring hatte seinen Trübsinn ein wenig verscheucht, aber er lauerte noch immer hinter seinem müden Lächeln.

»Es war nicht der rechte Moment, Master John, Euch ihm vorzustellen. Aber das werde ich nachholen. Ich fürchte, er hat heute ein falsches Bild von sich hinterlassen.«

»Nein, Mistress Alyss, er hat ein vollkommen richtiges Bild bei mir hinterlassen. Ich habe mir die Szene noch einmal vor Augen geholt, als ich hier alleine saß. Euer Vater liebt Marian über alle Maßen, und es hat ihn große Kraft gekostet, ihn vor aller Augen in den Staub zu treten. Ein ruhiges Gespräch zwischen den beiden hätte Marian ebenfalls zum Einlenken gebracht.«

»Ich habe meinen Vater selbst darum gebeten, das jüngste Gericht über meinen Bruder hereinbrechen zu lassen. Er wünschte es sich so sehr.«

John reckte sich.

»Ihr könnt Euch nicht vorstellen, Mistress Alyss, wie sehr ich Euch beneide.«

»Weil Euer Vater Euch nie gescholten hat, nicht wahr? Lebt Euer Vater noch, Master John?«

»Mein Vater lebt noch, aber er hat keinen Sohn mehr.«

Alyss musste einen Augenblick überlegen, dann traf sie die Aussage mit ihrer ganzen Traurigkeit.

»Er hat Euch verstoßen.«

»Ja, Mistress Alyss. Denn ich bin tatsächlich ein nichtswürdiger Wurm, ein Geschmeiß aus brackigen Tümpeln für ihn.«

»Solange, John, Ihr das nicht von Euch glaubt, seid Ihr das auch nicht.« Alyss stand auf und legte ihm die Rückseite ihrer Hand an die Wange. »Nicht alle Eltern und Kinder passen zusammen, auch wenn wir gelehrt werden, Vater und Mutter zu ehren. Liebe geht ihre eigenen Wege.«

Er nahm ihre Hand in seine und sah zu ihr hoch.

»Urteilt nicht zu gnädig über mich, my Lady. Ich trage mein gerüttelt Maß an Schuld an diesem Zerwürfnis.«

»Ihr liebt also Euren Vater trotz allem.«

John schloss die Augen und drückte ihre Hand wieder an seine Wange. Eine Weile beließ sie es dabei, dann entzog sie sie ihm vorsichtig.

»Ich schätze Euch sehr, John. Marian tut es auch, und das Hauswesen liegt Euch zu Füßen. Na ja, außer Magister Hermanus. Ich erlaube mir mein eigenes Urteil.«

»Danke, my Honourable Lady.«

Alyss glitt leise aus dem Raum, schlüpfte in ihr Schlafgemach und setzte sich in den Sessel am Fenster.

Es war ein Tag großer Gefühle gewesen, und sie fühlte sich erschöpft und ausgelaugt. Ihre eigenen befanden sich ebenfalls in einem undurchdringlichen Durcheinander und harrten der Klärung. Aber nicht mehr an diesem Sonntag.

Sie öffnete die Truhe mit ihren kostbaren Büchern und glättete den Aufruhr ihrer Seele mit der Lektüre ihres Lieblingsdichters.

»Es gibt die Welt uns allen
Auf Honig bittre Gallen«, hatte er geschrieben, und so war es wohl auch.

34. Kapitel

Am Montagnachmittag klopfte Alyss an das Tor zum Beginenkonvent, und die Pförtnerin hieß sie wie immer freundlich willkommen. Catrin und Estella seien in der Apotheke und würden Elsa helfen, Kräuter zu verlesen.

So war es dann auch. Die greise Elsa, halb blind, aber noch immer in der Lage, mit ihrem feinen Geruchssinn die unterschiedlichen Pflanzen auszusortieren und sie ihrer wohltuenden Verwendung zuzuführen, sah auf, als sie sie ansprach.

»Was willst du, Almut? Siehst du nicht, dass ich zu arbeiten habe?«

»Nicht Almut, meine Mutter, Frau Elsa. Ich bin es, Alyss.«

»Ach ja, na egal. Also, ich habe zu arbeiten!«

»Ich will Euch auch nicht stören, Frau Elsa, nur mit Catrin reden.«

»Dann schert Euch raus und nehmt dies nutzlose Dämchen mit, das mehr Unordnung macht als hilft.«

»Sie wird immer mürrischer auf ihre alten Tage!«, flüstere Catrin.

»Mürrischer schon, aber nicht taub!«, krähte die Apothekerin ihnen hinterher, und die Begine rollte mit den Augen.

»Nehmt es ihr nicht übel, Estella; die Gicht plagt sie heute wieder besonders.«

»Sie ist alte Frau. Ist gut.« Und dann lächelte Estella Alyss schüchtern an. »Eure Schwester hat keine Zeit heute?«

»Nein, Marianne musste zu unserer Patin nach Villip reisen. Sie sendet Euch die liebsten Grüße und bittet Euch, ihr zu verzeihen, dass sie sich nicht verabschieden konnte.«

»Das ist schade. Ich hörte – Aldermann hat gefunden einen Kaufmann, der mich bringt zu meinen Eltern.«

»Das sind gute Neuigkeiten.«

Die Witwe sah auch weit besser und lebhafter aus als während der letzten Tage ihrer Schwangerschaft. Zu Catrin gewandt meinte Alyss dann: »Ich müsste der Adlerwirtin einen Besuch abstatten und wäre dir dankbar, wenn du mitkommen würdest. Vielleicht mag Estella uns auch begleiten.«

»Gerne, und wozu brauchst du meine Hilfe?«

»In einer heiklen Angelegenheit. Schau!«

Aus ihrer Gürteltasche holte Alyss das Drachenei hervor, und Catrin bekam große Augen.

»Woher hast du den? Das ist doch Roberts Stein, oder?«

»Das ist er. Frieder hatte die einfallsreiche Idee, ihn dem Schneider Böcklein zu entwenden und der Dorte vamme Pütz heimlich wieder zuzustecken. Dann sollte ich sie aufsuchen, ganz zufällig den Stein dort entdecken und ihr eine Schauergeschichte dazu erzählen, um sie so einzuschüchtern, dass sie seine Herkunft preisgibt.«

»Aha. Eine phantasievolle Vorgehensweise. Aber ihr habt sie nicht durchgeführt?«

»Nein, es ergab sich, dass es nicht nötig war, die Zaubersche aufzusuchen. Denn Frieder hat Börn, Franziskas Sohn, gebeten, mit ihm zusammen das Drachenei zu ... mhm ... besorgen. Ein Bubenstückchen, das den beiden heute Vormittag ohne Zweifel großes Vergnügen bereitet hat. Dann aber hatte Börn den Stein ergattert, und sie waren auch schon auf dem Weg zur Dorte, als er Frieder erzählte, dass einen solchen seine Schwester letzthin in den Händen gehabt habe. Frieder, das muss man ihm lassen, hat ganz richtig reagiert. Er nahm das Drachenei an sich und brachte es mir.

Wir haben es alle noch einmal begutachtet und befunden, dass es das Nämliche ist, das Robert mit sich geführt hat.«

»Nur – hilft uns das nun weiter?«

»Das Reliquiar und der Ring sind von einem Friesen verkauft worden, bei der Adlerwirtin verkehren viele Friesen. Einer von ihnen hat vermutlich Stina den Stein gegeben. Wofür, das möchte ich sie fragen. Aber das wird eben ein wenig heikel, denn ich glaube nicht, dass das Mädchen freiwillig darüber sprechen wird. Immerhin hat sie das Drachenei zur Dorte getragen, und was sie von der wollte, wird ihre Mutter Franziska mit Sicherheit nicht gutheißen.«

»Ist sie schwanger?«

»Vielleicht. Verliebt war sie angeblich letzthin in den neuen Knecht.«

»Liebestränke!«, schnaubte Catrin verächtlich. »Die Dorte handelt mit Liebestränken.«

»Und wird diesen geheimnisvollen Stein als Lohn dafür gerne genommen haben. Bestimmt hat sie ihn für weit mehr verkauft, als ihre Aufgüsse wert sind.«

»So wird es sein. Nun, gehen wir. Estella, mögt Ihr uns begleiten? Die Adlerwirtin führt eine gute Küche, und Euch muss wieder etwas Fleisch auf die Rippen kommen.«

»Was sind Rippen, Catrin? Warum Fleisch dahin?«

»Rippen, das sind diese Knochen hier«, zeigte Alyss. »Und Catrin findet, dass Ihr zu dünn seid und ein bisschen runder werden müsstet.« Sie untermalte ihre Worte mit beredten Gesten, und Estella nickte lächelnd.

»Ja, bisschen runder. Gut. Essen schmeckt auch wieder.«

»Dann wollen wir gehen.«

Weit entfernt lag die Schmiede mit dem Gasthaus nicht. An der vielbefahrenen Straße durch das Eigelsteintor ragte sie weiß gekalkt und mit qualmender Esse zwischen einigen niedrigen Handwerkerhäusern hervor. Der Schmied war bei der Arbeit, was das Pling-Pling der Hämmer anzeigte. Zwei kräftige Gäule warteten darauf, von ihm neues Schuhwerk angepasst zu bekommen, im Schankraum ging es lebhaft zu, und die Wirtin kam gerade mit zwei schweren Humpen aus dem Brauhaus im Hof.

»Frau Alyss, Frau Catrin, welche Freude. Geht schon mal hinein, ich bringe Euch und Eurer Begleiterin sogleich den süßen Wein, den Ihr so liebt.«

Nicht in den Schankraum, in die Küche wies sie, und die drei leisteten dem Wink Folge.

Hier brutzelten fette Fleischstücke auf dem Spieß, den Franziskas Jüngster zu drehen hatte, die Schankmaiden, darunter auch Stina, kamen herein und schnitten Brotkanten ab, füllten Krüge mit Most und Bier, säbelten auch von dem Schinken, der von der Decke hing, üppige Scheiben ab und stapelten leer gegessene Holzschüsseln neben dem Wasserschaff.

»Das Geschäft blüht, wenn ich es richtig beurteile, Frau Wirtin!«

»Es summt und brummt diesen Sommer, und mein Schatzkästchen füllt sich mit Münzen. Hach, das Klingeln erquickt mein Herz. Kann ich doch der Stina eine schöne Ausstattung richten.«

»Soll die Stina denn heiraten?«

»Aber ja, Frau Alyss. Ich wollt's ja erst nicht, weil der Kerl so maulfaul ist. Aber der Simon ist angetan von ihm, und ein Mann, der das Maul hält, ist für eine Frau immer besser als einer, der ständig dreinredet.«

»Der neue Schmiedknecht also soll es sein. So erfüllt sich Stinas heimlicher Wunsch ja. Hat sie nachgeholfen?«

»Na, jedem Mann muss man doch etwas auf die Sprünge helfen. Mein Simon war damals auch stur wie der Esel, der ihn ständig getreten hat. Sie hat ein bisschen um Yskalt herumscharwenzelt, und er wird sich überlegt haben, dass er hier ins gemacht Nest fällt. Außerdem ist er stark und geschickt und zuverlässig. Und die Stina bleibt hier bei mir wohnen und kann weiter im Schankraum helfen. Und für ein paar Kinder ist auch noch Platz.«

Schon waren Schüsseln mit Eintopf vor ihnen aufgestellt, in denen dicke Wurststücke schwammen. An den Bechern, in die der kühle Wein aus dem Keller eingeschenkt worden war, bildeten sich außen kleine Wassertröpfchen.

Alyss ließ sich die Zwischenmahlzeit munden und bemerkte, dass auch Estella eifrig zugriff. Die Wirtin schwatzte, wie es ihre Art war, rührte gleichzeitig im Kessel, versetzte dem Jungen am Spieß Kopfnüsse, wenn er nicht gleichmäßig genug drehte und hackte daneben Zwiebeln klein.

»Köstlich wie immer, Frau Franziska. Und nun zum Grund unseres Besuchs. Wir müssten uns mit Eurer Stina über ein Drachenei unterhalten.«

»Huh, ein Drachenei. Wo soll sie das gefunden haben? Doch nicht in unserem Hühnerstall?«

»Wenn dort ein Drache zugange gewesen wäre, könntet ihr sicher tagelang geröstete Hühnchen anbieten. Nein, es ist ein seltsamer Stein, und wir wüssten gerne, ob sie ihn kennt.«

Franziska rief Stina und nahm ihr den leeren Humpen ab, den sie reinbrachte.

»Stina, die edlen Frauen möchten mit dir reden. Gib aufrecht Antwort, wie es sich gehört. Ich übernehme inzwischen deine Arbeit.«

Alyss holte wieder einmal den Stein hervor und bemerkte, wie Stina zusammenzuckte.

»Du hast ihn der Dorte gebracht. Wir wollen lieber nicht zu genau fragen, wofür, nicht wahr, Stina?«

Das Mädchen schluckte.

»Aber du könntest uns doch sicher sagen, woher du ihn hast.«

Stina verknäuelte ihre Schürze in ihren roten, rauen Händen, druckste herum und stieß trotzig hervor: »Hab ihn aufgelesen.«

»Aufgelesen? Ein Drachenei? Das liest man nicht einfach auf, Stina.«

»Drachenei«, würgte das Mädchen hervor, und Alyss begann, ihr die Schauergeschichte zu erzählen, die sie vor einigen Tagen erfunden hatten. Sie wirkte vortrefflich.

»Er hat gesagt, er hat's gefunden, Frau Alyss.«

»Wer?«

»Yskalt. Und hat's mir geschenkt, weil's hübsch ist. Nehmt es weg, Frau Alyss. Ich will es nicht in meiner Nähe haben.«

Alyss steckte zufrieden mit der Auskunft den Stein in ihre Tasche, als ein hochgewachsener Mann in der Tür erschien.

In diesem Augenblick begann Estella zu schreien. Und zwar so entsetzlich, so laut und so ohrenbetäubend, dass die Küche plötzlich von Menschen nur so wimmelte. Catrin versuchte sie zu beruhigen, und als sie die Arme um sie schlang, brach Estella bewusstlos zusammen.

»Heilige Sankt Marthe, sie ist von Witz und Sinnen! Ist sie eine Fallsüchtige?«, kreischte jetzt auch Franziska, und einige Gäste wollten sich auf Estella stürzen. Catrin und Alyss hatten alle Hände voll zu tun, die Leute abzuwehren.

»Gebt Ruhe, gebt Ruhe! Du da, Knecht, schick sie raus!«, wies Alyss den Schmiedeknecht an, an den sich Stina angstvoll drückte. Der nickte und schob drei Männer zur Seite.

Catrin sprach beruhigend auf die Adlerwirtin ein, die noch immer lauthals lamentierte.

»Gebt auch Ihr Ruhe, Frau Franziska. Estella war lange krank. Sie hat Angst vor Männern, denn sie ist schlimm behandelt worden.«

»Dann soll sie nicht in mein Haus kommen. Hier verkehren eben Männer. Ich kann mir das nicht leisten, ein solches Gelärm. Das verschreckt die Kunden.«

»Von Mitleid und Nächstenliebe seid Ihr selbstsüchtige Kratzborste auch noch nie geplagt worden«, spuckte Alyss wütend, und der Schmied Simon, der ebenfalls in die Küche getreten war, schlug in dieselbe Kerbe: »Halt den Mund, Weib. Du zeterst lauter als das arme Ding.«

Franziska verstummte, aber ihre Augen blitzten wütend.

»Was kann man für sie tun, Frau Alyss?«, fragte er dann.

»Könnt Ihr uns helfen, sie zum Konvent zu schaffen?«

»Reicht Euch das Eselswägelchen?«

»Natürlich.«

Kurz darauf führten Alyss und Catrin den Esel am Zaumzeug die kurze Strecke zu den Beginen – Estella, noch immer besinnungslos, in Decken gewickelt, auf der Ladefläche des kleinen Gefährts. Sie brachten sie zu Bett, und die Pförtnerin erbot sich, den Wagen zum Adler zurückzubringen.

»Was ist da passiert, Alyss? Estella ist zwar noch scheu Männern gegenüber, aber unserem Beichtiger und dem Aldermann ist sie freundlich begegnet, und bei einem Gang über den Markt hat sie auch keine solche Panik gezeigt.«

»Ich habe einen Verdacht, Catrin. Du hast mit dem Rücken zur Tür gesessen, daher hast du nicht bemerkt, dass der Knecht eintrat. Sie aber hat ihn gesehen. Ein Friese – und von Friesen ist ihr Gewalt angetan worden.«

Sie hatten zwar leise gesprochen, aber nun regte sich Estella auch wieder. Sofort war Catrin bei ihr, nahm ihre Hand und sprach beruhigend auf sie ein.

»Catrin?«, flüsterte Estella. Dann sah sie sich wild um.

»Ihr seid in Sicherheit, Liebelein. Niemand kann Euch hier schaden.«

»Der Mann. Er erschlägt Laurenz. Er macht mich Schmerzen.«

»Das, Catrin, habe ich befürchtet«, stellte Alyss fest. »Und ich glaube, wir haben unseren Nordmann gefunden. Er war es, der Stina das Drachenei gab.«

Catrin wurde blass, aber sie schwieg. Die Schlussfolgerung daraus zu hören hätte die Kranke noch mehr verstört.

»Ich muss mit John reden.«

»Tu das, Alyss. Ich kümmere mich um Estella.« Und dann entfuhr ihr ein bebendes: »Heilige Jungfrau Maria, beschütze uns.«

»Das wird sie, wenn meine Mutter recht hat.«

Zu ihrem Verdruss hieß es, John sei in Geschäften unterwegs, und auch Marian war inzwischen wieder nach Hause zurückgekehrt. Außerdem gab es ein böses Gezänk zwischen den Mädchen am Webstuhl, bei dem es um ein Stück Pergament ging, das Hedwigis Leocadie stibitzt hatte. Heftiger als sonst fuhr Alyss dazwischen, nahm der störrischen Hedwigis das Fetzchen mit Gewalt aus den Fingern und besah es sich.

In der zierlichen Schrift von Leocadie stand darauf geschrieben:

»Wer da Rosen jemals brach,
der mag an hohem Mute wohl reich.
Was ich an Rosen jemals sah,
Sah niemals ich so Rosen reich,
wie man sie brichet in dem Tal,
da sie die Schöne macht,
sobald ihr roter Mund
ein Tausendmal so schöne lacht.«

Leocadie schluchzte leise auf.

»Er hat es mir vorgesagt, Frau Alyss. Und ich fand es so schön. Aber es gehört mir, und die blöde Kuh schnüffelt immer hinter mir her. Ich will nicht, dass sie seine Gedichte besudelt.«

»Wenn einer hier eine blöde Kuh ist, dann doch du mit deinen dusseligen Kuhaugen. Ständig verhedderst du die Kettfäden und seufzst und stöhnst wie eine Kuh beim Kalben.«

»Schluss jetzt!«

»Aber ist doch wahr!«

»Du bist doch nur neidisch, weil dich mit deiner langen Nase kein Mann anguckt«, schlug sich Lauryn nun auch noch auf Leocadies Seite.

»Ich sagte: Schluss jetzt!«, fuhr Alyss dazwischen. »Hedwigis ist keine Kuh, und ihre Nase hat Gott ihr gegeben. Hedwigis, dein Herumschnüffeln im Eigentum anderer will mir überhaupt nicht gefallen. Du wirst drei Tage in deinem Zimmer bleiben und nur trockenes Brot und Wasser zu essen bekommen. Ich bin es leid mit dir.«

Nun schluchzte auch Hedwigis wütend auf, aber Alyss mahnte das Kleeblatt nur noch einmal ernsthaft, Ruhe zu halten und kehrte ihnen den Rücken.

In der Küche stand John und biss in eine Pastete, aus der der Fleischsaft quoll. Ein Krug Bier stand neben ihm.

»Ihr lasst es Euch ja wohlergehen!«, fauchte Alyss, noch immer in Rage, ihn an.

Er grinste und hielt ihr die angebissene Pastete hin.

»Schlagt Eure Zähne hier hinein und nicht in mein Fleisch, Mistress Alyss. Sie ist bei Weitem schmackhafter und lange nicht so zäh.«

»Geht mir weg damit, sie stinkt nach Knoblauch!«

»Dann spült sie mit Bier hinunter, das vertreibt den Geruch. Wer hat Euch verärgert, Mistress Alyss, dass Ihr so bissig seid?«

Sie setzte sich an den langen Küchentisch und besann sich ihrer Manieren.

»Entschuldigung, Master John. Ich habe den Friesen gefunden.«

»Was?« John ließ die Pastete sinken, die er eben wieder zum Mund geführt hatte.

»Im Gasthof ›Zum Adler‹. Der Schmiedknecht Yskalt. Er war es, der im Oktober Estellas Gatten erschlug und sie schändete. Sie hat ihn wiedererkannt. Die Tochter der Adlerwirtin Stina will ihn heiraten. Sie hat den Stein von ihm erhalten.«

»Wahrhaftig. Ich werde den Adler sogleich aufsuchen.«

»Nein, Master John. Wir müssen erst nachdenken. Yskalt läuft uns nicht fort.«

»Ich will wissen, ob er Roberts Mörder ist, Mistress Alyss, und ich werde es aus ihm herausbekommen. Auf meine Weise.«

Seine Hand war an den Griff seines Schwertes geglitten.

»Nein, Master John. Wir werden erst nachdenken und dann handeln. Es ist Aufgabe der Gerichtsbarkeit, sein Geständnis zu erwirken, nicht die Eure. Und schon gar nicht mit Euren Seeräubermethoden.«

»Mistress Alyss …«

»Master John! Ihr seid Gast in meinem Haus. Tut mir den Gefallen und hört mich an, bevor ihr Unheil über uns bringt!«

John setzte sich wieder hin, aß den letzten Rest seiner Pastete auf und sah sie durchdringend an.

»Seeräubermethoden. Genau die, Mistress Alyss, werde ich anwenden. Aber sprecht zuerst.«

Alyss zwang sich zur Ruhe. Der ganze Tag hatte schon an ihren Nerven gezerrt. Ein jähzorniger John, der im Adler ein Blutbad anrichtete, war das Letzte, was sie noch würde ertragen können.

»Master John, wir sind einigen falschen Fährten gefolgt. Wir dürfen auch diesmal nicht überstürzt handeln. Yskalt mag Laurenz Stalen getötet haben, dafür wird er auch zur Rechenschaft gezogen. Aber er muss nicht zwingend Roberts Mörder sein. Welchen Grund hätte er haben sollen?«

»Das will ich von ihm wissen.«

»Yskalt kam etwa zur gleichen Zeit wie Ihr in Köln an und äußerte den Wunsch hierzubleiben. Die Kaufleute vom Wik haben ihn dem Schmied vom Adler anempfohlen. Sie werden ihn kennen. Lasst uns Peddersen aufsuchen, er soll uns von ihm berichten.«

»Und dann?«

»Dann dürft Ihr ihn, wenn die Aussagen dazu einen Anlass geben, gerne mit Eurem Schwert barbieren.«

35. Kapitel

Peddersen trafen sie in seinem Warenlager an, wo zwei Gesellen unter seiner Aufsicht Säcke stapelten. Er beäugte John misstrauisch, grüßte Alyss aber höflich.

»Was führt Euch zu mir, Frau Alyss? John of Lynne?«

»Einige Fragen, die einen Eurer Landsleute betreffen, Peddersen. Ihr kennt ihn, Yskalt heißt er, und er arbeitet bei dem Schmied Simon.«

»Ja, ich kenne ihn.«

»Woher stammt er?«

Peddersen sah sich im Lager um und winkte seinen Besuchern dann, ihm zu folgen. Sein Kontor war vollgestellt mit allerlei Warenproben, es roch muffig und war staubig, das Tintenfass verkrustet, die Feder gespalten. Schreiben und die Führung der Bücher mochten Peddersens liebste Tätigkeiten nicht sein. Aber alles in allem galt er, soweit sie wusste, als ehrbarer Kaufmann. Er räumte ein paar Körbe und Säcke zur Seite, sodass sie Platz auf einer rohen Bank fanden, sich zu setzen.

»Was ist mit Yskalt, John of Lynne?«

»Ein Weib, das bei einem Überfall an der Küste durch ihn ihren Mann verloren hat, will ihn als Mörder wiedererkannt haben.«

»Verdammte Scheiße!«, entfuhr es Peddersen, und Alyss zuckte zusammen.

»Was lässt Euch so heftig fluchen, Peddersen? Dass sie ihn erkannt hat?«

»Nein, Frau Alyss, dass er es getan hat. Verfl… entschuldigt. Das ist eine böse Geschichte.«

»Erzählt sie uns.«

»Das muss ich wohl. Aber – Gott sei mein Zeuge, ich dachte, es wäre nur ein übertriebenes Gerücht gewesen.« Er lehnte sich zurück und schnaufte. »Dem Yskalt geht der Ruf voraus, manchmal jähzornig zu sein. Das, was ich von ihm weiß, hörte ich von Sverting, anderes von Folcko von Marienhafe.«

»Dem Friesenhäuptling, mit dem Arndt Geschäfte gemacht hat? Er kennt Yskalt auch?«

»Yskalt gehört zu seinem Clan. Es heißt, er war schon als Kind riesengroß, aber ein wenig dumpf an Witz. Stark, schwerfällig, aber sanftmütig. Seine Mutter starb im Kindbett, der Vater blieb auf See. Er wuchs bei seiner Großmutter auf. Die war keine vom friesischen Stamm, sondern ihr Mann hatte sie von einer Islandfahrt mitgebracht. Sie war aber gut gelitten im Dorf, vor allem, weil sie gerne die alten Geschichten erzählte.«

»Ihr habt sie kennengelernt?«

»Nein, Frau Alyss. Aber Sverting traf sie noch. Er meinte, die Leute liebten, was sie von Göttern und Helden und Riesen und Zwergen zu sagen wusste. Was den Inselpriester stets geärgert hat. Zwischen den beiden hat es viel Streit deswegen gegeben. Aber er konnte nicht verhindern, dass sie Yskalt die vielen heidnischen Mären lehrte. Die Thorssage hat dem Jungen wohl am meisten gefallen.«

»Der Hammer, ich verstehe!«, warf John ein.

»Richtig, der Hammer. Ihr kennt sie auch, die alten Geschichten?«

»In den Häfen trifft man viele Leute, die ihr Garn spinnen.«

»Das stimmt allerdings. Kurzum, der junge Yskalt war gebannt von der Sage, und dann passierte etwas, was seine seltsame Phantasie auf Abwege brachte. Er fand nämlich eines Tages, als er wohl so um die vierzehn Jahre alt war, einen angespülten Hammer am Strand. Er betrachtete das als Zeichen und verkündete überall, Thor selbst habe ihm seinen Mjöllnir geschickt. Er brüstete sich so laut damit, dass der Inselpriester sich gezwungen sah einzuschreiten. Er wollte nicht, dass er diesem heidnischen Glauben anhing. Es kam zu einem Streit, und Yskalt erschlug den Priester mit seinem Hammer.«

»Das ist ja entsetzlich. Hat man ihn nicht zur Rechenschaft gezogen?«

»Doch, Frau Alyss. Aber da der Priester nicht sonderlich beliebt war, peitschte man Yskalt lediglich aus und achtete fürderhin darauf, dass er nie wieder einen Hammer in die Hand bekam. Daraufhin wurde er wieder zum sanftmütige Riesen, hütete die Schafe, lauschte den Geschichten und den Wellen und wuchs noch weiter. Vor sechs Jahren dann landete Störtebeker auf der Insel – die Häuptlinge waren den Vitalienbrüdern schon immer wohlgesinnt gewesen, und die Männer beeindruckte Yskalts Größe und Kraft. Ich vermute, niemand aus dem Clan war besonders unglücklich, dass er sich Störtebeker anschloss und mit den Piraten auf Kaperfahrt ging. Allerdings fand er wohl dabei erneut den Geschmack am Töten. Vier Jahre verbrachte er mit ihnen, und nur durch einen Zufall entkam er der Schlacht von Helgoland, als die Vitalienbrüder aufgebracht wurden. Er kehrte zurück auf seine Insel, doch im Dorf wollte man ihn nicht mehr aufnehmen. Also schloss er sich den Strandräubern an.«

Alyss erklärte ihm: »Jene Männer, die im Oktober vergangenen Jahres ein Schiff aus England auf eine Sandbank leiteten und plünderten. Laurenz Stalen, einer unserer Tuchkaufleute, wurde dabei von Yskalt mit dem Hammer erschlagen. Seine Frau Estella schändete er. Die Plünderer nahmen die junge Witwe gefangen. Sie konnte nach einigen Monaten entkommen, und mitleidige Kaufleute brachten sie nach Köln. Reinaldus Pauli fragte mich um Rat, was mit ihr zu tun sei, und wir brachten sie bei den Beginen am Eigelstein unter. Dort brachte sie ein missgestaltetes Kind zur Welt, das nach der Geburt starb. Heute, Peddersen, hat Estella Stalen Yskalt bei dem Schmied Simon getroffen und ihn wiedererkannt.«

»Das arme Weib.«

Peddersen wirkte betroffen.

»Ja, das arme Weib. Sie brach in Schreie aus und verlor die Besinnung.«

Peddersen nahm die Filzkappe ab und fuhr sich mit der Hand durch seine stoppeligen grauen Haare.

»Hätten wir ihn nur wieder zurückgeschickt. Euer Gatte,

Frau Alyss, nahm ihn als Handelsknecht auf Svertings Schiff mit. Und es hieß, die Inselfriesen seien ganz froh gewesen, ihn loszuwerden. Sie mögen raue Gesellen sein und von Plünderungen leben, aber selbst ihnen war wohl der Jähzorn dieses Wilden zu viel. Ich gestehe, Frau Alyss, wir wollten ihn hier im Wik auch nicht haben. Deshalb waren wir dem Adlerwirt dankbar, dass er den Mann bei sich beschäftigte.«

»Habt Ihr eine Ahnung, Peddersen, warum dieser Yskalt meinen Freund Robert van Doorne erschlug?«

»Großer Gott, Master John ... Wie kommt Ihr darauf?«

»Weil, Peddersen, er verschiedene Gegenstände aus Roberts Beutel verkauft oder verschenkt hat«, erklärte Alyss. »Die Spur führt zu ihm.«

Nun wirkte Peddersen zutiefst bestürzt.

»Ich verstehe das nicht, Frau Alyss, John of Lynne. Er kannte ihn doch gar nicht. Er ist ein einfacher Geselle, kaum der Mann, mit dem ein Kaufmann wie Robert zusammenkommt.«

»Ich werde es herausbekommen«, knurrte John.

»Gebt Acht, John of Lynne. Auch ein kampferfahrener Mann kann von einem tollwütigen Bären überwältigt werden.«

»Das wird sich weisen.«

Alyss erhob sich – es gab nichts mehr zu erfragen.

»Habt Dank für Euren Freimut, Peddersen.«

Der Nordmann erhob sich ebenfalls und sah zu ihr herab.

»Ihr habt mehr Stärke als mancher Mann, Frau Alyss. Die Last, die Ihr mit Euch schleppt, könnte manch anderen in die Knie zwingen. Wenn Ihr meine Hilfe braucht, zählt auf mich.«

»Wenn Ihr ein Fass guten Weins braucht, zählt auf sie«, sagte John und hielt dem Kaufmann die Hand hin.

»Und jetzt ist es für heute zu spät, den Yskalt zu barbieren.«

Alyss und John gingen unter dem Abendgeläut zur Witschgasse zurück.

»Ihr habt wieder einmal erreicht, was Ihr Euch in den Kopf gesetzt habt.«

»Master John, Ihr könnt nicht einfach in die Schmiede gehen und den Yskalt fragen, warum er Robert umgebracht hat. Der Simon ist ein loyaler Mann, er wird Euch rauswerfen, wenn Ihr einen seiner Männer beschuldigt. Und verzeiht, Master John, in der Schmiede arbeiten zwei seiner Söhne, die auch nicht eben für ihre zarten Händchen bekannt sind.«

»Mit vier nordischen Riesen, glaubt Ihr, kann ich es nicht aufnehmen, Mistress Alyss?«

»Könnt Ihr nicht.«

»Habt Ihr Angst um mich?«

»Warum sollte ich?«, knurrte Alyss. »Ich sehe nur keinen Nutzen in Eurem erschlagenen Kadaver.«

»Und wenn ich Euch verspreche, mich nicht erschlagen zu lassen?«

»Dann ist der richtige Weg noch immer, Anklage zu erheben und die Wachen den Yskalt festnehmen zu lassen.«

»Denen der Schmied sicher ganz friedfertig seinen Knecht übergeben wird?«

»Die Wachen sind bewaffnet und kommen nicht alleine.«

»Und Ihr glaubt tatsächlich, sie werden von Yskalt erfahren, warum er Robert erschlagen hat?«

»Es reicht mir zu wissen, dass er es tat. Und das werden sie aus ihm schon herausbekommen.«

John schwieg.

Erst als sie an der Toreinfahrt angelangt waren, sagte er: »Ihr habt einen hübschen, sehr harten Kopf, Mistress Alyss. Das will ich Euch zugestehen. Aber meiner ist ebenso hübsch und noch etwas härter.«

»Wie schön, dass Ihr eine so hohe Meinung von Euch habt, Master John.«

»Ihr grollt mir. Nur weil Ihr Euch nicht durchsetzen könnt. Das ist ein lieblicher Wesenszug von Euch.«

»Lieblich, Master John, ist mein Wesen noch niemandem erschienen! Und das ist auch ganz gut so!«

Mit diesen Worten ließ sie ihn stehen und fegte in die Küche.

Hilda gab ihr mit einem missbilligenden Blick zu verstehen, dass sie zu spät gekommen war. Das Hauswesen war bereits um den Tisch versammelt und verbreitete schweigende Verdrossenheit. Der Zank zwischen den Mädchen schien noch immer nicht beigelegt, auch wenn Hedwigis fehlte, Tilo nagte bedrückt an einem Knochen, und Magister Hermanus hatte einen roten Kopf. Offensichtlich hatte sein Tischgebet wieder einmal zu unfreundlichen Kommentaren Anlass gegeben. Nach dem, was aus der Richtung seiner giftigen Blicke zu schließen war, hatte Frieder wesentlich dazu beigetragen. Ein leises, erfreutes Kläffen unter dem Tisch verriet Alyss, dass Benefiz wohl Thema der Auseinandersetzung gewesen war.

Sie hatte keine Lust, sich in das Gezänk einzumischen, setzte sich ebenfalls schweigend auf ihren Platz und ließ sich von Hilda das Essen reichen. John kam gleich darauf hinzu und verzehrte wortkarg sein Mahl.

Während Alyss ihre Suppe löffelte, überlegte sie angestrengt, wie sie das Schlimmste – nämlich einen Kampf zwischen Yskalt und John – verhindern konnte. Natürlich verstand sie John. Er wollte Robert, seinen Freund, rächen. Unter seiner leichtfertigen Art schwelte Wut, das hatte sie schon einmal bemerkt. Er war ein guter Schauspieler und hatte seine Gefühle stets unter Kontrolle. Aber er wollte, wie er es ihrer Mutter gegenüber schon gesagt hatte, offene Rechnungen begleichen.

Er mochte allerdings rachsüchtig und zornig sein, hinterrücks würde er den Friesen nicht überfallen. Das war gewiss nicht seine Art. Also würde er tatsächlich bis zum nächsten Tag warten und eine offene Begegnung herbeiführen.

Die galt es zu verhindern. Also musste sie schneller sein als er.

Sie wischte mit dem Brot die Schüssel aus und langte nach dem Butterfass. Ein Plan nahm Gestalt an.

Mal sehen, welcher Kopf hier härter war!

36. Kapitel

Auf Frieder war wirklich Verlass.

Alyss hatte ihn am Abend zuvor noch zur Seite genommen und ihn, ohne dass die anderen es mitbekommen hatten, in die jüngsten Vorgänge eingeweiht. Natürlich hatten seine Augen geblitzt, und natürlich wäre er liebend gerne an Johns Stelle in die Schlacht gezogen, aber er war auch einsichtig und hatte dann die Botschaft an Marian noch am selben Abend pünktlich überbracht. Mit verschwörerischer Miene hatte er ihr, als sie in der Dämmerung ihren Rundgang über den Hof gemacht hatte, mitgeteilt, dass ihr Bruder gleich am frühen Morgen dem Turmvogt vom Eigelsteintor Anzeige erstatten und die

Wachen auffordern würde, den Schmiedeknecht Yskalt möglichst ohne großes Aufhebens zu ergreifen.

Ausgeschlafen und voller Energie verließ sie ihr Schlafgemach, um sich ihren Morgenbrei in der Küche zu holen und die häuslichen Pflichten zu verteilen.

Es hatten sich alle wie üblich um den Tisch versammelt – doch John fehlte.

»Er ist eben aufgebrochen, Frau Alyss. Wollte etwas Geschäftliches erledigen«, klärte Tilo sie auf.

Sofort meldete sich ihr Misstrauen.

»Hatte er sein Schwert gegürtet?«

»Ja, Frau Alyss.«

»Dann ist er nicht in Geschäften unterwegs«, knurrte sie, stellte die Breischale mit einem Knall ab und wandte sich an Frieder.

»Begleite mich. Ich muss meinen Bruder sprechen.«

Beinahe im Laufschritt eilten sie durch den Malzbüchel über den Neuen Markt zum Alter Markt, wo an der Ecke zu Groß Sankt Martin das Haus ihrer Eltern stand.

Der Hausverwalter, ein betulicher Herr, der sie schon als Wickelkind beaufsichtigt hatte, wollte einen gemütlichen Schwatz mit ihr halten, aber außer Atem, wie sie war, grüßte sie ihn nur kurz und fragte sogleich nach Marian.

»Der junge Herr ist kaum aus dem Haus, Frau Alyss. Er war in Eile.«

»Ist er zum Eigelsteintor?«

»Das kann ich nicht sagen, Frau Alyss.«

»Wenn er zurückkommt, richtet ihm aus, dass ich beim Turmvogt oder im Adler bin.«

Ihr Gewand schlug ihr um die Beine, als sie sich umdrehte und die Richtung zum Dom einschlug.

»Was habt Ihr es denn so eilig, Frau Alyss?«, schnaufte Frieder.

»Ich glaube, John versucht Yskalt zu fassen.«

»Ich könnt doch nicht zwischen die beiden, Frau Alyss. Das sind zwei gefährliche Männer.«

»Na und? Mir wird schon was einfallen!«

»Ich beschütze Euch, Frau Alyss. Ich habe ein Messer dabei!«

»Du hältst dich raus, Frieder.«

»Aber Frau Alyss!«

Da Frieder beinahe eine Kohlverkäuferin umgerannt hätte und daher von Alyss heftig am Arm gezerrt wurde, verstummte er für den Rest des Weges.

Am Adler verlangsamten sie ihre Schritte. In der Morgenkühle hing der Geruch des eben entzündeten Schmiedefeuers, Simons Söhne hackten Holz, und der Schmied selbst legte eben seine schwere Lederschürze an.

»Guten Morgen, Frau Alyss. Früh seid Ihr unterwegs. Die Franziska schrubbt noch den Schankraum.«

»Zu ihr wollte ich nicht, Simon. War John of Lynne hier?«

»Gerade eben noch, er wollte mit Yskalt etwas im Wik klären.«

Alyss unterdrückte gerade noch eine wütende Unflätigkeit, als der eine Sohn sagte: »Komisch, warum ist er dann nach hinten raus übers Feld gegangen?«

»Über welches Feld?«

»Das von dem Kappesbauern an der Weidengasse.«

»Frieder!«

»Frau Alyss, passt auf!«

Alyss rannte aber schon zum Tor und stieß beinahe mit ihrem Bruder zusammen. Hinter dem standen vier Gewappnete mit Schwertern, Ketten und Halseisen.

»Marian, zur Weidengasse.«

»John?«

»Und Yskalt.«

Er nickte kurz und wies die Männer an, ihm zu folgen.

Es war nicht nur der schnelle Lauf, auch die Angst brachte Alyss zum Keuchen. Und dann sah sie die beiden auch schon auf dem halb abgeernteten Feld. Yskalt schwang den Hammer, John wich aus, tänzelte zwischen den Kohlköpfen und versuchte, den Riesen mit dem kurzen Schwert zu treffen.

»Der mit dem Hammer ist unser Mann«, erklärte Marian. »Dass ihr mir John of Lynne nicht aus Versehen verletzt!«

»Is klar.«

»Was solln wir tun, Meister?«

Das war eine berechtigte Frage. Die beiden Kämpfer hatten sie noch nicht bemerkt. Der Weg zu ihnen hin war mit Hindernissen übersät. Zerschmetterte Kohlköpfe, spitze Feldsteine und zertretene Blätter übersäten den holprigen Acker. Eben strauchelte John, und sein Schwert zerteilte sauber einen Kappes. Yskalt nutze die Gelegenheit, um mit einem gewaltigen Schlag den Hammer niederfahren zu lassen. Im letzen Moment rollte sich John unter dem Hieb weg. Der Schwung der schweren Waffe brachte Yskalt aus dem Gleichgewicht. Den Augenblick nutzte John und sprang wie eine Katze auf die Füße.

Erneut versuchte er, den Schlagarm des Friesen zu treffen.

Marian bahnte sich den Weg zu ihnen hin, Alyss folgte, und etwas zögernder auch die Wachen. Frieder drängte sich vor, einen kurzen Dolch in der Hand.

»Master John!«, rief er.

Alyss drehte sich um und schlug ihm die Hand auf den Mund.

»Lenk ihn nicht ab, Idiot!«, fauchte auch Marian ihn an.

John musste den Ruf gehört haben. Er wich wieder einmal aus, traf den Riesen an der Seite, doch wenn auch Blut dessen Kittel besudelte, schien er die Verletzungen nicht zu spüren. Immerhin gelang es John, seinen Widersacher zu umrunden, und der hatte nun die blendende Morgensonne im Gesicht.

Es irritierte Yskalt, er zögerte mit dem nächsten Schlag. Marian machte noch ein paar Schritte auf die Kämpfenden zu.

»Umringt sie!«, zischte er den Wachen zu.

Die hatten inzwischen ihre Schwerter ebenfalls gezogen und gingen in einer Linie vor. Alyss blieb zurück, klug genug zu wissen, dass sie nicht zwischen die Klingen, weder die feindlichen noch die der Helfer, geraten durfte. Doch die Aufregung drückte ihr beinahe die Kehle zu. Sie war nahe genug, um zu sehen, dass sich blanker Irrsinn auf Yskalts Gesicht spiegelte. Johns hingegen war hart, verbissen, kalt. Wieder versuchte er den rechten Arm seines Angreifers zu verletzen. Die Klinge blitzte auf, der Hammer zog seinen Kreis, traf nicht. Yskalt brüllte wütend auf, drang auf John ein.

Die Wachen standen hilflos zwischen den Kohlköpfen herum.

John stolperte, rutschte auf den zertretenen, matschigen Blättern aus. Der Hammer streifte seine Schulter. Er sank nieder. Das Schwert entglitt seiner Hand.

Marian sprang vor. Bekam die Waffe zu fassen. Holte aus.

Mats Schlyffers hatte gute Arbeit geleistet. Yskalts Hand samt Hammer flogen ins Feld.

Yskalt stand wie erstarrt da und betrachtete seinen blutenden Armstumpf.

»Leck mich en de Täsch!«, sagte einer der Gewappneten ehrfürchtig.

»Fasst ihn, Männer!«, befahl Alyss mit einer harten Stimme,

die sie selbst überraschte, dann lief sie zu John und kniete neben ihm nieder.

Ein Blutrinnsal versickerte in seinen Haaren, seine Augen waren geschlossen. Sie tastete nach seinem Hals und spürte zu ihrer größten Erleichterung das Pochen seines Blutes in den Adern.

Hinter ihr erklangen die Geräusche der Festnahme, Fluchen, Schreie, Klirren und das Zuschnappen des Halseisens.

Sie sah auf John nieder. Alle Härte war aus seinem Gesicht gewichen. Mit dem Zipfel ihrer Schürze wischte sie ihm vorsichtig Blut und Schweiß von der Stirn. Dann strich sie ihm mit sanften Fingern die verklebten Locken zur Seite, um die Wunde zu prüfen. Er war auf einen der spitzen Steine gefallen, und schon begann sich eine Beule zu bilden.

Einen winzigen Spalt weit hoben sich Johns schwere Lider, und er nuschelte: »Die Vöglein im Himmel haben so sanfte Gefieder.«

Unsagbar erleichtert zupfte Alyss ihn an den Haaren.

»Und die Teufel in der Hölle harte Klauen.«

»Ihr seid noch nicht richtig tot, Master John.«

»Nicht? Mich dünkt aber, ein Engel koste meine Wunden.«

»Ihr habt eine seltsame Vorstellung von Engeln. Sie scheinen Schwälbchen zu gleichen.«

Er schloss die Augen wieder.

»Nein, einem schönen, hartköpfigen Weib.«

»Hartköpfig seid Ihr viel mehr. Euer Schädel hat einem Feldstein getrotzt. Wo seid Ihr sonst noch verletzt, Master John? Der Hammer traf die linke Schulter.«

Er legte seine rechte Hand auf sein Herz und stöhnte leise.

»Dort hat ihn der Hammer des Friesen nicht getroffen, Schwesterlieb. Allenfalls der Liebe Pfeile. Aber für derartige Wunden bin ich nicht zuständig. Lasst mich sehen, John.«

Alyss rückte ein Stückchen zur Seite und überließ es Marian, John abzutasten.

»Prellungen, Kratzer und eine dicke Beule an der Kopfseite. Die Schulter ist nicht gebrochen, da habt Ihr Glück gehabt. Sterben werdet ihr nicht daran, aber es wird einige Zeit in Eurem Kopf brummen wie in einem Hornissennest. Besser, ihr haltet Euch ein paar Tage ruhig. Meine Schwester kann ich als Krankenpflegerin nur empfehlen. Sie wird Euch mit harter Hand auf das Lager fesseln, Brei und Mus in den Schlund stopfen und Euch mit allerlei bitteren Tränken traktieren.«

»Ich bin gesund, ich habe zu tun, ein Krankenlager brauche ich nicht.«

»Dann steht auf und geht nach Hause.«

Marian erhob sich aus der Hocke, und auch Alyss stand auf.

Yskalt hing gefesselt zwischen den Wachen und starrte benommen zu Boden. Das Blut floss noch immer aus seinem Arm.

»Was tun, Marian? Er wird verbluten.«

»Der Henker wird mit dem Brenneisen die Wunde verschließen. Entweder er überlebt oder nicht. Sein Leben ist ohnehin verwirkt. Komm, wir gehen.«

Ohne dem Gefangenen oder John einen Blick zu gönnen, verließen sie den Acker. Doch an dem Fahrweg blieben sie stehen und sahen sich um. Frieder half dem schwankenden John, sich auf den Beinen zu halten, aber das war zu viel für den Jungen. John knickte immer wieder ein.

»Er ist einige Male von dem Hammer gestreift worden. Er wird sich wirklich einige Tage sehr unbehaglich fühlen«, murmelte Marian.

»Rufen wir eine Sänfte.«

»Du wirst ihm vermutlich noch eine weitere Kopfnuss verpassen müssen, um ihn hineinzuverfrachten. Oder ihn an der Schulter puffen.«

»Was die Not befiehlt, tut man.«

Marian lachte und trabte zum Adler, wo immer einige Botenjungen und Päckelchesträger herumlungerten, um den Reisenden ihre vielfältigen Dienste anzubieten. Die Wachen zerrten Yskalt Richtung Eigelsteintor, und Alyss kehrte zu Frieder und John zurück.

»Zu zweit geht es vielleicht«, meinte sie und packte John unter den einen Arm, Frieder stützte seine Mitte.

»Ich kann alleine …«

»Natürlich.«

Alyss gab Frieder ein Zeichen, und sie ließen ihn los.

John knickte ein.

»Und, Master John of Lynne?«

»Ihr seid das hartherzigste, gefühlloseste, hornhäutigste Weib, das ich je getroffen habe«, grummelte er.

»Und Ihr der sturste, dickschädeligste und eigensinnigste Hornochse, der mir je über den Weg gelaufen ist. Falls Ihr gleich ein Gezeter macht, wenn die Sänftenträger kommen, dann werdet Ihr merken, dass ich noch weit grausamer sein kann als alle Yskalts zusammen. Es ist mir gleich, ob Euer Kopf dann wie dieser Kappes aussieht!« Sie wies auf einen Weißkohl, den einer der Hammerschläge zu Krautsalat verarbeitet hatte. Und dabei bemerkte sie den vierschrötigen Mann, der mit weitausholenden Schritten vom Bauernhaus her auf sie zukam.

»Allmächtiger, der Kappesbauer ist aufgeschreckt worden. Kommt mit Eurem Hintern hoch, John of Lynne, ich habe keine Lust, mich auch noch mit einem wütenden Stier anzulegen.«

Sie schafften es, John wieder auf die Beine zu stellen, und diesmal ließ er sich gefügig führen.

Marian war es gelungen, sehr schnell zwei Sänftenträger herbeizurufen, und bevor der Bauer sein Lamento beginnen konnte, wurde John in den Tragstuhl gehoben. Alyss überließ es Marian, dem aufgebrachten Landmann den Vorfall zu erklären. Sie gab Frieder die Anweisung, John nach Hause zu begleiten, und machte sich auf den Weg zum Adler, um den Besitzern mitzuteilen, dass die Wachen Yskalt zum Turm mitgenommen hatten.

Die Nachricht wurde nicht eben mit Freude aufgenommen.

Stina heulte, Franziska konnte es nicht glauben, Simon polterte, seine Söhne hingegen sahen nachdenklich drein.

»Was hat er getan? Warum habt Ihr die Wachen gerufen? Er ist unser Knecht. Ihr habt kein Recht …!

»Doch Vater, wenn er diesen John hat erschlagen wollen. Ihr wisst, wie er mit dem Hammer ist.«

»Was hat dieser John mit ihm zu schaffen?«

»Er ist unschuldig wie ein Kind!«, plärrte Stina dazwischen.

»Ihr bringt immer Ärger zu uns«, zeterte die Wirtin. »Genau wie Eure Mutter.«

»Wenn Ihr alle mal einen Augenblick den Mund halten würdet, könnte ich Euch sagen, wessen wir Yskalt angeklagt haben.«

»Anklage? Anklage? Ihr?«

»Ja, Frau Franziska. Er hat vergangenen Oktober den Kaufmann Laurenz Stalen erschlagen. Estella, die Witwe, die Catrin gestern begleitet hat, erkannte ihn. Und er hat vor vier Wochen meinen Schwager Robert van Doorne ebenfalls erschlagen!«

»Neiiiin, das stimmt nicht. Nein«, heulte Stina durchdringend weiter.

»Doch, Stina. Es stimmt. Er hat die Dinge, die sich in Roberts Beutel befanden, weitergegeben oder verkauft. Darüber haben wir ihn entdeckt. Ein Reliquiar tauschte er gegen eine Fibel – einen roten Adler aus Gold und Email.«

Simons Söhne nickten.

»Mit dem hat er geprotzt, Vater«, sagte der ältere.

»Mhm«, meinte Simon, noch nicht ganz überzeugt.

»Für den Ring von Roberts Hand hat er die Dienste einer Dirne gekauft.«

»Das glaub ich nicht. Nein, das glaub ich nicht«, schluchzte Stina noch lauter.

»Mhm«, meinte die Adlerwirtin.

»Und das Drachenei, einen Stein mit einem Fünfstern darauf, hat er dir gegeben, Stina!«

»Ach«, sagte Franziska nun und sah ihre Tochter streng an. »Davon hast du mir nichts gesagt.«

»Es war mein Glücksstein. Er hat gesagt, das ist ein Glücksstein. Und nicht ein Drachenei.«

Alyss sah plötzlich eine Möglichkeit, die ganze unerquickliche Unterhaltung in andere Bahnen zu leiten und die Adlerwirte mit ihren eigenen Angelegenheiten zu beschäftigen. Auch wenn dabei ein Opfer gebracht werden musste.

»Und du hast mit dem Glücksstein dein Glück erzwingen wollen, Stina, nicht wahr? Nun siehst du, was ein Drachenei bewirkt.«

Stina schwieg entsetzt, und Franziska drehte sich zu Alyss um.

»Was heißt Glück erzwingen?«

»Sie hat bei Dorte vamme Pütz den Stein gegen einen Liebestrank eingetauscht.«

Einen Augenblick starrte die Adlerwirtin sie an, dann drehte sie sich zu ihrer Tochter um und verpasste ihr eine schallende Ohrfeige.

Die darauf folgenden lautstarken Beschimpfungen ermöglichten Alyss die heimliche Flucht aus der Schmiede.

John saß auf der Bank an der Hauswand in der Sonne, seine Haare noch feucht. Seine blut- und dreckverschmierte Kleidung hatte er abgelegt und trug nur eine kurze Tunika. Er hielt die Augen geschlossen und sah erschöpft aus.

Alyss stellte den Tiegel mit der Salbe ab, die sie bei der Apothekerin der Beginen geholt hatte. Vier Hühner pickten verstreute Körner auf, Malefiz lag dösend im Schatten, dicht neben ihm Benefiz, der aber aufsprang und zu ihr lief. Sie kraulte ihn, weil er nicht gekläfft hatte, und er legte sich über Johns bloße Füße.

Der regte sich, stöhnte leise und sah sie dann an. Es lag ein solches Weh in seinem Blick, dass sie erschrak.

»Euch quält die Schulter, Master John.«

Er schloss die Augen wieder, und seine Miene spiegelte tiefstes Leid. Doch da war mehr als nur der Schmerz in seinem Körper. Es war Trauer darin und Bitternis. Sie setzte sich neben ihn und nahm seine Hand in die ihren.

»Ihr denkt an Robert«, sagte sie leise.

»Ja, ich denke an Robert.«

»Yskalt wird bestraft, John.«

»Nicht genug. Oh mein Gott, lange nicht genug.«

»Ist der Tod nicht ausreichend?«

Er drehte sich so heftig zu ihr um, dass er ächzen musste. Er schien etwas sagen zu wollen, schwieg aber und lehnte sich vorsichtig wieder zurück. Erst nach einer Weile sprach er wieder.

»Für manche Taten ist der Tod nicht die ausreichende Strafe, und in diesem Fall möchte ich tatsächlich an eine bodenlose Hölle glauben.«

»Warum hat er es getan? Konntet Ihr es von ihm erfahren?«

»Ja, Mistress Alyss. Er sagte, Robert habe seinen Hammer beleidigt. Er habe seinen Glauben geschmäht und ihn einen heidnischen Tölpel genannt. So ungefähr entnahm ich es seinen Worten.«

»Dann ist er Robert schon zuvor begegnet?«

»Vermutlich, Mistress Alyss. Wenn er überlebt, werden die Schergen mehr aus ihm herausbekommen.«

Inzwischen hatte John seine Haltung wiedergewonnen, die Trostlosigkeit war aus seinem Gesicht gewichen. Aber er war ein guter Schauspieler, oder nicht?

Man sollte das unterstützen!

»Ihr habt Eure Wunden gewaschen, Master John, nun ist es an der Zeit, die heilende Salbe aufzutragen. Folgt mir in Euer Gemach!«

»Ich brauche keine Salben.«

»Oh doch. Und wenn Ihr mir nicht gehorcht, werde ich den Rat meines Bruders nutzen und Euch kräftig auf die Schulter schlagen. Er meinte, das würde Euch flugs gefügig machen.«

»Ihr seid so hart mit einem verwundeten Kämpen.«

»Ich werde sehr sanft sein, wenn ich Euch die Salbe aufstreiche. Kommt, Master John. Ziert Euch nicht.«

Mühsam und schon mit recht steifen Muskeln erhob er sich und ging langsam, aber aufrecht ins Haus. Auch die Stiege bewältigte er, aber in der Kammer ließ er sich mit einem unwilligen Laut auf den Scherensessel sinken.

»Ich helfe Euch, das Hemd auszuziehen.«

»Nein, Mistress Alyss.«

»Ihr könnt es schwerlich selbst. Und auf dem Leinen wirkt die Salbe nicht.«

»Es ist nicht schicklich.«

»In Pitters Badestube, Master John, habt Ihr mich eingeladen, in Eurem Zuber Platz zu nehmen. Und hier werdet Ihr nun verschämt?«

»Holy Saint Bavo!«

»Ein Heiliger? Euer Schutzpatron? Wird er Euch gegen mich verteidigen?«

»Dazu braucht es die versammelten himmlischen Heerscharen, Mistress Alyss. In Gottes Namen, so helft mir, das Hemd abzulegen.«

Sie tat es so sanft es ging, und als John mit den Zähnen knirschte, als sie seine Schulter berührte, fragte sie: »Welche Aufgabe übernimmt der verehrungswürdige Bavo?«

»Er … ist … der … Patron der … Falkner.«

»Ah, dann will ich ihm demnächst auch ein Kerzlein entzünden.«

Die verschiedenen Prellungen an Johns Körper verfärbten sich bereits in dunkles Blau und Violett. Sehr vorsichtig begann sie, ihm die weiche Salbe auf die Stellen zu verstreichen. Dabei konnte sie auch eine stattliche Anzahl alter Narben erkennen.

»Das war nicht Euer erster Streit, den Ihr ausgefochten habt und der seine Spuren hinterlassen hat.«

»Nein, Mistress Alyss. Das wisst Ihr doch. Aber nie wurde ich bisher nach einem Kampf so gnadenlos malträtiert wie heute.«

Sie beugte sich vor, um auch eine Prellung über seiner Hüfte zu salben und schob das Leinen seiner Lendenbinde dabei nach unten.

Er hielt sich sehr aufrecht und angespannt, und starrte angestrengt zum Fenster hin.

»Die Schwälbchen haben sicher geschicktere Finger als ich«, gluckste sie, als er einmal zusammenzuckte.

»Mistress Alyss!«

»Master John?«

Er war ein Mann, sie wusste es nicht nur, sie bemerkte es auch, obwohl die Bruche sich um seinen Unterleib bauschte. Aber ihre Behandlung lenkte ihn zumindest von Schmerz und Trauer ab, und genau das hatte sie beabsichtigt.

»Eure Tortur ist gleich beendet.«

Er brummelte nur leise etwas, was sie nicht verstand. Mehrere Heilige aber schienen dabei um Beistand angefleht zu werden.

Sie richtete sich auf und ließ ihre Hand auf seiner unverletzten Schulter liegen.

»Ich weiß, Ihr seid ein starker, unbeugsamer Mann, Master John, und Ihr werdet sicher dem Rat nicht folgen, Euch ein wenig zu schonen.«

»Mistress Alyss, ich muss zum Turm. Ich will mehr wissen.«

»Dann geht.«

Er nahm ihre Hand von seiner Schulter und strich leicht mit dem Daumen über die Innenfläche.

»Nicht so weich wie Schwälbchenflügel, aber sie lindern manchen Schmerz. Wenn auch nicht jeden.«

»Wer könnte das schon, John?«

Er sah sie lange an, und die Trauer nistete wieder in seinen Augen.

Sie wappnete sich dagegen und sagte: »Ich helfe Euch wieder in das Hemd. Das ist immerhin mehr, als Eure Vöglein für Euch tun.«

Die Maske des heiteren Tändlers erschien wieder, und er grinste schief.

»Gewöhnlich lasse ich sie mir auch lieber beim Ablegen der Kleider helfen.«

Es war ein mühsames Geschäft, und John unterdrückte einen Schmerzenslaut, als er mit der verletzten Schulter in den Ärmel fuhr. Alyss half ihm auch das Wams anzulegen, dann verließ sie den Raum.

Im Hof umstanden die Mädchen und Tilo, aber auch Peer und die Magd Frieder, der, seinen ausholenden Gesten zufolge, ihnen auf die lebhafteste Weise den Kampf schilderte.

»Geht an die Arbeit, alle miteinander. Master John und mein Bruder werden euch heute Abend berichten, was vorgefallen ist«, mahnte sie, und wenn auch zögerlich, folgte man ihrer Anweisung.

Sie hatte Verständnis für die Neugier; schließlich hatten sich alle bei der Suche nach dem Mörder beteiligt, und einer wie der andere hatte sein Scherflein dazu beigetragen.

Aber auch die Arbeit wollte getan werden, die Tiere mussten versorgt, das Unkraut gerupft, die Bohnen geerntet und die Weinlieferungen ausgefahren werden.

Sie selbst musste ebenfalls einige Leute aufsuchen und sie über das Ende ihrer Nachforschungen in Kenntnis setzen, bevor es die bereits im schwülwarmen Sommerwind wuchernden Gerüchtetreiber taten.

Catrin stand auf ihrer Liste ganz oben. Estella musste überredet werden, ihre Aussage zu machen. Aber auch Mechtild hatte ein Recht darauf, zu erfahren, dass Reinaldus vollständig von dem Verdacht des Mordes befreit war.

Ihre Eltern – nun, das würde Marian sicher übernehmen.

Sie straffte die Schultern und machte sich zum zweiten Mal an diesem Tag auf den Weg zum Eigelstein, diesmal, um den Beginenhof aufzusuchen.

37. Kapitel

Marian hatte ein reich bebildertes Werk der Anatomie neben sich liegen und machte sich Notizen auf den leeren Seiten seines eigenen gebundenen Buches. Die Bibliothek in seinem Elternhaus war reich ausgestattet mit den Werken der großen Gelehrten. Sein Vater und auch dessen Vater, Gauwin vom Spiegel, hatten von ihren ausgedehnten Reisen allerlei Wissen mitgebracht. Griechische, hebräische, lateinische, aber auch arabische Schriften fanden sich auf den Borden, und mehr als einmal bedauerte Marian, weder der Schrift noch der gesprochenen Sprache jener Medizinkundigen aus dem Morgenland mächtig zu sein.

Vielleicht war es an der Zeit, sich darin unterweisen zu lassen.

Ein Seidengewand raschelte leise, und Marian sah von seiner Lektüre auf.

»Nun, mein Sohn. Wachsen dir Erkenntnisse zu?«

»Täglich mehr, Herr Vater.«

Ivo vom Spiegel setzte sich auf den breiten Sessel und betrachtete seinen Sohn.

»Du hast dich schnell erholt, mein Junge.«

Marians Mundwinkel zuckte nach oben.

»Eine harte Abreibung ist gelegentlich ganz hilfreich, um die Genesung zu beschleunigen, Herr Vater.«

»Ja, langsam komme ich auch zu der Einsicht. Was gedenkst du nun zu tun, da du die Weibergewänder abgelegt hast?«

»Ich erwog eben, mich der arabischen Sprache zu widmen.«

»Eine schwierige.«

»Ihr beherrscht sie nicht?«

»Nur Bruchstücke. Aber es werden sich Lehrer finden. Du gedenkst, die Schriften der arabischen Ärzte zu studieren?«

»Sie scheinen über große Einsichten zu verfügen, aber manche der lateinischen Übersetzungen werfen Fragen auf. Mhm ... Fragen an die Glaubwürdigkeit der Übersetzer.«

»Und dies zu beurteilen erlaubt dir deine bisher gemachte Erfahrung?«

»Ja, Herr Vater.«

»Dann war sie ja nützlich.«

Überrascht sah Marian seinen Vater an.

»Ihr billigt mein Tun?«

»Solange du dich nicht in Gefahr begibst.«

»Ich war nicht in Gefahr.«

»Doch, mein Sohn.«

»Alyss hat gepetzt!«, fuhr Marian empört auf.

»Die mürrische Jungfer Hedwigis hat dich bei Bertolfs entdeckt. Sie neigt zu übler Nachrede.«

Marian zog die Unterlippe zwischen die Zähne. Das war es also. Widerwillig musste er seiner Schwester recht geben: Das Mädchen war schlau genug, sich einen Reim darauf zu machen, dass er in Frauenkleidern mit Catrin Schwangere besuchte. Und sie war eine Klatschbase.

»Du erkennst die Vernunft im Handeln meiner Tochter, Sohn.«

»Ja, Herr Vater.«

»Ich möchte auch in deinem Handeln Vernunft erkennen, Marian. Deine Schwester steckt in größeren Schwierigkeiten, als sie uns zugeben will. Ich spreche jetzt nicht von eurer Entlarvung des Mörders.«

»Alyss wird mit ihren Problemen genauso alleine fertig wie ich auch, Herr Vater.«

Ivo vom Spiegel hob ob des trotzigen Tones eine Augenbraue, senkte sie aber gleich darauf wieder.

»Natürlich tut ihr beide das. Aber sie weiß auch, wann du meiner Fürsorge bedarfst und hat mich um Hilfe gebeten.«

Marian dämmerte plötzlich, was sein Vater damit meinte. Das ungeheure Gewitter, das ihn zu Boden gebracht hatte, war von ihr bestellt worden. Verrat! Übler Verrat war das.

»Deine Schwester, mein Sohn, bedarf womöglich auch einmal meiner … mhm … Fürsorge. Du bist es ihr schuldig, mich, sollte das jemals der Fall sein, darauf aufmerksam zu machen.«

Eine hässliche Szene tauchte vor Marians Augen auf. Der trunkene Arndt, der Alyss brutal ohrfeigte. Der seine stolze, schöne Schwester mit Schlägen demütigte.

Es war ganz gewiss einen Verrat wert.

Oh ja – und das, was dann von Arndt noch übrig bliebe, gliche nur noch einer Schliere Hühnerkacke im lehmigen Boden ihres Hofes.

»Du lächelst, mein Sohn?«

»Ach ja, Herr Vater. Ich bin glücklich ob Eurer Fürsorge.«

»Das freut mich zu hören.«

Ivo vom Spiegel erhob sich und wollte den Raum verlassen. Marians Frage hielt ihn zurück.

»Glaubt Ihr, Herr Vater, ein Mann kann wirklich bei der Zeugung das Geschlecht des Kindes bestimmen?«

»Mit der entsprechenden Willenskraft mein Sohn, und … ähm … vermutlich Mariens Hilfe, war es zumindest mir möglich.«

»Dann danke ich Euch, Herr Vater, dass Ihr mir das Leben als Mann geschenkt habt.«

»Das ist alles eitel, wie der Prediger sagt. ›Denn was kriegt der Mensch von all seiner Mühe und dem Streben seines Herzens, womit er sich abmüht unter der Sonne‹«, grollte sein Vater, doch in seinen Augenwinkeln zogen sich belustigt die Fältchen zusammen.

Als die Glocken zur None läuteten, schlug Marian die Bücher zu und beschloss, einen Spaziergang durch die Stadt zu machen, um die Spinnweben aus seinem Gehirn zu vertreiben. Keinen völlig ziellosen Gang allerdings, denn es war ihm ein Einfall gekommen. Oder besser – es haftete ein eigensinniger Widerhaken in seinen Gedanken. Am Alter Markt fand er, wohin es ihn zog.

»Schartig Axt, verbogne Scheren,
Ihr braucht Euch drüber nicht beschweren,
weil das nur unsern Dienst bedarf –
Mats Schlyffers macht die Schneiden scharf.«

Gislindis tänzelte zu dem Kreischen des Wetzsteins zwischen einigen Körben mit Gemüse und Obst, die Bauersfrauen auf dem Boden ausgebreitet hatten. Ihre Füße waren bloß, ihr Kittel ein wenig kurz, er zeigte ihre Waden, ihre Haare fielen, nur durch ein bunt besticktes Kopftuch gehalten, über ihren Rücken und glänzten in einem dunklen Braun. Ihre Augen aber streiften immer wieder die zahlreichen Kunden des Marktes, um abzuschätzen, wer von ihnen wohl ihres Rates bedurfte.

Marian beobachtete sie eine Weile vom Stand eines Korbmachers aus, sah sie hier ein Schwätzchen halten, da eine neckische Bemerkung machen, die frisch geschliffenen Scheren und Messer zurückgeben und kleine Münzen einstreichen. Dann wieder stimmte sie ihren Singsang an und klaubte einer Händlerin eine Möhre aus dem Korb, in die sie mit ihren weißen Zähnen biss.

Sie kaute, und plötzlich spürte Marian ihren zwingenden Blick auf sich ruhen.

Er wandte sich ab, strebte auf einen Pastetenbäcker zu, der seine Ware in hohen Stapeln auf einem Schragen gestapelt hatte. Zwei mit süßen Früchten und Mandeln gefüllte Teigtaschen erstand er bei ihm und wandte sich dann wieder dem schrillen Schleifgeräusch zu.

»Eine für Euch, süße Gislindis, denn das Singen wird Euch hungrig machen.«

»Ach, mein Hunger, schöner Herr, kann durch weiches, süßes Gebäck nicht befriedigt werden. Aber Eure weichen Hände und Euer süßer Mund, die könnten wohl mein Begehren stillen.«

Dennoch nahm sie die Pastete aus seiner Hand und knabberte zierlich daran. Ihre verwirrenden Augen sahen ihn über das Gebäck hinweg an.

»Treibt keinen Spott mit mir, süße Gislindis. Weit wackerere Mannsbilder als ich buhlen um Eure Gunst.«

»Sie buhlen, doch schenken werde ich meine Gunst nur dem, der mir gefällt, schöner Herr. Und Ihr gefallt mir. Was muss ich tun, damit Eure heißen Küsse mich verbrennen? Ein Messer zu schleifen tragt Ihr nicht bei Euch, doch seid ihr geübt, ein solches zu führen.«

»Glaubt Ihr, hübsche Gislindis?«

»Nicht das Eure war's, doch das Glied trennte es glatt vom Manne. Flink seid Ihr, mein schöner Herr, mit der Waffe – seid Ihr es auch mit Euren Händen?«

»Wenn es ein Weib zu schützen gilt…«

»Geschützt werden will nicht jedes Weib, gekost werden möchte jedoch ich – von Euren süßen Lippen und Euren weichen Händen.«

»Ist das der Preis, den ihr verlangt, liebliche Gislindis?«

Kaum hörbar sagte sie: »Der Preis für das Wissen, wer den Einhändigen gedungen hat? Ja, mein schöner Herr, das ist der Preis dafür. Erscheint er Euch zu hoch?«

Schillernd beobachteten ihre Augen ihn, seltsame Augen, nicht blau, nicht grün, nicht grau.

Ihnen zu erliegen könnte zu einem gefährlichen Wagnis werden.

Andererseits – hatte sein Vater nicht einen Mann gezeugt? Einen Mann, der der Gefahr in die schillernden Augen sah – und sie besiegte?

Marian lächelte Gislindis an.

»Bestimmt Ort und Zeit, meine Liebliche, und ich will Euch zu Diensten sein.«

»Ihr werdet von mir hören, mein schöner Herr.«

Und dann biss Gislindis noch einmal einen großen Happen aus der süßen, weichen Pastete.

Marian zog sich ein warnender Schauder über den Rücken.

38. Kapitel

Eine Woche war verstrichen, eine Woche voller Aufregungen und Geschäftigkeit. Eine heiße Sommerwoche, trocken und staubig. Doch in der Nacht war das Wetter umgeschlagen, und ein andauernder Regenfall hatte den durstigen Boden gesättigt.

In der Frühe hatten sich allerdings die Wolken aufgelöst,

und die Morgensonne ließ die Tropfen und Tröpfchen auf dem Weinlaub funkeln. Hier und da hatte eine Spinne ihr Netz ausgebreitet, und auch darin glitzerte es wie Diamantenstaub.

Alyss wanderte durch die Rebstöcke und prüfte die reifenden Trauben unter ihrem Dach aus Blättern. Die Pflanzen hatten reichlich Frucht angesetzt, und dieses Jahr würde die Ernte, so das Wetter keine hässlichen Überraschungen bereithielt, wie etwa lange Trockenheit oder Hagelschlag, mehr als nur ein paar Körbe Rosinen ergeben. Doch wartete auch wieder Arbeit auf sie. Zwischen den Stöcken musste das Unkraut beseitigt, die Erde aufgelockert, da und dort ein wilder Trieb gekappt werden.

Zufrieden streifte sie ein wenig Nass von einem Blatt. Das Werkeln in ihrem Weingarten war ihr nie zuwider. Vor allem aber freute sie sich auf die Lese im kommenden Herbst.

Benefiz tollte vor ihr die Rebreihen entlang und kam mit fliegender Zunge zu ihr zurück.

Frieder hatte er als seinen Herrn anerkannt und lernte fleißig, auf dessen Befehle zu gehorchen. Malefiz war für ihn der unumstrittene Herrscher im Revier, und wenn der Kater seinen Kopf an seiner Flanke rieb, dann mochte man meinen, dass ein hündisches Schnurren zu hören war. Alyss aber verehrte Benefiz abgöttisch und heftete sich an ihre Fersen, wann immer er sie erblickte.

Vielleicht nur, weil sie ihm dann und wann ein Leckerchen zusteckte.

Wie auch an diesem Morgen.

Ein paar Stückchen Brot hatte sie heimlich, damit Hilda es nicht bemerkte, mit Butter bestrichen, und als Benefiz jetzt mit wackelndem Hinterteil vor ihr stand, lachte sie leise, warf ein Bröckchen in die Luft, und er schnappte begeistert danach.

Dann raste er wieder los, scheuchte ein Rebhuhn auf und kläffte seine Freude darüber in die frische Morgenluft.

Von ihnen allen war eine Last genommen worden, auch wenn die Trauer um Robert noch immer in manch dämmerigen Ecken lauerte.

Gestern, am Sonntag, hatte Alyss zusammen mit Catrin sein Grab besucht, einige stille Gebete gesprochen, und beide hatten sie ihm dann abwechselnd erzählt, was geschehen war. Dabei hatten sie feuchte Wangen bekommen, und Catrin hatte einen Bund bunter Blumen an dem Kreuz mit seinem Namen niedergelegt.

Sein Mörder indes lag in heftigem Wundfieber schwitzend im Kerker, nicht in der Lage, seine Aussagen zu machen. Ob er den Verlust seiner rechten Hand überleben würde, dort in feuchtem Stroh und ohne Pflege, war zu bezweifeln. Wenn doch – dann war Estellas und Johns Anklage ausreichend, ihn zu verhören und sein Geständnis zu erringen.

Seine Zeit war so und so abgelaufen.

Estella hatte sich nach dem Anfall im Adler überraschend schnell erholt. Vermutlich war die Erkenntnis, dass der Tod ihres Mannes und ihr eigenes Martyrium nun gerächt wurden, ihr dabei eine Hilfe. Sehr gefasst hatte sie an der Seite des Aldermanns der Gewandschneider ihre Aussage gemacht.

Nächste Woche würde sie abreisen. Eine Gruppe Italienhändler hatte sich bereit erklärt, sie mitzunehmen, vor allem die Henneke van Collen würde sich um sie kümmern. Die Händlerin war eine robuste, aber mütterliche Frau, die mit Goldgarn und Blattgold handelte, das in den italienischen Brokatwebereien beliebt war.

Alyss war, wie Catrin, auch darüber erleichtert. Estella war, so sehr man sie auch wegen ihres grausigen Schicksals bemitleiden konnte, eine vornehme, recht verwöhnte Dame. Das Arbeiten war sie nicht gewohnt, wohl aber das Bedientwerden. Dazu aber hatte die Begine wenig Neigung, ihre Dienste wurden zu sehr von den werdenden Müttern und den Pflichten im Konvent beansprucht.

Einige Rebreihen weiter hörte sie Benefiz bellen, und ein kleiner Schwarm Vögel stob auf. Wie eine flatternde Wolke umrundeten sie den Weingarten und suchten sich dann einen sichereren Platz. Mit hängenden Ohren trottete der Hund herbei, um ihr sein Missgeschick zu klagen. Ein weiteres Stückchen Brot und ein Kraulen zwischen den Ohren trösteten ihn aber sogleich. Er blieb einige Schritte lang in ihrer Nähe, musste dann aber an ganz wichtigen Stellen sein Bein heben und fand dann eine neue, aufregende Spur.

Alyss wanderte ohne ihn weiter und widmete sich ihren Gedanken.

Marian hielt sich an sein Versprechen, keine Frauenkleider mehr anzulegen, und besuchte auch Catrin nicht mehr, um Estella nicht über den Weg zu laufen. Er verbrachte seine Zeit im Augenblick damit, die wissenschaftlichen Schriften der großen Ärzte zu studieren und seine eigenen Aufzeichnungen zur Geburtshilfe zu verfassen. Alyss war sich jedoch sicher, dass er über kurz oder lang auch wieder einen Lehrer suchen würde, der ihn in der praktischen Heilkunst unterwies. Sie hoffte nur, es würde nicht der Henker sein. Mit dem hatte er nämlich schon ein langes Gespräch geführt, als er Yskalts Wunde verschlossen hatte.

Dem Henker, aber wohl nicht einer gebührenden Strafe entgangen war Reinaldus Pauli. Alyss hatte bemerkt, dass er sich seit ihrer Unterredung in wenig geselliger Stimmung befand. Er hatte sich von den Lustbarkeiten der Gaffel ferngehalten und war häufig in der kleinen Kirche Sankt Brigiden anzutreffen, wo er auf Knien lag und betete. Frau Mechtild war jedoch gefasst, kümmerte sich mehr denn je um die Bücher und ihre jüngste Tochter. Alyss hatte sie und Pauli aufgesucht und ihnen von ihrer Idee berichtet, Tilo unter Johns Aufsicht den Handel mit englischen Tuchen lernen zu lassen. Mechtild war zunächst abgeneigt gewesen, würde es doch lange Reisen bedeuten, und sie fürchtete um die Sicherheit ihres Sohnes. Reinaldus hingegen, auch wenn er sich in der Gegenwart seiner Frau kaum traute, den Mund aufzumachen, nickte lebhaft zu dem Gedanken.

»John scheint mir ein umsichtiger Mann zu sein, Frau Mechtild. Er ist wohl in der Lage, einen Jungen wie Tilo zu beschützen. Euer Sohn ist ein besonnener Jüngling – anders als Frieder, bei dem ich so meine Zweifel hätte, ob selbst John ihn an der Kandare halten könnte. Und bedenkt, Ihr habt im Stalhof Eure eigenen Handelsgesellen. Auch sie werden sich seiner annehmen. Sie werden ihn in die Gepflogenheiten dort einführen und mit anderen Händlern bekannt machen. Wenn er einige Jahre gelernt hat, wird er gewappnet sein, das Geschäft zu übernehmen.«

Frau Mechtild hatte noch einige Momente gezögert, aber dann ebenfalls eingewilligt. Wenn John das nächste Mal nach Köln käme, würde er Tilo in seine Aufgaben einweisen und ihn dann mit in seine Heimat nehmen.

Tilo war außer sich vor Freude über diese Entwicklung, Frieder schmollte eine Weile, wurde aber besänftigt, als Alyss ihm eine Reise in die Pfalz in Aussicht stellte.

Benefiz kam wieder angetobt, umrundete sie hechelnd und sprang nach dem nächsten Stückchen Butterbrot. Dann hatte er ein Mauseloch entdeckt und stöberte unter einem der Pfähle, an denen die Reben aufgebunden waren. Alyss setzte ihren Weg fort bis an die Mauer, die den Weingarten umgab. Im Schutz der warmen Steine reifte das Spalierobst, und die allerersten Äpfel röteten sich bereits. Auch Birnen würde es reichlich geben.

Ein Jahr der Fülle konnte man erwarten, der Fruchtbarkeit, der reichen Ernte.

Nur sie war unfruchtbar geblieben.

Und würde es wohl auch bleiben.

Arndt van Doorne wurde in den nächsten Tagen zurückerwartet, eine Lieferung Pfälzer Wein war bereits eingetroffen, mit der zweiten würde er heimkehren.

Und dann musste sie sich diesem Problem stellen.

Neben der grausamen Tatsache, dass Robert ermordet worden war, blieben noch immer die unlauteren Geschäfte, die er getätigt hatte. Ein ausführliches Gespräch mit dem Schiffer Sverting hatte ihr weitere Gewissheit verschafft.

Nicht, dass der Mann sich groß um die Aktivitäten der Kaufleute kümmerte. Er belud sein Schiff mit den Waren, deren Transport sie bezahlten, er legte dort an, wo sie sie zu verzollen hatten oder wo sie sie an Kunden weitergeben wollten. Arndt hatte neben den Fässern mit Salzhering auch zwölf Tuchballen in Deventer geladen. Dreimal hatte er unterwegs gebeten, Halt zu machen. In Nijmwegen hatte er sechs Ballen verkauft, in Wesel drei, und ein letztes Mal hatte er kurz vor Köln die drei letzten Ballen ausladen lassen. Für keine dieser Transaktionen hatte sie einen Beleg erhalten; sie wusste nicht, für welchen Preis er sie abgegeben hatte. Nur von den Tuchen, die er Reinaldus Pauli überlassen hatte, wusste sie inzwischen, was der ihm dafür bezahlt hatte.

Es würde wohl auch noch eine gewaltige Auseinandersetzung zwischen Pauli und Arndt geben, denn der hatte seiner

Frau Mechtild geschworen und gelobt, sich zu diesem unlauteren Handel nie wieder verführen zu lassen.

Größer noch würde aber der Streit mit ihr werden, wenn sie ihm die neu gegliederten Bücher vorzeigte. Sie hatte Tilo sicherheitshalber die ganzen Eintragungen noch einmal kopieren lassen und hob die Erstschrift in ihrer Truhe auf. In seinem Jähzorn war Arndt in der Lage, die Register ins Herdfeuer zu werfen, wenn er erkannte, wie schlecht er als Kaufmann gewirkt hatte. Alyss hatte ebenfalls das Geld, das sie mit ihrem Weinhandel verdiente, weggeschlossen, und in der Geldtruhe im Kontor befand sich nur ein Beutel mit den Münzen, die für die Haushaltsführung notwendig waren.

Ihr graute vor dem Hader, der unweigerlich darüber entstehen würde.

Sie war bereit, seine Bücher zu führen oder es auch bleiben zu lassen; das konnte er halten, wie er wollte.

Aber sie war auch nicht mehr bereit, seine schlampig geführten Geschäfte zu dulden.

Und ihre Mitgift würde sie wieder einfordern. Sollte er sich weigern, sie auszuzahlen, würde sie diese Angelegenheit vor den Aldermann der Weinhändler bringen.

Vielleicht reichte schon diese Drohung, ihn zum Begleichen seiner Schuld zu bewegen. Aber ihr eheliches Verhältnis würde es nicht verbessern.

Darum würde sie noch ein Weiteres tun. Nun, da John abreiste, würde sie ihre Kleider und den sonstigen Besitz in Roberts Zimmer räumen lassen. Es mochte Arndt ein deutliches Zeichen sein, dass sie keine eheliche Gemeinschaft mehr mit ihm zu pflegen gedachte.

Auch das würde zu Zank führen.

Sie war bereit, ihre Entscheidung zu verteidigen. Gründe

hatte sie genug dafür. Und sie kannte ihn inzwischen. Hartnäckiger Widerstand brachte Arndt nach einer Weile immer dazu nachzugeben.

Sie hatte ihren kleinen Rosenhag erreicht und erwog, eine Weile hier zu ruhen und Andacht zu halten, war aber zu aufgewühlt dazu. Sie rief Benefiz, der mit erdiger Schnauze angetrabt kam und sich an ihre Röcke heftete.

Es war Zeit, zum Haus zurückzukehren.

John wollte an diesem Tag abreisen. Ein Schiff, das um die Mittagszeit ablegen sollte, wartete am Rheinufer auf ihn. Er hatte Kölner Seiden und Kupfer- und Eisenwaren erworben, die in seiner Heimat guten Gewinn abwerfen würden.

Auch er hatte sich rasch erholt, die Beule an seinem Kopf war zurückgegangen, seine Schulter schon wieder einigermaßen beweglich. Zu den anderen Verletzungen konnte sie nichts sagen, sie hatte ihm nicht noch einmal das Angebot gemacht, Salbe daraufzustreichen. Abgesehen davon war er auch nur selten im Haus gewesen. Das Tuchlager war inzwischen geräumt, seine eigenen und Roberts Geschäfte damit abgewickelt. Er hatte ihr einen ansehnlichen Betrag für die Fütterung des Falken und das Hauswesen überreicht, so wie es Robert auch getan hatte, und daher hatte sie ihn dankbar angenommen.

Und nun kehrte er nach England zurück.

Eine ungewollte Traurigkeit schlich sich in ihr Gemüt. Über einen Monat war er ihr Hausgenosse gewesen, nicht immer ein ganz einfacher, aber ein unterhaltsamer und oft hilfsbereiter. Er hatte einen eigenen Willen, und der traf eben manchmal gar heftig mit dem ihren zusammen.

Warum war ein Streit mit ihm so viel leichter zu ertragen als einer mit Arndt?

Weil er aufrichtiger war?

So vollkommen aufrichtig war John nicht. Er verschwieg viel und setzte oft eine Maske auf.

Trotzdem, sie hoffte, er würde irgendwann wieder nach Köln kommen. Und bis dahin würde sie ihn vermissen.

Aber das würde sie ihm ganz bestimmt nicht sagen.

Auf der Bank im Hof stand bereits ein geschnürtes Bündel, von John jedoch war nichts zu sehen. In der Küche war er auch nicht, aber Hilda beglückte sie mit der grummeligen Äußerung: »Der ist noch mal zum Markt weg. Hätte noch was zu erledigen, bevor er abreist. Hoffentlich nimmt er den vermaledeiten Falken wieder mit.«

»Der Falke bleibt hier, Hilda.«

»Das ist nicht gut, Frau Alyss. Jetzt, wo der Herr bald zurückkommt. Er verscheucht den Storch!«

»Das kann er gerne tun«, knurrte Alyss und wollte in ihr Kontor gehen, als ein durchdringendes Krähen sie zusammenzucken ließ.

»Was ist denn in unseren Hahn gefahren? Solchen Krakeel hat der ja noch nie gemacht.«

»Wird dem Malefiz in die Quere gekommen sein«, riet Hilda.

Alyss öffnete umgehend die Tür, um den Kater zu maßregeln.

Der allerdings saß auf dem First der Scheune und begutachtete das Geschehen unter sich mit Misstrauen. John, schon in Reisekleidung, das Schwert gegürtet, stand mitten auf dem Hof neben einem großen Weidenkäfig, in dem ein martialischer Hahn in schwarzem Federkleid und vier weiße Hennen ein Höllenspektakel veranstalteten.

»Was, Master John, hat dies zu bedeuten?«

»Eine Gabe, wie Ihr sie begehrtet, Mistress Alyss.«

»Ich? Ich begehrte eine Gabe von Euch?«

»Natürlich. Erinnert Ihr Euch nicht mehr? Als wir uns zum

ersten Mal begegneten, brachte ich Euch den Falken. Er war Euch nicht recht, und weder ein Ei vom Vogel Roch noch die Asche vom Phoenix mochten Euch gefallen. Ihr wünschtet ein paar Hühner, die pünktlich Eier legen. Wohlan, hier sind sie.«

Wieder schmetterte der Hahn seinen Protest gegen das enge Behältnis, und kopfschüttelnd öffnete Alyss den Korb.

»Dann befreit Ihr mich also von dem Falken?«

»Soll ich das tun, Mistress Alyss?«

Sie sah zu dem Verschlag hin, wo der Vogel unberührt von dem Gelärm majestätisch über den Hof blickte.

»Möglicherweise befreie ich ihn selbst, Master John«, sagte sie leise. »Man sollte kein wildes Tier in Gefangenschaft halten.«

»Er ist es gewöhnt.«

»Glaubt Ihr? ›Ein jedes Ding dem Band entstrebt, in welchem es gefangen lebt.‹ So sagt der weise Dichter Freigedank, Master John.«

»Tatsächlich weise, Mistress Alyss. Nun, dann lasst ihn fliegen, wenn Ihr es wünscht.«

Der Gockel stolzierte mit seinen Hennen hochmütig über den Hof, als ob er sein neues Königreich besichtigte. Alyss betrachtete ihn. Ein prächtiges Tier, und so nützlich.

»Begleitet mich noch zum Tor, Mistress Alyss. Ich will den Schiffer nicht länger warten lassen.«

Sie schreckte aus ihren Gedanken auf und nickte. Neben ihm ging sie durch die Toreinfahrt. An der Tür zur Gasse blieb sie stehen, um ihn zu verabschieden.

»So lebt denn wohl, Master John. Und ich wünsche Euch auch eine gute Reise.«

»Werdet Ihr mich vermissen, Mistress Alyss?«

Schalk saß in seinen Augen.

»Ich werde viel zu viel zu tun haben, Master John. Jetzt, da mein Gatte heimkehren wird.«

»Ach ja, Ihr habt einen Gatten, der Euch Sorgen bereitet, und ich habe ein Weib, für das ich sorgen muss.«

Alyss schnappte nach Luft.

»Und dennoch, my Lady Alyss, nehme ich mir die Freiheit, dies zu tun.«

Im Schatten der Toreinfahrt legte er seinen Arm um ihre Taille, zog sie an sich und küsste sie leicht auf ihre vor Überraschung geöffneten Lippen.

»Damit Ihr mich wenigstens ein bisschen vermisst«, murmelte er und gab sie frei.

»Ihr…Ihr…«

Er nahm sein Bündel auf, trat in den Sonnenschein der Gasse und schritt weitausholend und ohne sich noch einmal umzublicken in Richtung Rheinufer.

Alyss seufzte.

Dann kehrte sie zu ihren Aufgaben zurück.

Am späten Nachmittag aber öffnete sie den Verschlag des Falken. Sie nestelte die Lederbänder ab, die ihn an den Sprenkel fesselten, zog den Handschuh über und ließ den Vogel auf ihre Faust klettern. Ohne das Häubchen zu verwenden trug sie ihn in den Weingarten. Die Luft war klar und rein, ein leichter Wind wehte, und flauschige Wolken betupften weiß das hohe Blau.

»Flieg, Jerkin, flieg in die Freiheit, kleiner Freund. Dein Reich ist weit und groß. Bande sollen dich nicht halten.«

Die schwarzen Augen sahen sie unbewegt an.

Noch einmal strich sie ihm über das schöne, helle Gefieder, dann warf sie ihn ab.

Er stieg mit einem rauen Schrei auf und schraubte sich in der Sommerluft nach oben.

Sie sah ihm nach. Lange und mit Weh im Herzen.

Dann zog sie den Handschuh aus.

Doch sie konnte sich nicht entschließen, zurück zum Haus zu gehen.

So fand Catrin sie, und die graue Begine folgte schweigend ihrem Blick zu dem kreisenden Falken. Dann sprach sie leise:

»›Mein Falke ist mir entflogen,
so weit ins fremde Land.
Drum fürcht' ich, den ich mir gezogen,
den halte fest die fremde Hand.‹

Das hat die alte Rigmundis dir vorhergesagt, schon vor deiner Geburt, Alyss. Erinnerst du dich an Rigmundis?«

»Ja«, sagte Alyss, die Augen noch immer zum Himmel gerichtet. »Eine seltsame Frau, die das Wetter vorhersagte und manchmal komische Sprüche aufsagte. Meine Mutter hat sich in ihren letzten Tagen um sie gekümmert und mich manchmal mit zu ihr genommen. Aber ich wusste nicht, dass sie diesen Vers mit mir in Verbindung brachte.«

»Doch. Ich war dabei. Es war nur wenige Tage nachdem dein Vater seinen Dispens erhalten hatte.«

»Seltsam. Es ist ein wunderschönes Lied von einem Minnesänger. Woher mag eine fromme Begine das wohl gekannt haben?«

»Sie wusste viele Sprüche, und manchmal glaube ich, hat sie sie auch selbst erfunden.«

»Diesen nicht, Catrin. Ich kenne das Lied. Und wenn sie es auf mich bezog, dann war sie wohl eine wahre Seherin. Denn es endet mit den Worten:

›Ich hab der Liebe Fesseln

Gelassen gar zu lang
Nun brennt die Sehnsucht mir wie Nesseln
In meinem Herze bang.‹«
Catrin legte ihr den Arm um die Schultern.
»Liebelein«, flüsterte sie. »Ich weiß.«
»Lass uns gehen. Der Falke ist frei. Ich bin es nicht.«

Doch als sie später am Abend ihre letzte Runde über den Hof machte, da saß der weiße Gerfalke auf seinem Sprenkel und sah sie mit seinen schwarzen Augen unbewegt an.

Von Andrea Schacht bei Blanvalet bereits erschienen

Die Beginen-Romane:
Der dunkle Spiegel (36774)
Das Werk der Teufelin (36466)
Die Sünde aber gebiert den Tod (36628)
Die elfte Jungfrau (36780)
Das brennende Gewand (37029)

Die Ring-Trilogie:
Der Siegelring (35990)
Der Bernsteinring (36033)
Der Lilienring (36034)

Kreuzblume (37145; geb. Ausgabe, 0220)
Göttertrank (geb. Ausgabe, 0273)
Goldbrokat (geb. Ausgabe, 0297)
Die Lauscherin im Beichtstuhl.
Eine Klosterkatze ermittelt (36263)
MacTiger – Ein Highlander auf Samtpfoten (36810)
Rheines Gold (36262)